특성 없는 남자 3

나남
nanam

한국연구재단 학술명저번역총서
서양편 426

특성 없는 남자 3

2022년 3월 5일 발행
2022년 3월 5일 1쇄

지은이   로베르트 무질
옮긴이   신지영
발행자   趙相浩
발행처   (주) 나남
주소   10881 경기도 파주시 회동길 193
전화   (031) 955-4601 (代)
FAX   (031) 955-4555
등록   제 1-71호 (1979. 5. 12)
홈페이지   http://www.nanam.net
전자우편   post@nanam.net
인쇄인   유성근 (삼화인쇄주식회사)

ISBN 978-89-300-4091-4
ISBN 978-89-300-8215-0 (세트)

책값은 뒤표지에 있습니다.

'한국연구재단 학술명저번역총서'는 우리 시대 기초학문의 부흥을 위해
한국연구재단과 (주)나남이 공동으로 펼치는 서양명저 번역간행사업입니다.

한국연구재단
학술명저번역총서
426

특성 없는 남자 3

로베르트 무질 장편소설

신지영 옮김

Der Mann ohne Eigenschaften

by

Robert Musil

영국

러시아

독일

프랑스   스위스   •빈
오스트리아-헝가리

루마니아

세르비아

몬테네그로   불가리아

이탈리아   알바니아

스페인

그리스   오스만 제국

소설의 배경인 1914년의 유럽 지도

차례

— 3권 —

제 2부 늘 똑같은 일만 일어난다

등장인물 소개

울리히	이 이야기의 주인공인 특성 없는 남자. 군인과 공학자를 거쳐 수학자가 되었다.
레오나	바리에테 가수이자 울리히의 연인.
보나데아	유명 법률가의 아내이자 두 아들의 어머니. 울리히의 연인.
발터	울리히의 학창 시절 친구.
클라리세	발터의 아내이자 울리히의 친구.
모스브루거	세간에 화제가 된 살인자.
울리히의 아버지	특성 있는 남자인 법학자.

라인스도르프	평행운동의 창시자. 현실정치가를 자처한다.
디오티마	평행운동을 이끄는 귀부인. 울리히의 사촌.
투치 국장	디오티마의 남편. 시민계급 출신의 외무부 국장.
슈툼 장군	국방부 군사 및 일반교육과 과장. 울리히가 소위였을 때 중대를 지휘했다.
아른하임	프로이센의 대부호이자 대저술가.
라헬	디오티마의 몸종.
졸리만	아른하임의 하인인 흑인 소년.

레오 피셸	로이드은행의 지점장 직무대행.
게르다 피셸	레오 피셸의 딸. 한스를 비롯한 청년 모임과 어울리며 아버지와 충돌한다.
한스 젭	반유대적인 청년 모임의 주된 인물.

아가테	울리히의 여동생.
하가우어	아가테의 두 번째 남편.
슈붕	법의 입안을 두고 울리히의 아버지와 대립했다.
포이어마울	인간은 선하다고 주장하는 시인.
지그문트	클라리세의 오빠이며 의사.
마인가스트	클라리세와 발터의 옛 지인인 예언자.
린트너	김나지움 교사.

87
모스브루거가 춤추다

그동안 모스브루거는 여전히 법원 유치장에 있었다. 그의 변호인은 돛 가득 순풍을 받았고 사건이 너무 빨리 결론에 이르지 못하도록 여러 관청에서 애를 쓰고 있었다.

모스브루거는 이에 미소를 지었다. 그는 지루해서 미소를 지었다.

지루함은 그의 사고를 요람처럼 흔들었다. 보통 지루함은 사고를 꺼버리지만 그의 지루함은 사고를 흔들었다. 이번에는 연극배우가 분장실에 앉아 자신의 등장을 기다릴 때와 같은 상태였다.

큰 검이 있었더라면 모스브루거는 지금 그 검을 뽑아 의자의 머리를 잘라 버렸으리라. 탁자의 머리를 잘라버리고 창문, 변기, 문들의 머리를 잘라 버렸으리라. 그 후 머리가 잘려 나간 모든 것에 자신의 머리를 얹었으리라. 이 감방에는 그 자신의 머리만 있었으니까. 그리고 그것은 아름다웠다. 그는 사물들 위에 앉아 있는 자신의 머리를 상상할 수 있었다. 펑퍼짐한 두개골, 털처럼 정수리에서 이마 위로 흘러내린 머리카락 하나. 그러면 그는 물건들을 좋아했다.

방이 조금만 더 크다면, 음식이 조금만 더 좋다면!

그는 인간이라곤 볼 수 없는 것이 정말 기뻤다. 인간들은 참아 내기 어려웠다. 그들 대부분은 침을 뱉거나 어깨를 으쓱이는 방식이 있어서 모스브루거는 아주 절망적이 되었고 벽에 구멍을 내야 하는 것처럼 주먹으로 그들의 등을 치고 싶어졌다. 모스브루거는 신이 아니라 자신의 개인적 이성을 믿었다. 그는 영원한 진리들을 경멸을 담아 판사, 성직자, 기병이라 불렀다. 그는 자신의 일을 혼자 처리해야 했고 이때 벌써 가끔씩 모든 길이 차단되었다는 인상을 받았다! 그가 자주 보았던 것들이 눈앞에 떠올랐다. 잉크병, 초록색 탁자보, 연필, 벽에 걸린 황제의 초상 그리고 그 모든 것들이 앉아 있는 모양새를. 이렇게 배열되자 이것들은 풀과 나뭇잎 대신, 그래야만 한다는 감정으로 은폐된 쇠 올무처럼 여겨졌다. 그러면 보통 저 밖 강이 굽어지는 곳에 덤불이 있다는 생각이 떠올랐다. 두레우물의 끽끽거림, 뒤죽박죽이 된 지역들의 파편들, 무한한 기억 저장품, 그는 이것들이 당시 그에게 호의적이었음을 전혀 몰랐다. 그리고 그는 이렇게 꿈꾸었다. '나는 그들에게 이야기를 해줄 수 있을 거야!' 젊은 남자가 꿈을 꾸는 것처럼. 그 남자는 너무 자주 감금되어 결코 늙지를 않았다. '다음번에는 그걸 더 정확히 관찰해야 할 거야.' 모스브루거는 생각했다. '그렇지 않으면 그들은 나를 이해하지 못해.' 그 후 그는 엄한 미소를 지었고 자신에 대해 아버지처럼 판사들과 이야기했는데, 아버지는 아들에 대해 이렇게 말한다. "이놈은 아무짝에도 쓸모가 없습니다. 그를 확실히 가두세요. 그러면 정신을 차릴지도 모르지요!"

물론 그는 지금 가끔씩 감옥의 규정에 화가 났다. 또는 그것이 그를 약간 아프게 했다. 그러면 그는 감옥 의사나 소장에게 데려가 달라고 할 수 있었고 이렇게 해서 모든 것은 다시 일정한 질서와 안정을 되찾았다. 마치 물이 그 속에 빠져 죽은 쥐 위를 흐르듯이. 물론 그가 이를 꼭 이런 그림으로 상상한 것은 아니었다. 하지만 자신이 그 어떤 것도 방해하지 못하는 거대한, 반사하는 물처럼 퍼져 있다는 인상을 그는 지금 거의 늘 받았다. 그것을 표현할 말은 없었지만.

그가 가진 말들은 '흠흠', '그래그래'였다.

탁자는 모스브루거였다.

의자는 모스브루거였다.

창살이 쳐진 창문과 잠긴 문은 그 자신이었다.

그는 이것을 결코 미쳤다거나 비정상이라고 생각하지 않았다. 고무 밴드가 사라진 것뿐이었다. 모든 물건과 피조물 뒤에는 고무 밴드가 있어 하나가 다른 하나에게 아주 가까이 다가가고 싶어 하면 팽팽해진다. 그렇지 않다면 결국 물건들이 서로를 뚫고 지나갈 테니까. 그리고 모든 움직임에는 고무 밴드가 있어 우리가 하고 싶은 것을 절대 온전히 하게 놔두지 않는다. 이 고무 밴드들이 이제 갑자기 사라졌다. 또는 그것은 그냥 고무 밴드처럼 방해하는 감정이었나? 아마 그렇게 정확히 구별할 수 없는 것일까? '예를 들어, 여자들은 스타킹을 고무 밴드로 맨다. 그때 그걸 사용하지!' 모스브루거는 생각했다. '그들은 부적처럼 고무 밴드를 다리에 감고 다닌다. 치마 밑에. 벌레가 올라가지 못하도록 과일나무에 페인트로 그려 놓은 원처럼.'

하지만 이건 그냥 말이 나왔으니 한 말이다. 모스브루거가 모든 것을 형제라고 부르고 싶은 욕구를 가졌다고 믿지 않도록. 그는 지금 꼭 이렇지는 않았다. 그는 그냥 안과 밖에 있었을 뿐이었다.

그는 이제 모든 것을 지배했고 야단쳤다. 죽임을 당하기 전에 그는 모든 것에 질서를 주었다. 그는 원하는 것이면 무엇이든 생각할 수 있었는데, 갑자기 모든 것은 잘 훈련된 개에게 "엎드려!"라고 말했을 때처럼 그렇게 유순했다. 비록 갇혀 있었지만 그는 엄청난 권력을 가졌다는 감정이 들었다.

정시에 스프가 왔다. 정시에 깨워졌고 산책하도록 데려가졌다. 감방에서 모든 것은 시간을 엄수했고 변화의 여지가 없었다. 이는 가끔씩 아주 믿을 수 없는 일처럼 여겨졌다. 특이한 반전에 의해 그는 이 질서가 그에게서 나온다는 인상을 받았다. 물론 그는 그것이 자신에게 부과되었음을 알고 있었다.

다른 사람들은 이런 체험을 여름에 생 울타리 그늘에 누워 있을 때면 한다. 벌이 웅웅거리고 작고 단단한 태양이 우유같이 밝은 하늘을 지나간다. 그러면 세계는 자동기계장치처럼 이 사람들 주위를 돈다. 모스브루거의 내면에서는 감방이 제공하는 기하학적 광경이 벌써 이런 체험을 마련해 주었다.

그러면서 그는 자신이 좋은 음식을 미친 듯이 동경하고 있음을 알아차렸다. 그는 그 꿈을 꾸었고 낮에는 그의 정신이 다른 일에 열중했다가 되돌아오자마자 한 접시 가득 돼지구이의 윤곽이 거의 섬뜩할 정도로 오래 그의 눈앞에 놓여 있었다. 그러면 "두 접시!"라고 모스브루거가 명령했다. "또는 세 접시!" 그는 이것을 너무나 강력히 그리고 이 표상을 탐욕스럽게 확대시켜 생각한 나머지 한순간 뱃속이 가득 차서 구토가 날 지경이었다. 그는 생각 속에서 과식을 했다. '왜', 그는 머리를 갸웃거리며 숙고했다. '먹고 싶다 다음에 그렇게 빨리 배가 터지겠다가 따라오는 것일까?' 먹는 것과 배가 터지는 것 사이에 세계의 모든 향락이 놓여 있다. 에이, 빌어먹을 세상이다. 이 공간이 얼마나 좁은지 수백 개의 예를 들어 증명할 수 있으리라! 그중 하나만 들어 보자. 갖지 못한 여자는 마치 달이 밤마다 점점 더 높이 솟아오르고 심장을 빨아들이고 또 빨아들이는 것과 같다. 하지만 그 여자를 갖고 나면 장화로 그녀의 얼굴을 짓이기고 싶어진다. 왜 그럴까? 그는 자주 이런 질문을 받았음을 상기했다. 그러면 이렇게 대답할 수 있었다. 여자는 여자이자 남자라고. 남자가 여자 꽁무니를 쫓아다니니까. 하지만 그에게 질문한 자들은 이것도 제대로 이해하려 하지 않았다. 그들은 그가 왜 사람들이 그에 대항해 공모하고 있다고 상상하는지 알고 싶어 했다. 심지어 그의 육체가 그들과 공모하지 않았다는 듯! 여자들에게서 그것은 너무나 분명했다. 하지만 그의 육체는 또 그 자신보다 다른 남자들과 더 잘 통했다. 한마디 말이 다음 말로 이어지고 사람들은 뭐가 뭔지 서로 잘 알고 있고 하루 종일 서로 딱 붙어 지낸다. 그리고 위험 없이 서로 왕래하는 그 좁은 지역을 갑자기 벗어난다. 하지만 그의 육체가 그 일을 초래했다면 그는 이 육체를 거기서 해방시키기만 하면 된다! 모스브루거가 기억하는 한, 그는 화가 났거나 두려웠다. 그리고 그의 가슴은 명령을 받은 큰 개처럼 두 팔을 뻗고 앞으로 돌진했다. 그 다음은 모스브루거도 이해할 수 없었다. 친절함과 질림 사이의 공간이 너무 좁고 한번 그러기 시작하면 곧 무섭도록 좁아진다.

외래어로 의사표현을 할 수 있고 재판정에서 항상 그의 위에 앉아 있던 사람들이 자주 그를 이렇게 꾸짖었음을 그는 아주 잘 기억했다. "하지만 그렇다고 해서 당장 다른 사람을 죽이지는 않지요?!" 모스브루거는 어깨를 으쓱했다. 물론 몇 크로이처 안 되는 돈 때문에 또는 아무것도 아닌 일로, 그냥 다른 한 사람이 그때 막 그렇게 상상했기 때문에 살해된 사람들이 있다. 하지만 그는 자신을 믿었다. 그는 그런 사람이 아니었다. 시간이 흐르면서 비난은 그에게 깊은 인상을 남졌다. 그는 정말로 알고 싶었다. 왜 가끔씩 공간이 그렇게 좁아지는지 또는 그것을 뭐라고 부르는지, 그래서 피가 다시 머리 밖으로 흐르도록 하기 위해서 강제로 공간을 만들지 않을 수 없는지. 그는 곰곰이 생각했다. 하지만 숙고 자체도 꼭 이렇지 않은가? 숙고하기에 좋은 시간이 시작되면 그는 기뻐서 그냥 미소 짓고 싶을 뿐이었다. 그때는 사고가 더 이상 두개골 아래서 간질거리지 않고 갑자기 단 하나의 사고가 거기 있었다. 그 차이는 작은 아이의 뒤뚱거림과 아름다운 여자의 춤만큼이나 컸다. 마법에 걸린 것만 같았다. 아코디언이 연주되고 탁자 위에 촛불이 놓여 있고 나비들이 여름밤에서 날아들어 온다. 이렇게 이제 모든 착상들이 단 하나의 착상의 빛 속으로 떨어졌다. 또는 모스브루거는 그것들이 다가오면 그의 커다란 손가락들로 그것들을 잡아서 짓이겼고 그것들은 그사이 한순간 작은 용처럼 모험적으로 보였다. 모스브루거의 피 한 방울이 세계 속으로 떨어졌다. 어두웠기 때문에 그것이 보이지는 않았지만 그는 보이지 않는 것 속에서 무슨 일이 일어나고 있는지를 느꼈다. 엉클어진 것이 거기 밖에서 평평하게 펴졌다. 구겨진 것이 매끄러워졌다. 소리 없는 춤이 참을 수 없는 웅웅거림을, 평소에는 세계가 이것으로 그를 괴롭혔지만, 대체했다. 일어난 모든 일이 이제는 아름다웠다. 못생긴 소녀가 혼자 서 있지 않고 다른 소녀들의 손에 이끌려 윤무를 추면 그리고 그 얼굴이 한 계단 위를 쳐다보고 거기서 벌써 다른 얼굴들이 아래를 내려다보고 있으면 아름다워지듯이. 그것은 이상했다. 모스브루거가 눈을 뜨고, 모든 것이 춤을 추면서 그에게 복종하는 이 순간 마침 곁에 있는 사람들을 보면 그들도 아름답게 여겨졌다. 그러면 그들은 그에 대항해 공모하지도 않았고 담을 쌓지도 않았다. 그리고 인간과 물건들의 얼굴을 무거운 짐처럼 찌그러뜨리는 것은 그냥 그를 능가하려는 노력임이 드러났다. 그 후 모스브루거는 그들 앞에서 춤췄다. 품위에 맞게, 눈에 보이지 않게 춤췄다. 살면서 누구와도 춤추지 못한 그가 음악에 맞추어서. 음악은 점점 더 성찰과 잠이 되었고 성모의 품이 되었고 마침내 신 자신의 휴식이 되었고 놀랍도록 믿을 수 없고 치명적으로 해체된 상태가 되었다. 여러 날 동안 아무도 보지 않는 가운데 춤췄다. 모든 것이 그에게서 빠져나가 바깥에 있을 때까지, 서리가 망쳐 놓은 거미줄처럼 뻣뻣하고 섬세하게 물건들에 매달릴 때까지.

이것을 경험해 보지 않고서 어떻게 다른 것에 대해 판단을 내리려 하는가! 모스브루거가 거의 피부에서 빠져나갈 수 있었던 가벼운 날들과 주들이 지난 후에는 늘 다시 긴 감금의 시간이 왔다. 국가 감옥은 이에 비하면 아무것도 아니었다. 그 후 그가 생각하려 들면 모든 것이 씁쓸히도 공허하게 그의 내부에서 움츠러들었다. 그는 그에게 어떻게 사고해야 하는지를 말해 주려 했던 노동자보호소나 국민교육협회들을 미워했다. 사고가 그의 내면에서 큰 보폭으로 행진했던 것을 아직 기억했으니까! 그러면 그는 납 밑창 신발을 신고 몸을 끌며 세계를 방랑했다. 다시 달리 될 수 있는 장소를 찾으려는 희망을 품고.

오늘 그는 이 희망에 그냥 경멸의 미소만 지을 수 있었다. 그는 한 번도 자신의 두 상태 사이의 중간, 그가 어쩌면 머물 수도 있었을 그 중간을 찾지 못했다. 이제 질렸다. 그는 죽음을 향해 관대하게 미소 지었다.

게다가 그는 많은 것을 보았다. 바이에른, 오스트리아, 그 아래 터키까지. 사는 동안 많은 일이 일어났고 그는 이것들을 신문에서 읽었다. 전체적으로 보아 격동의 시대였다. 그리고 사실 은밀히 그는 그 시대를 살았다는 것이 정말 자랑스러웠다. 이렇게 생각하면, 개별적으로는 혼란스럽고 황량한 사안이었지만 결국 그의 길은 한가운데를 지나왔고 나중에 그 길은 출생부터 죽음까지 아주 분명하게 볼 수 있었다. 모스브루거는 결코 자신이 처형당한다는 감정을 갖지 않았다. 그는 다른 사람의 도움을 받아 스스로를 처형했다. 그는 앞으로 일어날 일을 이렇게 보았다. 그리고 모든 것은 어쨌거나 전체와 들어맞았다. 국도들, 도시들, 기병들과 새들, 죽은 사람들과 그의 죽음. 그 스스로는 이를 완전히 이해하지 못했고 다른 사람들은 그보다 더 적게 이해했다. 물론 그들은 이에 대해 더 많이 말할 수는 있었지만.

그는 침을 뱉었고 푸른색으로 덮인 쥐덫처럼 보이는 하늘을 생각했다. '슬로바키아에서는 이렇게 둥글고 높은 쥐덫을 만든다'고 그는 생각했다.

88
위대한 것들과의 연결

이미 한참 전에 언급했어야 하는 상황이 하나 있는데, 이는 다양한 맥락에서 잠시 언급된 바 있다. 이를 말로 표현하면 이럴 것이다. 위대한 것들과 연결되는 것만큼 정신에 위험한 일은 없다.

한 인간이 숲을 방랑하고 산을 오르고 세계가 자신의 발밑에 펼쳐져 있는 것을 보고 처음으로 팔에 안은 자신의 아이를 바라보거나 일반적으로 부러움을 사는 어떤 상황에 처하는 행운을 누린다. 우리는 질문한다. 이때 그의 내면에 무슨 일이 일어날까? 확실히 이것은 — 그에게는 이렇게 여겨진다 — 아주 많은 것, 심오한 것, 중요한 것이다. 다만 그에게는 이것을 이른바 말로 표현할 정신의 현존이 없다. 그의 앞이나 밖에 있는 경탄할 만한 것, 자석 케이스처럼 그를 감싼 그것은 그에게서 사고를 앗아간다. 이때 시선은 수천 개의 개별사항에 꽂혀있지만 그는 마치 탄환을 다 써버린 듯 과묵한 기분이 든다. 저기 바깥에서는 영혼으로 가득 찬, 태양빛으로 가득한, 심오한 또는 위대한 시간이 조그만 나뭇잎과 그 모세관에 이르기까지 세상을 직류 전기의 은빛으로 뒤덮고 있다. 하지만 세상의 다른 끝, 개인적 끝에서는 곧 어떤 내적 소재결핍이 모습을 드러내고 여기서 이른바 커다랗고 텅 빈 둥근 'O'가 생긴다. 이 상태는 인류와 자연의 최정점에 머무를 때처럼 모든 영원하고 위대한 것과 접촉했을 때 나타나는 고전적 징후다. 위대한 것들과의 교제를 선호하는 인물들에게서 — 게다가 이들은 주로 위대한 영혼들인데, 이들에게는 작은 것은 아예 존재하지 않는다 — 그들의 내면적인 것은 자기도 모르게 이끌어내어져서 확장된 표면이 된다.

그 때문에 위대한 것들과의 연결이 가져오는 위험을 정신적 질료의 유지에 관한 법칙이라고도 명명할 수 있으리라. 그리고 이는 상당히 보편적으로 통용되는 듯하다. 높은 지위에 있고 큰 영향력을 행사하는 인물의 말은 보통 우리 자신의 말보다 더 내용이 없다. 특히 품위 있는 대상과 친밀하게 지내는 사고는 이 유리한 점이 없다면 보통 아주 낙후된 것으로 간주될 듯 보인다. 우리에게 매우 귀중한 과제들,

조국, 평화, 인류, 미덕의 과제 그리고 이와 비슷하게 값비싼 과제들이 키워내는 정신적 식물들은 매우 값싼 것들이다. 이는 아주 거꾸로 된 세상이겠지만 어떤 주제 자체가 중요할수록 이 주제의 처리는 덜 중요하다는 사실을 받아들이면, 이는 질서 있는 세상이다.

하지만 이 법칙은 유럽의 정신의 삶을 이해하는 데 많은 기여를 할 수는 있겠지만 늘 똑같이 명명백백하지는 않다. 그리고 한 위대한 대상 그룹에서 다른 새 그룹으로 넘어가는 과도기에, 위대한 대상에 봉사하려는 정신은 하인제복만 바꿔 입었을 뿐인데도 심지어 변혁적으로 보일 수 있다. 이런 이행은 여기서 보고되는 인간들이 나름대로 근심했고 승리했던 그 당시에 이미 알아볼 수 있었다. 한 대상으로 시작해 보자. 예를 들어, 아른하임이 특히 중요하게 생각한 대상을 다루는 책들이 벌써 있었고 큰 판매부수를 기록하며 팔렸지만 아직 이 책들에 최고의 존경을 표하지는 않았다. 물론 벌써 일정한 판매부수 이상을 기록한 책들에만 큰 존경을 표하긴 했지만. 축구나 테니스처럼 영향력이 큰 산업이 있었지만 아직 이를 위해 공과대학 교수 자리를 마련해 주기는 망설였다. 아메리카 대륙에서 감자를 들여옴으로써 규칙적으로 반복되던 유럽의 기근이 끝났는데, 행복한 싸움꾼이었던 드레이크 제독이 생전에 감자를 들여왔는지, 좀 덜 행복했지만 학식이 매우 높고 마찬가지로 싸움꾼이었던 랄레이 제독이 그렇게 했는지, 이름 모를 스페인 군인이 그렇게 했는지, 또는 순전한 사기꾼이자 노예상인이었던 호킨이 그렇게 했는지와는 전혀 상관없이 오늘날 어느 누구도 감자 때문에 이 남자들을 예컨대 물리학자 알 시라지보다 ― 그에 대해서는 그가 무지개를 제대로 설명했다는 사실만 알려

져 있다 — 더 위대하게 여기겠다는 생각은 하지 않았다. 하지만 시민
계급의 시대와 더불어 이런 업적 순위에서 재평가가 시작되었고 아른
하임의 시대에 널리 번성했고 상당히 오래된 선입견에 의해서만 제약
을 받았다. 작용의 양과 양의 작용은 태양같이 분명한 존경의 새 대상
으로서, 늙어 가는 눈 먼 위대한 질의 귀족적 존경과 아직 싸우고 있
었지만 표상의 세계에서는 벌써 여기에서 가장 멋진 타협이 생겨났고
곧 위대한 정신 자체에 대한 표상도 생겨났는데, 이것은 우리가 지난
세대에 알게 된 것처럼, 그 자신의 의미와 감자의 의미의 종합이어야
했다. 사람들은 천재의 고독을 지녔지만 동시에 나이팅게일처럼 누
구나 이해할 수 있는 그런 남자를 기다렸으니까.

　이런 식으로 무엇이 생겨날지 미리 말하기는 어려웠다. 위대한 것
들과의 연결이 지닌 위험은 보통 이것들의 위대함이 이미 반쯤 지나
가 버린 후에야 비로소 꿰뚫어 볼 수 있기 때문이다. 당들의 출현을
황제폐하의 이름으로 얕보며 다루는 공무원에 대해 미소 짓는 것보다
더 쉬운 일은 없지만 내일의 이름으로 오늘을 높이 치켜세우며 다루
는 남자가 공무원인지 아닌지, 이는 보통 모레가 되기 전까지는 알 수
없다. 위대한 것들과의 연결이 지닌 위험은 위대한 것은 바뀌지만 위
험은 항상 그대로라는 매우 불쾌한 특성을 가진다.

89
우리는 시대와 함께 가야 한다

아른하임 박사는 본인 회사의 고위간부 두 명의 예정된 방문을 받았고 오랫동안 회의를 했다. 살롱에는 아침마다 서류철과 견적서들이 치워지지 않고 비서를 기다리며 널려 있었다. 아른하임은 결정들을 내려야 했고 파견단은 오후 기차로 돌아가기로 되어 있었다. 그리고 그는 오늘 평소처럼 이런 상황을 즐겼다. 이는 어떤 상황에서도 일정한 긴장감을 보장해 주기 때문이다. '10년 후면', 그는 곰곰이 생각했다. '기술이 아주 발달해서 회사는 회사 소유의 비행기를 갖게 되겠지. 그럼 난 히말라야에서 여름휴가를 보내면서 직원들에게 지시를 내리게 될 거야.' 이미 밤새 결정을 다 내렸고 밝은 날에 그냥 다시 한 번 검증해 보았고 좋다는 결론이 나왔기 때문에 그는 이 순간 자유로웠다. 그는 아침식사를 방으로 가져오게 했고 아침 시가를 피우면서 정신적 긴장완화에 몸을 맡겼다. 그러면서 그는 이제 전날 저녁 예정보다 조금 빨리 떠나야 했던 디오티마 집에서의 회동을 생각했다.

　이번에는 최고로 재미있는 모임이었다. 방문객 가운데 아주 많은 수가 서른 살 이하, 기껏해야 서른다섯 살이었고 거의 아직 보헤미안들이었지만 그래도 벌써 유명했고 신문의 주목을 받고 있었다. 내국인뿐 아니라 전 세계에서 온 손님들이었는데, 이들은 카카니아에서 최상류층의 한 부인이 정신에게 세계로 가는 골목길을 터주고 있다는 기별에 이끌려 여기에 왔다. 사람들은 가끔씩 카페에 와 있다는 인상을 받았고 아른하임은 자기 집에서 두려움을 느끼는 듯 보였던 디오티마를 생각하며 미소를 지었다. 하지만 전체적으로는 아주 흥미진 진했고 어쨌든, 그의 느낌으로는, 비상한 실험이었다. 위대한 남자 들의 결과 없는 회동에 실망한 그의 여자 친구는 작심하고 가장 새로 운 정신을 평행운동에 끌어들이려고 시도했고 이때 아른하임의 인간 관계가 큰 도움이 되었다. 본인이 들어야 했던 대화들을 생각하면서 그는 그냥 설레설레 고개를 흔들었다. 그는 그들이 진짜 미쳤다고 생 각했지만 "젊은이들에게 양보해야 해"라고 혼잣말을 했다. "그냥 거 부만 하는 것은 비상식적이야." 그는, 이렇게 말해도 된다면, 진심으 로 재미있었다. 그건 한꺼번에 살짝 너무 많았으니까.

꺼져 버려야 할 것이 뭐였지? 체험이었다. 바로 그 개인적 체험이 라고 그들은 말했는데, 대지의 온기를 간직하고 있고 현실에 가까운 이런 체험을 15년 전 인상주의는 기적의 식물인 듯 꿈꾸었다. 그런데 이제 그들은 인상주의를 유약하고 어리석다고 평한다. 그들은 관능 의 통제와 정신적 종합을 요구한다!

그리고 종합, 이것은 아마 전체적으로 회의(懷疑), 심리학, 조사 와 분해, 아버지 시대의 문학적 경향 등에 대한 반대였나?

그가 이해한 바에 따르면, 그것은 아주 철학적 의미는 아니었다. 그들이 종합이라는 말로 의미한 바는 오히려 방해받지 않고 움직이려 는 젊은 뼈와 근육의 욕구, 비판을 통한 방해를 금지하는 도약하기와 춤추기였다. 본인들에게 맞으면 그들은 또 종합은 꺼져 버리라고 말 하는 것도 주저하지 않았다. 동시에 분석이나 전체 사고까지 싸잡아 서. 이어 그들은 정신이 체험의 즙에서 솟아나야 한다고 주장했다. 보통 이렇게 반대되는 주장을 하는 것은 당연히 다른 그룹의 멤버였다. 하지만 그들은 대개 흥분한 같은 그룹 멤버들이었다.

그들이 얼마나 거창한 단어들을 썼는지! 그들은 지성적 기질을 요구했다. 세계의 가슴에서 우러나는 날렵한 사고양식을 요구했다. 우주적 인간의 뾰족한 뇌를 요구했다. 그 밖에 또 무슨 말을 들었나?

미국의 세계노동계획에 근거하여 기계적 힘을 매개로 한 인간개조.

가장 인상적인 삶의 드라마주의와 연결된 서정주의.

기술주의. 기계의 시대에 합당한 정신.

블레리오[1]는 ― 한 사람이 외쳤다 ― 지금 이 순간 영불해협 위를 시속 50킬로미터로 날고 있다! 이 '50킬로미터 시'를 써야 하고 다른 썩은 문학은 다 쓰레기더미 위에 버려야 한다!

그들은 가속주의를 요구했다. 이는 체험속도가 스포츠의 바이오 메커니즘과 서커스 곡예사의 정확성에 근거하여 최대한 상승한 것이다!

영화를 통한 사진술의 혁신.

이어 어떤 사람은 인간은 신비로운 내부공간이므로 인간에게 원뿔, 구, 원기둥, 정육면체를 통해 우주와 관계를 맺도록 해주어야 한다고 말했다. 하지만 이 의견의 바탕에 깔린 개인주의적 예술관도 끝나 간다는 반대 주장도 있었다. 미래의 인간에게 민속건축물과 집단 거주지를 통해 새로운 주거감정을 주어야 한다고. 이렇게 개인주의파와 사회주의파가 각각 결성되는 동안 제3자는 오로지 종교적인 예

---

1 루이 샤를 요제프 블레리오(Louis Charles Josepf Blériot, 1872~1936) : 프랑스의 발명가, 기술자, 비행사로 1909년 단엽비행기로 영불해협을 횡단한 것으로 유명하다. 이하 각주는 모두 역주이다.

술가만이 참된 의미의 사회주의파라고 이의를 제기했다. 이에 새 건축가 그룹은 자신들이 주도권을 쥐어야 한다고 요구했다. 건축의 목표는 바로 종교니까. 게다가 조국애와 토착성이라는 부수적 작용도 함께 온다고. 종교적 그룹은 입체파의 지지를 받아, 예술은 어디에 종속된 사안이 아니라 중심 사안이며 우주적 법칙의 실현이라고 이의를 제기했다. 하지만 대화가 계속 진행되면서 종교적인 그룹은 입체파 그룹에게 다시 버림을 받았고 입체파는 이제 건축가들과 연대해서, 우주와 가장 잘 관계를 맺게 해주는 것은 개인적인 것을 유효하게 하고 전형적으로 만드는 공간형식들이라고 주장했다. 인간의 영혼을 들여다보아야 하고 이어 이를 3차원적으로 불러내야 한다는 문장도 나왔다. 그 후 누군가가 효과적이고 논쟁적으로 다음과 같은 질문을 제기했다. '그러면 대체 만 명의 굶주린 인간이 더 중요하다고 생각하는가, 하나의 예술작품이 더 중요하다고 생각하는가?' 실제로 그들 거의 모두가 어떤 식으로든 예술가였기 때문에 그들은 인류의 영적 회복은 예술 속에서만 이루어질 수 있다는 의견을 내세웠고, 이 회복의 성질에 대해 그리고 이를 위해서 평행운동에 어떤 요구를 제기해야 하는가에 대해서만 의견의 일치를 볼 수 없었다. 하지만 이제 사회주의적이었던 원래 그룹이 다시 주도권을 쥐었고 새로운 목소리를 전개했다. '하나의 예술작품이 더 중요한가, 만 명의 인간들의 곤궁이 더 중요한가'라는 질문은 다음과 같은 질문이 되었다. '만 개의 예술작품이 단 한 명의 인간의 곤궁에 맞먹는가?' 매우 건장한 예술가들은 예술가가 자신을 너무 중요하게 여겨서는 안 된다고 요구했다. 예술가는 자기찬미는 버리고 배고프고 사회주의적이 되어야 한다는 것이 그들의 요구였다! 삶은 가장 위대한 단 하나의 예술작품이라고 누군가가 말했다. 우렁찬 목소리 하나가 이의를 제기했다. 사람들을 하나로 만드는 것은 예술이 아니고 배고픔이다! 타협적인 목소리 하나가 예술의 자만(自慢)을 막는 가장 좋은 방법은 건전한 수공업적 토대임을 상기시켰다. 이런 타협적 의견이 있은 후 누군가가 과로와 상대방에 대한 혐오에서 생겨난 휴지기를 틈타 다시 조용히 물었다. '인간과 공간의 접촉이 이루어지지도 않은 상태에서 도대체 뭔가를 달성할 수 있다고 생각하는가?' 이것이 신호가 되어 이제 다시 기술주의, 가속주의 등이 발언했고 논쟁은 이리저리 한참 더 계속되었다. 하지만 결국 그들은 합의했는데, 집에도 가야 했고 결과도 나와야 했기 때문이었다. 그래서 그들은 대충 다음과 같은 주장에 동의했다. 현재의 시대는 기대에 차 있고 조급하고 난폭하고 불행하다. 하지만 이 시대가 기다리고 바라는 메시아는 아직 보이지 않는다.

아른하임은 잠시 숙고했다.

그의 주위에는 끊임없이 한 무리의 사람들이 모여 있었다. 잘 들을 수가 없고 자신들의 의견을 관철하지 못한 사람들의 무리가 흩어지면 곧 새로운 사람들이 그 자리를 채웠다. 그는 이 새로운 무리에서도 단연 중심이 되었다. 비록 약간 매너 없는 논쟁 속에서 이것이 늘 드러난 것은 아니었지만. 그는 그들이 몰두하는 것들을 잘 알았다, 사실 벌써 오래전부터. 그는 정육면체 속 관계에 대해 알고 있었다. 그는 직원들을 위해서 주거단지를 조성했다. 그들만의 이성과 그들만의 속도를 가진 기계들은 그에게 친숙했다. 그는 영혼을 들여다보는 것에 대해 말할 수 있었고 막 시작되던 영화산업에도 돈을 투자했다. 이 논쟁의 내용을 되뇌면서 그는 게다가 그 논쟁이 그의 기억이 부지중에 묘사하는 것처럼 그렇게 질서정연하게 이루어지지 않았음을 상기했다. 이런 대화의 진행양상은 독특하다. 무리들의 눈을 가려 한 다면체 속에 세워 두고 지팡이를 쥐여 주면서 똑바로 걸어가라는 명령을 내렸을 때처럼. 그것은 혼란스럽고 지치게 하는 논리 없는 연극이었다. 하지만 그것은 크게 보아 일들의 진행양상의 모사가 아닌가? 이 또한 금지와 논리의 법칙에 따라 일어나지 않고 ─ 기껏해야 경찰의 작용이 여기에 속한다 ─ 정신의 무질서한 충동에 의해 일어난다. 그가 받은 주목을 상기하면서 아른하임은 스스로에게 이렇게 물었고 '새로운 사고방식은 이성이 해이해진 상태에서 일어나는 부인할 수 없이 매우 자극적인 자유연상과 비슷하다'고 말할 수도 있으리라 생각했다.

그는 예외적으로 두 번째 시가에 불을 붙였다. 비록 이런 감각적 나약함을 평소에는 허용하지 않았지만. 아직 성냥을 대고 있고 얼굴 근육이 첫 흡입 동작에 사용되는 동안 그는 갑자기 미소를 짓지 않을 수 없었다. 모임 중에 그에게 말을 건 키 작은 장군이 떠올랐기 때문이었다. 아른하임은 대포 및 장갑판 공장도 소유하고 있었고 상황이 긴박해지면 엄청난 총알을 생산할 수 있는 설비도 갖추어 놓았기 때문에 약간 우습지만 아주 호감이 가는 장군이(그는 프로이센 장군들과는 아주 다르게 말했다. 맥이 없고 자연스럽게. 하지만 유서 깊은 문화의 축복을 받아서라고 말할 수도 있으리라!) 친밀하게 ─ 한숨을 쉬면서 거의 철학적으로! ─ 오늘 저녁에 이루어지는 대화가 적어도 부분적으로는 급진적으로 평화주의적 성질의 것이라고 인정하지 않을 수 없다는 의견을 표명했을 때 그의 말을 아주 잘 이해할 수 있었다.

장군은 유일한 군인으로서 그 자리가 썩 편하지 않은 게 분명했고 여론의 무상함에 대해 불평했다. 인간 생명의 성스러움에 관한 몇몇 설명이 박수를 받았기 때문이었다. "저는 이 사람들을 이해하지 못하겠습니다." 이 말로 그는 아른하임에게 말을 걸었고 국제적으로 탁월한 정신인 그에게 설명을 청했다. "저는 왜 이 새로운 사람들이 그렇게 무식하게 '피의 장군들'에 대해 말하는지 모르겠습니다. 저는 평소에 여기 오는, 연배가 있는 사람들은 아주 잘 이해한다고 생각합니다. 그들도 분명 전적으로 비군사적이긴 합니다만. 예를 들어 그 유명한 시인은 — 이름은 모르겠습니다. 배가 나오고 키가 큰 그 중년 신사는 그리스 신들, 별들, 영원한 인간감정에 대해 시를 썼다고 합니다. 집의 안주인은 저에게 그가 기껏해야 지성만을 생산하는 시대에 진짜 시인이라고 말했습니다 — 이미 말했듯이, 저는 그의 작품을 읽지 않았습니다만 틀림없이 그를 이해할 것입니다. 그의 중요성이 정말 주로 그가 사소한 일에 몰두하지 않는다는 데 있다면 말입니다. 우리 군대에서는 이런 사람을 전략가라고 부르니까요. 상사는, 이런 천한 예를 드는 것을 용서해 주십시오, 당연히 그의 중대에 있는 모든 개별 장병의 안위를 걱정해야 합니다. 이와 반대로 전략가는 수천 명의 인간을 가장 작은 단위로 계산해야 하고 또 더 고상한 목적에 필요하면 이런 단위 열 개를 한꺼번에 희생할 수도 있어야 합니다. 이를 어떤 경우에는 '피의 장군'이라고 부르고 어떤 경우에는 '영원한 신조'라고 부르는 것은 전혀 논리가 없다고 생각합니다. 그래서 당신께 가능하다면 설명해 주시기를 청합니다!"

이 도시와 모임에서의 아른하임의 독특한 처지는 그에게 평소에는 조심스럽게 억눌렀던 조소하고 싶은 일말의 욕망을 일깨웠다. 아는 척하지는 않았지만 그는 이 키 작은 남자가 말하는 사람이 누구인지 알았다. 게다가 그건 중요하지도 않았다. 그 스스로가 장군에게 이런 위대한 종의 몇몇 다른 변형을 더 나열할 수도 있었으리라. 이들은 이 날 저녁 분명 스타일을 구겼고 아무도 이를 간과할 수 없었다.

아른하임은 언짢은 마음으로 한순간 숙고하면서 시가 연기를 벌린 입술 사이에 머금었다. 이 모임에서 그 자신의 처지도 결코 쉬운 것은 아니었다. 명망이 높았음에도 그는 가끔씩 그를 겨냥한 듯한 악의적 언급을 들었다. 이 젊은 인간들이 저주한 것은 다름 아니라, 그들이 그들 세대의 이념들을 사랑하듯 그 자신이 청소년 시절 사랑했던 것들이었다. 그는 스스로가 은밀히 참여했던 과거를 동일한 호흡으로 가차 없이 조소하는 젊은 사람들에게 존경을 받으며 섬뜩하다고도 말할 수 있을 아주 독특한 느낌을 체험했다. 그러면서 아른하임은 탄력성, 변화능력, 행동욕구를 내면에서 느꼈다. 이는 잘 숨겨진 나쁜 양심의 대담한 매몰참이라고도 말할 수 있으리라. 그는 무엇이 이 새 세대들과 그를 떼어놓고 있는지 번개처럼 재빨리 숙고했다. 젊은 사람들은 서로서로 매사에 반대했다. 명백한 공통점은 그들 모두가 객관성, 정신적 책임, 균형 잡힌 인간을 공격한다는 것뿐이었다.

이때 특별한 상황 하나가 아른하임으로 하여금 거의 고소함 같은 것을 느끼도록 허락했다. 그는 개인적인 요소가 특별히 위대한 방식으로 드러난 몇몇 그의 동년배들이 과대평가 받은 것에 늘 불만이었다. 아른하임처럼 고상한 적수는 물론 생각 속에서도 결코 그 이름을 말하지 않지만 그는 자신이 누구를 생각하고 있는지 정확히 알았다. 하이네의 말을 빌리자면, "감탄받는 기쁨을 갈망하는 냉철하고 겸손한 젊은이", 아른하임은 하이네를 은밀히 사랑했고 이 순간 그를 인용했다. "그의 노력은 칭찬해야 한다. 시문학에 쏟는 그의 땀을 … . 시구를 다듬는 쓰디쓴 수고, 이루 말할 수 없는 끈기, 고통스러운 안간힘을 … ." "뮤즈들은 그를 좋아하지 않지만 그는 언어의 천재성을 손아귀에 쥐고 있다." "그가 스스로에게 가해야 하는 무서운 강요를 그는 말로 하는 위대한 행위라고 부른다." 아른하임의 기억력은 탁월했고 눈을 감고도 몇 페이지를 인용할 수 있었다. 그는 본론에서 벗어났다. 그는 하이네가 어떻게 그 시대의 한 남자에 맞서 싸우면서, 지금에야 비로소 그 완전한 명성을 누리고 있는 현상들을 그때 선취할 수 있었는지 감탄했다. 그리고 그는 장군이 언급한 독일의 위대한 이상주의적 신조의 두 번째 대표자인 그 시인을 생각했을 때 자신도 그렇게 하도록 고무되었다. 그 시인은 비쩍 마른 정신 종족 후에 온 살찐 정신 종족이었다. 이 종족의 장엄한 이상주의는 오케스트라에서 크고 깊은 소리를 내는 관악기에 상응했다. 이 악기들은 고속으로 달리는 기관차 보일러와 비슷한데, 서투르게 꿀꿀거리고 우르릉거리는 소리를 낸다. 이것들은 한 가지 음으로 천 개의 가능성을 덮어 버린다. 이것들은 영원한 감정들로 가득 찬 커다란 꾸러미들을 내뱉는다. 이런 방식 가운데 하나로 시를 불어 낼 수 있는 사람은 — 아른하임은 씁쓸함이 아주 없지는 않게 생각했다 — 오늘날 우리나라에서는 문인과 구별하여 시인으로 통한다. 그런데 왜 정말로 곧장 장군으로 통하지 않는가? 이런 사람들은 아닌 게 아니라 죽음과 최상의 관계를 맺고 있고 삶의 한순간을 품위 있게 즐기기 위해 끊임없이 수천 명의 고인을 필요로 한다.

하지만 그때 누군가가 주장했다. 심지어 장미가 핀 밤에 달을 보고 울부짖는 장군의 개도 해명을 요구받으면 이렇게 대답할 수 있으리라고. 뭘 원하시는지요. 그래요, 저건 달이고 우리 종족의 영원한 감정입니다. 이걸로 유명하다는 신사분 가운데 한 분과 꼭 같습니다! 사실 개는 특히 이렇게 덧붙일 수도 있으리라. 그의 감정들은 의심할 바 없이 강한 체험이고 그의 표현들은 아주 감상적이지만 청중들이 그를 이해할 수 있을 만큼 단순하고, 그의 사고로 말하자면, 그것은 감정 뒤로 물러나겠지만 통용되는 요구들에 완전히 부응하며 문학에서는 아직 한 번도 방해였던 적이 없다고.

아른하임은 언짢은 마음으로 당혹해하며 시가 연기를 다시 한번 입술 사이에 머금었다. 그 입술은 개인과 외부세계의 반쯤 올라간 차단기로서 한순간 열려 있었다. 그는 이런 특히 순수한 시인 몇 명을, 그게 관례였으므로, 기회 있을 때마다 칭찬했고 몇몇 경우에는 돈으로 지원했다. 하지만 사실 그는, 지금 알아차리고 있듯이, 그들과 그들의 교만한 시구를 참아 낼 수 없었다. '스스로를 먹여 살리지도 못하는 이 전령 양반들은', 그는 생각했다. '근본적으로 자연보호구역으로 가야 해. 마지막 들소들과 독수리들과 함께!' 그리고 어제 저녁이 보여 주었듯 이들을 지원하는 것이 시대에 맞지 않았으므로 아른하임은 아주 소득이 없지는 않게 숙고를 마무리했다.

90
이념주의의 폐위

상품시장과 유사한 정신을 가진 시대에 자신의 시대와 전혀 상관이 없는 시인들이 시대의 진정한 반대로 여겨진다는 것은 아마 매우 근거 있는 현상일 것이다. 이들은 동시대의 사고로 스스로를 더럽히지 않고 이른바 순수문학을 공급하고 이미 멸종해 버린 위대함의 어법으로 추종자들에게 말한다. 그냥 잠시 지상에 머물기 위해 영원에서 돌아온 듯. 꼭 3년 전 미국으로 갔지만 다시 고향을 방문할 때에는 벌써 서투른 독일어를 하는 사람처럼. 이 현상은 대충, 빈 구멍 위에 이를 메우고자 가운데가 빈 둥근 지붕을 얹는 것과 같다. 그리고 숭고한 공허는 평범한 공허를 그냥 확대시킬 뿐이므로 결국 이 개인숭배의 시대에 이어 다른 시대가, 책임감과 위대함에 추동되던 그 존재 전체에 철저히 등을 돌리는 시대가 오는 것보다 더 자연스러운 일은 없다.

아른하임은 조심스럽게, 시험삼아, 개인적으로 손해를 보지 않는다는 편안한 느낌으로, 앞으로 다가올 것으로 추측되는 이 발전에 적응하려고 시도했다. 물론 이는 사소한 일이 아니었다. 이때 그는 지난 몇 년 동안 미국과 유럽에서 본 모든 것들을 생각했다. 베토벤을 열정적으로 추든 새로운 관능을 율동적으로 추든 춤에 대한 새로운 열정, 최대치의 정신적 관계를 최소치의 선과 색채를 이용해서 표현한다는 회화, 전 세계가 그 의미를 아는 몸짓 하나가 외견상의 작은 새로움을 통해 전 세계를 열광시키는 영화, 마지막으로 당시 이미 스포츠에 대해 확신을 품고서, 발버둥 치는 아이의 수법으로 위대한 자연의 품을 점령할 수 있다고 믿었던 보통 인간들. 이 모든 현상들에서 눈에 띄는 것은 알레고리로의 일정한 경향이었다. 알레고리를 모든 것이 그것에 실제로 부여되는 것보다 더 많은 것을 의미하게 되는 그런 정신적 관계로 이해한다면 말이다. 바로크 사회에서는 투구, 교차된 한 쌍의 칼은 모든 신과 그들의 이야기를 떠올리게 했고 어중이 씨가 떠중이 백작 영애에게 키스한 것이 아니라 전쟁의 신이 순결의 여신에게 키스했듯이, 오늘날 어중이 씨와 떠중이 씨가 껴안고 입을 맞추면 그들은 시대속도를 체험하거나 100여 개의 새로운 견본표상 모음에서 뭔가를 체험하기 때문이다. 물론 이 표상들은 더 이상 주목(朱木) 가로수길 위에 떠 있는 올림포스가 아니라 현대적 뒤죽박죽 그 자체다. 영화관에서, 연극무대에서, 춤 무대에서, 콘서트에서, 자동차 안에서, 비행기, 물, 태양 속에서, 양복점과 무역상의 사무실에서 무시무시한 표면이 끊임없이 생겨나는데, 이것들은 각인하기와 표현하기, 몸짓, 거짓행동과 체험으로 이루어진다. 개별적으로 그리고 외적으로 아주 잘 형상화되어 있는 이 사건은 활기차게 원을 그리며 도는 육체와 유사하다. 여기서는 모든 것이 표면으로 밀고 나와 거기서 서로 연결되는 반면 내부는 아무런 형상도 없이 들끓고 서로 밀치는 상태로 남는다. 아른하임이 몇 년을 미리 내다볼 수 있었다면 그는 벌써 보았으리라. 1920년 동안의 기독교 도덕, 천지를 진동했던 전쟁에서 죽은 수백만 명의 사람들, 여성적 부끄러움에 도취했던 독일문학의 숲도 어느 날 여자들의 치마와 머리카락이 짧아지기 시작하고 유럽의 소녀들이 천 년의 금기를 깨고 한동안 바나나처럼 껍질을 벗고 나체가 되는 것을 한 시간도 지체시킬 수 없었음을. 그는 거의 가능하다고 여기지 않았을 다른 변화들도 보았으리라. 그 가운데 어떤 것이 지속되고 어떤 것이 다시 사라지는지는 중요하지 않다. 이런 생활환경의 혁명들을 양복쟁이, 패션, 우연을 거쳐 가는 길 대신에 철학자, 화가, 시인을 거쳐 가는, 정신적 발전의 책임감 있는 길로 이끄는 것이 얼마나 큰 노력을, 어쩌면 헛될 노력을 요구할지 고려한다면 말이다. 뇌의 비생산적 고집과 비교했을 때 얼마나 큰 창조력이 표면에 귀속되는지를 이로부터 측정할 수 있으니까.

아른하임이 생각하기에 이는 이념주의와 뇌의 폐위이고 정신을 변두리로 내모는 것이고 궁극적인 문제였다. 물론 삶은 늘 이 길을 갔다. 삶은 인간을 끊임없이 외부에서 내부로 개조했다. 하지만 이전에는 내부에서 외부로도 뭔가를 창조해야 한다는 의무감을 느꼈다는 차이가 있었다. 장군의 개조차도 ─ 이 순간 그는 다정하게 장군을 떠올렸다 ─ 다른 발전을 결코 이해할 수 없으리라. 인간의 충실한 이 동반자는 이전 세기의 강인하고 순종적인 남자가 자신의 형상에 따라 빚었으니까. 하지만 개의 사촌, 몇 시간이고 춤을 추는 초원의 닭은 벌써 모든 것을 이해하리라. 닭이 깃털을 곤두세우고 발톱으로 땅을 긁으면 아마 한 학자가 책상 앞에 앉아서 하나의 사고를 다음 사고와 연결시킬 때보다도 더 많은 영혼이 생겨날 것이다. 결국 모든 사고는 관절, 근육, 분비샘, 눈, 귀 그리고 그림자 같은 전체 인상에서 오니까. 이 인상은 그것이 속해 있는 피부 주머니 자체가 스스로에 대해 전반적으로 갖는 것이다. 지난 세기들은 어쩌면 이성과 오성, 확신, 개념과 인격에 너무 많은 가치를 둠으로써 심각한 오류를 저질렀을 것이다. 이는 외부의 지시를 받는 보조관청에 불과한 기록실과 문서 보관실을 그 사무실이 중앙에 있다는 이유만으로 관청에서 가장 중요한 부분으로 간주하려는 것과 같았다.

그리고 갑자기 아른하임은, 아마 사랑이 그의 내면에 불러일으킨 가벼운 용해현상에 자극을 받아서, 구원하는 사고, 이 혼란을 정리하는 사고를 찾을 수 있는 지역을 발견했다. 호의적이게도 이 사고는 총매출 상승이라는 표상과 연관되어 있었다. 사고와 체험의 총매출 상승을 이 새로운 시대에서 박탈할 수는 없고, 이는 시간을 낭비하는 정신적 처리과정을 회피한 자연스런 결과로서도 생겨나야 했다. 그는 시대정신을 수요와 공급으로, 성가신 사상가는 이를 조절하는 상인으로 대체해서 생각했고 체험들이 벌이는 어마어마한 생산의 감동적 연극을 자기도 모르게 즐겼다. 체험들은 자유롭게 연결되었다가 풀어지고, 조그만 충격에도 온갖 부분이 다 떨리는 일종의 신경질적 푸딩, 살짝 건드리기만 해도 무시무시한 소리를 내는 거대한 징이었다. 이 이미지들이 서로 완전히 부합하지 않는 것이 벌써, 이들로 인해 아른하임이 처하게 된 몽상적 심신상태의 결과였다. 바로 이런 삶을 꿈과도 비교할 수 있을 것으로 보였으니까. 꿈속에서 사람은 밖으로는 놀라운 사건을 겪는 동시에 안으로는 묽어진 자아를 가지고 가만히 그 한가운데 누워 있고 이 자아의 진공상태를 통해 모든 감정이 푸른 형광등처럼 빛을 발한다. 삶이 그 인간 주위에서 이리저리 생각하고, 춤을 추면서 그를 대신해 연결들을 만들어 내는데, 이는 이성을 사용하면 오랫동안 아주 힘을 들여도 그렇게 만화경처럼 엮어 내지 못할 것들이다. 이렇게 아른하임은 상인으로서 동시에 손가락과 발가락의 끝까지 흥분한 채, 코앞에 닥친 시대의 자유로운 정신적이고도 육체적인 교류에 대해 심사숙고했다. 그리고 집단적인 것, 범논리적인 것이 생기고 있고 사람들이 시골풍의 낙후된 에덴정원에 변화무쌍한 현대적 프로그램을 가져다주기 위해 낡은 개인주의를 버리고 백인종의 모든 우월함과 창의력으로 천국의 개혁으로 돌아가는 중임도 배제할 수 없는 듯 보였다.

오직 한 가지가 거슬렸다. 꿈에서는 전 인격을 관통하는 불가해한 감정을 어떤 사건 속으로 투입할 수 있는 능력이 있듯이 똑같은 능력이 깬 상태에서도 있을 수 있지만 그건 열다섯 살이거나 열여섯 살이고 학교를 다닐 때뿐이다. 물론 그 후에도, 알다시피, 인간의 내면에는 큰 격동, 몰아대는 욕구, 형상 없는 체험들이 있다. 감정은 아주 격앙되지만 아직 그렇게 따로 분리되지는 않았고 사랑과 분노, 행복과 경멸, 간단히 말해, 모든 도덕적 추상은 움찔거리는 사건들이며 이것들은 때로는 전 세계를 뒤덮고 때로는 무(無)로 쪼그라든다. 슬픔, 애정, 위대함, 고귀함이 솟아올라 높고 텅 빈 하늘천장을 만든다. 그리고 무슨 일이 일어나는가? 외부에서, 잘 분화된 세계에서 하나의 완성된 형식이 — 말 한 마디, 시 한 구절, 악마적 웃음, 나폴레옹, 시저, 예수, 어쩌면 또 그냥 부모의 무덤가에서 흘리는 눈물 — 주어지고 번개같이 재빨리 연결되어 하나의 작품이 생긴다. 너무나 쉽게 간과되는 바이지만, 이 고등학교 상급생의 작품은 지체 없이 감정의 완성된 표현이 되고 의도와 실행의 가장 정확한 일치가 되고 한 젊은 인간의 체험을 완벽하게 위대한 나폴레옹의 삶 속으로 옮겨 놓는다. 그렇지만 위대한 것과 작은 것의 연결은 어쩐지 불가역적으로 보인다. 그는 꿈에서뿐만 아니라 청소년 시절에도 위대한 연설을 하거나 잠에서 깨어나면서 불행히도 마지막 단어들만을 재빨리 낚아채면, 이것들이 사실 보기와는 달리 그렇게 비상하게 아름답지 않다는 것을 체험한다. 그러면 그는 자신이 춤추는 닭처럼 무중력 상태에서 현란하게 빛나는 것으로 여겨지지는 않고 그냥 달을 보고 아주 감정적으로 울부짖었을 뿐이다. 이미 여러 번 칭송된 바 있는 장군님의 폭스테리어처럼.

이렇게 이때 모든 것이 다 들어맞을 수는 없었지만 — 아른하임은 스스로를 독려하며 숙고했다 — 그래도 아주 진지하게 시대와 같이 가야 한다고 그는 정신을 바짝 차리고 덧붙였다. 결국 보증된 이 제조원칙을 삶의 생산에도 적용하는 것보다 더 손쉬운 일이 무엇이겠는가?

91
정신적 약세시장과 강세시장에서의 투기

투치 집에서의 회동은 이제 정기적으로 성황리에 계속되었다.

투치 국장은 '평의회'에서 '사촌'에게 말을 걸었다. "이 모든 것이 벌써 한 번 있었다는 걸 아시오?"

그는 낯설어진 자신의 집에 들끓는 인간들을 눈으로 가리켰다. "기독교 초기 무렵이오. 그리스도가 태어났던 세기지요. 당시 기독교, 레반트, 그리스, 유대교의 도가니 속에서 수많은 종파들이 생겨났지요." 그는 열거하기 시작했다. "아담파, 2 카인파, 3 에비온파, 4 콜리리

---

2 2세기 경 북아프리카에 있던 그노시스파로 아담과 이브가 에덴동산에서 추방되기

디아파, 5 아르콘파, 6 엔크라트파, 7 오피파8 … ." 자신의 행동의 서두르는 능숙함을 완화시키면서 숨기려 할 때 생기는 그런 이상한, 성급하면서도 느린 속도로 그는 초기 기독교 또는 기독교 이전 종교동맹의 긴 명단을 나열했다. 이는 그의 집에서 벌어지고 있는 일들에 대해 그가 특별한 이유에서 겉으로 내보이는 것보다 더 많이 알고 있음을 아내의 사촌에게 조심스럽게 이해시키고 싶어 한다는 인상을 주었다.

이어 그는 이미 열거한 이름들을 설명하면서, 그중 한 종파는 순결을 요구했기 때문에 결혼에 반대했고, 다른 한 종파는 순결을 요구하긴 했지만 기묘하게도 이 목표를 방탕의 의식(儀式)을 통해 달성하기를 원했다고 이야기했다. 한 종파의 신도들은 여자의 몸을 악마의 발명품으로 간주했기 때문에 자신을 불구로 만들었고, 다른 한 종파에서는 남녀가 벌거벗은 채 교회모임에서 만났다. 꼬치꼬치 따지는 신

전의 나체 상태를 다시 이루려 했다.

3 2, 3세기경에 있었던 종파로 카인, 에사우, 코라흐, 소돔인 등 구약성서에 나오는 죄인들을 숭배했다.

4 히브리어로 'ebionim', 즉 '가난한 사람들'을 뜻하며 기독교 교회에서 분리되어 나온 유대 기독교도 그룹이다.

5 이슬람 이전의 아라비아에 있었던 초기 기독교 종파로 신이 아니라 성모 마리아를 숭배했고 신도는 모두 여자들이었으며 이들은 'Kollyrides'(그리스어로 '케이크')를 만들어 나누어 먹었다.

6 4세기 팔레스티나에 있었던 그노시스파로 악령인 아르혼(Archon)이 세계를 창조했다고 믿었으며 세계를 지배하는 아르콘에게서 벗어나려 했다.

7 그리스어로 '금욕하는 자들'이라는 뜻으로 초기 교회의 금욕적 기독교 종파이다.

8 'ophis'는 그리스어로 '뱀'이라는 뜻으로 에덴동산의 뱀에게 신성을 부여한 종파이다.

자들은 낙원에서 이브를 유혹한 뱀이 신적인 인물이었다는 결론을 얻었고 수간(獸姦)을 했다. 그리고 다른 신자들은 처녀를 가만두지 않았는데, 그들의 학문적 확신에 따르면, 성모도 예수 외에 다른 아이들을 낳았다고 하므로 처녀성은 위험한 오류이기 때문이었다. 늘 한 종파가 뭔가를 하면 다른 한 종파는 그 반대를 행했고 둘 다 대충 같은 이유와 확신에서 그렇게 했다. 투치는 이를 특이하긴 해도 역사적 사건에 적합한 진지함으로 그리고 남자들의 농담 투를 깔아 이야기했다. 그들은 벽 옆에 서 있었다. 국장은 화난 미소를 살짝 머금고 담배 꽁초를 재떨이에 던졌고 여전히 정신을 딴 데 팔고 인파를 바라보았고 꼭 담배 한 대를 피울 동안만 이야기하기를 원했다는 듯 이렇게 끝을 맺었다. "다양한 의견과 주관적 견해가 판을 쳤던 당시 상태가 적잖이 우리 문인들의 논쟁을 상기시킨다고 생각합니다. 이 논쟁들은 내일이면 바람과 함께 사라지겠지요. 다양한 역사적 상황들을 통해 제때에 정치적으로 효율적인 성직자들의 공무원 체계가 생겨나지 않았다면 오늘날 기독교 신앙은 거의 흔적도 없을 겁니다⋯."

울리히는 동의했다. "규정에 따라 공동체에서 월급을 받는 신앙의 공무원들은 관청의 규정을 가지고 장난하도록 놔두지 않지요. 전반적으로 저는 우리가 우리의 비천한 특성들을 부당하게 적대시한다고 생각합니다. 이 특성들의 신뢰성이 없다면 결코 역사가 생겨날 수 없을 겁니다. 정신적 노력들은 영원히 논란의 소지가 있고 지조가 없으니까요."

국장은 불신에 차서 그를 쳐다보았고 곧 다시 시선을 돌렸다. 이런 종류의 발언은 그에게는 너무 막연했다. 그럼에도 불구하고 그는 이 아내의 사촌을, 비록 알게 된 지 얼마 되지 않았지만, 눈에 띄게 친구로, 친척으로 대했다. 투치는 회동에 오갔고 자신의 집에서 일어나는 일의 한가운데 있으면서도 다른 세계, 그 고상한 의미를 아무도 들여다볼 수 없는 닫힌 세계에 산다는 인상을 주었다. 하지만 가끔씩 그는 더 이상 저항할 수 없는 듯 보였고 누군가에게 한순간 어렴풋하게라도 자신을 내보여야 했다. 그러면 항상 그 누군가는 이 사촌이었고 그는 사촌과 대화를 시작했다. 아내의 사촌과 대화하고 싶어지는 것은 아내와의 관계에서 발작적인 애정표현이 산발적으로 주어지긴 했지만 아내의 인정을 받지 못하는 것을 참고 견디는 상황에서는 인간적으로 당연한 결과였다. 애정발작이 일어나면 디오티마는 작은 소녀처럼 그에게 키스했다. 열네 살가량의 소녀가 어떤 감정인지 모를 감정에 휩싸여 더 작은 소년을 키스로 뒤덮는다. 곱슬곱슬한 수염 밑 투치의 윗입술이 수치스러운 나머지 자기도 모르게 쑥 들어갔다. 그의 집에 들어선 새로운 상황은 아내와 그를 있을 수 없는 처지로 내몰았다. 그는 코를 곤다는 디오티마의 불평을 결코 잊지 않았고 그사이 아른하임의 저서들도 읽었고 이에 관해 이야기할 준비가 되어 있었다. 그는 많은 것은 인정할 수 있었지만 아주 많은 것들은 틀렸다고 했고 몇 가지는 이해할 수 없었지만 그것이 작가 탓임을 전제하는 그 안전한 평온함은 유지했다. 하지만 그는 이런 질문들에 대해 그냥 경험 많은 남자의 존중받는 판단을 내놓는 일에 늘 익숙해져 있었고 디오티마가 매번 그에게 반대하리라는 현재 존재하는 전망, 즉 그녀와 이런 말랑말랑한 대화를 하지 않을 수 없는 필연성을 그의 사생활에 일어난 너무나 부당한 변화라고 느꼈으므로 대화를 선택할 수 없었고 반쯤 무의식적 소망에서는 심지어 아른하임과 결투를 하는 편이 더 나았다. 투치는 갑자기 아름다운 갈색 눈을 화가 나서 찡그렸고 자신의 기분에 좀더 엄격히 주의를 기울여야겠다고 스스로에게 말했다. 옆에 서 있는 사촌은(그의 견해에 따르면, 아주 긴밀한 관계를 맺어서는 절대 안 되는 남자였다!) 사실 그냥 친척이라는, 현실적 내용이 거의 없는 사고연결을 통해 아내를 생각나게 했다. 또 이미 오래 전부터 그는 아른하임이 일정한 조심스러운 방식으로 이 젊은이의 비위를 맞추는 반면 울리히는 명백한 거부감을 드러내고 있음을 알아차렸다. 이는 두 개의 정말 별 내용 없는 관찰이었지만 설명할 수 없는 호의로 투치를 진정시키기에 충분했다. 그는 갈색 눈을 떴고 한동안 수리부엉이처럼 커다란 눈으로 방 안을 바라보았지만 꼭 뭔가를 보려는 것은 아니었다.

게다가 그와 꼭 마찬가지로 아내의 사촌도 익숙한 상황에 지루해하며 앞쪽을 바라보고 있었고 대화가 중단된 것조차 알아차리지 못했다. 투치는 뭔가를 말해야 한다고 느꼈다. 그는 침묵이 그가 공상에 시달리는 인간임을 폭로하기라도 하듯 불안했다. "당신은 모든 것을 나쁘게 생각하기를 좋아하는군요." 투치는 마치 신앙의 공무원에 대한 말이 지금까지 자신의 귀 앞에서 입장(入場)을 기다려야 했다는 듯 미소를 지으며 말했다. "그리고 내 처가 친척 간의 온갖 호감에도 불구하고 당신의 조력을 약간 두려워하는 것이 부당하지 않은 것 같군요. 이렇게 말해도 된다면, 동료인간에 대한 당신의 생각은 약세시장 투기의 경향이 있습니다."

"그건 정말 탁월한 표현입니다." 울리히가 기뻐하며 대답했다. "제가 그 표현에 만족하지 않는 것에 만족해도 된다면요! 인간 내면의 약세시장과 강세시장에서 투기해 온 것이 세계사이니까요. 약세시장에서는 간계와 폭력을 통해서, 강세시장에서는 대충 국장님의 부인께서 여기서 시도하고 있듯이 이념의 힘에 대한 믿음을 통해서 말입니다. 아른하임 박사도, 그의 말을 믿는다면, 강세시장 투기자입니다. 이에 반해 직업상 약세시장 투기자인 국장님이 이런 천사들의 합창 속에서 어떤 느낌을 가지시는지 알고 싶습니다."

그는 동정심을 보이며 국장을 살폈다. 투치는 주머니에서 담배케이스를 꺼냈고 어깨를 으쓱했다. "왜 내가 거기에 대해 아내와 다르게 생각한다고 믿지요?" 그가 대답했다. 그는 대화가 개인적인 것으로 흐르는 것을 막고 싶었지만 이 대답을 통해 이 흐름을 더 강화했다. 다행히 상대방은 이를 알아차리지 못했고 계속했다. "우리는 이런 식으로 또는 저런 식으로 얻게 된 형식을, 그게 뭐든, 다 취할 수 있는 덩어리입니다!"

"그건 내게는 너무 어려워요." 투치가 피하면서 대답했다.

울리히는 이것이 기뻤다. 이것은 그 자신과는 반대였다. 정신적 자극에 대답하지 않고 곧장 자신의 전 인격을 구실로 내세우는 것 말고는 다른 방어수단이 없으며 또 그것을 사용하려고도 하지 않는 남자와 이야기하는 것이 그는 정말 즐거웠다. 투치에 대한 원래의 거부감은 이 집에서 벌어지는 과장된 짓거리에 대한 훨씬 더 큰 거부감의 압력하에서 반전된 지 오래였다. 그는 그저 왜 투치가 이것을 참고 있는지 이해할 수 없었고 이에 대해 온갖 추측을 했다. 그는 투치를 아주 천천히만, 동물을 관찰하듯 겉으로만 알아 갔다. 솔직한 욕구 때문에 말을 하는 사람들에게서처럼 단어를 통해 속을 쉽게 들여다볼 수는 없었다. 우선 겨우 중키인 남자의 건조한 외모가 그의 마음에 들었고 불확실한 감정을 많이 드러내는 검고 강렬한 눈도 그랬다. 그것은 절대 공무원의 눈은 아니었지만 또 대화에서 드러나는 투치의 현재 인격과도 결코 어울리지 않았다. 드물지 않게 일어나는 일인바, 종류가 다른 남자 이목구비 사이로 내다보는 것이 소년의 눈이라고 가정하지 않는다면 말이다. 이 눈은 사용하지 않고 막아 버린, 오래전에 잊힌 내면의 부분을 향해 나 있는 창문 같았다. 그 다음으로 사촌의 눈에 띈 것은 투치의 몸 냄새였다. 그것은 기나피 또는 마른 나무상자에서처럼 그의 몸에서 나는 냄새였거나 태양, 바다, 이국적임, 변비, 은은한 면도자국이 혼합적으로 작용한 것이었다. 이 냄새는 그를 숙고하게 했다. 이제 그는 개인적 냄새를 가진 인간을 두 명 알게 되었다. 투치와 모스브루거였다. 투치의 날카롭고 부드러운 향기를 떠올리고 동시에 디오티마를 생각하면 — 그녀의 넓은 표면 위에는 아무것도 감추지 못하는 듯 보이는 엷은 분 향기가 어려 있었다 — 서로 대립되는 두 열정이 보였다. 이 두 인물의 약간은 우스꽝스러운 실제 동거는 어떤 식으로든 이 대립과 일치하지 않는 듯했다. 울리히는 자신의 사고를 불러들여야 했고 사고가 사물들에게, 허용치라고 부르는 그 거리를 취한 후에야 투치의 거부하는 대답에 답할 수 있었다.

"주제넘은 짓이지요!", 그는 약간 지루하지만 단호한 톤으로 새롭게 시작했는데, 그들의 현재 처지가 더 나은 것을 허용하지 않으므로 상대방을 지루하게 해야 하는 데 대한 유감을 사교적으로 표현하는 톤이었다. "제가 국장님 앞에서 외교가 무엇인지 정의하려고 시도한다면 이는 분명 주제넘은 짓입니다. 하지만 저는 한 수 배우기를 원합니다. 자, 이렇게 한번 말해 보겠습니다. 외교는 믿을 만한 질서는 오직 거짓, 비겁함, 식인풍습, 간단히 말해 인간의 확고한 저열함을 사용함으로써 도달될 수 있다고 가정합니다. 외교는, 국장님의 그 적확한 표현을 다시 한번 사용하자면, 약세시장 이상주의입니다. 그리고 저는 이것이 매력적으로 우울하다고 생각합니다. 이는 우리의 보다 높은 힘의 비신뢰성이 우리를 식인(食人)의 길뿐만 아니라《순수이성비판》의 길로도 이끌 수 있음을 전제하니까요.”

“당신은 유감스럽게도”, 국장이 저항했다. “외교를 낭만적으로 생각하고 많은 사람들이 그렇듯 정치와 간계(奸計)를 혼동합니다. 외교가 아직 아마추어적인 영주들에 의해 이루어졌을 때는 어쩔 수 없이 맞는 말일 수도 있습니다. 하지만 모든 것이 시민적 고려에 달린 시대에는 맞지 않습니다. 우리는 우울하지 않고 낙관적입니다. 우리는 더 나은 미래를 믿어야 합니다. 그렇지 않으면 우리는 우리의 양심 앞에서 떳떳할 수가 없습니다. 그게 다른 사람들의 양심과 절대 다른 종류가 아니니까요. 그래도 식인이라는 단어를 사용하기를 원한다면, 나는 세계가 식인을 하지 못하게 하는 것이 외교의 공로라고만 말하고 싶어요. 하지만 그러기 위해서는 보다 높은 것을 믿어야지요.”

“국장님은 무엇을 믿으십니까?” 사촌이 단도직입적으로 그의 말을 끊었다.

“하지만 이거 보세요!” 투치가 말했다. “난 더 이상 거기에 당장 대답할 소년이 아닙니다! 내가 말하고자 한 바는, 외교관이 자신의 시대의 정신적 조류들과 자신을 동일시하면 할수록 그의 일이 쉬워진다는 것입니다. 거꾸로 지난 세대가 보여 준 것은 정신의 진보가 모든 측면에서 더 클수록 외교가 더 많이 필요하다는 것이었습니다. 하지만 궁극적으로 그건 당연한 것이지요!"

"당연하다고요? 그러면 국장님은 저와 같은 것을 말씀하시는 것입니다!" 울리히는 서로 절제하며 대화를 나누는 두 남자의 그림이 — 이것이 그들이 보여 주기를 원하는 것이었다 — 허용하는 한도 내에서 활기차게 외쳤다. "저는 정신적인 것과 선은 악과 물질적인 것의 도움 없이는 지속적으로 존재할 능력이 없다는 것을 유감스럽지만 강조했고 국장님은 대략, 정신이 많이 존재하면 할수록 더 많은 조심이 필요하다고 대답하셨습니다. 이렇게 말해 봅시다. 인간을 비열한 놈으로 취급하고 이런 식으로 그로 하여금 모든 것을 다 하게 할 수는 없습니다. 하지만 또 인간을 열광하게 하고 이런 식으로 그로 하여금 모든 것을 다 하게 할 수는 없습니다. 그래서 우리는 이 두 방법 사이에서 동요하고 두 방법을 섞습니다. 이것이 전체입니다. 제게는 제가 국장님이 인정하시려는 것보다 훨씬 더 많이 국장님과 의견일치를 보고 있다고 여겨집니다."

투치 국장은 이 불편한 질문자를 향해 몸을 돌렸다. 작은 미소가 그의 수염을 들어 올렸고 반짝이는 두 눈은 비웃으며 양보하는 표정으로 울리히를 바라보았다. 그는 이런 종류의 대화를 끝내고 싶었다. 이런 대화는 빙판처럼 위험했고 소년들의 빙판 위 얼음지치기처럼 목적 없이 유치했다. "이거 보십시오. 당신은 아마 야만적 행위라고 간주하겠지만", 그는 대답했다. "설명하지요. 철학하기는 사실 교수들만 해야 합니다! 물론 인정받는 우리의 위대한 철학자들은 당연히 거기서 제외됩니다. 나는 그들을 높이 평가하고 책도 모두 읽었어요. 하지만 그들은, 말하자면, 그냥 주어져 있습니다. 그리고 우리 교수들은 그들을 위해 채용되었지요. 일단 직업이 있고 그 이상으로 중요할 필요도 없습니다. 이 일이 멸종하지 않게 하려면 어쩔 수 없이 선생이 필요합니다. 하지만 그 밖에는, 국민들이 모든 것을 다 숙고해서는 안 된다는 옛 오스트리아의 격언이 딱 옳습니다. 그래 봐야 좋은 것이 나오기는 드물고 약간은 주제넘습니다."

국장은 궐련을 한 대 말았고 침묵했다. 그는 자신의 '만행'을 사과하고 싶은 마음이 전혀 없었다. 울리히는 그의 날씬한 갈색 손가락을 바라보았고 투치가 너무나 잘 시연하는 이 후안무치한 절반의 어리석음에 매혹되었다. "국장님은 수천 년 전부터 교회가 구성원에게 사용해 왔고 최근에는 사회주의가 사용하는 것과 동일한 아주 현대적인 원칙을 갖고 계십니다." 그는 정중히 말했다. 투치는 사촌이 이 조합으로 무슨 말을 하는지 알아보려고 슬쩍 사촌을 쳐다보았다. 이어 그는 사촌이 다시 긴 설명을 늘어놓으리라 예상했고 이 끝없는 정신적 경솔함에 미리부터 화가 났다. 하지만 사촌은 아무것도 하지 않았고 옆에 서 있는 3월혁명 이전의 신조를 가진 남자를 호의를 가지고 관찰했다. 그는 투치가 자신의 아내와 아른하임의 관계를 일정한 한도 내에서 허용하는 이유가 있으리라고 벌써 오래전부터 가정했고 정말로 알고 싶었다. 그렇게 해서 그가 이루려는 것이 무엇일까? 하지만 막연했다. 어쩌면 투치는 그냥 은행이 평행운동에 대해 생각하듯 그렇게 행동했을 것이다. 은행들은 지금까지 평행운동에 가능하면 거리를 두었지만 그렇다고 적어도 한 손가락은 거기에 넣어 두는 것을 포기하지는 않았다. 그러면서 그는 디오티마의 두 번째 사랑의 봄을, 너무나 분명히 보이는데도 불구하고, 알아차리지 못했다. 이는 거의 생각할 수도 없는 일이었다. 울리히는 옆 사람의 얼굴에 난 깊은 주름과 균열들을 관찰했고 이빨이 담배 끝을 물 때 턱 근육이 단단해지는 모양새를 바라보는 데서 만족을 느꼈다. 이 인간은 울리히에게 순수한 남성성의 표상을 일깨웠다. 울리히는 스스로와 너무 많이 이야기를 한 것에 약간 싫증이 났고, 과묵한 한 인간을 그려 보는 것이 아주 즐겁고 편안했다. 그는 투치가 소년이었을 때에 벌써 말을 너무 많이 하는 다른 소년들을 분명 참을 수 없었으리라 상상했다. 이런 수다스러운 소년들이 나중에 문예애호가가 된다. 반면에 입을 여느니 차라리 이빨 사이로 침을 뱉는 소년들은 쓸데없는 것을 생각하기를 좋아하지 않고 느낌과 감정이라는 없어서는 안 되는 상태에 대한 보상을 행동, 간계, 단순한 감내(堪耐)와 방어 속에서 찾는 남자가 된다. 그들은 어째서인지 이 상태를 너무나 수치스러워해서 생각과 감정은 다른 사람을 속이기 위해서만 사용한다. 물론 투치는 이런 종류의 말을 들었다면 이를 너무 감정적인 발언처럼 물리쳤으리라. 이런 방향이든 저런 방향이든 어떤 과장도, 어떤 비범함도 허용하지 않는 것이 그의 원칙이었으니까. 어쨌든 그가 표면에 내세우는 인물에 대해서는 그와 이야기를 해서는 안 되었다. 음악가, 배우 또는 무용수에게 도대체 뭘 말하고 싶으냐고 묻지 말아야 하는 것처럼. 그리고 울리히는 이 순간 국장의 어깨를 두드리고 싶었다. 또는 부드럽게 그의 머리를 쓰다듬음으로써 말 없는 무언극적 방법으로 그들 둘 사이의 동의가 작동하게 하고 싶었다.

울리히가 제대로 상상할 수 없었던 것은 그냥 한 가지, 투치가 소년이었을 때뿐 아니라 지금 이 순간에도 남성적 광채를 내뿜으면서 이빨 사이로 침을 뱉고 싶은 욕구를 느꼈다는 것이었다. 자신의 옆에서 막연한 호의 같은 것이 느껴지는 이 상황이 불쾌했기 때문이었다. 그는 철학에 대해 자신이 내뱉은 발언 속에는 타인의 귀에는 그다지 환영받지 못하는 온갖 것들이 섞여 있음을 스스로 알고 있었다. 그리고 악마가 그에게 이 거리낌 없는 신뢰의 증거를 '사촌'에게 (어떤 이유에서인지 그는 울리히를 늘 이렇게만 불렀다) 주라고 충고했음이 틀림없었다. 그는 수다스러운 남자들을 참을 수 없었고, 결국 자기도 모르게 이 남자를 아내의 일에서 동맹자로 얻으려고 하는 것인지 아연해서 자문했다. 이런 생각에 그의 피부는 수치심으로 어두워졌다. 예전이라면 그런 도움을 거절했을 테니까. 그리고 그는 우연히 찾아낸 변명으로 어설프게 위장한 발걸음으로 무의식적으로 울리히에게서 몇 걸음 멀어졌다.

하지만 그 후 그는 생각을 달리했고 되돌아와서는 물었다. "도대체 한 번만이라도 왜 아른하임 박사가 이렇게 오래 우리나라에 체류하는지 생각해 본 적이 있나요?" 갑자기 그는 이 질문을 통해, 아내와의 연결은 아예 배제된 것으로 취급한다는 것을 가장 잘 보여 줄 수 있다고 상상했다.

사촌은 염치없게도 어이없이 그를 바라보았다. 정답이 손에 잡힐 듯 놓여 있어 다른 답을 찾기가 어려울 정도였다. "국장님은", 그는 더듬거리면서 대답했다. "정말로 어떤 특별한 이유가 있다고 생각하십니까? 그렇다면 그냥 사업적인 이유겠지요?"

"나는 아무것도 주장할 수가 없어요." 이제 다시 스스로를 외교관으로 느끼며 투치가 대답했다. "하지만 다른 이유가 있을까요?"

"사실 당연히 다른 이유가 전혀 있을 수 없지요." 울리히가 공손하게 인정했다. "국장님은 정말 탁월한 관찰을 하셨습니다. 고백하건대, 저는 정말 아무것도 생각지 못했습니다. 저는 대충 그것이 그의 문학적 성향과 관련이 있을 거라고만 여겼습니다. 게다가 어쩌면 정말 그게 이유일 수도 있을 겁니다."

국장은 이 말에는 산만한 미소만을 베풀었다. "그러면 당신은 어떤 이유에서 아른하임 같은 남자가 문학적 성향을 가지는지 설명해야 합니다." 그가 물었다. 하지만 그는 잠시 이 말을 후회했다. 사촌이 벌써 장황한 대답을 하려고 너스레를 떨었기 때문이었다. "아직 알아차리지 못하셨나요?" 그가 대답했다. "오늘날 특이하게도 많은 사람들이 길거리에서 혼잣말을 한다는 것을요."

투치는 무심히 어깨를 으쓱했다.

"그들은 정상이 아닙니다. 그들은 자신의 체험을 완전히 체험하거나 내면으로 흡수할 수가 없어서 그 나머지를 밖으로 내보내야 하는 것이 분명합니다. 제 생각에는, 글을 쓰겠다는 과장된 욕구도 이렇게 생겨납니다. 어쩌면 글쓰기 자체에서는 이를 그렇게 분명하게 알아볼 수 없을 겁니다. 재능이나 연습 정도에 따라서 그 원천을 한참 넘어서는 뭔가가 거기서 생겨나니까요. 하지만 독서에서는 이를 어떤 모호함도 없이 알아차릴 수 있습니다. 오늘날 독서를 할 수 있는 인간이 거의 없습니다. 모두 저술가를 이용할 뿐입니다. 동의나 거부의 형식으로, 변태적인 방법으로 자기 자신의 잉여물을 그에게 버리기 위해서 말입니다."

"아른하임의 삶에서 뭔가가 정상이 아니라는 말입니까?" 투치는 이제 다시 주목하며 물었다. "나는 최근에 그의 책들을 읽었습니다. 순전히 호기심에서지요. 많은 사람들이 그에게 너무나 큰 정치적 기회를 부여하니까요. 하지만 나는 그것들의 필연성이나 목적을 보지 못했다고 고백하지 않을 수가 없어요."

"이 질문을 훨씬 더 일반적으로 제기할 수 있을 겁니다." 사촌이 말했다. "돈과 영향력이 너무나 많아서 정말로 모든 것을 소유할 수 있는 인간이 왜 글을 씁니까? 사실 저는 아주 순진하게, 왜 모든 직업소설가가 글을 쓰느냐고 물어야 할 겁니다. 그들은 있지도 않은 일을 이야기합니다. 마치 있었던 일인 듯 말입니다. 이건 공공연합니다. 하지만 그들이 삶에, 거지가 부자를 감탄하듯, 그렇게 감탄합니까? 거지들은 부자가 그들을 얼마나 하찮게 여기는지 끝도 없이 이야기합니다. 아니면 그들은 되새김질을 하는 것일까요? 아니면 현실에서는 전혀 이룰 수 없거나 견딜 수 없는 것을 환상 속에서 만들어 냄으로써 행복 도둑질을 하는 것일까요?"

"당신 스스로는 글을 써본 적이 없나요?" 투치가 그의 말을 중단시켰다.

"불안하게도, 결코 없습니다. 글을 쓰지 말아야 할 만큼 행복해 본 적이 결코 없는 데도요. 제가 조만간에 그럴 욕구를 느끼지 못한다면 저는 너무나 비정상적인 제 기질 때문에 자살하리라 결심했습니다!"

그는 너무나 진지하고 친절하게 이 말을 했으므로 이 농담은 그의 의사와는 달리 대화의 흐름에서 빠져나와, 물에 빠진 돌처럼 수면 위로 떠올랐다.

투치는 이를 알아차렸고 눈치 빠르게 다시 맥락을 만들어 냈다. "한마디로", 그는 확언했다. "이로써 당신은 나와 똑같은 말을 합니다. 나는 공무원은 은퇴한 후에야 글을 쓰기 시작해야 한다고 주장하니까요. 하지만 그게 아른하임 박사에게는 어떻게 들어맞지요?"

사촌은 침묵했다.

"아른하임은 전적으로 비관적이고, 그가 그토록 헌신적으로 참여하는 여기 이 사업에 대해 '강세시장' 투기적으로 생각하지 않는다는 것을 아십니까?!" 투치는 갑자기 목소리를 낮추고 말했다. 갑자기 그는 아른하임이 아내와 셋이서 나눈 대화에서 맨 처음에는 평행운동의 장래에 대해 아주 회의적인 의견을 피력했음을 상기했다. 그리고 그것이 오랜 시간이 지난 후 바로 이 순간에 떠오르는 것은, 왜인지는 스스로도 몰랐지만, 그의 외교의 성공인 듯 여겨졌다. 물론 아른하임의 체류 이유에 대해 지금까지 알아낸 것은 아무것도 없었지만.

사촌은 실제로 놀란 얼굴을 했다.

어쩌면 그냥 친절함 때문이었을 것이다. 그는 계속 침묵하고 싶었으니까. 하지만 어쨌든 이런 식으로 두 신사는 흥미로운 대화였다는 인상을 받았고 곧이어 그들에게 다가오는 손님들 때문에 헤어졌다.

92
부자들의 삶의 규칙에서

아른하임이 받은 만큼 그렇게 큰 주목과 감탄은 어쩌면 다른 남자에게는 불신과 불안을 갖게 했으리라. 그는 이것이 자신의 돈 덕분이라고 상상할 수 있었으리라. 하지만 아른하임은 불신을 비귀족적 신조의 표시로 간주했고 이것은 그와 같은 지위에 있는 남자는 분명한 상업적인 정보에 근거해서만 허용하는 것이었고 게다가 그는 부(富)란 인격의 특성이라고 확신했다. 부유한 남자는 누구나 부를 인격의 특성으로 간주한다. 가난한 남자도 마찬가지다. 세상은 모두 이를 암묵적으로 확신한다. 논리학만이 돈의 소유는 일정한 특성들을 부여할지는 모르겠지만 그 자체가 결로 인간의 특성일 수 없다고 주장함으로써 애를 먹인다. 하지만 눈으로 보면, 이것이 거짓말임이 드러난다. 인간의 코는 모두 어쩔 수 없이 당장 독립성, 명령하는 습관, 어디서나 최상의 것을 고르는 습관, 세계를 향한 약간의 경멸, 안정적인 큰 수입에서 오는 끊임없는 권력책임의식의 부드러운 입김을 냄새 맡는다. 이런 인간의 외모에서는 그것이 세계에서 최상품의 양분을 공급받고 매일 새로워지는 것이 보인다. 돈은 그 표면에서 꽃 속의 즙처럼 순환한다. 여기에는 특성의 부여나 습관의 획득이 없고 간접적인 것도, 한 다리 건너서 받은 것도 없다. 은행통장과 대출을 없애 보라. 그러면 부유한 남자는 더 이상 돈만 없는 것이 아니다. 자신이 부유하지 않다는 것을 이해한 순간부터 시든 꽃과 같아진다. 예전에 그의 부유함의 특성을 알아차렸던 것과 똑같은 직접성으로 이제 누구나

52

그에게서 무(無)의 서술할 수 없는 특성을 알아차린다. 여기서는 불안, 신뢰할 수 없음, 무능함, 가난의 수상한 연기 냄새가 난다. 그러니까 부는 개인적이고 단순하고, 파괴하지 않고서는 분해할 수 없는 특성이다.

하지만 이 드문 특성의 작용과 관계는 대단히 복잡하고 이를 통제하기 위해서는 큰 영적 힘이 요구된다. 돈이 없는 사람만이 부를 마치 꿈인 양 상상한다. 이에 반해 돈을 소유한 사람은 돈이 없는 사람과 같이 있을 기회가 있을 때마다 돈이 얼마나 불쾌한 일을 의미하는지를 강조한다. 예를 들어, 아른하임은 사실 그의 기업의 기술과장이나 판매과장이 모두 특정한 능력에서는 그를 훨씬 능가한다는 사실을 자주 곰곰이 생각해 보았고 충분히 높은 관점에서 보면, 사고, 지식, 신의, 재능, 신중함 등은 돈을 주고 살 수 있는 특성으로 보인다는 것을 매번 확인해야 했다. 이것들은 엄청나게 많이 존재하니까. 반대로 이것들을 사용할 수 있는 능력은 벌써 고귀하게 태어나서 자란 소수의 사람만이 소유하는 특성을 전제로 한다. 부자가 겪는 또 다른 적잖은 어려움은 모든 사람들이 그에게 돈을 원한다는 것이다. 돈이 문제가 아니다. 그건 맞다. 그리고 수천 또는 수만 마르크는 부유한 남자가 그것이 있는지 없는지도 느끼지 못하는 것이다. 또 부자들은 기회가 있을 때마다 돈은 한 인간의 가치를 바꿀 수 없다고 확언하기를 좋아하니까. 그들은 이 말로 그들이 돈 없이도 지금처럼 가치가 있다고 말하고 싶어 하고 만약 다른 사람이 이 말을 오해하면 늘 마음이 상한다. 유감스럽게도 그들은 다름 아닌 정신적 인간과 교류하면서 이를 드물지 않게 체험한다. 특이하게도 이들은 돈은 없고 계획과 재능만 있는 경우가 많지만 이로 인해서 자신들의 가치가 줄었다고 느끼지 않고, 돈이 전혀 문제가 되지 않는 한 부유한 친구에게 그 넘쳐나는 돈으로 어떤 좋은 목적을 위해 자신들을 지원해 달라고 부탁하는 것보다 더 쉬운 일은 없는 듯하다. 이들은 그 부유한 남자가 자신의 아이디어로, 자신의 능력과 자신의 개인적 매력으로 그들을 지원하고 싶어 한다는 것을 이해하지 못한다. 게다가 이들은 이런 식으로 그로 하여금 돈의 본성에 반(反) 하게 한다. 돈의 본성은 동물의 본성이 번식을 추구하는 것과 꼭 같이 증식을 원하니까. 돈을 잘못 투자할 수도 있는데, 그러면 돈은 금전숭배의 장에서 몰락한다. 그는 돈으로 헌차가 아직 새것이나 마찬가지라도 새 차를 살 수 있고 폴로 말을 대동하고 세계적 휴양지의 가장 비싼 호텔에 묵을 수도 있고 달리기 상금이나 예술 상금을 기부할 수도 있고 수백 명의 손님을 위해 하룻밤에 100가족이 1년 동안 살아갈 수 있을 만큼 많은 돈을 써버릴 수도 있다. 이렇게 그는 씨앗을 뿌리는 남자처럼 돈을 창문 밖으로 내던지고 돈은 증식되어 다시 문으로 들어온다. 하지만 그에게 아무런 이익도 가져오지 않는 목적이나 인간에게 남모르게 돈을 줘버리는 것은 돈을 비열하게 살해하는 것과 비교될 수 있다. 이 목적들이 좋고 이 인간들이 비교할 수 없이 뛰어난 사람일 수도 있다. 그러면 그들을 온갖 수단을 동원해 지원해야 하겠지만 돈으로는 아니다. 이것이 아른하임의 원칙이었고 그는 이 원칙을 집요하게 적용함으로써 시대의 정신적 발전에 창조적으로 그리고 활동적으로 관여한다는 평판을 얻었다.

아른하임은 또 스스로에 대해 자신은 사회주의자처럼 생각한다고 말할 수도 있었다. 그리고 많은 부자들이 사회주의자처럼 생각한다.

그들은 그들이 자본을 갖도록 해주는 것이 사회의 자연법이라는 데 이의가 없었고 인간이 소유에 의미를 부여하는 것이지 소유가 인간에게 의미를 부여하는 것이 아니라고 단단히 확신했다. 그들은 장래에 자신들이 더 이상 존재하지 않으면 소유가 중지될 것이라는 데 대해서도 거리낌 없이 토론하고, 자신들이 하나의 사회적 특성을 소유한다는 그들의 견해는 골수 사회주의자들이 반드시 있을 변혁을 확신에 차서 기대하면서도 그때까지는 가난뱅이보다는 부자와 교류하는 것을 드물지 않게 선호한다는 사실을 통해 더 강화된다. 아른하임이 통달하고 있는 돈의 관계를 모두 묘사하려면 이런 식으로 한참 더 계속할 수 있으리라. 그러니까 경제적 활동은 그 밖의 정신적 활동들에서 분리될 수 있는 것이 아니고 아른하임은 그의 정신적, 예술적 친구들이 절박하게 부탁하면 당연히 충고가 아닌 돈을 주었다. 하지만 그는 항상 주지도 않았고 절대 많이 주지도 않았다. 그들은 전 세계에서 오직 그에게만 이런 청을 할 수 있고 그만이 거기에 필요한 정신적 특성을 소유하고 있기 때문이라고 확언했다. 그는 이 말을 믿었는데, 자본에 대한 욕구는 모든 인간관계를 파고들며 숨 쉴 공기에 대한 욕구만큼이나 자연스럽다고 확신했기 때문이었다. 그러면서 그는 다른 한편 돈은 영적인 권력이라는 그들의 견해와도 타협했고 이 권력을 세심하게 자제해서 사용했다.

그렇다면 그는 대체 무엇 때문에 감탄을 받고 사랑을 받는가? 이것은 알처럼 둥글고 부드럽고 설명하기 어려운 불가사의가 아닌가? 자동차가 아니라 콧수염 때문에 사랑받는다면 이것이 더 진정으로 사랑받는 것인가? 태양에 그을린 남쪽의 아들이라는 이유로 받는 사랑은 대기업의 아들이라는 사실 때문에 받는 사랑보다 더 개인적인가? 유행을 따르는 남자들이 거의 모두 매끄럽게 면도를 하던 그 시절에도 아른하임은 예전과 똑같이, 작고 끝이 뾰족한 턱수염과 짧게 깎은 코밑수염을 했다. 그의 얼굴에 거하는 이 작고 낯선, 그래도 그의 것인 감정은 열심히 귀를 기울이는 사람들 앞에서 그가 무아지경에 빠져 말을 할 때면 기분 좋은 방법으로 그에게 그의 돈을 상기시켰는데, 그 이유는 그에게도 분명하지 않았다.

93
육체문화의 길 위에서도
민간이성에 필적하기는 어렵다

장군은 정신적 시합장을 빙 둘러 벽에 붙여 둔 의자 가운데 하나에 벌써 한참 동안이나 앉아 있었다. 곁에는 그의 '후견인'이 — 그는 울리히를 이렇게 부르기를 좋아했다 — 앉아 있었고 둘 사이에는 의자가 하나 비어 있었으며 그 위에는 뷔페에서 노획한 두 개의 차가운 포도 주잔이 놓여 있었다. 앉은 자세에서 장군의 밝은 푸른색 제복은 위로 밀려 올라가 배 위에서 근심어린 이마처럼 주름져 있었다. 두 남자는 침묵했고 앞에서 진행되는 대화에 귀를 기울였다. "보프레의 경기는", 누군가가 말했다. "천재적이라고 해야 합니다. 저는 그의 경기를 여름에는 이곳에서, 그 전 겨울에는 리비에라에서 보았습니다. 그가 실수를 하면 행운의 여신이 그를 돕지요. 심지어 그는 자주 실수를 합니다. 그의 경기는 구조에 있어 실제 테니스 지식에 어긋납니다.

하지만 신의 축복을 받은 이 사람은 정상적인 테니스 법칙 밖에 있습니다."

"저는 과학적 테니스를 직관적 테니스보다 선호합니다." 누군가 이의를 제기했다. "예를 들어, 브라도크가 그렇습니다. 완벽한 선수는 없을 테지만 브라도크는 완벽에 가깝습니다."

첫 번째 남자가 대답했다. "보프레의 천재성, 그의 무계획적이고 천재적인 뒤죽박죽은 지식이 소용이 없는 곳에서 최고점에 달합니다!"

세 번째 남자가 말했다. "천재라는 말은 그래도 너무 지나친 것 같습니다."

"그럼 그걸 뭐라고 부르시겠습니까? 예상치 못한 상황에서 올바른 방식으로 공을 다루게 하는 것이 천재성이 아니겠습니까!"

"저도", 브라도크주의자가 거들었다. "테니스 라켓을 손에 쥐여 주든, 민족의 운명을 쥐여 주든, 인격은 드러난다고 말하겠어요."

"아니, 아닙니다. 천재는 지나칩니다!" 세 번째 사람이 거부했다.

네 번째 남자는 음악가였다. 그가 말했다. "완전히 틀리셨습니다. 당신은 스포츠 속에 놓인 실제 사고를 간과하고 있습니다. 당신이 여전히 논리적이고 체계적인 것을 과대평가하는 데 익숙해 있기 때문임이 분명합니다. 그건 대충 음악이 감정을 풍부하게 한다거나 스포츠가 의지의 훈련이라는 선입견만큼이나 낡은 것입니다. 하지만 순수한 움직임은 인간이 아무런 보호 없이는 견뎌 낼 수 없을 만큼 마법적입니다. 영화관에서 음악이 빠졌을 때 당신은 이를 보게 됩니다. 그리고 음악은 내적 움직임이고 음악은 움직임의 환상을 촉진합니다. 음악의 마법을 포착하게 되면 스포츠에 천재성을 부여하는 데 우리는 단 1초도 주저하지 않을 것입니다. 학문에만 천재가 없습니다. 그건 두뇌체조지요!"

"자, 제가 옳군요." 보프레 팬이 말했다. "저는 브라도크의 과학적 경기에는 천재성이 없다고 주장하니까요."

"당신이 간과하는 것은", 브라도크 팬이 브라도크를 옹호했다. "거기서는 과학이라는 개념을 새로이 소생시키는 데서 출발해야 한다는 것입니다!"

"둘 중 누가 결국 상대방을 이겼나요?" 누군가가 물었다.

아는 사람이 아무도 없었다. 둘은 서로를 벌써 여러 번 이겼지만 정확한 숫자를 기억하는 사람은 아무도 없었다.

"아른하임에게 물어봅시다." 누군가가 제안했다.

그룹은 해체되었다. 세 의자 위의 침묵은 한동안 지속되었다. 마침내 슈툼 장군이 걱정스럽게 말했다. "미안하네. 나는 내내 듣고 있었네. 하지만 이 모든 것을 또, 음악만 빼고, 승리의 전적이 화려한 장군을 두고도 말할 수 있겠지? 대체 왜 그들은 테니스선수에게서는 이것이 천재적이라고 생각하고 장군에게서는 야만적이라고 생각하나?" 후견인이 디오티마의 집에서 육체문화로 시도해 보라는 충고를 해준 이후로 그는 어떻게 하면 시민이념을 향한 이 희망적인 접근로를, 원래의 거부감에도 불구하고, 이용할 수 있을지 여러 번 생각해 보았지만 유감스럽게도 매번 인지하지 않을 수 없었던 어려움은 이 방향에서도 유난히 컸다.

94
디오티마의 밤들

디오티마는 아른하임이 호의를 가지고 이 모든 사람들을 참아 내는 데 놀랐다. 그녀의 감정상태는 그녀가 몇 번인가 '세계사업은 *un peu de bruit autour de notre âme*[9]에 불과하다'는 말로 표현했던 것과 너무나도 일치했기 때문이었다.

 주위를 둘러보고 세계의 귀족과 정신의 귀족으로 가득 찬 집을 바라보노라면 가끔씩 그녀는 혼란스러웠다. 그녀의 삶의 이야기에서는 깊이와 높이라는 극단적 대립, 즉 중산층의 근심어린 협소함으로 가득 찬 소녀 시절의 처지와 영혼을 현혹하는 지금의 성공만이 남았다. 그녀는 이미 현기증이 날 정도로 좁은 계단 위에 서 있었지만 더 높이 올라갈 수 있다는 기대감 속에서, 다시 한번 발을 들어 올리라는 요청을 느꼈다. 불확실성이 그녀를 유혹했다. 그녀는 활동, 정신, 영혼, 꿈이 하나인 삶 속으로 들어가려는 결심과 씨름하고 있었다. 평행운동의 화룡정점이 되는 이념이 나오지 않을 것이라는 데 대해서도 근본적으로 더 이상 걱정하지 않았다. 세계 오스트리아도 상관없어졌다. 인간 정신의 모든 위대한 계획에는 그 반대계획이 있다는 체험조차도 더 이상 경악스럽지 않았다. 일의 진행은 그 일이 중요한 곳에서는 논리적이지 않다. 오히려 이는 번개나 불을 생각나게 하고, 그녀는 자신을 둘러싸고 있다고 느껴지는 위대함에 대해 아무 생각도 할

---

9 '우리 영혼을 둘러싼 소음'이라는 뜻의 프랑스어이다.

수 없음에 익숙해졌다. 그녀의 운동을 내팽개치고 아른하임과 결혼할 수 있었다면 가장 좋았으리라. 어린 소녀가 모든 어려움을, 그것을 내팽개치고 아빠의 품에 뛰어드는 것으로 해결하듯이. 하지만 그녀의 활동의 형언하기 어려운 외적 성장은 그녀를 단단히 붙들었다. 그녀는 결정할 시간이 없었다. 사건들의 외적 연결과 내적 연결은 두 개의 독립된 열처럼 나란히 앞으로 달려 나갔고 이 둘을 연결하려는 노력은 허사였다. 영적인 것이 모두 해체되는 가운데 겉으로는 심지어 이전보다 더 행복한 듯 보이는 그녀의 결혼생활과 똑같았다.

성격대로라면 디오티마는 남편과 터놓고 이야기를 해야 했을 것이다. 하지만 그에게 말할 것이 없었다. 그녀가 아른하임을 사랑했나? 그와의 관계에는 너무나 많은 이름을 붙일 수 있었고 그녀는 사랑이라는 아주 통속적인 명칭에도 예외적으로 생각이 미쳤다. 그들은 여태 키스 한 번 하지 않았고, 그녀가 고백을 하더라도 투치는 영혼의 극단적 포옹을 이해할 수 없으리라. 가끔씩 디오티마 자신도 아른하임과의 사이에 더 이상 이야기할 만한 일이 일어나지 않는다는 데 놀랐다. 하지만 그녀는 나이든 남자들을 야심을 갖고 바라보는 착하고 어린 소녀의 습관을 결코 완전히 버리지는 못했다. 그녀는 자신이 사랑하고, 그녀가 자신의 감정을 위대한 정신적 수준의 일반적인 관찰로 해체하면 이를 높이 평가할 줄 아는 남자보다는 차라리 그녀보다 어리게 여겨지는, 사실 어린 쪽은 그녀였지만, 그리고 약간은 경멸하는 사촌과 구체적 사건은 아니더라도 이야기로 할 수 있는 어떤 사건을 상상할 수 있었으리라. 디오티마는 삶의 환경을 근본적으로 뒤흔드는 변화 속으로 비틀비틀 걸어 들어가 그 새로운 네 면의 벽 안에서 어떻게 거기에 들어왔는지 제대로 기억하지도 못하면서 깨어나야 함을 알았지만 그녀를 깨어 있게 하는 영향에 노출되어 있다고 느꼈다. 그녀는 그녀 시대의 평범한 오스트리아인이 독일인 형제에게 느끼는 거부감에서 완전히 자유로울 수 없었다. 이 거부감의 고전적인 그러나 요즘은 보기 드문 형식은 대충 괴테와 실러의 존경받는 머리를 끈적끈적한 푸딩과 소스를 먹어 이 음식의 비인간적 내면성을 갖고 있는 육체 위에 악의 없이 얹어 놓는 표상에 상응했다. 그리고 모임에서 아른하임의 성공이 매우 크긴 했지만 놀라움의 첫 시기가 지난 후에는 저항도 일어나고 있음을 그녀는 놓치지 않았다. 이 저항들은 어디에서도 형태를 취하지 않았고 명백히 드러나지도 않았지만 수군대며 그녀를 불안하게 했고 그녀로 하여금 자신의 태도와 평소 그녀가 행동의 모범으로 삼는 몇몇 인물들의 소극적 태도 사이에 존재하는 차이를 의식하게 했다. 그런데 민족적 거부감은 보통 스스로에 대한 거부감에 불과하고 자신의 모순들의 깊은 어스름에서 꺼내져 적절한 희생자에게 붙여진다. 이는 원시시대부터 허용된 처리과정으로, 여기서는 주술사가 악마가 깃들어 있다고 선언한 지팡이를 가지고 병자의 육체에서 병을 이끌어 낸다. 그녀의 연인이 프로이센인이라는 사실이, 그게 무엇인지 그녀가 제대로 상상할 수 없는 공포까지 곁들여 디오티마의 마음을 안 그래도 혼란스럽게 했고 그녀가 부부생활의 단순한 투박함과는 분명히 구별되는 이 미결정의 상태를 열정이라고 부른 것은 어쩌면 아주 부당하지는 않았을 것이다.

디오티마는 불면의 밤들을 보냈다. 이 밤들에 그녀는 프로이센인 산업계 거물과 오스트리아인 국장 사이에서 동요했다. 비몽사몽의 변용 속에서 아른하임의 위대하고 화려한 삶이 그녀 곁을 지나갔다. 그녀는 사랑하는 남자 곁에서 새로운 명예의 하늘을 날았지만 이 하늘은 불쾌한 프로이센의 푸른색이었다. 검은 밤 투치 국장의 노란색 육체는 그동안에도 여전히 그녀의 육체 곁에 누워 있었다. 그녀는 이를 그냥 유서 깊은 카카니아 문화의 검고 노란 상징처럼, 물론 그는 이것을 아주 조금밖에 지니고 있지 않았지만, 예감했다. 그녀의 고귀한 친구 라인스도르프 백작의 성의 바로크식 전면이 그 뒤에 있었고 베토벤, 모차르트, 하이든, 오이겐 공의 존재가, 도피 전에 벌써 귀향을 동경하는 향수(鄕愁)처럼 그 주위를 맴돌았다. 디오티마는 이 세계에서 벗어나는 한 걸음을 뗄 결심을 즉각 할 수가 없었다. 그녀는 그 때문에 남편을 거의 증오할 지경이었다. 그녀의 아름답고 큰 육체 속에서 영혼은 번영하는 넓은 나라에 있는 양 하릴없이 앉아 있었다.

"부당해서는 안 돼." 디오티마는 스스로에게 말했다. "공무원이자 직업인인 그는 더 이상 깨어있지 않고 폭이 넓지도 않고 감수성도 없을 거야. 하지만 어린 시절에는 아직 그럴 가능성이 있었을 거야." 그녀는 신혼 시절을 상기했다. 물론 투치 국장이 당시에도 벌써 더 이상 소년은 아니었지만. "그는 땀과 성실한 의무수행으로 지금의 지위와 인격을 이룩했어." 그녀는 선량하게 생각했다. "하지만 그 스스로도 이것이 그 개인의 삶을 희생해서 일어난 일임을 예감하지 못해."

사교적 승리 이후로 그녀는 남편에 대해 훨씬 더 관대하게 생각했고 그 때문에 그녀의 사고는 또 다른 고백도 했다. "완전히 이성적인 인간, 완전히 실용적인 인간은 없어. 누구나 처음에는 살아 있는 영혼으로 살기 시작하지." 그녀는 숙고했다. "하지만 일상은 그를 보내

버리고 평범한 열정들이 마치 화재처럼 그의 위를 지나가고 차가운 세계는 그의 내면에 냉기를 불러일으키고 이 속에서 그의 영혼은 조금씩 죽어 가지."그에게 이를 제때에 엄하게 비난하기에는 그녀가 너무 겸손했을 것이다. 너무나 슬픈 일이었다. 그녀는 자신은 투치 국장을 결코 이혼 스캔들 속으로 끌어들일 용기가 없을 거라는 생각이 들었다. 이는 본인의 직책에 너무나 얽매인 이 남자를 틀림없이 뿌리째 뒤흔들어 놓을 것이다.

"그럼 차라리 간통!" 그녀는 갑자기 스스로에게 말했다.

간통, 이 생각을 디오티마는 얼마 전부터 했다.

주어진 상황에서 의무를 행하는 것은 결실 없는 개념이다. 엄청난 힘을 소모해도 아무것도 얻을 수 없다. 진짜 의무는 자신이 설 곳을 고르고 상황을 의식적으로 조성하는 것이다! 남편 곁에서 견디라고 스스로에게 선고를 내렸으면 쓸데없는 불행과 결실을 맺는 불행이 있었고 그녀는 결정할 의무가 있었다. 물론 디오티마는 여태 한 번도, 그녀가 아는 모든 간통묘사에 늘 따라다니는 그 난처한 매춘부 같음과 아름답지 못한 경솔함을 무시할 수 없었다. 그녀는 그런 상황에 처한 자신을 제대로 상상할 수 없었다. 타락의 방 문고리를 건드리는 것은 마치 웅덩이 속으로 잠수하는 것처럼 여겨졌다. 치마를 바스락거리며 낯선 계단을 재빨리 올라가는 것, 그녀 육체의 어떤 도덕적 편안함이 여기에 저항했다. 서둘러 한 키스는 스치듯 팔랑거리는 사랑의 말만큼이나 그녀의 본성에 어긋났다. 차라리 파국이 나았다. 마지막 수순들, 목젖에서 삼킨 이별의 말들, 연인의 의무와 엄마의 의무 사이의 깊은 갈등, 이것이 차라리 그녀의 소질에 더 잘 어울렸다. 하지만 그녀는 남편의 절약정신 탓에 아이가 없었고 비극만은 피해야 했다. 그래서 그녀는 상황이 그렇게까지 된다면 르네상스 모범을 따르기로 결심했다. 이는 가슴에 비수를 품고 살아가는 사랑이었다. 그녀는 이것을 정확히 상상할 수는 없었지만 이는 의심할 바 없이 솔직한 것이었다. 산산조각 난 기둥들과 그 위에 떠다니는 구름이 그 배경이었다. 이 그림 속에는 죄와 죄의식의 극복, 괴로움을 통해 속죄된 쾌락이 떨고 있었고 디오티마를 전대미문의 고양과 경배로 가득 채웠다. '한 인간이 자신이 가진 최고의 가능성을 발견하는 곳, 그의 힘이 가장 풍요롭게 전개되는 곳, 그곳에 그 인간도 속한다.' 그녀는 생각했다. '거기서 그가 동시에 전체 삶의 가장 심오한 고양에 유용하기 때문이다!'

그녀는 밤의 어둠이 허락하는 한, 자세히 남편을 바라보았다. 눈이 스펙트럼의 자외선을 알아차리지 못하듯, 이 지성인도 일정한 영적 현실을 전혀 알아차리지 못하리라!

투치 국장은 아무것도 모른 채 조용히 그리고, 그가 가져 마땅한 8시간의 방심상태 동안 유럽에서는 어떤 중요한 일도 일어나지 않으리라는 사고의 요람 속에서 흔들리며 숨을 쉬었다. 이 평화는 어김없이 디오티마에게도 깊은 인상을 남겼고 그녀는 한 번 이상 이 생각을 저울질해 보았다. 체념! 아른하임과의 작별, 위대하고 고상한 괴로움의 말들, 하늘이 무너지는 포기, 베토벤식 결별. 이런 요구에 그녀의 힘찬 심장근육은 긴장했다. 가을처럼 빛나는 떨리는 대화들이 멀리 푸른 산의 슬픔에 물들어 미래를 가득 채웠다. 하지만 체념과 부부용 더블침대?! 디오티마는 베개 위로 벌떡 몸을 일으켰고 그녀의 검은 머리카락이 어지럽게 물결쳤다. 투치 국장의 잠은 이제 더 이상 순결의 잠이 아니었고 토끼를 삼킨 뱀의 잠이었다. 디오티마는 하마터면 그를 깨우고 이 새 질문과 관련해 그의 얼굴에 대고 이렇게 소리칠 뻔했다. 그녀는 그를 떠나야 하고, 그래야 하고, 그러겠다고!! 히스테릭한 장면으로의 이런 도피는 그녀의 분열된 상황에서는 충분히 이해될 수 있었으리라! 하지만 그러기에는 그녀의 육체가 너무 건강했다. 그녀는 이 육체가 그냥 가까이 있는 투치의 존재에 엄청난 경악으로 답하지 않음을 느꼈다. 이런 경악의 부재 앞에서 그녀는 메마른 전율을 느꼈다. 그러면 눈물은 뺨 위로 흐르려 해보았지만 허사였다. 하지만 특이하게도 바로 이런 상태에서 울리히에 대한 생각은 그녀에게 일정한 위안이었다. 그녀는 평소 이 시간에는 결코 그를 생각하지 않았다. 하지만 현실을 없애고 싶다는, 그리고 그녀가 아른하임을 과대평가하고 있다는 그의 놀라운 발언에는 이해할 수 없는, 그 의미가 결정되지 않는 부수적 톤이 있었는데, 그녀는 당시 이것을 흘려들었다. 하지만 이 밤들에 이것은 다시 모습을 드러냈다. "하지만 그건 일어날 일에 너무 신경을 써서는 안 된다는 말에 불과해." 그녀는 화가 나서 자신에게 말했다. "그건 세상에서 가장 평범한 것이야!" 이 사고를 너무나 틀리게 그리고 단순하게 해석하는 동안 그녀는 자신이 그것을 다 이해하지 못했음을 알았다. 그리고 바로 거기에서 그녀의 절망과 의식을 함께 마비시키는 수면제와 같은 안정이 왔다. 시간은 어두운 획처럼 휙 지나갔고 그녀는 어쨌든 자신의 지속적 절망의 결핍도 칭찬할 만하다고 생각될 수 있음에 위안을 받았지만 이는 그녀에게 더 이상 명료하지 않았다.

밤에는 사고가 카르스트의 물처럼 어떤 때에는 환한 곳을, 어떤 때에는 잠 속을 흘러간다. 그리고 그것이 한참 후에 다시 조용히 모습을 드러내면 디오티마는 그 전에 있었던 거품은 꿈이었을 뿐이라는 인상을 받았다. 어두운 산괴(山塊) 뒤에 놓인 끓어오르는 작은 강은 디오티마가 마침내 빠져든 그 조용한 강물과 같은 것은 아니었다. 분노, 혐오, 용기, 두려움은 다 흘러가 버렸다. 이런 감정이 있어서는 안 되었다. 그것들은 없었다. 영혼들의 싸움에서는 그 누구도 죄가 없다! 그러면 울리히도 다시 잊었다. 이제는 그냥 마지막 비밀들, 영혼의 영원한 동경만 있었으니까. 영혼의 도덕은 행위에 있지 않다. 그것은 의식의 움직임 속에도, 열정의 움직임 속에도 있지 않다. 열정들도 그냥 *un peu de bruit autour de notre âme*일 뿐이다. 우리는 왕국을 얻을 수도 있고 잃을 수도 있지만 영혼은 움직이지 않고, 우리는 운명에 도달하기 위해서 아무것도 할 수 없다. 하지만 가끔씩 운명은 존재의 심연에서 자라난다. 조용히, 매일, 천체의 노래처럼. 이어 디오티마는 그 어느 시간보다도 더 깨어 있으면서 하지만 신뢰에 가득 차 누워 있었다. 눈에 보이지 않는 마침표를 가진 이 사고들은 불면증이 극심한 밤에도 아주 짧은 시간이 지난 후에는 그녀를 잠들게 한다는 장점이 있었다. 그녀는 벨벳 같은 환영처럼 자신의 사랑이 무한한 어둠 속으로 넘어가는 것을 느꼈다. 이 어둠은 별들 너머로 뻗어 있었고 그녀와 분리되지 않았고 파울 아른하임과도 분리되지 않았고 어떤 계획이나 의도와도 맞닿지 않았다. 그녀는 불면증을 이기려고 침대 옆 협탁 위에 놓아두고 늘 이 마지막 순간에야 사용하던 설탕물을 마실 시간조차 없을 뻔했다. 흥분한 순간에 잊어버렸기 때문이었다. 조용히 물 마시는 소리가 연인의 속삭임처럼 남편의 잠 옆 벽 뒤에서 꿀

꺽거렸다. 그는 이 소리를 듣지 못했다. 이어 디오티마는 경건하게 도로 베개 위로 누웠고 존재의 침묵 속으로 가라앉았다.

95
대저술가, 배면도(背面圖)

너무도 잘 알려진 사실이어서 새삼 말할 필요가 없는 것은 그녀의 유명한 손님들은 이 사업의 진지함이 그들에게 큰 노력을 요구하지 않음을 확신한 이후로 스스로가 인간임을 인정했다는 것이다. 그리고 자신의 집이 소음과 정신으로 가득 찬 것을 본 디오티마는 실망했다. 고귀한 영혼인 그녀는 사적 개인은 직업에서와는 반대로 행동한다는 조심의 법칙을 몰랐다. 그녀는 정치가들이 회의실에서는 서로를 도둑놈, 사기꾼이라고 부르지만 그 후 휴게실에서는 다정하게 나란히 앉아 아침식사를 한다는 것을 몰랐다. 불행한 자에게 법률가로서 무거운 형벌을 선고한 판사가 재판이 끝난 후에는 인간으로서 연민을 보이며 그의 손을 잡는다는 것을 그녀는 잘 알았지만 결코 거기에서 비난할 만한 것을 발견하지는 못했다. 그녀는 무희들이 그들의 추잡한 직업 밖에서는 종종 흠잡을 데 없는 가정주부로 변신한다는 이야기를 여러 번 들었고 심지어 감동적이라고 생각했다. 영주들이 가끔씩 그냥 한 사람의 인간이기 위해 왕관을 내려놓는다는 것이 그녀에게는 아름다운 상징으로 보였다. 하지만 정신의 영주들도 익명으로 지낸다는 것을 알게 되자, 이 이중적 태도는 기묘하게 여겨졌다. 그것은 어떤 열정인가, 이 보편적 경향 아래 어떤 법칙이 있어 남자들이 직업 외부에서는 직업 내에서의 자신의 모습에 대해 아무것도 모르게 하는 작용을 하는 것일까? 일이 끝난 후 기분이 좋으면 그들은 꼭 필기구가 서랍 속에 보관되어 있고 의자는 책상 아래 놓여 있는 잘 정리된 사무실처럼 보인다. 그들은 두 명의 남자로 이루어져 있고 우리는 그들이 도대체 저녁에 자기 자신에게로 되돌아가는 것인지, 아침에 그러는 것인지 알 수가 없다.

그녀의 영혼의 연인이 그녀가 자신의 주위에 모이도록 한 모든 남자들의 마음에 들고 특히 적극적으로 젊은 남자들과 교류한다는 사실이 그녀를 우쭐하게 했지만 그녀는 가끔씩 이 활동에 얽혀 있는 그를 보는 것에 좌절을 느꼈고 정신의 영주는 평범한 정신의 귀족과의 교류에 그렇게 큰 관심을 보여서도 안 되고 요동치는 사고의 시장에 발을 들여서도 안 된다고 생각했다.

원인은 아른하임이 정신의 영주가 아니라 대저술가라는 데 있었다.

대저술가는 정신의 영주의 후계자고 정신의 세계에서는, 정치적 세계에서 일어난바 영주를 대체한 부자에 상응한다. 정신의 영주가 영주의 시대에 속한 것처럼 대저술가는 노동의 일상과 거대한 백화점의 시대에 속한다. 그는 정신이 위대한 것과 연결된 특별한 형태다. 따라서 대저술가에게 요구되는 최소한의 것은 자동차를 소유하는 것이다. 그는 많이 여행해야 하고 장관의 영접을 받아야 하고 강연을 해야 한다. 신문사 국장에게는 자신이 과소평가할 수 없는 양심의 권력이라는 인상을 남겨야 한다. 외국에서 인도주의를 입증해야 할 경우 그는 국가를 대표하는 정신의 대리대사이고 고국에 있으면 명사들을 손님으로 맞이하고 이런 온갖 일을 하면서도, 힘들다는 것을 알아차리게 해서는 안 되는 서커스 곡예사의 노련함으로 자신의 사업도 생각해야 한다. 대저술가는 단순히 돈을 많이 버는 저술가와 같은 것이 절대 아니기 때문이다. 그는 올해의 또는 이달의 '가장 많이 읽힌 책'을 결코 스스로 쓸 필요가 없다. 그가 이런 종류의 평가방법에 이의를 제기하지 않는 것으로 충분하다. 그는 온갖 상의 심사위원이고 온갖 선언서에 서명을 하고 온갖 서문을 쓰고 온갖 생일축하 연설을 하고 온갖 중요한 사건에 의견을 말하고, 얼마나 큰 진보가 이루어졌는지를 보여줄 필요가 있는 온갖 곳에 불려가기 때문이다. 대저술가는 이 모든 활동들에도 불구하고 결코 국가 전체가 아니라 그 선봉만을, 이미 거의 다수로 존재하는 위대한 엘리트만을 대표하기 때문이다. 그리고 이는 지속적인 정신적 긴장으로 그를 감싼다. 물론 정신의 대산업을 초래하고 반대로 산업이 정신, 정치, 공공의 양심의 지배자가 되도록 압박한 것이 오늘날의 삶이다. 이 두 현상은 한가운데서 만난다. 따라서 대저술가의 역할은 가령 특정한 인물을 지시하는 것이 아니고, 시대가 만들어 낸 게임규칙과 의무를 지켜야 하는 사회적 체스 판의 말〔馬〕을 묘사하는 것이다. 선을 열렬히 추구하는 이 시대의 인간들은 누군가가 정신이 있다는 것은 그들에게 큰 이익이 되지 않고 (정신이 너무 많아서 조금 더 많고 적은 것은 중요하지 않다. 어쨌든 누구나 개인적으로 이를 충분히 갖고 있다고 생각한다) 오히려 비정신을 물리쳐야 한다는 입장이다. 그러기 위해서는 정신이 보이고 전시되고 영향력을 행사하게 해야 한다. 그리고 이 일에는 대저술가가 아주 많은 사람들이 더 이상 이해할 수 없을 위대한 저술가보다 더 적합하기 때문에 사람들은 힘이 닿은 대로 큰 규모가 정말로 위대함이 되는 데 기여한다.

이렇게 보면, 이런 상황을 처음으로 시험적으로 그렇지만 이미 아주 완벽하게 체현한 인물이라는 이유로 아른하임을 심하게 비난할 수는 없지만 어쨌든 이에 합당한 일정한 소질이 있다. 대부분의 저술가는 할 수만 있다면 기꺼이 대저술가가 되고 싶을 테지만 이는 산의 높이와 같아서 쉽게 바꿀 수 없다. 그라츠와 장크트푈텐 사이에는 몬테로사산과 꼭 같아 보이는 산이 수없이 많지만 이것들은 그냥 너무 낮다. 대저술가가 되는 데 빠질 수 없는 전제조건은 수준 높은 사람과 수준 낮은 사람 모두에게 적합한 책이나 연극작품을 쓰는 것이다. 좋은 작용을 불러일으키기 위해서는 먼저 영향력이 있어야 한다. 이 원칙은 모든 대저술가 존재의 토대다. 그리고 이는 고독의 유혹에 대항하는 신비한 원칙이고, 호의적인 세계에서만 움직여야 하고 그러면 다른 것은 모두 저절로 생긴다는 바로 그 괴테적인 작용원칙이다. 어떤 저술가가 일단 영향력을 가지기 시작하면 중요한 변화가 그의 삶에 생기기 때문이다. 저술가의 출판인이 된 상인은 더 이상 자신을 비극적인 이상주의자와 같다고 표현하지 않는다. 아닌 게 아니라 천이나 깨끗한 종이로 아주 다르게 돈을 벌 수도 있으니까. 비평가들은 그에게서 자신들의 창작에 합당한 대상을 발견한다. 대부분의 비평가는 너무나 자주 악인이 아니고 불리한 시대상황 탓에, 자신을 표현하기 위해 심장을 뭔가에 매달아야 하는 전직 시인이기 때문이다. 내면의 수확물에 따라서 그때그때 그들은 전쟁시인이거나 연애시인이고 이 수확물을 시장에서 잘 팔리게 내놓아야 하고, 그러기 위해서 그들이 평범한 저술가보다 대저술가의 책을 선택한다는 것은 납득이 된다. 물론 인간은 제한된 업무능력만 있고 그 가장 좋은 결과물은 대저술가가 해마다 내놓는 신간에 쉽게 분배된다. 그래서 이 신간들은 한 권 한 권이 비판적인 해석을 낳음으로써 국민의 정신적 부의 저축은 행이 된다. 그리고 이 해석들은 절대 단순한 해설이 아니고 오히려 다름 아닌 출자금이다. 반면에 이에 상응하여, 그 외 나머지 것을 위해서 남은 것은 별로 없다. 하지만 책이 최고의 위대함으로 자라나는 것은 위대한 남자에게서 자신들의 배설욕구를 해소하는 에세이스트, 전기 작가, 역사가를 통해서다. 실례의 말이지만, 개들도 그들의 저급한 목적을 위해 왕래가 잦은 골목보다는 고독한 바위를 선호한다. 그런데 어찌 세상에 이름을 남기려는 더 고귀한 충동을 가진 인간이 홀로 서 있는 것이 분명한 바위를 선택하지 않겠는가?! 이렇게 자기도 모르는 사이에 대저술가는 더 이상 혼자만의 존재가 아니라 하나의 공생체, 가장 섬세한 의미에서 국가적 작업 공동체의 결과가 되고 그의 번영이 수많은 다른 인간들의 번영과 아주 긴밀하게 얽혀 있다는, 존재가 줄 수 있는 가장 아름다운 보증을 경험하게 된다.

그리고 아마 이것이 흔히 대저술가의 인격이 지닌 일반적 특징 중 하나가 처신에 대한 탁월한 감각이라고 생각되는 이유일 것이다. 그들은 글쓰기라는 투쟁적 수단을 자신들의 영향력이 위협받는다고 느낄 때에만 사용한다. 그 밖의 모든 경우 그들의 태도는 균형과 호의를 특징으로 한다. 그들은 그들을 칭찬하는 모든 사소한 말들에 완전히 관용적이다. 그들은 다른 작가의 책에 대해 논하는 은총을 선뜻 베풀지 않지만 그렇게 할 경우에는 높은 지위의 남자에게 아첨하는 경우는 드물고 오히려 크게 눈에 띄지 않지만 재능 있는 사람들 가운데 한 사람을 격려하기를 선호한다. 이들은 49퍼센트의 재능과 51퍼센트의 무능으로 이루어지고 이 혼합 덕분에, 힘은 필요하지만 강한 남자인 것이 해가 될 수 있는 상황에 너무나 능란하므로 곧 모두 문단에서 영향력 있는 지위를 차지한다. 하지만 이로써 벌써 이 서술이 대저술가만의 특징을 넘어선 것은 아닐까? 아주 좋은 속담 하나는 말한다. 비둘기가 있는 곳으로 비둘기가 날아간다고. 그리고 오늘날 평범한 저술가를 둘러싸고 벌써 얼마나 야단법석들을 떠는지 상상을 초월한다. 만약 그가 대저술가가 되기 한참 전에도 벌써 평론가, 문예란 편집인, 라디오작가, 시나리오작가 또는 문학잡지의 발행인이면 말이다. 이들 중 다수는, 몸 뒤에 구멍이 있어 이 구멍으로 바람을 불어넣을 수 있게 되어 있는 작은 고무당나귀나 돼지와 비슷하다. 위대한 저술가들이 이런 상황을 조심스럽게 저울질하고 거기서 자신들의 위대함을 경배하는 유능한 민족이라는 이미지를 만들어 내기 위해 애쓰는 것을 보면 우리는 그들에게 감사해야 하지 않을까? 그들은 있는 그대로의 삶을 그들의 관여를 통해 고상하게 만든다. 그 반대를, 이 모든 것을 하지 않는 저술가를 한번 상상해 보라. 그는 진심어린 초청을 거절하고 사람들을 거부하고 찬사를 찬사 받는 사람이 아니라 재판관처럼 평가하고 자연스러운 여건을 찢어 버리고 위대한 작용가능성을 그것이 크다는 이유만으로 의심스러운 것으로 다루리라. 그리고 그는 자신의 머릿속에서 일어나는 표현하기 어렵고 평가하기 어려운 과정과 이미 대저술가가 있는 시대가 정말로 큰 가치를 둘 필요가 없는 한 저술가의 성과 말고는 아무것도 반대급부로 제시할 수 없으리라! 이런 남자는 공동체 바깥에서 있어야 하지 않을까, 그리고 이것이 초래하는 온갖 결과와 함께 현실에서 벗어나야 하지 않을까?! 어쨌든 이것이 아른하임의 견해였다.

96
대저술가, 정면도

대저술가라는 존재가 겪는 본래의 어려움은 정신적 삶에서는 상인처럼 행동하지만 옛 전통에 따라 이상주의적으로 말해야 한다는 것을 통해 비로소 생기고 상업과 이상주의의 이런 연결이 아른하임의 삶의 노력에서 결정적 위치를 점하는 것이기도 했다.

이런 시대착오적 연결은 오늘날 어디서나 볼 수 있다. 예를 들어, 망자는 이미 가솔린차로 공동묘지로 실려 가는 반면에 우리는 여전히 아름다운 영구차의 지붕 위에 투구, 교차된 한 쌍의 기사검을 설치하는 것을 포기하지 않는다. 그리고 모든 영역에서 이러하다. 인간의 발전은 길게 늘인 행렬이고 대략 2세대 전 공무편지를 미사여구로 장식했던 것처럼 오늘날 사랑에서부터 순수한 논리에 이르기까지 모든 관계를 수요와 공급, 담보와 할인의 언어로 표현할 수 있으리라. 어쨌든 심리학적으로 또는 종교적으로 표현할 수 있는 것처럼 그렇게 잘 표현할 수 있겠지만 우리는 그렇게 하지 않는다. 그 원인은 새 언어가 아직은 너무 불확실하다는 데 있다. 오늘날 야심찬 자본가는 어려운 처지에 있다. 존재의 옛 권력과 동급이기를 원하면 그는 자신의 활동을 위대한 이념들과 연관시켜야 한다. 하지만 아무런 반대 없이 믿을 수 있는 위대한 사고는 오늘날 더 이상 존재하지 않는다. 이 회의적인 현재는 신도, 인도주의도 믿지 않고 왕권도, 도덕도 믿지 않으니까. 또는 똑같은 결론에 이르는 모든 것을 다 믿으니까. 그래서 위대함을 컴퍼스만큼이나 포기하기 싫은 상인은 측량할 수 없는 위대함의 작용을 측량할 수 있는 작용의 크기로 대체하는 민주적 요령을 부려야 했다. 그러면 위대하다고 여겨지는 것이 위대하다. 하지만 이 말은 결국 효과적 광고를 통해서 위대하다고 불어 대는 것이 또 위대하다는 뜻이다. 그리고 시대의 이 가장 속 알맹이를 아무런 고통 없이 삼키는 일도 누구나 할 수 있는 일은 아니고 아른하임은 그 방법을 두고 많은 시도를 했었다.

교양 있는 남자라면 이때 예를 들어, 중세 시대, 연구와 교회의 관계를 생각할 수 있다. 당시 철학은 성공을 거두고 동시대인의 사고에 영향을 미치기 위해 교회와도 화해해야 했고, 그래서 싸구려 자유사상가는 이 족쇄가 자신이 위대함으로 상승하는 것을 방해했다고 생각할 수도 있으리라. 하지만 그 반대가 맞다. 전문가들의 견해에 따르면, 여기서 생겨난 것은 그 무엇과도 비교할 수 없는 사고의 고딕식 아름다움뿐이었다. 그리고 정신에 해를 끼치지 않고도 교회에 이런 배려를 할 수 있었다면 왜 광고에 대해서는 이런 배려를 해서는 안 되는가? 영향을 미치려는 사람은 이런 조건하에서도 영향을 미칠 수 있지 않겠는가? 아른하임은 자신의 시대를 너무 많이 비판하지 않는 것이 위대함의 표시라고 확신했다! 최상의 말을 탄 최상의 기수라도 말과 불화하면, 말의 움직임에 완벽하게 적응한 기수보다 장애물을 넘기가 훨씬 어렵다.

다른 한 예는 괴테다! 그는 대지가 두 번 내기 어려울 천재였지만 또 독일 상인가문의, 귀족칭호를 받은 아들이었고 아른하임이 느끼기에는 독일 민족이 배출한 최고의 대저술가였다. 아른하임은 많은 점에서 그를 예로 삼았다. 하지만 그가 가장 좋아하는 이야기는 괴테가 가련한 요한 고틀립 피히테에게 남몰래 공감은 했지만 도와주지는 않은 유명한 스캔들이었다. 피히테는 예나에서 철학교수로 있을 때 신과 신적인 일에 관해 한 '위대하지만 아주 적절치는 못했을' 발언 때문에 처벌을 받게 되었고, 세상사를 잘 아는 대시인이 그의 회고록에 썼던 것처럼 '재치 있게' 빠져나오는 대신 '열정적으로' 자신을 방어했다. 이제 아른하임은 꼭 괴테처럼 행동할 뿐만 아니라 그를 예로 들면서 심지어 그것이 유일하게 괴테적인 것이고 중요한 것임을 세상에 확신시키려 했으리라. 그는 특이하게도 위대한 남자가 나쁜 일을 하는 것이 덜 위대한 남자가 올바로 처신하는 것보다 실제로 더 호의적으로 받아들여진다는 진리에 조금도 만족하지 않고 한술 더 떠서, 자신의 확신을 위한 조건 없는 싸움은 아무런 결실도 맺을 수가 없을 뿐만 아니라 깊이와 역사적 아이러니가 없는 태도라는 것으로 넘어갔으리라. 그리고 그는 역사적 아이러니 또한 괴테적인 것이라고, 즉 진지하게 '주변 환경 속에서 자신을 편안하게 하기'의 아이러니라고 불렀으리라. 시대적 거리가 정당성을 부여하는, 행동하는 유머를 곁들여서. 겨우 2세대가 지난 오늘날 용감하고 솔직하고 약간 과장되게 행동했던 피히테가 경험한 부당함은 이미 오래전에 그의 중요성에 아무런 보탬도 되지 못하는 사적인 일이 되었고 반대로 괴테의 중요성은, 물론 그가 잘못 처신했지만, 장기적으로 본질적인 것은 아무것도 잃지 않았다는 것을 생각하면 시대의 지혜가 실제로 아른하임의 지혜와 일치한다는 것을 인정해야 한다.

세 번째 예, 이는 동시에 — 아른하임은 늘 좋은 예들에 둘러싸여 있었다 — 처음 든 두 예의 심오한 의미를 열어 주는데, 나폴레옹이다. 하이네는 그의 여행기에서 나폴레옹을 아른하임의 개념과 너무나 일치하는 방식으로 묘사했으므로 이를 아른하임이 암기하고 있던 하이네의 말로 재현하는 것이 가장 좋으리라. "그런 정신은", 하이네는 나폴레옹에 대해 이렇게 말했지만 마찬가지로 이 말을 괴테에게 사용할 수도 있었으리라. 자신이 감탄하는 대상에 동의하지 않음을 남몰래 아는 연인의 예리한 감각으로 하이네는 괴테의 외교적 본성을 끊임없이 방어했다. "그런 정신은 바로 칸트가 암시했던 것이다. 칸트는 우리는 우리의 것과 같지 않은 오성을 생각해 낼 수 있고 이것은 직관적 오성이라고 말한다. 우리가 느린 분석적 숙고와 오랜 추론을 통해 안식하는 것을 그런 정신은 한순간 직관하고 깊이 파악한다. 따라서 그의 재능은 시대와 현재를 이해하고 그 정신에 아부하고 그것을 결코 모욕하지 않고 늘 이용하는 것이다 — 하지만 시대의 정신이 그냥 혁명적이지 않고, 혁명적이고 반혁명적인 두 견해가 합쳐져서 형성되기 때문에 나폴레옹은 결코 완전히 혁명적이지도 완전히 반혁명적이지도 않게 행동했고 늘 두 견해, 두 원리, 두 노력의 의미에서 행동했고 이것들은 그에게서 그 합일을 찾았다. 따라서 그는 끊임없이 자연스럽게, 단순하게, 위대하게 행동했고 결코 경련을 일으킬 정도로는 단호하지 않았고 늘 조용히 온화했다. 그 때문에 그는 결코 개별적으로 간계를 꾸미지 않았고 대중을 이해하고 이끄는 자신의 기술로 늘 대히트를 쳤다 — 복잡하고 더딘 간계에 경도되는 것은 작고 분석적인 정신이며 반대로 통합적이고 직관적인 정신은 현재가 그들에게 제공하는 수단들을 놀랍도록 천재적인 방식으로 잘 연결해서 자신들의 목적에 맞게 재빨리 이용할 줄 안다."

하이네는 그의 찬미자인 아른하임이 이해한 것과는 약간 다른 뜻으로 이 말을 했을 테지만 아른하임은 바로 이 말들을 통해 그 자신이 함께 묘사되었다고 느꼈다.

97
클라리세의 불가사의한 힘과 과제

클라리세는 방 안에 있었고 발터는 없어졌고 그녀는 사과와 잠옷을 갖고 있었다. 그것, 사과와 잠옷은 현실의 주목받지 못하는 가느다란 광선이 그녀의 의식 속으로 흘러들어오는 두 원천이다. 왜 모스브루거는 그녀에게 음악적으로 보일까? 그녀는 몰랐다. 아마 모든 살인자는 음악적일 것이다. 그녀는 이 질문 때문에 자신이 라인스도르프 백작 각하에게 편지를 썼음을 안다. 대충 그 내용도 기억하고 있지만 그녀는 거기에 접근하지는 못한다.

하지만 특성 없는 남자는 비음악적이었나?

제대로 된 답이 떠오르지 않았기 때문에 그녀는 이 생각을 내버려두고 계속해서 갔다.

그렇지만 한참 후 울리히가 특성 없는 남자라는 생각이 떠올랐다. 특성 없는 남자는 당연히 음악적일 수가 없다. 하지만 그는 또 비음악적이지 않을 수 있나?

그녀는 계속해서 갔다.

그는 그녀에 대해 말했다. 너는 소녀답고 영웅다워.

그녀는 반복했다. "소녀답고 영웅답다!" 뺨 위로 온기가 치솟았다.

거기에서 분명하지 않은 의무 하나가 자라났다. 그녀의 사고들은 싸움질을 할 때처럼 두 방향으로 몰려갔다. 그녀는 끌어당겨지고 밀어내진다고 느꼈지만 어디로, 무엇이 그러는지는 몰랐다. 마침내, 어째서인지는 모르지만 여기서 남은 약간의 애정이 발터를 찾으러 가라고 유혹했다. 그녀는 일어섰고 사과를 치웠다.

그녀는 자신이 늘 발터를 괴롭히는 것이 마음 아팠다. 그녀는 겨우 열다섯 살이었고 그때 벌써 자신이 그를 괴롭힐 수 있음을 알았다. 그냥 뭔가가 사실은 그의 주장과 같지 않다고 단호히 외치기만 하면 되었고 그러면 그는 자신이 말한 것이 아무리 옳더라도 놀라서 움찔했다! 그녀는 그가 그녀를 두려워한다는 것을 알았다. 그는 그녀가 미칠까 두려워했다. 한번은 이 말이 입 밖으로 새어나왔고 그는 재빨리 얼버무렸지만 그녀는 그 후로 그가 이 생각을 하고 있음을 알았다. 그녀는 이것이 매우 아름답다고 생각했다. 니체는 말한다. "강한 비관주의가 있는가? 가혹한 것, 소름끼치는 것, 악한 것에 대한 지적인 선호가 있는가? 반도덕적인 경향의 심연? 품위 있는 적보다는 무서운 적에 대한 요구?" 이런 말들은 생각할 때마다 그녀의 입속에 관능적 흥분을 불러일으켰고 흥분은 우유처럼 부드럽고 강해서 그녀는 침을 삼킬 수가 없을 정도였다.

그녀는 발터가 그녀에게 원했던 아이를 생각했다. 그는 이것도 두려워했다. 그녀가 언젠가 미칠 수도 있다고 그가 믿는다는 것은 이해할 만했다. 격렬히 거부하긴 했지만 그녀는 그에게 애정이 있었다. 하지만 그 사이 그녀는 발터를 찾으려 했음을 잊어버렸다. 그녀의 육체 속에서 지금 무슨 일이 일어나고 있었다. 젖가슴은 부풀어 올랐고 팔과 다리의 동맥을 통해 더 힘차게 피가 흘렀고 방광과 대장에 막연한 압박이 느껴졌다. 그녀의 가느다란 육체는 차례차례 안으로 깊어지고 예민해지고 활기차고 낯설어졌다. 아이 하나가 환하게 미소를 지으며 그녀의 팔 안에 놓여 있었다. 신의 어머니의 황금색 옷이 그녀의 어깨에서 바닥까지 빛을 발했고 신도들은 노래했다. 그녀 외부에서 일어난 일이었다. 세상에 주인이 태어났다!

하지만 이 일이 일어나자마자 그녀의 육체는 입을 벌리는 그림을 보고는, 나무가 쐐기를 몸 밖으로 밀어내듯이, 재빨리 다시 닫혔다. 그녀는 날씬했고 제정신이었고 구역질이 났고 잔인한 명랑함을 느꼈다. 발터가 쉽게 그렇게 하도록 내버려두지는 않을 작정이었다. "나는 너의 승리와 너의 자유가 아이를 동경하길 원하노라!" 그녀는 읊었다. "너는 살아 있는 동상들을 너 자신을 넘어서면서 세워야 한다. 하지만 우선 너는 나를 위해 너의 육체와 영혼을 세워야한다!" 클라리세는 미소를 지었다. 큰 돌로 덮어 놓은 불꽃처럼 가늘게 날름거리는 그녀의 미소였다.

이어 아버지가 발터를 두려워했다는 생각이 떠올랐다. 그녀는 몇 년 전으로 되돌아갔다. 그녀에게는 익숙한 일이었다. 발터와 그녀는 서로 "기억나?"라고 묻기를 좋아했고 그러면 멀리서 과거의 빛이 마법처럼 현재로 도로 흘러들었다. 아름다운 일이었고 그들은 이를 좋아했다. 이는 어쩌면 마지못해 여러 시간 걸어가다 방향을 바꾸는 것과 같았을 것이다. 그러면 걸어온 빈 공간 전체가 단번에 원경으로 바뀌어 뿌듯한 만족감을 주며 거기 있다. 하지만 그녀는 이를 결코 이렇게 이해하지는 않았고 자신의 기억을 아주 중요하게 여겼다. 그래서 그녀의 아버지, 당시 그녀에게는 폭군이었던 그 늙어 가는 화가가 새 시대를 집안으로 가져온 발터를 두려워했다는 사실이 — 반면 발터는 그녀를 두려워했다 — 그녀에게는 너무나 흥미진진하고 복잡한 일로 여겨졌다. 이는 그녀가 친구 루시 파호호펜에게 팔을 얹고 "아빠"라고 말해야 했고 그러면서 아빠가 루시의 연인임을 알았던 것과 비슷했다. 이 일은 같은 시기에 일어났으니까.

클라리세의 뺨 위로 다시 열기가 치솟았다. 그녀는 그 독특한 신음소리를, 친구에게 이야기했던 그 낯선 신음소리를 생생히 떠올리는 데 열중했다. 그녀는 거울을 집어 들었고, 그날 밤 아버지가 그녀의 침대로 다가왔을 때 그녀가 보여 주었을, 겁에 질려 입술을 꽉 다문 그 얼굴을 다시 찾으려 해보았다. 유혹을 받은 상태에서 그녀의 가슴에서 풀려났던 그 소리를 내는 일은 잘되지 않았다. 그녀는 이 소리가 오늘도 여전히 그때처럼 꼭 그렇게 그녀의 가슴 속에 있을지 숙고했다. 그것은 아무런 보호나 배려가 없는 소리였다. 하지만 그 소리는 결코 다시 표면으로 솟아오르지 않았다. 그녀는 거울을 치웠고 자신이 혼자 있다는 의식을 눈으로 더듬어 확인하면서 조심스럽게 주위를 둘러보았다. 그 후 그녀는 손가락 끝으로 특별한 사정이 있는, 벨벳처럼 검은 반점을 옷 사이로 더듬더듬 찾았다. 그것은 서혜부에, 반쯤 감춰져 허벅지 끝에 그리고 털이 약간 불규칙하게 비켜 가는 거웃 변두리에 있었다. 그녀는 손을 그곳에 머무르게 했고 모든 생각을 물리쳤고 일어나야 할 변화를 기다렸다. 당장 그녀는 이 변화를 느꼈다. 그것은 쾌락의 부드러운 물결은 아니었고 그녀의 팔은 뻣뻣해지고 남자 팔처럼 굳어졌다. 그녀는 이 팔을 한번 제대로 들어 올리면

모든 것을 내리쳐 박살낼 수 있으리라는 인상을 받았다! 그녀는 자기
몸의 이 부위를 악마의 눈이라고 불렀다. 이 부위에서 아버지가 돌아
갔다. 악마의 눈은 옷을 뚫고 나오는 시선이 있었다. 이 시선은 남자
들을 '눈으로 붙잡아서' 매혹시켰지만, 클라리세가 원하지 않는 한,
그들이 움직이도록 허락하지 않았다. 클라리세는 많은 단어들을 따
옴표를 쳐 강조해서 생각했는데, 글을 쓸 때 많은 단어들에 두꺼운 밑
줄을 치는 것과 같았다. 그러면 이렇게 강조된 단어들은 흥미진진한
의미를 가졌고 그녀의 팔과 비슷하게 긴장했다. 실제로 눈으로 뭔가
를 붙잡을 수 있다고 누가 생각이나 했겠는가? 하지만 그녀는 이 단어
를 목표물을 향해 던질 수 있는 돌처럼 손에 쥔 첫 번째 인간이었다.
그것은 그녀 팔의 내동댕이치는 힘의 일부였다. 이런 온갖 생각을 하
는 가운데 그녀는 숙고해 보려 했던 그 신음소리를 잊어버렸고 여동
생 마리온을 생각했다. 밤에는 네 살짜리 마리온의 두 손을 묶어 두어
야 했다. 그렇지 않으면 그 손은 아무것도 모르면서, 기분이 좋다는
그 단순한 기쁨 때문에, 두 마리 새끼 곰이 꿀벌나무[10] 속으로 들어가
듯 이불 속으로 들어갔다. 나중에 그녀, 클라리세가 한번은 발터를
마리온에게서 떼어내야 했다. 관능은 포도주가 포도 재배인들 사이
를 돌아다니듯 그녀의 가족 사이를 돌아다녔다. 그것은 운명이었다.
그녀는 무거운 악덕을 짊어졌다. 그럼에도 불구하고 그녀의 사고는
이제 과거 속을 산책했고 팔의 긴장은 풀어져 자연스런 상태가 되었
고 손은 잊힌 채 샅 위에 놓여 있었다. 그녀는 당시 발터에게 아직 존

---

10 Beetree: 야생꿀벌이 집을 짓는 속이 빈 나무를 말한다.

댓말을 썼다. 사실 그녀는 그에게 아주 많은 것을 빚졌다. 그는 감정을 배제하고 선이 분명한 가구만을 참아 내고 진실이 묘사된 그림을 방에 거는 새 인간들이 있다는 소식을 가져왔다. 그는 그녀에게 페터 알텐베르크의 작품들과 작은 소녀들에 대한 짧은 이야기들을 읽어 주었다. 사랑에 미친 튤립 화단 사이에서 고리 던지기를 하고 마롱글라세[11]처럼 밝고 귀엽게 순진한 눈을 가진 소녀들에 대한 이야기였다. 그리고 이 순간부터 클라리세는 아직 어린아이의 다리처럼 여겨졌던 그녀의 날씬한 다리가, 누구 곡인지는 알 수 없으나 잘 알려진 스케르초만큼 중요할 수 있음을 알았다.

당시 그들은 모두 여름별장에 거주하고 있었는데, 꽤 큰 패거리였다. 안면이 있는 몇몇 가족이 호숫가에 빌라들을 빌렸고 모두들 초대받은 친구와 침실을 같이 써야 했다. 클라리세는 마리온과 함께 잤고 가끔씩 밤 열한 시에 마인가스트 박사가 은밀한 달빛 소모임을 하러 그들 방으로 와 수다를 떨었다. 그는 지금은 스위스에서 유명인사가 되었지만 당시에는 오락부장이었고 모든 엄마들의 우상이었다. 당시 그녀가 몇 살이었지? 마인가스트가 제자인 게오르크 그뢰슬과 같이 왔을 때 그녀는 열다섯 살 아니면 열여섯 살, 아니면 열네 살과 열다섯 살 사이였을까? 그뢰슬은 마리온과 클라리세보다 조금 더 나이가 많았다. 마인가스트 박사는 그날 밤 정신이 딴 데 팔려 있었고 달빛, 아무런 느낌 없이 잠드는 부모님, 새 인간들에 관해 짧은 연설만 하고는 갑자기 사라져 버렸고 그를 숭배하는 다부진 몸집의 키 작은 게오

---

11 Marons glacés: 밤을 설탕에 절인 요리이다.

르크를 소녀들 곁에 남겨두기 위해서만 온 듯 보였다. 게오르크는 이제 아무 말도 하지 않았고 어쩌면 약간 주눅이 드는 느낌이었고 그때까지 마인가스트에게 대답을 했던 두 소녀도 침묵했다. 하지만 그 후 아마 게오르크가 어둠 속에서 이빨을 앙 다물었고 마리온의 침대로 다가갔을 것이다. 방은 밖에서 약간 빛이 들어오고 있었지만 침대들이 놓여 있는 구석에는 빛이 파고들 수 없는 암흑 덩어리가 우뚝 서 있었고 클라리세는 무슨 일이 일어나는지 알 수 없었다. 그녀가 인지한 것은 게오르크가 침대 옆에 똑바로 서 있는 듯 보였고 마리온을 내려다보고 있었다는 것이었다. 하지만 그는 클라리세에게 등을 지고 있었고 마리온은 방 안에 없는 듯 아무 소리도 내지 않았다. 이 상태는 한참이나 지속되었다. 그러나 마침내, 마리온이 여전히 거의 움직이지 않는 가운데 게오르크는 살인자처럼 그늘에서 벗어났고 달빛이 비치는 방 한가운데에서 한순간 어깨와 옆구리가 희미하게 보였고 클라리세에게로 왔다. 그녀는 재빨리 다시 자리에 누웠고 이불을 턱까지 끌어당겼다. 그녀는 마리온에게 일어난 은밀한 일이 이제 반복될 것임을 알았고 기대감으로 몸이 굳어졌다. 그사이 게오르크는 말없이 그녀의 침대 옆에 서 있었고 그녀가 보기에 두 입술을 무섭도록 꽉 붙이고 있었다. 마침내 그의 손이 뱀처럼 다가왔고 클라리세를 만졌다. 그가 그 밖에 무슨 짓을 했는지는 그녀에게도 분명치가 않았다. 그녀는 거기에 대해 아무것도 몰랐고, 흥분상태에서도 그의 동작 가운데서 인지한 몇 안 되는 것을 짜 맞출 수가 없었다. 그녀 스스로는 그때 아무런 쾌락도 느끼지 못했는데, 이 쾌락은 나중에서야 왔다. 그 순간에는 그냥 강하고 이름 없고 겁먹은 흥분뿐이었다. 그녀는 무거운 차가 천천히 끝없이 그 위를 굴러가는 다리 속에서 떨고 있는 돌처럼 조용히 행동했고 아무 말도 할 수 없었고 모든 일이 일어나게 내버려두었다. 그녀를 놓아준 후 게오르크는 작별인사 없이 사라졌고 두 자매는 아무도 다른 사람이 똑같은 일을 당했는지 확실히 몰랐다. 그들은 또 서로 도움을 요청하지 않았고 관심을 원하지도 않았으며 수년이 흐른 후에야 처음으로 이 사건에 관해 이야기를 나누었다.

클라리세는 사과를 다시 찾았고 이빨로 갉았고 그 작은 조각들을 씹었다. 게오르크는 어쩌면 아주 처음에 가끔씩 돌같이 굳은 의미심장한 눈을 했을 뿐 결코 비밀을 누설하지 않았고 이 사건을 고백하지도 않았다. 지금 그는 정부기관에서 일하는 전도유망하고 우아한 법률가가 되어 있고 마리온은 결혼했다. 하지만 마인가스트 박사에게는 더 많은 일이 일어났다. 그는 외국으로 가면서 냉소주의를 청산했고 대학 바깥에서 유명한 철학자라고 불리는 사람이 되었고 주위에 끊임없이 한 무리의 제자들을 몰고 다녔으며 얼마 전 발터와 클라리세에게 편지를 보내서는 조만간 고향을 방문하려 하며 여기서 한동안 숭배자들의 방해를 받지 않고 일할 수 있으면 좋겠다고 알려 왔다. 또 그들 집에 묵을 수 있겠느냐고 물어 왔다. 그들이 '자연과 대도시의 경계에' 산다는 말을 들었노라고. 그리고 이것이 바로 클라리세의 사고가 이날 걸어온 모든 길의 출발점이었을 것이다. '맙소사, 그 시절은 특이했어!' 그녀는 생각했다. 그리고 이제 그것이 루시와의 일이 있었던 여름 전의 여름이었음도 알았다. 당시 마인가스트는 그가 원할 때면 언제라도 그녀에게 키스했다. "지금 키스하는 것을 허락해 주시지요!"라고 그는 그 전에 정중하게 말했다. 그리고 그는 그녀의 여자 친구들에게도 다 키스했고 클라리세는 심지어 한 친구의 치마를 볼 때마다 순진한 척 눈을 내리깐 모습을 생각하지 않을 수 없었다. 마인가스트 본인이 이 이야기를 그녀에게 했다. 그리고 그가 그녀에게 그녀의 여자 친구들과의 모험에 대해 보고하면 클라리세는 ─ 당시 그녀는 열다섯 살이었다! ─ 다 큰 어른인 마인가스트 박사에게 "당신은 짐승이에요!"라고 말했다. 이것은 그녀에게 만족감을 주었다. 이 만족감은 이런 저열한 말을 사용하고 그를 욕하게 하는 장화와 박차 같았다. 그럼에도 불구하고 그녀는 결국 자신도 저항할 수 없을까 겁이 났고 그가 키스를 청하면 거부할 용기가 없었다. 멍청하다는 인상을 줄까 두려웠기 때문이었다.

하지만 발터가 처음으로 키스했을 때 그녀는 아주 진지하게 말했다. "나는 엄마에게 절대 이런 짓을 하지 않겠다고 약속했어." 이것이 바로 차이점이었다. 발터는 복음처럼 아름다운 말을 했고 아주 많이 말을 했고 예술과 철학이 달을 감싼 커다란 구름처럼 그를 둘러쌌다. 그는 그녀에게 책을 읽어 주었다. 하지만 그가 하는 주된 일은 그냥 그녀를, 모든 여자 친구들 가운데서 그녀를 바라보는 것이었고 이것이 초기에 그들의 관계였다. 그리고 그것은 달이 내려다보는 것과 같았다. 그러면 두 손을 모은다. 실제로 그들의 관계는 그 후 손을 잡는 것으로도 계속되었다. 지금 말없이 가만히 잡은 손, 그 안에는 독특하게 연결하는 힘이 있었다. 클라리세는 자신의 전 육체가 그의 손을 통해 정화되는 느낌이었다. 그가 정신을 딴 데 팔고 냉정하게 손을 내밀면 그녀는 불행했다. "내가 그걸 얼마나 중요하게 생각하는지 넌 몰라!"라고 그녀는 그에게 부탁했다. 사실 그들은 당시 몰래 서로 반

말을 했다. 그때까지 그녀는 자연 속에서 아빠나 그의 동료가 그려서 팔아먹는 풍경만을 보아 왔던 반면에 그는 그녀의 내면에 산과 딱정벌레에 대한 이해가 생기게 했다. 난데없이 가족에 대한 비판이 깨어났다. 그녀는 새롭다고, 다르다고 느꼈다. 이제 클라리세는 그 스케르초 사건이 어떻게 일어났는지 정확히 기억했다. "프로일라인 클라리세", 발터가 말했다. "당신의 다리는 당신 아빠가 그리는 모든 그림보다 더 진짜 예술과 관련이 있어요!" 여름별장에는 피아노가 한 대 있었고 그들은 네 손가락으로 피아노를 쳤다. 클라리세가 그에게 배웠다. 그녀는 여자 친구들과 가족을 넘어서고 싶었다. 아름다운 여름날 어떻게 노를 젓거나 수영을 하는 대신 피아노를 칠 수 있는지 아무도 이해하지 못했지만 그녀는 발터에게 희망을 걸었고 당장 당시에 벌써, '그의 여자'가 되겠다고, 그와 결혼하겠다고 작정했다. 음을 잘못 눌렀다고 그가 호통을 치면 그녀는 속이 온통 들끓었지만 쾌감이 더 우세했다. 그리고 발터는 가끔씩은 정말로 호통을 쳤다. 정신은 어떤 양보도 참아 내지 못하니까. 하지만 피아노를 칠 때뿐이었다. 음악 밖에서는 여전히 그녀가 마인가스트에게 키스를 받는 일이 일어났고 발터가 노를 저었던 어느 달빛 뱃놀이에서 그녀는 순전히 자신의 뜻에 따라 그녀 옆 조종석에 앉아 있던 마인가스트의 가슴에 머리를 묻었다. 마인가스트는 그런 일에는 너무나 노련했으므로 그녀는 이것이 어떤 결과를 초래할지 몰랐다. 반면 발터가 두 번째로, 피아노 시간이 있은 후 그들이 벌써 문 앞에 서 있던 마지막 순간 뒤에서 그녀를 붙잡아 격렬히 키스를 했을 때 그녀는 숨이 막힌다는 아주 불쾌한 느낌만 들었고 몸부림을 치며 그에게서 빠져나왔다. 그럼에도 불구하고 그녀의 내면에서는 마인가스트와 또 무슨 일이 생기더라도 발터를 놓쳐서는 안 된다는 결심이 확고했다.

이런 일은 정말 특이하게 진행된다. 마인가스트 박사의 호흡에는 저항을 녹이는 어떤 것, 알아차리지 못하면서도 그 안에서 행복하다고 느끼는 깨끗하고 가벼운 공기와 같은 것이 있었다. 반대로, 클라리세가 오래전부터 알고 있었듯, 늘 소화가 더뎌서 고생하는 발터는 그의 결심이 더딘 것과 꼭 마찬가지로 호흡에도 뭔가 정체된 것이 있었다. 호흡은 한편으로는 너무 뜨거웠고 또 한편으로는 탄내가 나고 꼼짝도 못하게 만들었다. 이런 육체적이면서도 정신적인 것은 기이하게도 처음부터 영향을 미쳤고 클라리세는 이에 놀라지도 않았다. 다름 아닌 그녀에게 인간의 육체는 자신의 영혼이라는 니체의 말보다 더 자연스러운 것은 없어 보였으니까. 그녀의 다리는 머리보다 천재성이 더 많지는 않았지만 이와 동일한 것이 있었다. 다리는 천재성 자체였다. 발터가 건드리면 그녀의 손은 순간적으로 한 줄기 계획들과 확언들의 흐름을 유발했고 이 흐름은 정수리에서 발바닥까지 이어졌지만 한마디 말도 수반하지 않았다. 그리고 그녀의 젊음은 한번 자의식을 갖게 되자마자 부모의 확신과 그들의 다른 어리석음에 그냥 싱싱하고 단단한 육체로 저항했다. 이 육체는 엄격한 도덕관을 가진 이전 세대가 매우 사랑했던 화려한 부부용 침대와 터키식 고급양탄자를 조금이라도 상기시키는 모든 감정을 경멸했다. 그 때문에 육체적인 것은 그 이후로도 역할을 했고 그녀는 이 역할을 남들과 다르게 생각했다. 하지만 여기서 클라리세는 회상에게 멈추라고 명령했다. 또는 사실 완전히 그렇지는 않았고 오히려 기억들이 단번에 그리고 아무런 착륙의 충격 없이 그녀를 다시 현재에 내려놓았다. 그녀가 이 모든 것들과 앞으로 이어질 모든 것들을 그녀의 특성 없는 친구에게 알리고자 했기 때문이었다. 어쩌면 마인가스트가 이 순간 이 속에서 너무 큰 공간을 차지했을 것이다. 그는 일도 많았던 그 여름이 지난 후 곧 사라졌고 낯선 사람들에게로 도피했고 경박한 방탕아를 유명한 사상가로 만든 그 엄청난 변신이 그의 내면에서 시작되었으니까. 클라리세는 그 이후로 그를 얼핏 한 번 다시 보았을 뿐이었고 그때도 과거에 대해서는 생각하지 않았다. 하지만 그녀가 자신에게서 관찰하고 있듯이, 그녀가 그의 변신에 관여했음은 분명했다. 그가 사라지기 전 몇 주 동안 그녀와 그 사이에는 훨씬 더 많은 일이 일어났다. 발터 없이, 발터의 질투심도 한몫하는 가운데, 발터를 밀어내면서, 발터를 독려하고 부추기면서 정신적 폭풍이 있었고 이 폭풍 전에 남자와 여자를 미치게 만드는 더 미친 시간들이 있었다. 그리고 비 온 뒤의 초록색 초원이 우정의 깨끗한 공기 속에 놓여 있듯, 모든 열정을 발산한 광란 후의 시간들이 있었다. 클라리세는 많은 것들을 견뎌야 했고 기꺼이 견뎠지만 이 호기심 많은 아이는 나중에 그 고삐 풀린 친구에게 자신의 의견을 말함으로써 나름대로 반항했고 마인가스트는 사라지기 전 마지막 며칠 동안 벌써 우정이라는 측면에서 더 진지해졌고 발터와의 경쟁 속에서 거의 고상하고 침통해졌다고 할 정도였기 때문에 그녀는 오늘날도 자신이, 스위스로 떠나기 전 그의 존재를 더럽히던 모든 것을 자신에게로 끌어당겼고 이로 인해 그가 그렇게 뜻밖에 변신하는 것이 가능했다고 단단히 확신했다. 이런 견해는 이후 그녀와 발터 사이에 일어난 일로 인해 더 강화되었다. 클라리세는 이 먼 과거의 여러 해와 달을 더 이상 정확히 구분할 수 없었지만 언제 이 일이 일어났고 언제 저 일이 일어났는지는 결국 같았다. 전체적으로 보면, 수없이 저항하면서 발터에게 다가간 이후 몽상적인 시기가 왔다. 이는 산책, 고백, 정신적 소유의 시간인 동시에 수없이 많은 작고 무한히 고통스러운 방탕으로 가득 찬 시기였다. 두 연인은 이 방탕에 휩쓸렸지만 아주 결정적인 것을 할 용기도 순결이 사라진 것만큼 없어졌다. 그것은 마인가스트가 그들에게 그의 죄악을 — 이것이 보다 높은 의미 속에서 다시 한번 저질러지고 그 최고의 의미까지 체험되도록 — 남겨놓고 간 것과 다르지 않았다. 그들은 둘 다 이를 이렇게 이해했다. 그리고 클라리세에게 발터의 사랑이 자주 역겨울 정도로 중요하지 않게 되어 버린 오늘날 그녀는 그들을 그 정도로 미치게 했던 목마른 사랑의 도취는 선택된 자들을 위해 별들 사이에 마련되어 있는 비육체적인 것, 하나의 의미, 하나의 과제, 하나의 운명의 현현(顯現)에 — 그녀는 이 말이 육화(肉化)라는 뜻임을 알았다 — 불과함을 더 분명히 보았다.

그녀는 수치스럽지 않았고 당시와 지금을 비교했을 때 차라리 울고 싶었으리라. 하지만 클라리세는 결코 울 수도 없었고 입술을 꽉 다물었는데, 거기에서 뭔가가, 그녀의 미소와 닮아 보이는 뭔가가 생겼다. 겨드랑이까지 키스를 받은 그녀의 팔, 악마의 눈이 감시하고 있는 그녀의 다리, 연인의 애타는 그리움에 의해 수천 번 꼬아졌지만 밧줄처럼 다시 풀어진 그녀의 유연한 몸은 사랑에 수반되는 놀라운 감정, 즉 그녀가 행하는 모든 몸짓이 은밀히 중요하다는 감정을 간직하고 있었다. 클라리세는 거기 앉아 있었고 쉬는 시간의 여배우 같은 기분이었다. 물론 그녀는 무슨 일이 일어나야 할지 몰랐다. 하지만 그녀는 모든 사랑하는 자들의 끝없는 과제는 최고의 순간에 서로가 서로에게 의미했던 그대로 자신을 유지하는 것이라고 확신했다. 그리고 그녀의 팔이 거기 있었고 그녀의 다리가 거기 있었고 그녀의 머리는 몸통 위에 앉아 있었고 없을 수 없는 그 표시를 맨 먼저 인지하려는 만반의 태세를 갖추고 있었다. 클라리세의 생각이 무엇인지 이해하기는 어렵겠지만 그녀에게 이는 전혀 어렵지 않았다. 그녀는 라인스도르프 백작에게 편지를 써서 니체의 해와 동시에 여자살해자의 석방 및 어쩌면 공개전시까지 요구했다. 여기저기 흩어진 모두의 죄악을 짊어져야 했던 자들의 수난의 길을 상기시키기 위해서였다. 그리고 이제 그녀는 자신이 왜 그랬는지도 안다. 누군가가 첫마디를 말해야 한다. 어쩌면 그녀는 자신의 생각을 제대로 표현하지 못했을 테지만 상관없었다. 중요한 것은 누군가가 시작하고 눈감아주기와 내버려두기에 종지부를 찍는다는 것이다. 세상은 때때로 — 그 뒤에서는 '영겁에서 영겁으로'라는 말이, 가까이 있지만 눈에 보이지 않는 두 개의 종처럼 울리고 있었다 — 함께 하지 않고 함께 거짓말을 할 수 없고 그래서 달갑잖은 선풍을 일으키는 이런 인간을 필요로 한다는 것이 역사적으로 입증되었다. 여기까지는 분명했다.

또 달갑잖은 선풍을 일으키는 인간은 세상의 압력을 느낀다는 것도 분명하다. 클라리세는 인류가 내놓은 위대한 천재는 거의 항상 괴로움을 겪어야 했음을 알고 있고 그녀 삶의 여러 날과 주가, 그 위에서 무거운 널빤지가 끌려가는 듯, 납처럼 무거운 압력 아래에 있다는 것에 놀라지 않는다. 하지만 이 일은 매번 지나갔고 모든 인간들이 그렇다. 교회는 현명하게도 심지어 애도의 시간을 도입했다. 애도를 합치기 위해 그리고 반세기가 좌절과 무감각으로 넘쳐나는 것을 막기 위해서지만 이 일도 이미 일어났다. 클라리세의 삶에서 더 힘든 것은 특정한 다른 순간들, 너무 자유롭고 압력이 없는 순간들, 가끔씩 한마디 말이면 그녀로 하여금 궤도를 벗어나게 하기에 충분한 그런 순간을 다루는 일이다. 그러면 그녀는 자신의 외부에 있지만 어디에 있는지는 말할 수가 없다. 하지만 그녀가 부재하는 것은 결코 아니며 그 반대다. 오히려 그녀가 안에 있다고, 더 깊은 공간 속에 존재한다고 말할 수 있으리라. 이 공간은 그녀의 육체가 세계에서 차지하는 공간 속에 평범한 표상들로는 파악할 수 없는 방식으로 숨어 있다. 하지만 왜 말의 거리에 있지 않은 것을 위해 말을 찾아야 한단 말인가. 그녀는 한참 후에 여하튼 다시 다른 말에 안착하고 머릿속은 코피를 흘리고 난 뒤처럼 여전히 약간 밝게 간질거린다. 클라리세는 이것이 그녀가 가끔씩 체험하는 위험한 순간임을 안다. 이 순간들은 분명 준비고 연습이다. 그녀는 안 그래도 여러 가지 것을 동시에 생각하는 습관이 있었다. 부채가 펼쳐지고 접히듯이, 하나가 반쯤 다른 것 옆에, 반쯤 다른 것 아래에 있듯이. 그리고 이것이 너무 혼란스러워지면 확 빠져나오고 싶은 욕구가 생기는 것은 이해가 된다. 많은 사람들이 이런 욕구를 가질 테지만 그들은 그냥 실행하지 못할 뿐이다.

클라리세는 준비와 낌새를 다른 사람들이 기억력이나 강력한 소화력을 자랑스러워하듯 그렇게 체험한다. 유리조각이라도 먹을 수 있을 것이라고 그들은 말한다. 하지만 클라리세는 그녀가 정말로 뭔가를 감당할 수 있음을 벌써 몇 번이나 입증했다. 그녀의 힘은 아버지와 마인가스트, 게오르크 그뢰슬에게서 모습을 보였고 발터와는 좀더 많은 노력이 필요했다. 그때는 모든 것이, 약간 멈칫거리기는 했어도 여전히 흐름 속에 있었다. 하지만 클라리세는 얼마 전부터 자신의 힘을 특성 없는 남자에게서도 입증할 작정이었다. 언제부터였는지는 정확히 말할 수 없지만 그것은 발터가 발설하고 울리히가 승인한 이 이름과 관련 있었다. 그 전에는, ─ 그녀는 이 말도 해야 했다 ─ 예전에는 아주 좋은 친구사이였을 뿐, 단 한 번도 그에게 진지하게 주의를 기울여 본 적이 없었다. 하지만 '특성 없는 남자', 그것은 그녀에게 예를 들어 피아노연주를 생각나게 했다. 즉, 그 모든 멜랑콜리, 기쁨의 도약, 분노의 폭발을. 완전히 현실적인 열정이 아니어도 이때 그 모든 것은 미친 듯이 체험된다. 그녀는 자신이 이것들과 닮았다고 느꼈다. 여기에서부터 아무런 에움길 없이, 모든 것을, 전 영혼으로 일어나지 않는 모든 것을 거부해야 한다는 주장이 나온다. 이로써 그녀는 결혼생활의 깊이 헤집어진 현실 한가운데 들어와 있었다. 특성 없는 남자는 삶에게 '아니오'라고 말하지 않는다. 그는 '아직은 아니오!'라고 말하고 자신을 아낀다. 이것을 그녀는 온몸으로 이해했다. 그녀가 신의 어머니가 되어야 한다는 것이 어쩌면 그녀가 자신에게서 빠져나온 그 모든 순간들의 의미였을 것이다. 그녀는 자신을 찾아왔던 ─ 그 후 아직 채 15분도 지나지 않았다 ─ 그 얼굴을 상기했다. '아마 모든 어머니는 신의 어머니가 될 수 있을 거야.' 그녀는 생각했다. '만약 일이 일어나는 대로 내버려두지 않고 거짓말하지 않고 작용도 하지 않고, 내면 깊은 곳에 있는 것을 아이로서 밖으로 내보낸다면! 스스로는 아무것도 해내지 못한다는 것을 전제로 하면!' 그녀는 슬프게 덧붙였다. 이 생각은 그녀에게 순전한 안락함만을 주지는 않았고 뭔가를 위해 희생한다는, 고통과 행복으로 나뉜 느낌으로 그녀를 가득 채웠기 때문이었다. 그렇지만 그녀의 환영은 마치 나뭇가지들 속에서 갑자기 촛불처럼 일렁이는 나뭇잎들 사이로 그림 하나가 나타나고 반면에 그 후 곧 가지들이 다시 닫히는 것과 같았고 이제 그녀의 기분은 영원히 변해 있었다. 다음 순간 어떤 우연이 그녀에게 다른 모든 인간들에게는 의미가 없는 발견을 하나 선물했다. 어머니라는 단어가 모반(母斑)이라는 단어 속에 들어 있다는 발견이었다. 그녀에게 이것은 마치 그녀의 운명이 갑자기 별자리로 나타나는 것과 같은 의미였다. 여자가 남자를 연인으로서, 또 어머니로서 자기 안에 품을 수 있다는 멋진 생각은 그녀를 부드럽게 만들었고 흥분시켰다. 그녀는 어떻게 이런 생각이 그녀에게 왔는지 몰랐지만 이 생각은 그녀의 저항을 녹였고 그녀에게 권력을 주었다.

하지만 그녀는 특성 없는 남자를 아직은 전혀 신뢰하지 않았다. 그가 말하는 많은 것들이 그런 뜻은 아니었다. 그가 사고를 실행할 수 없다거나 어떤 것도 완전히 진지하게 받아들이지는 않는다고 주장하면 그것은 은신일 뿐이었다. 그녀는 이를 분명히 이해했다. 그들이 서로를 속속들이 염탐했고 비밀스런 표시에서 서로를 알아본 반면에 발터는 클라리세가 때때로 미쳤다고 생각했다! 하지만 울리히 안에도 아주 사악한 뭔가가, 세계의 어슬렁거리는 진행을 악마적으로 신봉하는 뭔가가 있었다. 그를 풀어 주어야 했다. 그녀가 그를 데려와야 했다.

그녀는 발터에게 말했었다. 그를 죽여. 별 의미가 없는 말이었고 그녀는 무슨 뜻으로 그런 말을 했는지 제대로 알지 못했다. 하지만 그 말은 그를 그 자신에게서 끌어내기 위해 무슨 일을 해야 한다는, 그리고 어떤 것 앞에서도 멈춰서는 안 된다는 뜻이었다.

그녀는 그와 싸워야 했다.

그녀는 웃었고 코를 문질렀다. 그녀는 어둠 속에서 서성거렸다. 평행운동에서 무슨 일이 일어나야 했다. 무슨 일인지는 그녀도 몰랐다.

98
언어결손 때문에 몰락한 국가로부터

시대의 기차는 선로를 앞으로 펼치며 달려가는 기차다. 시간의 강물은 그 강변을 같이 끌고 가는 강물이다. 여행자는 단단한 벽에 둘러싸인 채 단단한 바닥 위에서 함께 움직인다. 하지만 바닥과 벽은 여행자들의 움직임에 의해 아무도 모르게 활발히 함께 움직인다. 클라리세의 사고 가운데서 이 사고가 아직 나타나지 않은 것은 그녀 영혼의 안정을 위해 이루 말할 수 없이 귀중한 행운이었다.

라인스도르프 백작도 이 사고로부터 안전했다. 그를 보호해 준 것은 자신이 현실정치를 하고 있다는 확신이었다.

날들은 그네를 뛰더니 몇 주가 되었다. 이 주들은 가만히 있지 않고 엮여서 하나의 환이 되었다. 끊임없이 무슨 일이 일어났다. 그리고 끊임없이 무슨 일이 일어나면 쉽게, 실제적인 것을 해낸다는 인상을 받는다. 이렇게 라인스도르프 백작 궁의 화려한 방들은 폐병을 앓고 있는 아이들을 위한 큰 자선파티에서 관중에게 개방될 예정이었고 행사에 앞서 각하와 각하의 집사는 상세하게 협의를 했으며 여기서 특정한 일들을 해야 하는 특정한 날들이 정해졌다. 같은 시기 경찰은 기념전시회를 개최했고 그 개막식에 전 사교계가 모습을 나타냈으며 그 전에 경찰청장은 몸소 각하를 방문해 초대장을 전달했다. 라인스 도르프 백작이 당도하고 영접을 받았을 때 경찰청장은 각하 곁에 서 있는 '자원봉사자이자 명예비서'를 알아보았다. 그럴 필요가 없었지만 다시 한번 울리히를 소개받자 청장은 이를 자신의 전설적인 인물 기억력을 보여 줄 기회로 삼았다. 그는 열 명 가운데 한 명의 국민을 개인적으로 알고 있거나 적어도 그에 관한 보고를 받고 있다는 평판이 나 있었으니까. 디오티마도 남편을 대동하고 왔고 모습을 나타낸 모든 사람들은 황실의 한 일원을 기다렸으며 일부는 그에게 소개되었다. 그리고 모두 한목소리로 전시회가 아주 성공적이고 흥미진진하다고 말했다. 전시회는 벽에 걸린 꽤 많은 그림들과 유리장과 유리 상자 안에 전시된 큰 범죄에 대한 기념품들이 서로 밀접한 관계를 맺도록 구성되었다. 기념품은 절도 도구, 위조작업실, 단서가 된 떨어진 단추 그리고 유명한 살인자들의 비극적 도구들과 거기에 딸린 전설인 반면에 벽에 걸린 그림들은 이 끔찍한 무기고와는 반대로 경찰의 삶에서 나온 교화적인 장면들이었다. 거기서는 할머니가 길을 건너도록 도와주는 착한 경찰관을 볼 수 있었다. 또 강물에 휩쓸려 온 시체 앞에 서 있는 진지한 경찰관, 놀라 날뛰는 말의 고삐를 잡는 용감한 경찰관 — 이는 '도시의 목자로서의 치안당국에 대한 알레고리'이다 — 파출소에서 모성적인 보호자에 둘러싸인 미아, 불길에서 구해낸 소녀를 팔에 안은 불타는 경찰관이 보였다. 이어 또 '응급조치', '고독한 보초'와 같은 그림들이 많이 있었고 또 그 옆으로 근무년도 1869년까지 거슬러 올라가는 용감한 경찰관들의 사진, 그들의 삶의 궤적에 대한 기록들, 경찰 또는 개별 경찰간부의 활동을 찬양하는 시가 담긴 액자들이 보였다. 그들의 최고 상관, 카카니아에서 '국내 문제 담당' 이라는 심리적 명패를 달고 있는 부처의 장관은 개막연설에서 경찰의 정신이 정말 민중적임을 보여 주는 이 전시물들을 가리키며 예술과 삶이 감각적 무사태평에 대한 비겁한 숭배로 너무나 많이 기우는 이 시대에 협조심과 강인함의 정신에 대한 경탄이 도덕의 새 원천이라고 말했다. 라인스도르프 백작 곁에 서 있던 디오티마는 현대예술을 촉진하려는 자신의 노력을 생각하고 불안을 느꼈고 온화하지만 굽히지 않는 얼굴로 허공을 응시하는 용의주도함을 보였는데, 카카니아에 이 장관의 머리 말고 다른 머리들도 있음을 천명하기 위해서였다. 연설이 진행되는 동안 평행운동 명예비서의 존경할 만한 사고를 하며 그녀를 관찰하고 있던 사촌은 빽빽이 들어선 사람들 가운데서 갑자기 가벼운 손이 조심스럽게 그의 팔 위에 놓이는 것을 느꼈고 보나데아가 옆에 서 있는 것을 보고는 깜짝 놀랐다. 그녀는 법원 고위공직자인 남편과 함께 개막식에 참석했고 모두가 장관과 장관 앞에 서 있는 페르디난트 대공12을 바라보는 틈을 타 자신의 불성실한 남자 친구에게 접근했다. 이 대담한 공격은 오랜 계획의 결과였다. 비유적으로 말하자면, 펄럭이는 욕정의 깃발을 단단히 묶어 두려는 침울한 욕구에 사로잡힌 그 순간 불행히도 연인에게 외면당하자 충격을 받은 그녀는 지난 몇 주 동안 오로지 그를 다시 얻을 생각에만 골몰했다. 그는 그

---

12 프란츠 요제프 1세의 조카이다.

녀를 피했고 억지로 나눈 대화들도 그녀를, 뭔가를 요구하는 사람이 혼자 있는 게 더 좋은 사람을 대할 때 생기는 불리함에 처하게 했을 뿐이었다. 이렇게 그녀는 연인이 매일 왕래하는 이 집단에 발을 들이기로 작정했는데, 이 의도 속에는 또 하나의 의도가 들어 있었다. 남편이 그 끔찍한 살인자 모스브루거와 가지는 직업적 관계와 이 살인자의 운명을 어떻게든 가볍게 해주려는 남자 친구의 의도를 자신을 위해, 두 편으로의 내적 연결을 위해 이용하려는 의도였다. 그 때문에 최근 그녀는 영향력 있는 사람들이 정신병이 있는 범죄자를 보호하는 데 관심을 보여야 한다고 적잖이 남편을 졸랐고 경찰전시회와 그 개막식이 알려지자 자기를 데려가도록 남편을 설득했다. 본능은 그녀에게 이것이 그녀가 오랫동안 찾고 있던, 디오티마를 알게 될 자선행사라고 말했기 때문이었다. 장관이 연설을 끝내고 사람들이 움직이기 시작하자 그녀는 당황한 연인의 곁을 떠나지 않고 그와 함께 핏자국이 묻은 끔찍한 도구들을, 거의 참을 수 없을 정도로 혐오스러웠지만, 관람하기 시작했다. "당신이 그랬어, 원하기만 한다면 이 모든 걸 막을 수 있다고." 그녀는 이렇게 속삭였고 이로써 주의를 기울이고 있었음을 보여 주고 싶어 하는 착한 아이처럼 지난번 그들이 이 대상을 두고 나눈 상세한 대화를 상기시켰다. 잠시 후 그녀는 미소를 지었고 밀치는 사람들 때문에 자신의 몸을 그에게 바싹 붙였고 이 순간을 틈타 그에게 속삭였다. "언젠가 당신이 말했어. 사람은 누구나 상황이 허락하면 온갖 약점을 다 드러낸다고!" 울리히는 그의 옆에서 걸어가려는 이 단호한 방식으로 인해 자신이 아주 난처해졌음을 알았다. 그리고 그녀의 주의를 딴 데로 돌려 보려는 시도에도 불구하고 연인이 디오티마에게 접근했고 많은 사람들 앞에서 정색을 하고 이를 질책할 수도 없었으므로 그는, 지금까지는 거부해 왔지만, 오늘 두 여자를 소개하는 것 말고는 다른 수가 없음을 알았다. 그들이 디오티마와 각하를 중심으로 한 그룹에 바싹 다가섰을 때 보나데아가 한 유리장 앞에 서서 매우 큰 소리로 외쳤다. "보세요. 저기 모스브루거의 칼이 있어요!" 정말로 그것은 거기에 있었고 보나데아는 할머니의 서랍에서 할머니가 처음으로 참가한 무도회에서 받은 선물을 발견하기라도 한 듯 열광해서 그것을 바라보았다. 그때 그녀의 남자 친구는 서둘러 결심을 했고 재치 있는 핑계를 대며 사촌에게 한 부인을 소개할 수 있도록 호의를 베풀어 달라고 청했다. 이 부인께서 그러기를 원하시며 선하고 참되고 아름다운 모든 노력을 열광적으로 숭배하는 분으로 알고 있다고.

그러니까 날들과 주들이 흔들리며 흘러가도 일어나는 일은 별로 없다고 말할 수는 없었고 경찰전시회와 이와 연관된 온갖 것들은 사실 그 가운데 가장 사소한 것에 불과했다. 예를 들어, 영국인들은 훨씬 위대한 일을 했고 이 나라 사교계에서까지 숱한 화제를 뿌렸다. 그 중 하나는 유명 건축가가 지어 여왕께 선사한 인형의 집이었다. 집 안에는 유명한 현대 화가들이 그린 미니어처 초상화들이 걸려 있는 1미터 길이의 대식당, 수도꼭지에서 온수와 냉수가 나오는 방들, 도서관이 있었는데, 도서관에는 여왕이 왕실 가족의 사진들을 붙인 순금 미니 사진첩, 초소형으로 인쇄된 철도시간표와 선박운행표가 실린 책자, 유명 작가들이 여왕을 기리며 친필로 쓴 시와 소설이 실린 미니 책 200권이 있었다. 디오티마는 이 모든 구경거리를 귀중한 사진으로 담은, 영국에서 막 간행된 두 권짜리 호화판을 소유하고 있었고 그녀의 살롱에 최상류층들이 더 많이 참석한 것도 이 책 덕분이었다. 하지만 그 밖에도 신속하게 의견을 내놓을 수 없는 온갖 일들이 끊임없이 일어나서, 영혼 속에서 북이 둥둥거리듯, 모퉁이 뒤에 있어 아직 눈에 보이지 않았던 것이 우리를 앞서간다. 그때 이중제국의 전신국 공무원들은 처음으로 그리고 엄청난 불안을 야기하는 방식으로 파업을 했는데, 수동적 저항이라는 이름을 얻은 이 방식은 다름 아니라 모든 업무규정을 가장 정확한 양심으로 지키는 것이었다. 이로써 규칙을 가장 정확히 따르는 것이 고삐 풀린 무정부주의보다 더 빨리 모든 일을 정지시킨다는 사실이 드러났다. 오늘날도 기억하겠지만, 고물상에서 산 유니폼을 입고 장교 행세를 하고 거리에서 순찰대를 멈춰 세워 순찰대와 프로이센적 복종심의 도움으로 시의 금고를 턴 프로이센의 쾨페닉 대위와 더불어 이 수동적 저항은 입을 근질거리게 하는 것인 동시에, 천명하고 싶은 불찬성의 토대가 되는 이념들을 아래로부터 흔들어 놓는 것이었다. 동시에 수많은 뉴스 가운데는 황제폐하의 정부가 다른 황제의 정부와 평화 확보, 경제 성장, 돈독한 협업, 모두의 권리 존중을 내용으로 하고 이것이 위협을 받거나 위협을 받을 가능성이 있을 경우에 대비한 조치도 포함된 조약을 체결했다는 뉴스도 있었다. 며칠 후 투치 국장의 상관인 장관은 유럽 대륙에 있는 세 제국이 긴밀히 단결해야 할 절박한 필연성을 입증하는 연설을 했는데, 제국들은 현대적이고 사회적인 발전을 도외시해서는 안 되며 왕조의 공동의 이익을 위해 사회재편에 대항하는 공동전선을 구축해야 한다고 말했다. 이탈리아는 리비아에서 군사행동에 휘말렸다. 독일과 영국은 바그다드 문제가 있었다. 카카니아는 남쪽에서 일정한 군사적 대비를 했는데, 세르비아가 바다로 진출하는 것을 허락하지 않고 철도연결만 허용한다는 것을 만천하에 드러내기 위해서였다. 그리고 이런 종류의 온갖 사건들과 동등하게 보도된 것은 세계적으로 유명한 스웨덴의 젊은 여배우 포겔장이 카카니아에 도착한 첫날 밤 그 어느 때보다도 잠을 푹 잤으며 한 경찰관이 열광하는 군중들로부터 자신을 보호해 주고 이어 그편에서 감사의 마음으로 그녀와 악수하게 해달라고 청해 기뻤다고 고백했다는 소식이었다. 이렇게 해서 생각은 다시 경찰전시회에 이르렀으리라. 많은 일이 일어났고 사람들도 이를 알아차렸다. 사람들은 어떤 일을 자기가 하면 좋다고 생각하고 다른 사람들이 하면 염려한다. 개별사항에서는 초등학생이라도 이를 이해할 수 있었지만 전체적으로 도대체 무슨 일이 일어나고 있는지 제대로 아는 사람은 없었다. 소수의 인물들은 예외였지만 그들도 자신들이 그것을 아는지 확신이 없었다. 얼마 후 모든 것은 다른 순서로 또는 거꾸로 된 순서로 일어날 수도 있었을 테고 사람들은 일정한 변화를 제외하고는 아무 차이도 발견하지 못했으리라. 이는 시간이 가도 여전히 이해할 수 없이 남겨진 변화들로, 역사라는 달팽이의 점액질 자국이다.

이런 상황에서 대체 무슨 일이 일어나고 있는지를 알아내려는 외국 공관들이 어려운 과제에 직면했음은 이해가 된다. 외교관들은 라인 스도르프 백작에게 많은 것을 알아내고 싶었지만 각하는 이를 어렵게 했다. 그는 매일 새삼 자신의 영향력에서 확고한 건실함이 부여하는 만족감을 느꼈고 그의 얼굴은 외국의 관찰자에게 질서정연하게 진행되는 사건이 가지는 찬란한 평온함을 보여 주었다. 부서 1이 편지를 하면 부서 2가 답을 했다. 부서 2가 답을 하면 이를 부서 1에 알려야 했고 구두 협의를 제안하는 것이 최상이었다. 부서 1과 부서 2가 합의를 보면, 아무 일도 할 수 없다는 것이 확정되었다. 이렇게 끊임없이 뭔가 할 일이 있었다. 게다가 수없이 많은 부수적 고려사항들에도 주의를 기울여야 했다. 온갖 다양한 행정부서와 손을 잡고 일을 했으니까. 교회의 마음을 상하게 하고 싶지 않았다. 특정한 인물들과 사교 관계들도 고려해야 했다. 한마디로, 특별한 일을 하지 않는 날에도 너무나 많은 일들을 해서는 안 되었으므로 많은 일을 했다는 인상을 받을 정도였다. 각하는 이를 올바로 평가할 줄 알았다. "남자는 운명에 의해 더 높은 지위에 올라갈수록", 그는 말하곤 했다. "소수의 단순한 원칙, 확고한 의지, 계획적 행동이 무엇보다 중요함을 더 분명히 인식하게 된다." 그는 한번은 그의 '젊은 친구'에게도 이 경험을 상세히 털어놓았다. 그는 독일의 통일노력을 언급하면서 1848년과 1866년 사이에 다수의 영리한 사람들이 정치에 참여했다고 시인했다. "하지만 그 후", 그가 계속했다. "이 비스마르크가 나타났네. 어쨌든 비스마르크의 한 가지 장점은 정치를 어떻게 해야 하는지 보여 주었다는 것이네. 그는 말이나 영리함으로 정치를 하지 않았네! 단점도 많았지만 그는 그의 시대 이후 독일어권에서는 누구나 정치에서는 영리함과 말에는 아무것도 기대할 것이 없고 말 없는 숙고와 행동에만 기대를 걸 수 있음을 알게 했네!" 이와 비슷한 발언을 라인스도르프 백작은 평의회에서도 했고, 때때로 거기에 밀정을 심어두었던 타국의 외교관들은 그의 의도가 무엇인지 정확한 그림을 그리기가 어렵다고 생각했다. 아른하임의 참가와 마찬가지로 투치 국장의 지위에도 중요성이 부여되었고 여기에서 일반적으로, 이 두 남자와 라인스도르프 백작 사이에 모종의 합의가 있을 터이며 이 합의의 정치적 목표는 당분간은 투치 국장의 부인이 범문화적 노력을 통해 전개하는 활발한 양동작전 뒤에 감춰져 있을 것이라 추론했다. 라인스도르프 백작이 전혀 애를 쓰지 않고서도 호기심에 찬 노련한 관찰자까지 속였음을 고려하면, 그가 스스로 소유하고 있다고 믿는 바로 그 현실정치의 재능이 그에게 결코 없다고는 할 수 없었다.

하지만 경축행사가 있으면 당초무늬나 그와 비슷한 목가적 장면을 황금색 실로 수놓은 연미복을 입는 신사들도 그들 직업분야의 현실정치적 선입견을 버리지 못했고 평행운동의 배경을 캐는 가운데 아무런 구체적 현상을 발견하지 못하자 곧 카카니아에서 대개의 설명할 수 없는 현상들의 원인이며 '구원받지 못한 민족들'이라 불리는 것에 주의를 기울이게 되었다. 오늘날 마치 민족주의가 오로지 군대 납품업자들의 발명품인 척하지만 확장된 설명도 한 번 시도해 보아야 했고 이런 설명을 제공하는 데 카카니아는 중요한 기여를 했다. 황제이자 왕이 다스리는 제국이자 왕국인 이 이중군주국의 거주자들은 자신들이 어려운 과제에 직면했음을 알았다. 그들은 스스로를 제국이자 왕국인 오스트리아-헝가리의 애국자로 느껴야 했지만 동시에 헝가리 왕국의 애국자 또는 오스트리아 제국의 애국자로도 느껴야 했다. 이런 어려움에 직면해서 그들의 모토가 "통일된 힘으로!"였음은 수긍이 간다. 이는 *viribus unitis*13라는 말이다. 하지만 오스트리아인은 헝가리인보다 이에 훨씬 더 큰 힘이 들었다. 헝가리인은 처음부터 끝까지 헝가리인일 뿐이고 그저 부수적으로, 그들의 언어를 이해하지 못하는 다른 사람들에게 오스트리아-헝가리인으로 통했으니까. 반대로 오스트리아인은 우선 그리고 원래 아무것도 아니었고, 고위층의 견해에 따르면, 동시에 오스트리아-헝가리인 또는 헝가리-오스트리아인으로 느껴야 했다. 이에 대해서는 심지어 올바른 말조차 없었다. 오스트리아도 없었다. 헝가리와 오스트리아 두 부분은 붉은색, 하얀색, 초록색으로 된 재킷에 검은색, 노란색으로 된 바지처럼 서로 잘 어울렸다. 재킷은 그 자체로 단품이었지만 바지는 더 이상 존재하지 않는 검은색과 노란색으로 된 양복의 일부였다가 1867년에 분리되었다. 그 이후로 오스트리아 바지는 관청의 언어로는 '제국의회에 대표자를 보내는 왕국들과 주들'이었는데, 물론 이는 아무 의미도 없었고 이름들로 이루어진 이름일 뿐이었다. 이 왕국들, 예를 들어, 셰익스피어의 작품에 나올 듯한 모든 왕국들, 로도메리아과 일리리아는 존재하지 않은 지 오래였고 검은색과 노란색으로 된 양복이 온전히 존재할 당시에도 이미 더 이상 없었으니까. 따라서 오스트리아인에게 어느 나라 사람이냐고 물으면 그는 물론 '나는 더 이상 존재하지 않는, 제국의회에 대표자를 보내는 왕국들과 주들에서 왔습니다'라고 대답할 수는 없었다. 이런 이유로 그들은 '나는 폴란드인입니다, 체코인입니다, 이탈리아인입니다, 프리아울인입니다, 라딘인입니다,

---

13 라틴어로 '하나 된 힘'이란 뜻으로 오스트리아-헝가리 이중왕국의 초대황제였던 프란츠 요제프 1세의 모토였고 1908년 제국 해군에 의해 제창되었으며 동일한 이름의 군함도 있었다.

슬로베니아인입니다, 크로아티아인입니다, 세르비아인입니다, 슬로
바키아인입니다, 루테니아인입니다, 왈라키아인입니다'라고 말하는
것을 선호했다. 그리고 이것이 이른바 민족주의였다. 자신이 다람쥐
인지, 떡갈나무고양이인지 모르는 다람쥐를, 자신에 대해 어떤 개념
도 가지지 못한 존재를 한번 상상해 보라. 그러면 이 존재가 경우에
따라 자신의 꼬리 앞에서 엄청난 두려움을 느낀다는 것이 이해가 될
것이다. 카카니아인들은 서로 이런 관계였고 통일된 힘으로 서로 어
떤 존재이기를 방해하는 구성원들에 대해 발작적 공포심을 느끼며 자
신을 바라보았다. 지구가 존재한 이후로 여태 어떤 생물체도 언어결
손 때문에 죽지 않았지만 그럼에도 불구하고 오스트리아와 헝가리의
오스트리아-헝가리 이중군주국은 말로 표현할 수 없음으로 인해 몰
락했다고 덧붙여야 한다.

　외국인에게는 라인스도르프 백작 같은 상류층의 노련한 카카니아
인이 어떤 방식으로 이 난관을 헤쳐 나갔는지를 알아보는 것이 무가
치한 일이 아니다. 먼저 백작은 깨어 있는 정신으로 조심스럽게 헝가
리를 떼어내고 헝가리에 대해서는 현명한 외교관으로서 절대 한마디
도 하지 않았다. 부모가 자신들의 뜻을 어기고 독립한 아들에 대해
서, 언젠가 다시 한번 아들의 상황이 나빠지기를 바라기는 하지만 절
대 이야기하지 않듯이. 하지만 나머지 것들을 그는 민족이나 오스트
리아의 부족(部族)이라고 명명했다. 이것은 감수성이 매우 풍부한
발명품이었다. 각하는 국가법을 전공했고 거기서 전 세계에 널리 퍼
져 있는 정의(定義)를 발견했는데, 한 민족은 오직 고유한 국가형태
를 소유할 경우에만 민족국가로 통용시켜 달라는 요구를 제기할 수

있다는 것이었다. 그리고 여기에서 그는 카카니아의 여러 민족국가들은 기껏해야 소수민족일 뿐이라는 결론을 끌어냈다. 다른 한편 라인스도르프 백작은 인간은 국가라는 상위 공동체 생활 속에서 비로소 완전하고 참된 자기규정을 발견할 것임을 알았고 어느 누구도 예외가 아니라고 생각했기 때문에 여기서 민족들과 부족들을 하나의 국가 아래 종속시킬 필연성이 있다고 추론했다. 게다가 그는 신적 질서를, 비록 인간의 눈이 이를 항상 꿰뚫어 볼 수는 없겠지만, 믿었고 가끔씩 그가 가지는 혁명적으로 현대적인 시간에는 심지어 근세에 너무나 강화된 국가라는 이념은, 어쩌면 이제 막 시작되는 젊어진 외관이긴 하기만, 신이 정하신 황제라는 이념과 다름없지 않을까 하는 생각도 할 수 있었다. 어쨌든, ― 현실정치가인 그는 사고를 너무 멀리 몰고 가는 것을 거부했고 카카니아 국가라는 이념이 세계평화라는 이념과 동일한 것이라는 디오티마의 견해와도 타협했으리라 ― 중요한 것은, 비록 제대로 된 이름이 없기는 하지만 카카니아라는 국가가 존재했고 거기에 카카니아 국민이 발명되어야 했다는 것이었다. 그는 이를 학교에 가지 않는 사람은 학생이 아니며 학교는 비어 있어도 학교라는 예를 들어 설명하곤 했다. 각 민족이 자신들을 하나의 국민으로 만들어 줄 카카니아라는 학교를 거부할수록 그에게는 학교가 더욱더 필수불가결한 것으로 보였다. 그들은 자신을 민족국가라고 강력하게 주장했고 잃어버린 역사적 권리를 돌려줄 것을 요구했고 국경 너머에 있는 민족형제, 민족친지와 눈이 맞아서 제국을 아주 공공연히, 벗어나야 하는 감옥이라 불렀다. 이와 반대로 라인스도르프 백작은 그럴수록 더욱더 달래면서 그들을 부족이라 불렀다. 그는 그들과 마찬가지로 그들의 미완성 상태를 강조했고 그저 부족들을 오스트리아 국민으로 만듦으로써 이 상태를 보충하려고 했으며 자신의 계획에 들어맞지 않거나 너무 심한 반발을 살 만한 것을, 잘 알려진 그의 방식대로, 아직 극복되지 못한 미성숙의 결과라고 설명했고 이에 대항하는 최선의 방법은 영리한 양보와 온화한 처벌을 적절히 섞어 사용하는 것이라는 의견을 견지했다.

그래서 라인스도르프 백작이 평행운동을 탄생시켰을 때 이 운동은 소수민족들에게는 곧 은밀한 범게르만적 테러로 통했고 각하가 경찰 전시회에 보여 준 관심은 정치적 경찰과 연관되었고 그들이 같은 편이라는 확증으로 해석되었다. 외국 관찰자들은 이 모든 것을 알았고 평행운동에 관해 끔찍한 것들을 원하는 만큼 많이 들었다. 그들은 이것들을 여배우 포겔장의 영접, 영국 여왕의 인형의 집, 공무원 파업에 관한 이야기를 들을 때나 최근 공개된 국가계약에 대해 어떻게 생각하느냐는 질문을 받을 때에 명심했다. 그리고 물론 장관이 연설 중에 사용한 엄격함의 정신이라는 말을, 원한다면, 통고로 이해할 수도 있었지만 그들은 수없이 회자되는 경찰전시회 개회식에서, 공평무사하게 살펴보면, 언급할 만한 일은 아무것도 알아차리지 못했다는 인상을 받았다. 그래도 그들은 다른 모든 사람들처럼 일반적이고 불특정한 일이 진행되고 있고 현재로서는 그것이 무엇인지 확인할 수 없다는 인상도 받았다.

99
반똑똑이와 풍성한 결실을 맺는 그 다른 반쪽에 대해.
두 시대의 유사성, 제인 이모의 사랑스런 본질과
새 시대라 불리는 허튼소리에 대해

하지만 평의회의 회의 경과를 짜임새 있게 파악한다는 것도 불가능했다. 일반적으로 당시 진보인사들은 활동적 정신의 편을 들었다. 배 인간의 주도권을 뺏는다는 두뇌 인간의 의무를 인식했다. 게다가 표현주의라 부르는 것이 있었다. 무엇인지 정확히 진술할 수는 없었지만 그것은 말 그대로 밖으로 짜내기였다. 구성적 전망에서 나온 것일 테지만 이 전망들은 예술적 전통과 비교해 보면 파괴적이기도 했고 그래서 그냥 구조적이라고 불렀다. 이는 아무런 의무도 지지 않는다. 구조적 세계관, 이는 아주 존경할 만하게 들린다. 그렇지만 이것이 다가 아니다. 당시 사람들은 일상과 세상사에 관심을 기울이며 내부에서 외부로 향했지만 벌써 외부에서 내부로도 향했다. 지성과 개인주의는 이미 낡고 이기적인 것으로 통했고 사랑은 또 한 번 끝장이 났으며 사람들은 키치예술이 정화된 행동인간의 영혼 속에 투입되었을 때 가지는 건강한 대중적 영향력을 막 새로이 발견할 참이었다. '사람들'은 그들의 '의복'만큼이나 빨리 바뀌는 듯 보이고 이 둘의 공통점은 아무도, 아마 패션에 관여하는 장사꾼조차도 이 '사람들'의 본래 비밀을 모른다는 것이다. 그렇지만 이를 거부하는 자는 어쩔 수 없이, 적을 알아차리지도 못하면서 감응전류치료기의 양극 사이에서 격렬하게 몸을 움찔거리고 흔들어대는 남자라는 약간 가소로운 인상을 주리

라. 그의 적은 주어진 장사상황을 재빠른 기지로 이용하는 사람들이 아니고 보편적 상황 자체의 공기처럼 유동적인 불안정성, 수많은 영역으로부터의 유입, 무제한적 연결가능성과 변화가능성이며 여기에 수신자 측에서도, 사회를 유지하고 정리하는 유효 원칙의 결핍이나 불능이 보태지기 때문이다.

　현상이 이렇게 변화하는 와중에 기댈 곳을 찾기란 샘의 물줄기 속에 못을 박는 것만큼이나 어렵다. 그럼에도 불구하고 이 속에는 변함없이 그대로인 듯한 뭔가가 있다. 예를 들어, 매우 융통성 있는 타입의 인간이 테니스 선수를 천재적이라고 부른다면 무슨 일이 일어나는가? 그는 뭔가를 빠뜨린다. 경주마를 천재적이라고 부른다면? 그는 훨씬 더 많은 것을 빠뜨린다. 축구선수를 과학적이라고 부르거나 펜싱선수를 정신적이라고 부르거나 권투 선수의 패배에 대해 비극적이라고 말한다면 그는 뭔가를 빠뜨린다. 그는 항상 뭔가를 빠뜨린다. 그는 과장한다. 하지만 과장을 유발하는 것은 부정확성이다. 어떤 소도시에서 백화점 소유주의 아들을 세계적인 사람으로 여기는 원인도 표상의 부정확성이듯이. 여기에도 뭔가 맞는 점이 있을 것이다. 그리고 왜 챔피언이 거둔 뜻밖의 성과가 천재의 성과를, 챔피언의 숙고가 경험 많은 연구자의 숙고를 상기시켜서는 안 되는가? 물론 그것들 사이에는 맞지 않는 점이 더 많다. 하지만 이 나머지는 사용 중에는 전혀 느껴지지 않거나 마지못해서만 느껴진다. 이것은 불확실한 것으로 통한다. 이것은 간과되고 빠뜨려진다. 그리고 만약 이 시대가 경주마나 테니스 선수를 천재적이라고 부른다면 이는 천재에 대한 이 시대의 개념이라기보다는 보다 높은 영역 전부에 대한 시대의 반감일 것이다.

여기가 이제 제인 이모에 대해 이야기할 장소이리라. 울리히는 디오티마가 빌려준 옛 가족 앨범을 뒤적거리며 앨범 속 얼굴들을 그녀의 집에서 본 얼굴들과 비교하다가 이 이모에 대한 기억을 떠올렸다. 소년 시절 울리히는 자주 오랜 시간을 큰어머니 집에서 보냈고 제인 이모는 기억도 할 수 없이 오래전부터 큰어머니의 친구였으니까. 그녀는 사실 이모도 아니었다. 그녀는 아이들의 피아노 선생으로 그 집에 왔고 거기서 크게 존중받지는 못했지만 많은 사랑을 받았다. 그녀의 말대로 하자면, 음악을 위해 태어나지 않았다면 피아노 연습이 크게 의미가 없다는 것이 그녀의 원칙이었으니까. 아이들이 나무를 기어 올라가면 그녀는 더 기뻐했고 이런 식으로 두 세대의 이모가 되었다. 거꾸로 작용하는 세월의 힘을 통해, 실망한 고용주의 여자 친구가 된 것처럼.

예를 들어, 제인 이모는 시간이 가도 변치 않는 감정을 담아 당시 벌써 마흔 살이었던 작은 네포무크 삼촌을 너무나 큰 관용과 경탄으로 "그래, 그 무키!"라고 말할 수 있었고 그래서 그녀의 목소리는 이를 한번 들은 사람에게는 오늘날도 여전히 살아 있었다. 제인 이모의 목소리는 밀가루로 덮인 듯했다. 맨 팔을 아주 고운 밀가루 속에 넣었다가 뺐을 때처럼. 가루가 끼고 가볍게 가루가 묻은 목소리였다. 블랙커피를 너무 많이 마시고 거기다 길고 가늘고 독한 버지니아 담배를 피운 탓이었는데, 담배는 나이와 함께 그녀의 이빨을 검고 작게 만들었다. 그녀의 얼굴을 들여다보면 그 밖에도 그녀의 목소리의 울림은 에칭처럼 피부를 뒤덮은 수많은 작고 섬세한 선과 관련이 있음에 틀림없다고 생각할 수 있었다. 그녀의 얼굴은 길고 부드러웠고 나중

세대들에게도 결코 변하지 않았다. 제인 이모의 다른 어떤 것도 변하지 않았던 것처럼. 그녀는 평생 하나의 옷만 입었다. 물론 같은 옷이 여러 벌 있었다는 것이 더 있을 법해 보이긴 하지만. 그것은 골이 진 검은 비단으로 된 꽉 끼는 케이스였는데, 사제의 수단14처럼 바닥까지 닿았고 어떤 육체적 탈선도 신봉하지 않았고 수많은 작고 검은 단추로 잠그게 되어 있었다. 위에는 꼭 끼는 빳빳한 낮은 칼라가 솟아 있었고 칼라의 두 모서리는 아래로 꺾여 있었는데, 이 모서리 사이로 살이 없는 목 피부 속 목젖이 담배를 한 모금 빨아들일 때마다 움직이는 도랑을 만들었다. 좁은 소매 끝에는 빳빳한 하얀 커프스가 달려 있었고 지붕은 붉은 빛이 도는 금발의 약간 곱슬거리는, 중간 가르마를 탄 남자용 가발로 이루어졌다. 세월이 흐르면서 이 가르마 속에서 캔버스 천이 약간 보였지만 더 감동적이었던 것은 색깔 있는 머리카락 옆으로 회색의 관자놀이가 보이는 두 지점이었다. 이것이 제인 이모가 평생 늘 같은 나이가 아니었다는 유일한 표시였다.

그녀가 수십 년을 앞서간 남성적 타입의 여성이었다고 — 이는 그 이후에 유행이 되었다 — 믿을 수도 있으리라. 하지만 사실은 그렇지가 않았다. 그녀의 남성적 가슴 속에는 아주 여성적인 심장이 자리 잡고 있었으니까. 그녀가 한때 아주 유명한 피아니스트였지만 나중에 시대와의 연관성을 잃어버렸다고 믿을 수도 있었다. 그렇게 보였으니까. 하지만 이것도 사실이 아니었다. 그녀는 피아노 선생 이상이었

---

14 Soutane: 가톨릭 성직자가 제의 밑에 받쳐 입거나 평상복으로 입는, 발목까지 오는 긴 옷이다.

던 적이 없었고 남자머리와 수단은 제인 이모가 소녀 시절 프란츠 리스트를 동경했다는 데서 연유할 뿐이었다. 그녀는 사교모임에서 몇 번인가 잠깐 리스트를 보았고 어째서인지 그때 그녀의 이름은 그 영어식 형태를 얻게 되었다. 그녀는 이 만남에 정절을 지켰다. 사랑에 빠진 기사가 숭배하는 귀부인의 색깔을, 그녀를 더 이상 육체적으로 갈구하지 않으면서도, 노인이 될 때까지 버리지 않는 것처럼. 제인 이모의 경우 이것은 영광의 날에 입었던 유니폼을 은퇴 후에도 계속 입는 것보다 더 감동적이었다. 가족 내에서 자라는 아이들에게 마치 통과의례라도 되는 듯 주의하라고 진지하게 경고한 후에만 들려주는 그녀 삶의 비밀도 약간 이런 식이었다. 제인은 자신이 사랑했고 가족들의 반대에도 불구하고 결혼했던 남자를 찾았을 때 더 이상 어린 소녀가 아니었다(까다로운 영혼은 오래 고르는 법이니까). 그리고 그 남자는 당연히 예술가였다. 비록 지방 도시 환경의 초라한 불운으로 인해 일개 사진사였을 뿐이었지만. 그런데 결혼 후 얼마 되지 않아 그는 벌써 천재처럼 빚을 졌고 열정적으로 술을 마셨다. 제인 이모는 그를 위해 궁핍하게 살았다. 그녀는 술집에서 그를 데리고 나와 신들에게 데려갔고 남몰래 그리고 그 앞에서 그의 무릎에 기대어 울었다. 고압적인 입과 당당한 머리카락을 지닌 그는 천재처럼 보였고 제인 이모가 자신의 절망적 열정을 그에게 전이할 능력이 있었다면 악덕이라는 불행을 가진 그는 바이런 경처럼 위대해졌으리라. 하지만 사진사는 감정 전이를 어렵게 했고 1년 후, 그녀가 데리고 있던 농가 출신의 하녀를 임신시켜 함께 떠났고 곧 상당히 영락하여 죽었다. 제인은 그의 거대한 머리에서 곱슬머리를 한 올 잘라내어 보관했다. 그녀는 그가 남긴 사생아를 아들로 받아들여 온갖 희생을 다해 키웠다. 그녀는 이 과거에 대해 말하는 적이 별로 없었는데, 위력적인 삶에 대해서 그것이 좋기까지 해야 한다고 요구할 수는 없기 때문이다.

제인 이모의 삶에는 그러니까 낭만적 기형들이 적지 않았다. 하지만 나중에 사진사가 그 현세적 불완전성으로 인해 이미 한참 전에 더 이상 그녀에게 아무런 마법도 행사하지 못하게 되었을 때 그에 대한 사랑의 불완전한 본질도 어느 정도 부패했고 사랑과 열광이라는 영원한 형식만 남게 되었다. 멀리서 보면 이 체험은 진짜로 뭔가 엄청난 일을 한 것과 거의 다르지 않게 작용했다. 하지만 제인 이모 자체가 그랬다. 추측건대, 그녀의 정신적 내용은 크지 않았지만 그 내용의 영적 형식은 너무나 아름다웠다. 그녀의 몸짓은 영웅적이었고 이런 몸짓들은 잘못된 내용을 가진 동안만 불쾌하다. 완전히 텅 비게 되면 이들은 다시 일렁이는 불꽃과 믿음처럼 된다. 제인 이모는 매일 차, 블랙커피, 두 잔의 맑은 고기 스프만 마시고 살았지만 소도시의 거리에서 그녀가 검은 수단을 입고 지나가면 멈춰 서서 뒤돌아보는 사람은 없었다. 그녀가 착실한 사람임을 알기 때문이었다. 아니, 그 이상이었다. 사람들은 그녀에게 어느 정도 경외심을 품었는데, 그녀가 착실한 사람이었고 그럼에도 불구하고 자신이 간절히 원하는 모습으로 ― 더 자세한 것은 몰랐지만 ― 보이는 능력을 잃지 않았기 때문이었다.

이상이 제인 이모의 이야기다. 그녀는 이미 오래전에 고령으로 죽었고 큰어머니도 죽었고 네포무크 삼촌도 죽었다. 그들 모두는 대체 왜 살았을까? 울리히는 자문했다. 하지만 그는 이 시기에 다시 한번 제인 이모와 이야기를 나눌 수 있었다면 무엇이라도 주었으리라. 그는 우연히 디오티마의 손에 들어온, 그의 가족의 사진이 담긴 낡고 두꺼운 앨범을 뒤적였고 이 새 그림예술의 초기작품을 더 자세히 들여다보면 볼수록 이 인간들이 사진에 더욱더 자랑스러운 모습을 남겼다는 느낌이 들었다. 그들은 어떤 사진에서는, 보다시피, 한 발을 종이로 만든 담쟁이가 감겨 올라간 마분지 바위 위에 올려놓았다. 장교면 다리를 벌리고 그 사이에 긴 칼을 놓았다. 소녀면 손을 품 안에 놓고 눈을 크게 떴다. 자유로운 남자면 바지는 대담하게 낭만적으로, 바지 주름 없이, 구불거리는 연기처럼 대지에서 솟아올랐고 외투는 둥근 곡선을 그렸고 시민계급 외출복의 경직된 품위를 몰아낸 저돌성 같은 것이 있었다. 그것은 1860년과 1870년 사이로, 그 초기과정이 극복된 후였을 것이다. 1840년대의 혁명은 황폐한 시기로서 이미 오래전의 일이었고 새로운 삶의 내용이 있었다. 어떤 내용인지 오늘날은 더 이상 제대로 알 수 없지만. 새로운 시민계급이 그들 시대의 초기에 자신들의 영혼을 발견하려 했던 눈물, 포옹, 고백들도 더 이상 없었다. 하지만 파도가 모래 위에서 사라지듯 이 고상한 마음은 이제 의복에, 일정한 사적 약진에 도달했는데, 이를 위해 아마 더 나은 단어가 있을지도 모르지만 이와 관련해서는 우선 사진들만 있었다. 그것은 사진사가 벨벳 외투를 입고 팔자수염과 턱수염을 길러 화가처럼 보이던 시대였고 화가는 큰 마분지를 도안하고 그 위에서 몇 중대의 위대한 인물들을 가지고 연습하던 시대였다. 그리고 사적 인간들에게도 이 시기에, 불멸의 과정이 그들을 위해서도 발명된 시기가 막 도래한 듯 보였다. 하나만 더 덧붙이자면, 다른 시대의 인간들이 바로 이 시대

의 인간들처럼 그렇게 천재적이고 위대하다고 느끼기가 쉽지 않았다
는 것이다. 하지만 이 시대의 인간들 중에는 비범한 사람이 적었다 —
또는 다른 사람들 사이에서 두각을 나타내는 일이 드물었다 — 그 어
느 때보다도.

　그러면서 울리히는 자주 자문했다. 술을 마시고 칼라를 잠그지 않
고 자신이 소유한 귀족적 영혼을 최신 기술의 도움을 받아, 카메라 앞
에 포즈를 취하는 모든 동시대인들에게 입증할 수 있다고 해서 사진
사를 천재적이라고 간주할 수 있었던 이 시대와 몸을 뻗고 움츠리는
그 탁월한 능력 때문에 경주마를 진심으로 천재적이라고 간주하는 다
른 시대 사이에 어떤 연관성이 있을까. 이들은 서로 달라 보인다. 현
재는 자랑스럽게 과거를 내려다보고, 과거가 우연히 나중에 오게 된
다면 과거는 현재를 자랑스럽게 내려다보리라. 하지만 본질적으로
이 둘의 결말은 매우 유사하다. 여기에도, 저기에도 부정확성과 결정
적 차이의 간과가 가장 큰 역할을 하기 때문이다. 위대함의 일부가 전
체로 여겨지고 아주 사소한 유사성이 진실의 충족으로 여겨지고 위대
한 말(語)의 빈 깍지는 그날의 유행에 따라 채워진다. 오래가지는 않
지만 멋지게 작동한다. 디오티마의 살롱에서 이야기를 하는 인간들
은 어떤 점에서도 완전히 부당하지는 않았다. 그들의 개념이 증기 자
욱한 세탁실 속의 형체처럼 윤곽이 흐렸기 때문이었다. '이 개념들,
독수리가 날갯짓 속에서 매달려 있듯 삶은 이 속에서 매달려 있다!'
울리히는 생각했다. '삶의 이 수많은 도덕적 개념과 예술적 개념은 본
질적으로는 먼 곳에서 흐릿하게 보이는 단단한 산처럼 부드럽다!' 이
개념들은 그들의 혓바닥 위를 구르면서 증식하고 그들의 이념 가운데

어떤 것도 한동안 이야기하노라면 뜻밖에도 벌써 다음 이념으로 넘어 가지 않는 것이 없다.

어느 시대든 이런 부류의 인간들은 자신을 새로운 시대라고 불렀 다. 이것은 우리가 그 안에 아이올로스의 바람을 잡아 두고 싶은 자루 와 같은 단어다. 이 단어는 우리가 일들에 질서를 줄 수 없다는 데 대 한, 즉 그 고유하고 객관적인 질서를 줄 수가 없고 터무니없는 일의 상상된 연관성만 준다는 데 대한 지속적인 사과다. 그래도 이 속에는 고백이 하나 들어 있다. 자신들이 세상을 질서 지워야 하는 과제를 지 녔다는 이 확신은 매우 독특한 방법으로 이 인간들 내면에서 살았다. 이런 목적에서 그들이 행하는 일을 반똑똑이라고 부르려 한다면, 바 로 그 다른 명명되지 않은 또는 굳이 명명하자면, 이 반똑똑이의 어리 석고 결코 정확하거나 올바르지 않은 다른 절반이 끝없는 혁신력과 생산력을 가졌다는 것은 주목할 만하리라. 이 속에는 삶, 변화가능 성, 부단함, 입장전환이 있었다. 하지만 아마 그들 스스로가 그것이 어떠했는지 감지했을 것이다. 그것은 그들을 흔들어 깨웠고 그들의 머릿속에 미풍이 불었고 그들은 신경질적 시대의 일부였다. 그리고 뭔가가 들어맞지 않았고 각자 스스로가 영리하다고 여겼지만 모두들 다함께는 불모라고 느꼈다. 게다가 그들이 재능이 있었다면 — 그들 의 부정확성은 결코 이를 배제하지 않았다 — 그것은 그들의 머리 속 에서였다. 마치 날씨와 구름, 열차, 전화선, 나무와 동물, 우리의 사 랑스런 세계의 아주 감동적인 그림을 딱지가 앉은 좁은 창문을 통해 보는 것처럼. 그리고 아무도 자신의 창문에서는 이를 쉽게 알아차리 지 못했지만 각자 다른 사람의 창문에서는 이를 알아차렸다.

울리히는 한번 농담 삼아 그들에게 생각하는 바를 정확히 진술해 달라고 요구했다. 그러자 그들은 거부감을 보이며 그를 바라보았고 그의 요구를 삶에 대한 기계적 견해이며 회의라고 불렀고, 가장 복잡한 것은 풀려서 가장 간단한 것이 되어야 하고 그래서 새로운 시대는 현재에서 벗어나면 비로소 아주 단순해 보일 것이라는 주장을 내세웠다. 울리히는 아른하임과는 반대로 그들에게 아무런 인상도 남기지 못했고 제인 이모는 그의 얼굴을 쓰다듬으며 이렇게 말하리라. "난 그들을 아주 잘 이해해. 그들은 너의 진지함이 거슬리는 거야."

100
슈툼 장군이 국립도서관으로 쳐들어가
사서, 조수, 정신적 질서를 경험하다

슈툼 장군은 '전우'의 실패를 관찰하고는 그를 위로할 참이었다. "정말이지 쓸데없는 말들의 뒤죽박죽이야!" 그는 평의회에 모인 사람들을 격분해서 비난했고 한참 후, 울리히에게서 아무런 격려도 얻지 못했지만, 흥분한 채 그래도 어느 정도 만족스럽게 속내를 털어놓기 시작했다. "기억하지", 그가 말했다. "내가 디오티마가 찾는 구원의 사고를 그녀의 발밑에 바치기로 작정한 것 말일세. 보다시피, 중요한 사고가 매우 많지만 결국 하나가 가장 중요해야 하네. 그게 논리적이지 않은가? 그러니까 그냥 이 사고들에 질서를 주는 것이 문제라네. 자네 입으로도 말했지, 이것이 나폴레옹의 결심에 버금가는 결심이라고. 기억나나? 이어 자네는, 기대했던 대로, 내게 일련의 탁월한 충고를 해주었네. 하지만 난 그 충고를 써먹지 못했네. 자, 간단히 말해, 난 그 일을 직접 감행했네."

그는 이제 코안경 대신에 뿔테 안경을 주머니에서 꺼내더니 코 위에 걸쳤다. 사람이나 물건을 아주 자세히 살펴보려 할 때면 그는 그렇게 했다.

용병술의 가장 중요한 조건 중 하나가 적의 힘을 정확히 파악하는 것이다. "나는", 장군은 이야기했다. "세계적으로 유명한 우리 궁정 도서관 출입증을 만들게 했고, 내가 누구인지를 말하자 친절하게도 도움을 자청한 한 사서의 안내를 받아 적진으로 돌진했네. 우리는 거대한 책의 보고(寶庫)를 시찰했고 난 그것이 더 이상 충격적이지 않았다고 말할 수 있네. 빽빽이 나열된 그 책들은 군대 열병식보다 나쁘지 않네. 그냥 한참 후 나는 머릿속에서 계산을 시작하지 않을 수 없었고 예상치 못한 결과가 나왔네. 이보게, 그러기 전에 나는 아주 힘든 일이긴 할 테지만 매일 거기서 책을 한 권씩 읽으면 언젠가는 책을 다 읽게 되고 그러면 정신의 삶에서 일정한 지위를 차지하지 않을까 생각했네. 한두 권쯤 빼먹는다고 해도. 그런데 산책이 끝이 없자 내가 사서에게 도대체 이 미친 도서관에 책이 몇 권이나 있느냐고 물었을 때 그가 뭐라고 말했다고 생각하나? 350만 권이라고 대답했네!! 그가 이 말을 했을 때 우리는 대충 70만 권째 책에 와 있었네. 하지만 난 그 순간부터 쉬지 않고 계산했네. 자네에게는 이 수고를 덜어 주겠네. 나는 국방부에서 다시 한번 연필과 종이로 검산했네. 내 계획을 실현하는 데 이렇게 하면 1만 년이 필요하네!

그 순간 난 그 자리에 뿌리박힌 듯 서 버렸고 세계가 단 하나의 사

기극으로 여겨졌네. 지금은 진정이 되긴 했지만 자네에게 보증하건
대, 거기에 뭔가가 아주 근본적으로 잘못되었네!

자네는 모든 책을 다 읽을 필요는 없다고 말하겠지. 그럼 나는 이
렇게 대답하겠네. 전쟁터에서도 모든 병사를 다 죽일 필요는 없다고.
하지만 개개의 병사는 꼭 필요하네! 자네는 말하겠지, 개개의 책도
꼭 필요하다고. 하지만 이보게, 거기서 벌써 뭔가가 잘못되었네. 그
건 사실이 아니니까. 나는 사서에게 물었네!

이보게 친구, 나는 이 사람이 그래도 이 수백만 권의 책들 사이에
서 살며 개개의 책들을 알고 있고 그것들이 어디에 있는지를 안다고
단순히 생각했네. 그러니 그가 나를 도울 수 있지 않겠나. 물론 나는
그에게 단도직입적으로 이렇게 물어보려고도 했네. 세상에서 가장
아름다운 사고는 어떻게 찾지요? 이 말은 정말 동화의 첫머리처럼 들
렸을 거고 난 그걸 알아차릴 만큼은 영리하네. 게다가 난 아이였을 때
도 동화구연을 참을 수가 없었네. 하지만 자네라면 어떻게 하겠나.
결국 난 그 비슷한 것을 그에게 물어야 했네! 다른 한편 난 그에게 진
실을 말하지 않을 정도의 사리분별은 있었지. 난 내 관심사에 앞서 우
리 운동에 대한 정보를 주고 그 남자에게 우리 운동에 가장 합당한 목
표를 찾도록 도와 달라고 부탁하지 않았네. 내게는 그럴 권한이 없다
고 생각했네. 그래서 결국 작은 계략을 하나 썼네. '아참', 나는 아주
순진하게 말하기 시작했네. '아참, 잊을 뻔 했는데, 당신이 이 무한한
책의 보고(寶庫)에서 항상 올바른 책을 찾아내는 일을 어떻게 시작하
는지 물어봐도 될까요?!' 난 디오티마가 말했을 거라고 생각되는 대
로 꼭 그렇게 이 말을 했고 그가 걸려들도록 그에 대한 싸구려 경탄도

약간 섞인 투로 말했지.

아니나 다를까, 그는 아주 만족스럽게 직무상의 열정을 보이며, 장군님이 알기를 원하시는 것이 무엇이냐고 물었네. 그런데 그게 나를 약간 당황하게 했네. '오, 아주 많지요.' 나는 길게 끌면서 말했네.

'제 말은, 어떤 질문, 어떤 작가에 관심이 있으신지요? 전쟁사인가요?' 그가 말했네.

'아니오, 분명 아니오. 오히려 평화사요.'

'역사적인 것인가요? 아니면 평화주의적 신간인가요?'

아니라고, 그렇게 간단히 말할 수 있는 것이 아니라고 나는 말했네. 예를 들어, 인류의 모든 위대한 사고의 집합, 그런 게 있느냐고 나는 간교하게 물었네. 자네도 기억하지, 내가 이 분야에서 벌써 작업을 하도록 지시했다는 걸.

그는 침묵했네. '또는 가장 중요한 것의 실현에 관한 책?' 나는 말했네.

'신학적 윤리학 말입니까?' 그가 말했네.

'신학적 윤리학일 수도 있지만 그 안에는 또 유서 깊은 오스트리아 문화와 그릴파르처15에 관한 것도 들어 있어야 합니다'라고 나는 요구했네. 그런데 내 눈 속에 지식에 대한 엄청난 갈증이 이글거리고 있었음이 틀림없네. 그 작자는 내가 그를 마지막 한 방울까지 마셔 버리기라도 하는 양 완전히 겁을 먹었거든. 나는 또 사고들 사이에 모든 임

---

15 프란츠 그릴파르처(Franz GrillParzer, 1791~1872) : 오스트리아의 국민작가로 불리는 극작가

의의 연결과 환승을 만들어 내도록 해주는 철도시간표와 같은 뭐 그런 것이라고 말했네. 그러자 그는 거의 섬뜩하도록 공손해지더니 나를 도서목록실로 데려가겠다고, 그 방은 사서들만 이용하기 때문에 원래는 금지된 일이지만 거기에 혼자 있게 해주겠다고 제안했네. 이어 나는 정말로 도서관에서 가장 성스러운 곳에 있게 되었네. 두개골 내부에 들어선 듯한 느낌이었다고 말할 수 있네. 내 주위에는 책이라는 세포를 가진 책장들뿐이었고 사방에 사다리들이 있었고 스탠드와 책상 위에는 목록과 문헌목록들, 지식의 진액뿐이었네. 그 어디에도 정상적으로 읽을 만한 책은 없었고 오로지 책에 대한 책뿐이었지. 뇌 속의 인 냄새가 제대로 났어. 내가 뭔가를 해냈다는 인상을 받았다고 말한다 해도 착각이 아닐세! 물론 그 남자가 나를 혼자 남겨두려 했을 때는 아주 이상한 기분이 들었네. 섬뜩한 느낌이라고 하고 싶네. 두렵기도 하고 섬뜩하기도 했어. 그는 원숭이처럼 사다리를 타고 책 한 권을 향해 올라갔고 — 정말 아래서부터 딱 그 책만 목표로 했네 — 그 책을 가지고 내려오면서 말했네. '장군님! 장군님을 위한 문헌목록의 문헌목록입니다' — 자네 그게 뭔지 아는가? 지난 5년간 나온, 도덕신학과 고급문학을 제외하고 윤리적 문제의 발전을 다룬 모든 책과 논문을 알파벳순으로 정리해 놓은 목록을 다시 알파벳순으로 정리한 거야 — 그는 뭐 이와 비슷한 설명을 했고 가려고 했네. 하지만 난 적시에 그의 외투를 붙잡고 그에게 매달렸네. '사서님', 난 소리쳤네. '내게 그 비밀을 알려 주기 전에는 가서는 안 됩니다. 당신이 어떻게 이' — 나는 얼떨결에 정신병원이라고 말해 버렸네. 갑자기 그런 느낌이 들었거든 — '어떻게 당신이', 난 이렇게 말했네. '이 책들의 정신병원에서 제대로 일을 해나가시는지 말입니다.' 그는 내 말을 오해했음이 분명했네. 나중에 떠올랐는데, 미친 사람이 다른 사람들에게 미쳤다고 비난하기를 좋아한다고 하지 않는가. 어쨌든 그는 나의 군도를 한참 쳐다보더니 정말 가려 했네. 그런데 그 후 그는 나를 정말 경악하게 했네. 내가 그를 당장 놓아주지 않자 그는 갑자기 몸을 곧추세웠고 말 그대로 그는 흔들리는 바지에서 쑥 빠져나왔는데, 마치 이제 이 방의 비밀을 말하기라도 하듯 한 단어 한 단어 의미심장하게 길게 끄는 목소리로 말했네. '장군님', 그가 말했네. '제가 책 하나 하나를 어떻게 알아보는지 알고 싶으신 거지요? 물론 말씀드릴 수 있습니다. 제가 그 책들을 읽지 않기 때문이지요!'

이보게, 그건 정말 내게 너무 과했네! 하지만 내가 어리둥절해하는 것을 보자 그는 이렇게 설명했네. 모든 좋은 사서의 비밀은 그들에게 맡겨진 책을 책 제목과 목차 말고는 보지 않는 것이네. '내용을 살펴보는 사람은 사서로서 부적격입니다!'라고 그는 나를 가르쳤네. '그는 전체에 대한 조망을 결코 얻지 못하지요!'

나는 숨을 죽이고 물었네. '당신은 이 책들을 절대 읽지 않는군요?'

'절대 안 읽습니다. 목록만 빼고.'

'하지만 당신은 박사잖습니까?'

'그렇지요. 심지어 대학 강사지요. 도서관학 강사입니다. 도서관학은 그 자체로 하나의 독립된 학문입니다.' 그는 설명했네. '책을 정리하고 보관하고 제목을 분류하고 오자와 잘못된 표지정보를 교정하는 등등을 위한 체계가 얼마나 많다고 생각하십니까, 장군님?' 그가 물었네.

자네에게 고백하네만, 그 후 그가 나를 혼자 남겨 두었을 때 내가 하고 싶은 것은 딱 두 가지였네. 울음을 터뜨리든가, 담배를 피우든가. 하지만 둘 다 그 장소에서는 허락되지 않았지! 그런데 무슨 일이 일어났다고 생각하는가?" 장군은 만족스럽게 말을 이었다. "내가 아연해서 거기 서 있는데, 늙은 안내원 한 명이 다가오네. 우리를 한참 전부터 보고 있었던 모양이었네. 그는 두어 번 공손하게 내 주위를 천천히 돌더니 멈춰 서서 나를 바라보고, 책 먼지 때문인지 팁 욕심 때문인지 아주 부드러운 목소리로 말하기 시작하네. '무엇이 필요하십니까, 장군님?' 그가 묻네. 나는 필요 없다는 몸짓을 하지만 노인은 계속 말하네. '사관학교에서 일하시는 분들이 자주 여기에 옵니다. 장군님께서는 현재 어떤 주제에 관심이 있으신지만 제게 말씀해 주시겠습니까? 율리우스 카이사르, 오이겐 공, 다운 백작? 아니면 좀더 현대적인 것인가요? 국방법? 예산심의?' 정말이지 그 남자는 너무나 현명하게 말을 했고 책에 뭐가 씌어 있는지 너무나 많이 알고 있어서 그에게 팁을 주고 어떻게 그렇게 하느냐고 물어보지 않을 수 없었네. 자, 어떻게 생각하나? 다시 그는 사관생도들은 숙제를 해야 되면 그에게 와서 책을 찾아 달라고 하는 경우가 많다고 설명했네. '그런데 제가 책을 가져다주면 그들은 조금 욕을 하는 경우가 자주 있습니다.' 그는 계속해서 말했네. '그들이 배워야 하는 것이 허튼소리라고요. 그래서 저희 같은 사람들이 온갖 것을 다 알게 되지요. 또는 학교예산에 대한 보고서를 작성해야 하는 국회의원이 오셔서는 지난해 보고서를 작성했던 국회의원이 어떤 자료를 사용했는지를 묻지요. 또는 특정한 딱정벌레들에 관해 15년 동안이나 글을 쓰고 계시는 주교님이 오시기도 하지요. 또는 어느 대학 교수님이 3주 동안이나 특정한 책을 달라고 요구하는데도 받지 못하고 있다고 불평을 하시면, 그 책이 엉뚱한 곳에 꽂혀 있을 수도 있으니까 그 옆의 책장을 전부 샅샅이 뒤져야 하지요. 그런데 결국에는 그가 벌써 2년 전에 그 책을 집에 가지고 가서 돌려주지 않았다는 사실이 드러납니다. 이런 일이 거의 40년 동안 일어나고 있습니다. 그러니 인간이 무엇을 원하는지, 원하는 것을 위해 무엇을 읽는지 저절로 알게 됩니다.'

'그런데', 나는 그에게 말했네. '이보세요, 내가 읽고자 하는 책은 그럼에도 불구하고 그렇게 간단하게 들이댈 수가 없어요!'

그가 뭐라고 대답했는지 아는가? 그는 겸손하게 나를 쳐다보더니 고개를 끄덕이고는 말했네. '물론입니다. 장군님, 그런 일도 당연히 있습니다. 최근에 어떤 귀부인이 저와 대화를 나누었는데, 그분도 똑같은 말씀을 하셨지요. 어쩌면 장군님도 그분을 아실 겁니다, 외무부 투치 국장님의 부인입니다.'

자, 자네 뭐라고 말하겠나? 내 생각에, 난 제대로 한 방 맞았네! 그걸 알아차린 노인은 디오티마가 예약해 놓은 책을 정말 모두 가져왔네. 그리고 지금 내가 도서관에 가면 그것은 꼭 은밀한 정신적 결혼식 같네. 난 여기저기 페이지 가장자리에 조심스럽게 연필로 표시를 하거나 단어를 적어 둔다네. 그녀가 다음 날 발견할 것임을 알기 때문이네. 물론 그녀가 그게 무슨 뜻인지 숙고해 본다 해도, 누가 그녀의 머릿속에 들어 있는지는 전혀 모르지!"

장군은 행복한 휴식을 취했다. 하지만 그 후 다시 마음을 다잡았고 쓰디쓴 진지함이 그의 얼굴로 밀려왔고 그는 다시 말을 이었다. "잠깐만 최대한 집중을 해주게. 자네에게 물어보고 싶은 게 있네. 우리 모두는 우리 시대가 역대 가장 질서 있는 시대라고 확신하고 있잖은가. 나는 한 번 디오티마 앞에서 이건 선입견이라고 말했네만 물론 나스스로도 이 선입견이 있네. 그리고 이제 난 정말 신뢰할 만한 정신적 질서를 가진 유일한 사람은 도서관 안내원들임을 보아야 했네. 이제 자네에게 묻겠네. 아니 묻지 않겠네. 당시에 이미 이에 대해 이야기를 했으니까. 그리고 난 지난번 경험 이후로 당연히 거듭 이에 대해 생각해 보았고, 이렇게 말하겠네. 자네가 소주를 마시고 있다고 상상해 보게, 응? 어떤 상황에서는 좋지. 하지만 자네는 계속해서 소주를 마시고 또 마시네. 내 말을 이해할 수 있겠나? 이렇게 하면 처음에는 취하겠지만 나중에는 정신착란을 일으키고 결국에는 장례식을 경험하게 되겠지. 그리고 신부님은 자네 무덤에서 철통같은 의무이행 뭐 그런 말을 하시겠지. 이걸 상상했나? 상상해 보았으면 됐네. 그럼 이제 물을 상상해 보게. 그리고 물을 점점 더 많이 마셔야 된다고 상상해 보게. 결국에는 익사하겠지. 그리고 음식도 장이 뒤틀릴 때까지 먹는다고 상상해 보게. 그리고 지금 퀴닌, 비소, 아편 같은 치료약을 생각해 보게. '왜?'라고 자네는 묻겠지. 하지만 이보게 동지, 지금 자네에게 우선 탁월한 제안을 하나 하겠네. 질서를 상상해 보게. 아니면 차라리 먼저 위대한 사고 하나를 상상해 보게. 이어 조금 더 위대한 사고를 상상해 보게. 이어 그것보다 더 위대한 사고를 상상해 보게. 그리고 계속해서 보다 더 위대한 사고를 상상해 보게. 이런 식으로 자네 머릿속에 점점 더 많은 질서를 상상해 보게. 처음에 그것은 노처녀의 방만큼이나 정갈하고 국가소유의 마구간처럼 깨끗하겠지. 그 다음에는 전투대열을 갖춘 여단처럼 훌륭하겠지. 그 다음에는, 밤에 카지노를 나와 별들을 향해 '전 세계여, 주목, 우향우!'라고 명령하는 것만큼 멋지겠지. 아니면 이렇게 말해 보세. 처음에 질서는 보조를 못 맞추는 신병에게 자네가 보조를 가르치는 것 같은 것이지. 그 다음에는 자네가 꿈속에서 파격적으로 국방부 장관으로 승진하는 것 같은 것이지. 하지만 이제 그냥 이 전체적이고 보편적인 질서, 인류의 질서, 한마디로 완벽한 문명의 질서를 상상해 보게. 난 이건 동사(凍死), 사후 경직, 달 풍경, 기하학적 전염병이라고 주장하네!

나는 도서관 안내원과 이에 관해 대화를 했네. 그는 내게 칸트나 뭐 그 비슷한 것, 개념과 인식력의 한계에 관한 것을 읽으라고 제안했네. 하지만 나는 더 이상 아무것도 읽지 않겠네. 정말 이상한 감정이 드는데, 가장 큰 질서를 가진 우리 군대가 왜 동시에 매순간 목숨을 바칠 준비가 되어 있어야 하는가에 대한 이해지. 왜 그런지는 표현할 수가 없네. 어째서인지 질서는 살인 욕구로 넘어가네. 그리고 난 자네 사촌이 그녀의 노력으로 결국에는 자신에게 가장 크게 해를 끼칠 어떤 일을 저지를까 진심으로 걱정이네만 나는 그녀에게 여느 때보다도 도움을 줄 수 없는 처지네! 내 말 이해하겠나? 학문이나 예술이 위대하고 경탄할 만한 사고를 위해 별도로 이룩한 성과는 물론 존경할 만하지. 거기에 대해서는 나도 반대할 말이 없네!"

101
반목하는 친척들

디오티마도 이 시기에 다시 한번 사촌에게 말을 걸어 왔다. 그녀의 집 안에서 끈질기게 쉼 없이 도는 소용돌이가 끝난 후, 어느 날 저녁, 적막의 석호(潟湖) 하나가 벽 앞에 생겼는데, 그는 작은 벤치에 앉아 있었고 디오티마는 지친 무희처럼 다가와 그 옆에 앉았다. 이런 일은 한참 동안이나 없었다. 그 드라이브 이후, 마치 그 결과이기라도 하듯, 그녀는 그와 '공무 이외의' 교류를 피했다.

디오티마의 얼굴은 열기와 피로로 가볍게 상기되어 있었다.

그녀는 두 손으로 벤치를 짚고는 "어떻게 지내요?"라고 물었고 그 외에는 아무 말도 하지 않았는데, 물론 그녀는 무조건 다르게 말했어야 했다. 그리고 약간 머리를 숙인 채 똑바로 앞을 바라보았다. 복싱 용어를 써도 된다면, 그녀는 심한 '그로기 상태'라는 인상을 주었다. 자리에 앉을 때 드레스 모양을 예쁘게 만들려는 세심함도 보이지 않았다.

사촌은 헝클어진 머리카락, 농부의 앞치마, 드러내 놓은 다리를 생각했다. 그녀에게서 엉터리 치장들을 다 떼어내자 튼튼하고 아름다운 인간만이 남았고 그는 농부들이 하듯이 그녀의 손을 덥석 잡지 않기 위해 자제해야 했다.

"아른하임이 당신을 행복하게 하지 않는군요." 그는 가만히 확정했다.

그녀는 이 추측을 물리쳐야 했을 테지만 정말 이상하게도 감동을 받은 듯 느꼈고 침묵했다. 한참 후에야 그녀가 대답했다. "그의 우정은 나를 아주 행복하게 해요."

"저는 그의 우정이 당신을 약간 괴롭힌다는 인상을 받았습니다."

"오, 무슨 그런 말을!?" 디오티마는 몸을 곧추세웠고 다시 귀부인이 되었다. "나를 괴롭히는 사람이 누군지 아세요?" 그녀가 물었고 가벼운 대화의 톤을 찾으려고 애썼다. "당신의 친구, 장군입니다! 이 인간은 뭘 원하는 걸까요? 왜 여기에 오지요? 왜 나를 그렇게 뚫어지게 바라보나요?"

"그는 당신을 사랑합니다!" 사촌이 대답했다.

디오티마는 신경질적으로 웃었다. 그녀는 계속했다. "그를 볼 때마다 내가 머리에서 발끝까지 전율하는 걸 아세요? 그는 내게 죽음을 떠올리게 해요!"

"선입견 없이 관찰해 보면, 지나치게 삶을 사랑하는 듯 보이는 죽음이지요!"

"나는 분명 선입견이 없지 않아요. 왜 그런지 나도 모르겠어요. 하지만 그가 내게 말을 걸고 내가 '뛰어난' 이념들을 '뛰어난' 계기에 '뛰어 나오게' 할 거라고 말하면 난 패닉에 사로잡힙니다. 설명할 수 없고 이해할 수도 없는 어렴풋한 공포가 살금살금 내게 다가와요!"

"그에 대한 공포요?"

"그럼 누구에 대한 공포겠어요? 그는 하이에나예요!"

사촌은 웃지 않을 수 없었다. 그녀는 아이처럼 거리낌 없이 계속 나무랐다. "그는 이리저리 살금살금 돌아다니며 우리의 아름다운 노력들이 죽어 넘어지기를 기다리고 있어요!"

"그리고 그게 당신이 두려워하는 것일 겁니다! 위대한 사촌누이여, 제가 당신에게 예전부터 이 붕괴를 예견했던 것을 기억합니까? 이건 피할 수 없어요. 당신은 마음의 준비를 해야 해요!"

디오티마는 울리히를 위엄 있게 바라보았다. 그녀는 아주 잘 기억했다. 그 이상이었다. 그녀는 이 순간 그가 처음 그녀를 방문했을 때 했던 말도 기억했고 이 말들은 지금 그녀를 아프게 하기에 딱 적당했다. 그녀는 물질만능의 소용돌이 속에서 한 국가, 아니 전 세계에 정신을 자각하라고 촉구할 수 있다는 것은 커다란 특권이라고 그에게 퍼부었었다. 그녀는 진부하고 고리타분한 것을 원하지 않았다. 그럼에도 불구하고 오늘 그녀가 사촌을 바라보는 시선은 교만하다기보다는 이미 초월했다고 해야 하리라. 그녀는 '세계의 해'를 검토했고 도약, 정점을 이룰 문화내용을 구했다. 그녀는 때로는 이에 아주 가까이까지 접근했으나 때로는 다시 한참이나 멀어졌다. 그녀는 많이 흔들렸고 많이 괴로워했다. 지난 몇 달이 파도에 의해 엄청나게 높이 들어 올려졌다가 다시 떨어지는 긴 항해처럼 여겨졌다. 파도는 같은 방식으로 반복되어 그녀는 무엇이 먼저고 나중인지도 구별할 수 없을 지경이었다. 이제 그녀는 엄청나게 힘든 일을 한 후 여기 벤치에 앉아 — 다행히도 벤치는 움직이지 않았다 — 이 순간 그의 파이프 연기를 쫓는 것 말고는 아무것도 하고 싶지 않은 사람 같았다. 정말 그런 기분이 온통 디오티마를 사로잡아 그녀 스스로, 늦은 오후의 햇살 속에 앉아 있는 늙은 이를 생각나게 하는 이 비교를 택할 정도였다. 그녀는 자신이 열정적인 큰 전투를 뒤로 한 사람처럼 여겨졌다. 피로한 목소리로 그녀는 사촌에게 말했다. "난 많은 일을 겪었어요. 난 많이 변했어요."

"그게 제게 유리한가요?" 울리히가 물었다.

디오티마는 머리를 설레설레 흔들었고 그를 바라보지도 않고 미소를 지었다.

"그러면 아른하임이 장군 뒤에 숨어 있다는 걸 털어놓아야겠군요. 제가 아닙니다. 당신은 장군이 참석한 데 대한 책임을 그동안 전적으로 제게 지웠지요!" 울리히가 갑자기 말했다. "그 때문에 당신이 저를 추궁했을 때 제가 뭐라고 대답했는지 기억나십니까?"

디오티마는 기억하고 있었다. "멀리하십시오!"라고 사촌이 말했었다. 하지만 아른하임은 그녀에게 장군을 그냥 친절하게 맞으라고 말했다! 그녀는 이 순간 형언할 수 없는 뭔가를 느꼈다. 마치 그녀가 그녀의 눈 위로 재빨리 솟아오르는 구름 속에 앉아 있는 것 같았다. 하지만 곧 그녀 아래의 벤치가 다시 단단하고 견고해졌고 그녀가 말했다. "이 장군이 어떻게 우리 집에 오게 되었는지 모르겠어요. 나는 그를 초대하지 않았어요. 하지만 아른하임 박사는 내가 물어보았을 때 당연히 이에 대해 아무것도 몰랐어요. 실수가 있었던 게 틀림없어요."

사촌은 이제 약간 부드러워졌다. "전 예전에 장군을 알게 되었지만 우리는 당신 집에서 처음으로 재회했습니다." 그가 설명했다. "물론 그가 여기서 국방부의 명령으로 약간 이것저것 캐고 다닌다는 것은 아주 있을 법한 일이지만 그는 또 진심으로 당신을 돕고 싶어 합니다. 그리고 전 아른하임이 눈에 띄게 그에게 공을 들인다는 말을 장군의 입에서 직접 들었습니다."

"아른하임은 모든 일에 관심이 있기 때문이에요!" 디오티마가 대답했다. "그는 장군을 밀어내지 말라고 충고했어요. 그는 장군의 선한 의지를 믿고 장군의 영향력 있는 지위를 우리 목적에 유용한 기회로 보니까요."

울리히는 격렬하게 머리를 가로저었다. "아른하임을 둘러싼 꼬꼬댁 소리를 들어 보세요!" 그가 너무나 대놓고 말을 하는 바람에 주위에 서 있던 사람들이 들을 수 있었고 여주인은 당황했다. "그는 그걸 용인합니다. 부자이기 때문이지요. 그는 돈이 있고 모든 사람들을 옳다고 하고 그들이 자진해서 그를 선전할 것을 압니다!"

"대체 왜 그가 그렇게 해야 하지요?" 디오티마가 거부하며 물었다.

"허영심 때문이지요!" 울리히가 계속했다. "그는 지나치게 허영심이 강합니다! 이 주장의 전체 내용을 당신에게 어떻게 이해시켜야 할지 모르겠군요. 성서적 의미의 허영심이 있습니다. 그런 것을 '빈 수레가 요란하다'고 하지요! 자신의 왼편에서는 아시아 위로 달이 떠오르고 오른편에서는 유럽이 일몰 속에서 어두워지니까 자신은 부러움을 살 만하다고 생각하는 인간은 허영심이 있습니다. 그는 한번은 내게 마르마라해 위의 여행을 이렇게 서술했습니다. 아마 아시아 위로 떠오르는 달보다 사랑에 빠진 작은 소녀의 화분 위로 떠오르는 달이 더 아름답겠지만요!"

디오티마는 이리저리 돌아다니는 사람들이 그들의 말을 들을 수 없는 장소를 찾았다. 그녀는 나지막이 말했다. "당신은 그의 성공에 짜증이 나 있어요." 그녀는 그를 집 안을 가로질러 이끌었다. 이어 그녀는 매우 영리하게 움직여서 그들은 사람들 눈에 띄지 않게 여러 개의 문을 지나서 대기실로 들어섰다. 다른 방들은 모두 손님들이 차지하고 있었다. "왜", 그녀는 거기서 말을 시작했다. "당신은 그에게 적대적인가요? 당신은 그렇게 해서 나를 곤란하게 합니다."

"제가 당신을 곤란하게 한다고요?" 울리히는 놀라서 물었다.

"당신과 터놓고 이야기하고 싶은 마음이 들 수도 있을 테지요? 그런데 당신이 그렇게 행동하는 한, 나는 아무것도 털어놓을 수가 없어요!"

그녀는 대기실 한가운데 멈춰 섰다. "당신이 말하고 싶은 것을 그냥 제게 다 털어놓으세요." 울리히가 청했다. "당신들은 서로 사랑에 빠졌지요. 전 알아요. 그가 당신과 결혼하겠답니까?"

"그가 청혼했어요." 그들이 있는 안전하지 못한 장소에 대한 아무런 고려 없이 디오티마가 대답했다. 그녀는 스스로의 감정에 압도당했고 사촌의 무례하고 단도직입적인 발언이 불쾌하지 않았다.

"당신은요?" 사촌이 물었다.

그녀는 심문을 당한 학생처럼 얼굴이 빨개졌다. "오, 그건 엄청난 책임이 뒤따르는 질문이에요!" 그녀는 머뭇거리며 대답했다. "부당한 일에 휩쓸려서는 안 돼요. 정말로 큰 체험에서는 무엇을 행하는가는 그다지 중요하지 않아요!"

이 말을 울리히는 이해할 수 없었는데, 디오티마가 정열의 목소리를 이기고 영혼들의 부동의 정의(正義)에 도달한 그 밤들을 몰랐기 때문이었다. 이 영혼들의 사랑은 두 방향으로 뻗은 저울의 팔처럼 떠있다. 그래서 그는 직선적 대화의 길을 포기하는 것이 우선은 더 낫다는 인상을 받았고 이렇게 말했다. "저는 아른하임과 저의 관계를 당신께 이야기하고 싶어요. 이런 상황에서 당신이 적대감이라는 인상을 받은 게 유감이니까요. 저는 아른하임을 잘 이해한다고 생각합니다. 상상해 보세요. 당신 집에서 일어나고 있는 일, 이것을 저는, 당신이 원하시는 대로, 종합이라고 부르겠습니다. 이것을 그는 벌써 수없이 겪었습니다. 확신이라는 형태로 등장하는 정신적 운동은 곧장 그 반대되는 확신의 형태로도 등장합니다. 그리고 이 확신이 이른바 위대한 정신적 개인 속에 체현되는 곳에서 이운동은 이 개인이 사방에서 자발적 경탄을 받아내지 못하게 되자마자, 물속에 던져진 종이상자 속에 있는 듯 안전하지 못하다고 느낍니다. 우리는, 적어도 독일에서는, 인정받는 개인에 대한 사랑에 감동을 받습니다. 새 남자의 목에 매달리다가 얼마 지나지 않아 역시 알 수 없는 이유로 그를 밀어 넘어뜨리는 주정뱅이처럼 말입니다. 저는 아른하임이 어떻게 느끼는지 생생하게 상상할 수 있습니다. 그건 배 멀미 같을 겁니다. 그리고 이런 환경에서 부를 적절히 사용하면 무슨 일을 해낼 수 있는지 기억한다면 그는 긴 항해 후처음으로 다시 발밑에 단단한 땅을 딛게 됩니다. 그는 제안, 발의, 소원, 협조심, 성과 등이 부(富) 곁으로 다가오려고 애쓰는 것을 알아차릴 것입니다. 그리고 이는 전적으로 정신 자체의 모상(模相)입니다. 사고도, 권력을 원하면, 이미 권력을 가진 사고를 좋아하니까요. 이걸 어떻게 표현해야 할지 모르겠군요. 노력하는 사고와 야심에 찬 사고의 차이는 거의 확정할 수가 없습니다. 하지만 위대함과의 이런 잘못된 연결이 한번 세속적 가난과 정신적 순수함 대신에 등장하기만 하면, 위대하다고 통용되는 것 그리고 결국, 물론 당연한 일입니다만, 광고나 능숙한 상술을 통해서 위대하다고 통용되는 것도 끼어듭니다. 이제 당신은 아무 죄가 없으면서도 죄가 있는 아른하임을 보고 계십니다!"

"당신은 오늘 아주 성스럽게 생각하는군요!" 디오티마가 신랄하게 답했다.

"그가 저와는 상관없다는 건 인정하겠습니다. 하지만 외적인 위대함과 내면의 위대함의 혼합된 작용을 수용하고 이것을 모범적 인문주의로 만들고 싶어 하는 그의 방식이 저를 난폭한 성스러움으로 부추길 수 있지요!"

"오, 착각입니다!" 이제 디오티마는 격렬하게 그의 말을 중단시켰다. "당신은 권태에 빠진 부자 남자를 상상하고 있군요. 하지만 아른하임에게 부(富)란 믿을 수 없을 정도로 투철한 책임감입니다. 그는 다른 사람이 자신에게 맡겨진 한 인간을 보살피듯 그렇게 자신의 사업을 보살핍니다. 그리고 영향을 미친다는 것은 그에게는 깊은 필연성입니다. 그는 세계를 친절하게 마주봅니다. 그가 말하듯이, 자극을 받기 위해서는 스스로 움직여야 하니까요! 아니면 괴테가 말했나요? 그는 한번은 이를 아주 자세히 설명했습니다. 영향을 미치기 시작한 후에 비로소 선을 실현하기 시작할 수 있다는 게 그의 입장입니다. 고백하건대, 나도 그가 아무하고나 너무 많이 어울린다는 인상을 가끔씩 받았으니까요."

그들은 이런 말을 하면서 거울과 옷만 걸린 텅 빈 대기실을 서성였다. 지금 디오티마는 멈춰 섰고 한 손을 사촌의 팔 위에 얹었다. "어느 모로 보나 운명의 선택을 받은 이 남자는", 그녀가 말했다. "개개인은 버려진 환자보다도 더 강하지 않다는 겸손한 원칙을 갖고 있습니다! 인간은 고독해지면 수천 배 과장에 빠지게 된다는 그의 말에 당신은 찬성할 수 없지요!" 그녀는 뭔가를 찾듯 바닥을 내려다보았고 사촌의 시선이 그녀의 내리깐 눈꺼풀 위에 닿음을 느꼈다. "오, 나 자신에 대해서 말하자면, 난 최근에 아주 고독했어요." 그녀는 계속했다. "하지만 당신도 그렇다는 걸 알아요. 당신은 환멸을 느끼고 있고 행복하지 못합니다. 당신은 당신의 주변 환경과 사이가 좋지 못하고, 당신의 모든 견해들에서 그걸 알아차릴 수 있어요. 타고난 질투꾼인 당신은 모든 것에 적대적입니다. 솔직히 고백하지요. 아른하임은 당신이 자신의 우정을 거부한다고 불평했습니다."

"그가 저의 우정을 원한다고 말하던가요? 그건 거짓말입니다!"

디오티마는 위를 쳐다보며 웃었다. "당장 다시 과장하는군요! 우리는 둘 다 당신의 우정을 원합니다. 어쩌면 당신이 바로 그렇기 때문일 것입니다. 하지만 이건 좀 소상히 이야기해야 해요. 아른하임은 이에 대해 다음과 같은 예들을 사용했습니다. …" 그녀는 잠시 망설이더니 고쳐 말했다. "아닙니다. 너무 길어질 것 같군요. 간단히 말해, 아른하임은 시대가 손에 쥐어주는 수단을 사용해야 한다고 말합니다. 심지어 항상 두 견해의 의미에서 행동해야 한다고. 절대 전적으로 혁명적이지도 않고 전적으로 반혁명적이지도 않게, 결코 완전히 사랑하지도 않고 완전히 미워하지도 않고, 결코 하나의 경향을 따르지도 않고 내면에 있는 모든 것을 전개시키면서. 그러나 이건 당신이 추측하는 그런 영리함이 아니라 포괄적이고 표면적 차이를 뚫고 들어가는 종합적이면서도 단순한 천성, 즉 주인 천성의 표시입니다!"

"그게 나와 무슨 상관입니까?" 울리히가 물었다.

이 이의제기는 교부(敎父) 철학, 교회, 괴테, 나폴레옹에 관한 대화에 대한 기억과 디오티마의 머리 주위에서 짙어졌던 교양의 안개를 걷어 버리는 작용을 했고 갑자기 그녀는 긴 신발장 위에 — 그녀는 이야기에 열중한 나머지 그를 그 위에 끌어다 앉혔었다 — 사촌과 나란히 앉아 있는 자신의 모습을 너무나 선명하게 보았다. 그의 등은 뒤에 매달려 있는 타인의 외투들을 고집스럽게 피했던 반면 그녀의 머리카락은 옷들 속에서 헝클어졌으며 정돈되어야 했다. 머리를 정돈하면서 그녀가 대답했다. "하지만 당신은 그 반대지요! 당신은 세상을 당신과 꼭 닮은 모습으로 개조하고 싶어 하죠! 여하튼 당신은 늘 수동적 저항을 합니다. 끔찍한 단어죠!"그녀는 그에게 자신의 의견을 이렇게 남김없이 다 말할 수 있어 매우 행복했다. 하지만 그들은 지금 앉아 있는 자리에 마냥 앉아 있을 수는 없었다. 그녀는 중간중간 이 생각을 했다. 지금이라도 손님들이 떠날 수 있었고 아니면 다른 이유로 대기실에 들어올 수 있었으니까. "당신은 비판투성이예요. 내 기억에 당신은 한 번이라도 뭔가를 좋게 생각한 적이 없어요."그녀는 계속했다. "반대하려고 당신은, 오늘날 참을 수 없게 된 모든 것을 칭송합니다. 무신론적인 우리 시대의 죽은 황야를 바라보며 약간의 감정과 직관을 구출하려는 사람은 당신이 전문가, 무질서, 부정적 존재방식을 몽상적으로 방어하고 있다고 확신할 수 있습니다!"그러면서 그녀는 미소를 지은 채 자리에서 일어났고 다른 장소를 찾아야 함을 알렸다. 그냥 방으로 돌아가거나, 대화를 계속하려면 다른 사람의 눈에 띄지 않아야 했다. 투치 부부의 침실은 벽지가 발린 문을 통해 여기서도 바로 들어갈 수 있을 터였지만 사촌을 그리로 데려가는 것은 너무 친밀한 듯 여겨졌고 게다가 만찬을 위해 집을 치울 때마다 예측할 수

없는 무질서가 이 공간에도 하나씩 하나씩 쌓였다. 그래서 도피처로
는 하녀 방 두 개만이 남았다. 평소에는 절대 들어가지 않는 라헬의
방을 불시에 돌아보는 것이 집시스러움과 감독의무의 재미있는 혼합
이라는 생각이 결정적이었다. 걸어가면서도, 자신의 제안을 사과하
는 동안에도, 이어 방 안에서도 그녀는 계속해서 울리히에게 말했다.
"당신은 매사에 아른하임에게 반대하려 한다는 인상을 줘요. 당신의
반대는 그를 고통스럽게 해요. 그는 오늘을 사는 인간의 위대한 사례
입니다. 그래서 그는 현실과 연결되어 있고 또 연결될 필요가 있어
요. 반대로 당신은 항상 불가능한 것을 향해 도약하지요. 그는 긍정
이고 완전히 균형이 잡혀 있지요. 당신은 본래 비사회적입니다. 그는
통일을 추구하고, 결정을 하려 손가락 끝까지 애를 씁니다. 이에 반
해 당신은 형태 없는 신조를 내놓습니다. 그는 이미 이루어진 것에 대
한 감각이 있어요. 그런데 당신은요? 당신은 무엇을 합니까? 당신은
마치 세상이 내일에야 비로소 시작될 것처럼 행동합니다. 당신이 그
렇게 말하잖아요?! 첫날부터 곧장 당신은, 내가 어떤 위대한 것을 행
할 기회가 우리에게 주어졌다고 당신에게 말했을 때 그렇게 말했습니
다. 그리고 우리가 이 기회를 하나의 운명으로 보고 결정적 순간에 함
께 모여 이른바 침묵하며 질문하는 눈으로 대답을 기다리면 당신은
딱 방해하려는 못된 소년처럼 행동합니다!"그녀는 재치 있는 말로
이 골방에서의 어색한 상황을 억누를 필요성을 느꼈고 약간 과장해서
사촌과 티격태격함으로써 이 상황을 견딜 용기를 얻었다.

　"제가 그러하다면, 당신은 저를 어디에 쓰려는 겁니까?"울리히
가 물었다. 그는 라헬, 그 작은 몸종의 작은 철제 침대 위에 앉았고

디오티마는 팔 하나쯤 간격을 두고 그의 앞 작은 밀짚의자 위에 앉았다. 그런데 그는 디오티마에게서 감탄할 만한 대답을 들었다. "내가 한번 당신 앞에서", 그녀는 단도직입적으로 말했다. "아주 비열하고 나쁘게 행동할 수 있다면, 당신은 분명 대천사처럼 훌륭할 겁니다!" 그녀 스스로가 이 말에 경악했다. 그녀는 그냥 그의 반항심을 명시하고 그가 그럴 가치가 없는 사람에게는 선하고 다정할 것이라는 농담을 하고 싶었을 뿐이었다. 하지만 이 와중에 무의식적으로 샘이 하나 솟아올라 말들을 쏟아 냈고 그 말들은 내뱉어진 후에는 금방 약간 무의미하게 여겨졌지만 그래도 뜻밖에도 그녀와 사촌에 대한 그녀의 관계를 잘 표현하는 듯했다.

울리히도 이를 느꼈다. 그는 침묵하면서 그녀를 바라보았고 잠시 쉰 후 다음과 같은 질문으로 답했다. "당신은 그를 매우, 걷잡을 수 없이 사랑하나요?"

디오티마는 바닥을 내려다보았다. "그런 가당찮은 말을 사용하다니! 난 홀딱 반해 버린 풋내기 소녀가 아닙니다!"

하지만 사촌은 고집을 부렸다. "이유가 있어서 질문하는 것이고 그 이유는 대충 이렇습니다. 저는 당신이 모든 인간들이 — 바로 옆 당신 방에 있는 가장 끔찍한 괴물들도 염두에 두고 하는 말입니다 — 발가벗고 서로의 어깨에 팔을 두르고, 말을 하는 대신 노래를 하고 싶어 한다는 그 욕구를 알게 되었는지 알고 싶습니다. 그러면 당신은 한 사람 한 사람에게 다가가 누이처럼 그들의 입술에 키스해야 합니다. 이것이 너무 상스럽다고 생각한다면 아마 잠옷 정도는 허용할 수 있을 겁니다."

디오티마는 여하튼 이렇게 대답했다. "정말 친절한 상상을 하시는군요!"

"하지만 보세요. 저, 저는 이 욕구를 알고 있습니다. 물론 오래전 일이긴 하지만! 세상이 본래 이렇게 돌아가야 한다고 주장했던 유명인들도 있었습니다!"

"그럼, 당신이 그렇게 하지 못하는 건 당신 책임입니다!" 디오티마는 그의 말을 끊었다. "게다가 그걸 그렇게 우스꽝스럽게 묘사할 필요가 없어요!" 그녀는 아른하임과의 모험이 말로 표현할 수 없는 것임을, 사회적 차이가 사라지고 행위, 영혼, 정신, 꿈이 하나가 되는 삶에 대한 욕구를 일깨웠음을 상기했다.

울리히는 아무 대답도 하지 않았다. 그는 사촌에게 담배를 한 대 권했다. 그녀는 담배를 받았다. 담배연기가 '좁은 골방'을 채우자 디오티마는 라헬이 방에 밴 이 방문 흔적을 발견하게 되면 뭐라고 생각할까 곰곰이 생각해 보았다. 환기를 시켜야 할까? 아니면 내일 아침에 라헬에게 해명해야 할까? 특이하게도 다름 아닌 라헬에 대한 생각이, 계속 여기에 있자고 그녀의 마음을 움직였다. 그녀는 너무나 특이하게 변해 버린 이 동석을 깨기 일보직전이었지만 우월한 정신이 가진 특권과 은밀한 방문이 남긴, 몸종에게는 설명되지 않을 담배냄새가 어쩐지 같은 것이 되었고 그녀에게 만족감을 주었다.

사촌은 그녀를 관찰했다. 그가 그녀에게 그런 식으로 말을 했다는 것이 놀라웠지만 그는 계속해서 말했다. 그는 누군가와 같이 있고 싶었다. "제가 당신에게 말하려는 것은", 그가 다시 말을 이었다. "어떤

138

조건하에서 제가 그렇게 천사같이 될 수 있을까 하는 것입니다. 천사같다는 것은 동료인간을 육체적으로 견딜 수 있을 뿐 아니라 그를 이른바 심리적 국부가리개 아래까지 아무런 전율 없이 느낄 수 있다는 것을 표현하기에 너무 거창한 말은 아니니까요."

"그 사람이 여자라는 것은 제외하고 말이죠!" 사촌이 가족 사이에서 누리는 나쁜 평판을 기억하면서 디오티마가 끼어들었다.

"그것도 제외하지 않겠습니다!"

"당신이 옳아요! 내가 여자 속에 있는 인간을 사랑한다고 칭하는 일은 대단히 드물죠!" 디오티마의 견해에 따르면, 울리히는 얼마 전부터 그의 의견이 그녀의 의견에 근접한다는 특성을 보여 주고 있었지만 그가 말하는 것은 여전히 틀렸고 아주 충분하지는 않았다.

"이걸 진지하게 서술해 보겠습니다." 울리히는 이번에는 집요하게 말했다. 그는 두 팔을 근육질의 허벅지 위에 올려놓은 채 몸을 앞으로 숙이고 앉아 있었고 어두운 표정으로 바닥을 내려다보았다. "우리는 오늘날도 여전히, '나는 이 여자를 사랑한다', '나는 저 인간을 미워한다'라고 말합니다. '그들이 나를 끈다'라든가, '나를 밀어낸다'라고 말하는 대신에. 한 걸음 더 정확히 하자면, 이렇게 덧붙여야 할 것입니다. 나를 끌거나 밀어내는 능력을 그들 속에 일깨우는 것은 나라고 말입니다. 또 한 걸음 더 정확하게 하자면, 이렇게 덧붙여야 합니다. 그들은 내 속에서 거기에 필요한 특성들을 불러낸다고요. 이렇게 계속됩니다. 어디서 첫 걸음이 시작되는지는 말할 수 없습니다. 이것은 탄성이 있는 두 개의 공 또는 전류가 흐르는 두 개의 회로처럼 기능적으로 상호의존적이니까요. 물론 우리는 오래전부터 이렇게 느껴야 한다는 것도 알지만 아직도 여전히 우리를 둘러싼 감정의 장에서 우리가 원인과 근원이기를 훨씬 선호하지요. 우리 가운데 한 명이 자신이 다른 한 명을 모방한다는 것을 인정할 때조차도 그는 이것이 능동적 성과인 양 그렇게 표현합니다! 그래서 저는 당신에게, 언젠가 한번 걷잡을 수 없이 사랑에 빠지거나 분노하거나 절망한 적이 있는지 질문했고 다시 한번 질문합니다. 그렇다면 관찰력이 조금만 있어도, 최고로 흥분한 상태에 빠지면 누구나 유리창에 부딪힌 벌이나 독이 든 물속의 아메바처럼 행동할 것임을 아주 정확히 이해하니까요. 즉, 움직임의 격랑에 휘말리고, 맹목적으로 사방으로 달려가고, 뚫고 지나갈 수 없는 것을 향해 수백 번 몸을 부딪치고, 운이 좋으면 한 번에 문을 통해 밖으로 나가게 됩니다. 물론 나중에 그는 경직된 의식상태에서 이것을 계획적 행위라고 해석하지요."

"당신에게 이의를 제기하지 않을 수 없군요." 디오티마가 말했다. "그것은 한 인간의 삶 전체를 결정할 수 있는 감정들에 대한 절망적이고 합당치 않은 견해입니다."

"아마 인간이 자기 자신의 주인인가 아닌가 하는 그 오래된, 이제는 식상해진 쟁점이 떠오르시겠지요." 울리히는 재빨리 위를 쳐다보면서 대답했다. "모든 것에 원인이 있다면 우리는 아무 책임도 없다라거나 뭐 그와 유사한 것 말입니다? 고백하건대, 전 평생 단 15분도 거기에 관심이 없었습니다. 그것은 알아차리지도 못하는 새 추월당해 버린 시대의 질문입니다. 이 질문은 신학에서 제기되었고 오늘날 아직도 신학과 이단자 화형에 몰두하는 법률가를 제외하면 원인에 대해 묻는 사람은 가족구성원뿐입니다. 그들은 '너는 나의 잠 못 드는 밤의 원인이야', 또는 '곡물 가격의 급락이 그의 불행의 원인이었다'라고 말합니다. 하지만 범죄자에게, 그의 양심을 흔들어 놓은 뒤에, 물어보십시오, 어떻게 그런 일을 저지르게 되었는지! 그는 모릅니다. 그의 의식이 행위의 순간 한 번도 꺼지지 않았다고 해도 그는 모릅니다!"

디오티마는 더 꼿꼿이 몸을 세웠다. "왜 그렇게 자주 범죄자에 대해 이야기하나요? 당신은 범죄를 특별히 사랑합니다. 뭔가 의미가 있겠지요?"

"없습니다." 사촌이 대답했다. "아무 의미도 없습니다. 기껏해야 일정한 흥분이지요. 평범한 삶은 우리가 저지를 수 있는 모든 범죄로부터의 중간상태입니다. 신학이라는 말을 이미 사용했으니까, 당신에게 물어보고 싶은 것이 있습니다."

"분명 다시, 내가 이미 한 번 걷잡을 수 없이 사랑에 빠진 적이 있느냐? 또는 질투심에 사로잡힌 적이 있느냐겠지요!?"

"아닙니다. 한번 곰곰이 생각해 보세요, 신이 모든 것을 사전에 정해 놓았고 인간이 어떻게 죄악을 저지를지 안다면요? 예전에는 사실 이런 질문들을 했고, 보다시피, 이건 여전히 매우 현대적인 질문입니다. 여기서 신에 대한, 이루 말할 수 없이 간교한 표상이 만들어졌습니다. 우리는 신을 그의 동의를 얻어 모욕합니다. 신은 인간을 과오로 몰아가고 그 과오를 용서하지 않습니다. 신은 사전에 알 뿐만 아니라 ─ 체념한 사랑에 대한 예들은 늘 있지요 ─ 그것을 야기하기까지 합니다! 오늘날 우리 모두는 서로 비슷한 처지입니다. 자아는 지금까지 가지던 의미, 자신의 법을 만드는 주권자로서의 의미를 잃었습니다. 우리는 자아의 합법칙적 생성과정, 환경의 영향, 자아 구성의 유형, 최고 활동의 순간 자아의 소멸, 한마디로, 자아의 형성과 그 태도를 조정하는 법칙들을 이해하기를 배웁니다. 누이여, 생각해 보십시오. 인격의 법칙들 말입니다! 이것들은 고독한 독사들의 조합결성 또는 도둑들의 상공회의소 같은 것입니다! 법칙은 세상에 존재하는 것 가운데 가장 비개인적인 것이므로 인격은 곧 비개인적인 것의 상상 속 집합점에 불과하게 될 테니까요. 그리고 이 인격을 위해 명예로운 입장을, 이건 당신에게는 필수불가결이지요, 찾기는 어려울 것입니다 … ."

사촌은 이렇게 말했고 디오티마는 이따금 이의를 제기했다. "하지만 친애하는 친구여, 가능하면 모든 것을 아주 개인적으로 행해야 합니다!" 마침내 그녀가 이렇게 말했다. "당신은 오늘 정말 매우 신학적이군요. 당신에게 이런 면이 있는 줄 전혀 몰랐어요!" 그녀는 다시 지친 무희(舞姬)처럼 거기 앉아 있었다. 건장하고 아름다운 여자였다. 어째서인지 그녀 스스로도 이를 사지(四肢)에서 느꼈다. 그녀는 사촌을 여러 주 동안, 어쩌면 심지어 벌써 여러 달 동안 피했다. 하지만 그녀는 이 동갑내기를 좋아했다. 어슴푸레한 방 안에서 수도회 기사단원처럼 검고 하얀 연미복을 입은 그는 우스꽝스러워 보였다. 이 검은색과 하얀색에는 십자가의 열정 같은 것이 있었다. 그녀는 검소한 방을 둘러보았다. 평행운동은 멀리 있었고 위대하고 열정적인 싸움들은 그녀 뒤에 있었고 이 방은 의무처럼 단순했지만 거울 귀퉁이에 꽂힌 버들가지들과 아무것도 씌어 있지 않은 그림엽서들로 인해 부드러워졌다. 그 아이가 거울 속 자신의 모습을 관찰하면 이것들 사이에서, 화려한 대도시에 둘러싸인 라헬의 얼굴이 나타나리라. 그런데 어디서 세수를 할까? 저 길쭉한 상자의 뚜껑을 열면 그 속에 양철대야가 있으리라. 디오티마는 이렇게 회상했고 이어 생각했다. 이 남자는 뭔가를 원하고 그리고 원하지 않는다.

그녀는 가만히 그를 바라보았다. 그녀는 친절한 청취자였다. '아른하임은 정말 나와 결혼하려고 할까?' 그녀는 자문했다. 아른하임은 그렇게 말했다. 하지만 그 후 더 이상 강요하지 않았다. 그는 다른 할 말이 너무 많았다. 하지만 사실 그녀의 사촌도 상관없는 것들을 말하는 대신 '자, 상황이 어떻죠?'라고 물어야 했으리라. 왜 그는 그렇게 묻지 않았을까? 그녀는 그에게 자신의 내면의 싸움을 자세히 이야기하면 그가 분명 자신을 이해하리라는 생각이 들었다. 그녀가 변했다고 이야기했을 때 그는 "그게 내게 유리한가요?"라고 습관적으로 물었다. 버릇없이! 디오티마는 미소 지었다.

이 남자들은 둘 다 근본적으로 정말 특이했다. 왜 사촌은 아른하임을 그렇게 나쁘게 이야기할까? 그녀는 아른하임이 그의 우정을 구했음을 알았다. 하지만 울리히도, 그의 격렬한 언급에서 추론하건대, 아른하임에게 몰두했다. '그가 아른하임을 얼마나 오해하고 있는지', 그녀는 다시 한번 생각했다. '어쩔 도리가 없어!' 게다가 지금은 그녀의 영혼이 투치 국장과 결혼한 육체에 반항했을 뿐만 아니라 가끔씩 그녀의 육체도 영혼에 반항했다. 그녀의 영혼은 아른하임의 주저하는, 도를 넘은 사랑 때문에 사막 가장자리에서 허덕였고 사막 위에는 이제 어쩌면 그리움의 기만적 신기루만이 떨고 있었을 것이다. 그녀는 자신의 고통과 약점을 사촌과 나누고 싶었으리라. 그가 보통 드러내 보이는 단호한 일방적임이 그녀의 마음에 들었다. 아른하임의 균형 잡힌 다면성은 분명 더 높이 살 만했지만 울리히는 모든 것을 완전히 불특정한 것으로 해체하고 싶어 하는 그의 이론에도 불구하고 결정의 순간에 그렇게 흔들리지 않으리라. 그녀는 이를 느꼈지만 어떤 점에서 그렇게 느꼈는지는 몰랐다. 어쩌면 이것이 그들이 알게 된 첫 순간부터 그녀가 그에게서 느꼈던 것이었으리라. 이 순간 그녀에게 아른하임은 엄청나게 힘겨운 일, 그녀 영혼이 짊어진 제왕적 부담으로 느껴졌다면 ― 이 짐은 사방에서 그녀의 영혼 위로 우뚝 솟아 있었다 ― 울리히가 말한 모든 것의 작용은 오로지 그녀가 수백 가지 관계에 대한 책임 관계를 상실하고 자유라는 의심스러운 상태에 처하게 하는 데 있는 듯 보였다. 그녀는 갑자기 현재보다 자신을 더 무겁게 하고 싶은 욕구를 느꼈다. 그러나 어째서인지는 모르지만 이는 동시에 그녀가 소녀 시절 한번은 작은 소년을 위험에서 구출해 팔에 안았던 일을 상기시켰다. 소년은 고집스럽게 무릎으로 계속 그녀의 배를 차며 저항했다. 굴뚝을 통해 쓸쓸한 작은 방 안으로 들어온 듯 예기치 않게 떠오른 이 기억의 힘은 그녀의 평정을 완전히 무너뜨렸다. '걷잡을 수 없이?' 그녀는 생각했다. 왜 그는 계속해서 그걸 물었지? 마치 그녀가 걷잡을 수 없어질 수 없다는 듯이! 그녀는 그의 말에 귀를 기울이는 것을 잊었고 상황이 적절한지 아닌지도 몰랐고 그냥 그의 말을 중단시켰으며 그가 무슨 말을 하는지 아랑곳없이 모든 것에 대해 한꺼번에 그리고 웃으면서(자신이 웃고 있다는 것이 예정에 없던 갑작스런 흥분으로 인해 아주 믿을 만하게 여겨지지는 않았지만) 이렇게 대답했다. "하지만 나는 정말 걷잡을 수 없이 사랑에 빠졌어요!"

울리히는 그녀의 얼굴을 향해 미소를 지었다. "당신은 결코 그럴 수 없습니다." 그가 말했다.

그녀는 자리에서 일어났고 두 손을 머리카락에 댔고 놀라서 멈춰버린 눈으로 그를 바라보았다.

"걷잡을 수 없기 위해서는", 그는 조용히 설명했다. "아주 정확하고 객관적이어야 합니다. 오늘날 자아가 얼마나 의심스러운 것인지를 잘 아는 두 자아가 서로에게 매달립니다. 그게 그냥 평범한 활동이 아니라 사랑이라면 저는 이렇게 상상합니다. 그들은 서로 너무나 탄탄히 연결되어 있어서, 만약 그들이 위대한 것으로 변화되는 것을 느낀다면 그리고 베일처럼 움직인다면, 하나는 다른 하나의 원인이 됩니다. 물론 이때 한동안은 올바른 움직임을 했다고 해도 어떤 잘못된 움직임을 하지 않기란 엄청나게 어렵습니다. 세상에서 올바른 것을 느끼기는 그냥 어렵습니다! 그러기 위해서는, 일반적 선입견과는 정반대로, 거의 지나친 꼼꼼함이라 해야 할 것이 필요합니다. 게다가 전바로 이걸 당신에게 말하려 했습니다. 디오티마! 당신이 제게 대천사의 가능성이 있다고 했을 때 저는 매우 우쭐했습니다. 당신이 곧 보시게 될 온갖 겸손함에도 불구하고 말입니다. 인간은 아주 객관적일 때만 — 그리고 이건 비개인적이라는 것과 거의 같은 것입니다 — 그때만 또 완전히 사랑일 테니까요. 인간은 그때만 완전한 느낌이고 감정이고 사고일 테니까요. 그리고 인간을 이루는 모든 요소들은 다정해집니다. 서로에게 다가가려고 하기 때문이지요. 하지만 그 인간 스스로는 그렇지 않습니다. 걷잡을 수 없이 사랑에 빠진다는 것은 아마 당신이 전혀 원하지 않는 것일 겁니다 … !"

그는 가능하면 엄숙하지 않게 말하려 했다. 표정관리를 위해 심지어 새로 담배에 불을 붙였고 디오티마도 당황한 나머지 그가 내민 담배를 받았다. 그녀는 재미있게 반항하는 표정을 지었고 독립성을 보여 주려고 담배연기를 공중으로 내뿜었다. 그를 완전히 이해하지 못했으니까. 하지만 그녀의 사촌이 그들이 단둘이 있는 바로 이 작은 방에서 갑자기 그녀에게 그 모든 것을 말했고 동시에 그들의 육체가 이 좁은 곳에서 서로에게 내뿜는 매력을 자기력(磁氣力)처럼 느꼈음에도 불구하고 그녀의 손을 잡거나 머리카락을 만지려는 보통 있는 그런 노력을 털끝만큼도 하지 않았다는 것은 전체 사건으로 보면 그녀에게 아주 활발한 작용을 했다. — 그런데 만약 그녀가…? 그녀는 생각했다 — 하지만 이 작은 방 안에서 도대체 무엇을 할 수 있을까? 그녀는 주위를 둘러보았다. 하녀처럼 행동할까? 하지만 그건 어떻게 하는 것일까? 엉엉 울어 버린다면? 엉엉 운다, 그것은 어린 여학생들이 쓰는 단어였는데, 갑자기 머리에 떠올랐다. 그가 요구한 것을 갑자기 행한다면? 옷을 벗고 그의 어깨에 팔을 두르고 노래를 부른다면? 무슨 노래를 부르지? 하프를 연주할까? 그녀는 미소를 지으며 그를 바라보았다. 그는 함께라면 뭐든 해볼 수 있을 듯한 그런 버릇없는 남동생같이 여겨졌다. 울리히도 미소를 지었다. 하지만 그의 미소는 막힌 창문 같았다. 디오티마와 이 대화를 하려는 유혹에 굴복한 이후 그는 이것이 그냥 창피했기 때문이었다. 그럼에도 불구하고 이때 그녀는 이 남자를 사랑할 수 있는 가능성을 조금 예감했다. 이는 그녀의 견해에 따르면 매우 불만족스럽지만 그래도 자극적 색다름으로 가득 찬 현대음악처럼 여겨졌다. 그리고 울리히 본인보다 당연히 그녀가 이를 더 많이 안다고 가정했음에도 불구하고 그의 앞에 선 그녀의 다리는 은밀히 달아오르기 시작했다. 그래서 그녀는 대화가 이미 너무 오래 지속되었다는 표정으로 사촌에게 불쑥 말했다. "친애하는 친구여, 우리는 아주 불가능한 일을 하고 있어요. 잠깐만 여기에 혼자 더 있어 줘요. 내가 먼저 나갈게요. 손님들에게 다시 얼굴을 보여야겠어요."

102
피셸 집의 전쟁과 사랑

게르다는 울리히의 방문을 기다렸지만 허사였다. 진실은 그가 이 약속을 잊었거나 약속을 기억한 순간 다른 계획이 생겼다는 것이었다.

"그냥 두세요!" 피셸 지점장이 투덜거리면 클레멘티네 부인은 말했다. "예전에는 우리가 괜찮은 상대였겠지만 이젠 그가 오만해졌나 봐요. 당신이 찾아가면 상황을 더 악화시켜요. 당신은 그런 일에 너무 서툴러요."

게르다는 연상의 친구가 그리웠다. 그녀는 그가 오기를 원했지만 그가 오면 자신은 그가 떠나기를 바랄 것임을 알았다. 그녀는 나이가 스물 셋인데도, 아버지의 지원을 받아 조심스럽게 그녀에게 구혼한 글란쯔 씨와 가끔씩 남자가 아니라 학생처럼 여겨지는 그녀의 기독교적 게르만 친구들 말고는 아직 남자 경험이 없었다. "왜 오지 않는 거지?" 울리히를 생각할 때면 그녀는 자문했다. 친구들 사이에서는 평행운동이 독일민족의 정신적 말살의 시작을 뜻하는 것이 확실하다고 간주되었고 그녀는 그가 거기에 참가하는 것이 부끄러웠다. 그녀는 울리히 본인은 이에 대해 어떻게 생각하고 있는지 듣고 싶었고 그의 죄를 가볍게 해줄 이유가 있기를 바랐다.

어머니는 아버지에게 말했다. "당신은 이 일에 참가할 기회를 놓쳤어요. 게르다를 위해 좋았을 테고 게르다에게 다른 생각을 심어 줬을 거예요. 많은 사람들이 투치 집을 드나들어요." 그가 각하의 초대에 답하는 것을 잊어버렸음이 드러났다. 그는 괴로워해야 했다.

게르다가 '친구정신'이라 부르는 이 젊은이들은 페넬로페의 구혼자들처럼 그의 집에 눌러앉았고 젊은 독일인들이 평행운동에 직면하여 무엇을 해야 할지 상의했다. "재정가는 상황에 따라서는 후견인으로서의 감각을 보여 주어야 해요!" 레오가 "비싼 돈을 주고 게르다의 '영적 지도자'인 한스 젭을 가정교사로 들인 것은 이런 결과를 보기 위한 것이 아니었다!"라고 항변하면 클레멘티네 부인은 이렇게 요구했다. 사실이 그랬다. 처자식을 먹여 살릴 전망이라고는 조금도 없는 대학생 한스 젭은 선생 자격으로 이 집에 들어왔고 오로지 집안에 만연한 대립 덕분에 폭군으로 떠올랐다. 이제 피셸의 집에서 그는 게르다의 친구가 된 그의 친구들과 함께 디오티마 집에서(디오티마는 그녀와 같은 인종과 다른 인종의 인물을 구별하지 않는다는 소문이 있었다) 유대정신의 그물에 갇힌 독일귀족을 어떻게 구해야 할지를 논의했다. 레오 피셸이 있는 데서는 보통 그의 감정이 상하지 않게 어느 정도 객관적으로 설명이 되긴 했지만 그의 신경을 건드리는 말과 원칙은 충분했다. 그들은 위대한 상징을 내놓지 못하는 세기에 완전한 파국으로 치달을 그런 시도가 이루어지고 있다는 것에 불안해했고 엄청나게 중요함,

인간으로 솟아오르기, 자유로운 인간되기와 같은 단어들이 벌써, 들을 때마다, 피셸 코 위의 안경을 떨리게 했다. 그의 집에서는 삶에 대한 사고기술, 정신적 성장 그래프, 날개 돋친 행위와 같은 개념들이 자라났다. 그는 자신의 집에서 2주마다 '정화시간'이 엄수되고 있음을 알아냈다. 그는 해명을 요구했다. 이 시간에는 다함께 스테판 게오르게16의 시를 낭독한다는 사실이 드러났다. 레오 피셸은 오래된 그의 백과사전에서 이 사람이 누구인지 찾아보았지만 허사였다. 하지만 오랜 자유주의자인 그를 가장 화나게 한 것은 이 주둥이가 새파란 것들이 평행운동에 대해 이야기할 때 거기에 참석한 정부 측 담당자, 은행총재, 학자들을 모두 '몸을 잔뜩 치켜세운 난쟁이들'이라고 불렀다는 것이었다. 그들은 오늘날 위대한 이념은 더 이상 없다거나 이를 이해할 수 있는 사람이 더 이상 없다고 거만하게 주장했다. 심지어 인도주의를 빈말이라고 선언했고 오로지 민족국가 또는, 그들의 말로 하면, 민족이나 관습만을 실제적인 것으로 간주했다.

"인류라는 말에서 전 아무것도 상상할 수 없어요, 아빠." 그가 질책하면 게르다가 대답했다. "그건 오늘날 더 이상 아무 내용도 없지만 나의 민족, 이건 육체적이에요!"

"너의 민족이라고!" 그러면 레오 피셸은 이렇게 시작했고 위대한 예언자들과 트리에스테에서 변호사였던 자신의 아버지에 대해 말하려 했다.

---

16 스테판 게오르게(Stefan George, 1868~1933) : 라인강 유역 뷔데스하임 출신의 독일 시인으로 처음에는 상징주의, 나중에는 유미주의를 표방했다.

"알아요."게르다가 그의 말을 중단시켰다. "하지만 나의 민족은 정신적 민족이에요. 그걸 말하는 거예요."

"제정신이 돌아올 때까지 너를 방 안에 가두겠다!"그러면 아빠 레오가 말했다. "그리고 너의 친구들이 집에 오는 것을 금지하겠다. 그들은 규율이라고는 없는 인간들이야. 일하는 대신 끊임없이 자신들의 양심에만 열중하지!"

"저도 알아요, 아빠."게르다가 대답했다. "아빠가 어떻게 생각하는지. 아빠처럼 나이든 사람들은 당신들이 우리를 먹여 살리니까 우리를 모욕해도 된다고 생각하지요. 당신들은 가부장적 자본주의자예요."

이런 대화는 아버지의 걱정으로 인해 심심찮게 일어났다.

"내가 자본주의자가 아니라면, 그럼 넌 뭘 먹고 살지?!"가장이 물었다.

"제가 모든 걸 다 알 수는 없어요."보통 게르다는 대화가 이런 식으로 커지는 것을 막았다. "하지만 전 과학자, 교육자, 영혼의 인도자, 정치가, 다른 행동가들이 이미 새로운 믿음가치를 만드는 작업을 하고 있다는 건 알아요!"

레오 지점장은 여전히 아이러니하게 질문하려고 애를 썼다.

"이 영혼의 인도자와 정치가는 아마 너희들 자신이겠지?"하지만 그것은 마지막 말을 자기가 하려고 한 말일 뿐이었다. 끝에 가서는 그는 늘 비이성적인 무엇인가에서, 자신이 지게 될 거라는 염려를 습관적으로 느끼고 있음을 게르다에게 들키지 않았다는 게 기뻤다. 심지어 이런 대화 말미에 몇 번 그는 자신의 집에서의 야만적 반동에 대한 반대로서 평행운동의 질서를 조심스럽게 찬양하기 시작하는 지경에까지 이르렀다. 하지만 이런 일은 클레멘티네가 들을 수 없는 곳에서만 일어났다.

아버지의 경고에 대한 게르다의 반항에 순교자의 말 없는 아집이라는 인상을 부여하고 레오와 클레멘티네를 혼란스럽게 한 것은 이 집에 감도는 죄 없는 쾌락의 숨결이었다. 젊은 인간들은 부모들이 완고히 입을 다무는 많은 것들에 대해 이야기했다. 심지어 그들이 민족적 감정이라고 부르는 것, 즉 늘 서로 다투는 그들의 자아가 그들이 게르만적, 기독교적 시민공동체라 부르는, 꿈에 그리는 통일체 속에서 용해되는 것조차도 나이든 사람들의 부글부글하는 애정관계와 대립되면서 그 자체로 날개 달린 에로스 같았다. 그들은 조숙하게 '탐욕', 그들의 말로 하자면, '상스러운 존재향락의 새빨간 거짓말'을 경멸했지만 초감각이나 열정에 대해 너무나 말을 많이 했으므로 듣는 사람의 영혼 속에는 어느새 그리고 대조를 통해서 관능과 욕정에 대한 다정한 사고가 생겨났다. 심지어 레오 피셸도 그들이 말할 때 보여 주는 가차 없는 열성이 때때로 듣는 사람으로 하여금 그들 이념의 뿌리를 뼛속 깊이 느끼게 한다는 것을 인정하지 않을 수 없었다. 물론 그는 이를 꾸짖었다. 위대한 이념을 대할 때 우러러보는 마음을 가져야 한다는 것이 그의 요구였으니까.

이에 반하여 클레멘티네는 말했다. "그렇게 모든 것을 거부해서는 안 돼요, 레오!"

"소유가 정신을 죽인다는 주장을 어떻게 할 수 있지!" 이어 그는 그녀와 다투기 시작했다. "내 정신이 죽었단 말인가?! 당신은 벌써 절반쯤 그럴지 모르지. 당신도 그들의 말장난을 진지하게 여기니까!"

"레오, 당신은 그걸 이해하지 못해요. 기독교적 의미에서 하는 말이에요. 그들은 이 삶을 떠나 지상에서 드높은 삶에 다다르려 해요."

"그건 기독교적이 아니야. 미친 짓이지!" 레오가 항의했다.

"아마 진짜 현실은 결국 현실주의자가 아니라 내면을 들여다보는 사람들이 볼 거예요." 클레멘티네가 말했다.

"웃음이 나는군!" 피셸이 주장했다. 하지만 그가 틀렸다. 그는 울었다. 그의 주변에서 일어나는 정신적 변화를 자기 뜻대로 하지 못하는 무력감 때문에 속으로.

피셸 지점장은 지금 예전보다 더 자주 신선한 공기를 쐬고 싶은 욕구를 느꼈다. 회사일이 끝나면 서둘러 집으로 가고 싶은 마음이 없었고 아직 밝을 때 사무실을 나오면, 겨울이긴 했지만, 시립공원 중 한 곳에서 조금 걷는 것이 좋았다. 그는 견습생 시절부터 이런 공원을 좋아했다. 알 수 없는 이유로 시 당국은 늦가을에 공원에 있는 접이식 철제 의자들을 새로 칠하게 했다. 이제 이 산뜻한 초록색 의자들이 눈처럼 하얀 길 위에 나란히 놓여 있었고 봄의 색으로 환상을 자극했다. 레오 피셸은 가끔씩 놀이터나 산책로 가장자리에서 이런 의자에 혼자 옷깃을 여미고 앉아서 보모들을 바라보았다. 그들은 아이들과 함께 햇볕 속에서 겨울철 건강을 과시했다. 그들은 디아볼로 게임을 하거나 작은 눈덩이를 던졌고 작은 소녀들은 여인의 커다란 눈을 했다. 아, —피셸은 생각했다— 어른이 된 아름다운 여자의 얼굴에 그녀가 어린애의 눈을 가졌다는 멋진 인상을 부여하는 바로 그 눈이야. 피셸은 놀고 있는 작은 소녀들을 바라보는 것이 좋았다. 그들의 눈 속에는 사랑이 아직 동화 속 연못에서 헤엄치고 있었다. 나중에 황새가[7] 그들을 그 연못에서 데리고 나온다. 그리고 그는 가끔씩 보모들도 바라보았다. 그는 젊었을 때 자주 이런 광경을 즐겼다. 당시 그는 아직 삶의 진열창 앞에 서 있었고 가게로 들어가기에는 무일푼이었고 운명이 나중에 그에게 무엇을 선물할까 곰곰이 생각하는 게 전부였다. '한탄할 만한 결말이야'라고 그는 생각했고 잠시 다시 젊은 시절의 그 기대감에 차서 흰색 크로커스와 녹색 풀 사이에 앉아 있다고 믿었다. 이어 현실의식이 되돌아와 눈[雪]과 초록색 래커를 확인하면 정말 이상하게도 그는 매번 자신의 수입에 대해 생각했다. 돈은 독립을 주지만 당시 그의 봉급은 가족의 생활과 이성이 요구하는 저축에 다 나가 버렸다. 그러니까 — 그는 숙고했다 — 독립을 유지하기 위해서는 직업 외에 뭔가 다른 것을 해야 한다. 본부장들이 하듯이 주식에 대한 지식을 이용해야 한다. 하지만 이런 생각은 놀고 있는 소녀들을 바라보고 있을 때에만 레오에게 접근했고 그는 이 생각들을 물리쳤다. 투기에 필요한 자질이 없다고 느꼈기 때문이었다. 그는 직무대행이었고 지점장의 직함을 달고 있을 뿐이었고 승진할 전망은 없었다. 그리고 그는 당장 의도적으로, 자신과 같은 불쌍한 노동자의 등은 똑바로 펴지기에는 이미 너무 굽어 버렸다는 생각으로 스스로를 주눅 들게 했다. 그는 자신이 그와 예쁜 아이들과 보모들 사이에 — 이들은 정원에서의 이 한순간에 유혹적인 삶의 입장을 대변했다 — 넘을 수 없는 장애물을 세우기 위해 이 생각을 했을 뿐이었음을 몰랐다. 그는 그를 집으로 가지 못하게 하는 우울한 기분일 때에도 어쩔 수 없는 가족형 인간이

---

17 독일어권에서는 황새가 아기를 물어다 준다는 미신이 있다.

었고 집을 지옥처럼 느끼게 하는 집단을 하느님 아버지라는 이름의 가장 주위에 모인 천사들의 집단으로 바꿀 수만 있다면 뭐라도 주었을 테니까.

울리히도 공원을 좋아했고 같은 방향이면 공원을 가로질러 갔다. 그래서 이 시기에 그가 다시 피셸과 마주치는 일이 생겼고 피셸은 평행운동 때문에 그동안 집에서 겪었던 모든 일들이 순간적으로 떠올랐다. 그는 그의 젊은 친구가 옛 친구들의 초대를 귀하게 여기지 않는다는 불만을 토로했고 이를 더욱더 진심으로 믿었는데, 일시적 우정도 시간이 지나면 깊은 우정과 마찬가지로 오랜 우정이 되기 때문이다.

그의 젊은 오랜 친구는 피셸을 다시 만나게 되어 정말로 기쁘다고 주장했고 지금까지 자신의 가소로운 활동 때문에 초대에 응할 수 없었다고 한탄했다.

피셸은 시대의 나쁜 발전과 힘든 사업을 한탄했다. 도덕의 해이 전부를. 모든 것이 유물론적이고 지나치게 서두른다고.

"저는 방금 지점장님이 부럽다고 생각했습니다!" 울리히가 대답했다.

"상인이라는 직업은 영혼의 참된 요양소일 테니까요! 적어도 상인은 이념적으로 깨끗한 토대를 가진 유일한 직업이지요!"

"그렇죠!" 피셸이 맞장구를 쳤다. "상인은 인류의 진보에 이바지하고 주어진 이익에 만족합니다. 그런데도 다른 모든 사람들과 똑같이 상황이 나쁩니다!" 그는 어두운 표정으로 우울하게 덧붙였다.

울리히는 그를 집까지 바래다주겠다고 선언했다.

집에 당도하자, 벌써 극도로 긴장된 분위기가 그들을 맞았다.

친구들이 다 모였고 대규모 논쟁이 벌어지고 있었다. 이 젊은 인간들은 아직 김나지움을 다니고 있거나 대학 첫 학기였고 그들 가운데 몇몇은 상점 점원이었다. 어떻게 이 모임이 결성되었는지 그들도 더 이상 몰랐다. 저마다 달랐다. 어떤 이들은 전국 대학생 연합에서 만났고 어떤 이들은 사회주의 청년운동이나 가톨릭 청년운동에서 만났고 또 어떤 이들은 반더포겔 단8에서 만났다.

그들 모두의 유일한 공통점이 레오 피셸이었다 해도 아주 틀린 말은 아니다. 정신적 운동이 지속되려면 육체가 필요하고 그것이 피셸의 집이었는데, 클레멘티네의 음료제공과 일정한 왕래규정도 여기에 포함되었다. 이 집에는 게르다가 속했고 게르다는 한스 젭에게 속했다. 깨끗하지 못한 피부와 그런 만큼 더 깨끗한 영혼을 가진 대학생 한스 젭은 지도자는 아니었지만 — 젊은 사람들은 지도자를 인정하지 않았으니까 — 열정만큼은 그들 가운데 가장 강했다. 가끔씩 그들은 다른 곳에서도 만났고 그러면 게르다 말고 다른 여자가 청강했다. 하지만 이 운동의 핵심은 이미 묘사한 것과 같은 성질의 것이었다.

그럼에도 불구하고 이 젊은 사람들의 정신이 어디에서 왔는지는 새로운 질병의 등장이나 연속 복권당첨처럼 기이했다. 유럽의 낡은 이상주의의 태양이 꺼지기 시작하고 백인의 정신이 어두워졌을 때 수많은 횃불들이 손에서 손으로 건네졌고 — 아무도 어디서 훔쳤는지 아니면 어디서 발명되었는지 모르는 이념의 횃불들이었다! — 여기저

---

8 반더포겔(Wandervogel) : 칼 피셔(Karl Fischer)가 1896년 설립한 '철새'라는 뜻의 청년도보여행 장려회로 1933년에 해산했다.

기서, 소규모 정신공동체의 넘실대는 불꽃호수를 만들었다. 세계대전이 거기서 결론을 도출하기 전 수십 년 동안 젊은 인간들 사이에서는 사랑과 공동체도 수없이 회자되었고 특히 은행지점장 피셸의 집에 모인 젊은 반유대주의자들은 모든 것을 끌어안는 사랑과 공동체라는 표시 아래 서 있었다. 진정한 공동체는 내면의 법칙의 작용이며 가장 깊고 가장 단순하고 가장 완벽한 제1의 법칙은 사랑의 법칙이다. 이미 언급했듯이, 이것은 저속하고 관능적인 의미의 사랑이 아니다. 육체적 소유는 금전적 발명품이며 분리하고 의미를 박탈하는 작용만 하니까. 물론 모든 인간을 사랑할 수는 없다. 하지만 진정한 인간으로서 스스로 엄격히 책임감을 가지고 노력하는 사람이면 그가 어떤 성격을 가졌든 그 앞에서 경의를 표할 수 있다. 이렇게 그들은 다함께 사랑의 이름으로 모든 것에 대해 논쟁했다.

하지만 이날은 클레멘티네 부인에 대항해 몇 개의 전선이 형성되었다. 그녀는 다시 한번 기쁜 마음으로 젊음을 느꼈고 부부간의 사랑은 정말로 자본의 이자지불과 공통점이 많다고 속으로 인정했지만, 아리아인은 순수하게 그들끼리일 때에만 상징을 만들 능력이 있다는 이유로 평행운동에 유죄판결을 내리는 것은 결코 허용할 수 없었다. 클레멘티네는 애써 꾹 참고 있었고 게르다는 도무지 방에서 나가려 하지 않는 엄마에게 화가 나 뺨 아래에 붉고 둥근 얼룩들이 생겼다. 레오 피셸이 울리히와 함께 집에 들어섰을 때 그녀는 은밀히 한스 젭에게 말을 멈추라고 부탁하는 표시를 했고 한스는 화해하는 투로 말했다. "우리 시대의 인간들은 위대한 것을 아예 만들어 내지 못합니다!" 이로써 그는 이 사안을 모두에게 이미 익숙한 비개인적 공식으로 만들었다고 믿었다.

　하지만 이 순간 불행히도 울리히가 대화에 끼어들었고 피셸을 향한 약간의 악의를 담아 한스에게, 그러면 그는 어떤 진보도 믿지 않느냐고 물었다.

　"진보라구요?!" 한스 젭은 깔보며 대답했다. "진보가 오기 100년 전에 어떤 사람들이 있었는지 그냥 비교해 보십시오. 베토벤! 괴테! 나폴레옹! 헤벨[19]입니다!"

　"흠", 울리히는 말했다. "마지막 사람은 100년 전에는 아직 젖먹이였습니다."

　"정확한 수치를 젊은 양반들은 경멸하지요!" 피셸 지점장이 만족스럽게 설명했다. 울리히는 이 말에 대꾸하지 않았다. 한스 젭이 질투심에 차서 그를 경멸하고 있음을 알았지만 그는 게르다의 이 기이한 친구들에게 꽤 호감이 있었다. 그래서 그는 그들 사이에 앉아 말을 계속했다. "우리는 인간 능력의 개별 분야에서는 따라갈 수 없다는 느낌이 들 정도로 많은 진보가 일어난다는 것을 부인할 수 없습니다. 여기서, 우리가 아무런 진보도 체험하지 못했다는 감정이 생긴다는 것도 가능하지 않을까요? 결국 진보란 다름 아니라 모든 노력에서 함께 생겨나는 것이니까요. 사실 진짜 진보는 항상, 아무도 원하지 않았던 그것이 될 거라고 주저 없이 말할 수 있습니다."

　한스 젭의 검은 더벅머리가 떨리는 뿔처럼 그를 향했다. "당신 스스로 말하는군요, 아무도 원하지 않았던 것이라고! '꽥꽥거리면서 동

19　프리드리히 헤벨(Friedrich Hebbel, 1813~1863) : 독일의 극작가이다.

요하기, 수백 개의 길이 있지만 단 하나의 길도 없다! 사고는 많지만 영혼이 없다! 그리고 성격도 없다! 문장이 페이지에서 탈선하고 단어가 문장에서 탈선하고 전체는 더 이상 전체가 아니다', 이미 니체가 한 말입니다. 니체의 이기주의도 존재의 가치가 아님은 차치하고서 말입니다! 단 하나의 확고한 궁극적 가치, 예를 들어, 당신이 삶에서 지향할 가치를 말해 보십시오!"

"하필이면 지금 당장!" 피셸이 항의했다. 하지만 울리히는 한스에게 물었다. "당신은 정말로 단 한순간도 궁극적 가치 없이 살 수 없나요?"

"없습니다." 한스가 말했다. "그래서 난 내가 불행할 수밖에 없다고 인정합니다."

"맙소사!" 울리히가 웃었다. "우리가 할 수 있는 모든 것은 우리가 지나치게 엄격하지 않고 최고의 인식을 기다린다는 사실에 기인합니다. 중세는 그렇게 했고 무지했지요."

"그건 모르는 일입니다." 한스 젭이 대답했다. "나는 **우리가** 무지하다고 주장합니다."

"하지만 우리의 무지가 분명 극도로 행복하고 변화무쌍한 것임을 당신은 인정해야 합니다."

뒤에서 느긋한 목소리 하나가 으르렁거렸다. "변화무쌍! 지식! 상대적 진보! 이것들은 자본주의에 의해 갈가리 찢긴 시대의 기계적 사고방식의 개념들입니다! 더 이상은 당신에게 말할 필요가 없어요 … ."

레오 피셸도 뭐라고 으르렁거렸는데, 그가 울리히가 이 버릇없는 젊은이들을 너무 많이 상대한다고 생각한다는 것으로 이해할 수 있었다. 그는 가방에서 신문을 꺼내 그 뒤에 몸을 숨겼다.

하지만 울리히는 이 일이 그냥 재미있었다. "6개의 방, 하녀용 욕실, 진공청소기 등이 있는 시민계급의 집은 천장이 높은 방, 두꺼운 벽, 아름다운 아치형 천장이 있는 옛 집들과 비교했을 때 진보인가요, 아닌가요?" 그가 물었다.

"아니죠!" 한스 젭이 소리쳤다.

"비행기는 우편마차에 비하면 진보인가요?"

"그럼!" 피셸 지점장이 소리쳤다.

"수작업이죠!" 한스가 소리쳤다. "기계야!" 레오가 소리쳤다.

"제 생각에는", 울리히가 말했다. "모든 진보는 동시에 퇴보입니다. 항상 특정한 의미에서의 진보가 있을 뿐입니다. 그리고 우리의 삶이 전체적으로 아무 의미도 없기 때문에 전체적으로 아무런 진보도 없습니다."

레오 피셸이 신문을 내렸다. "대서양을 6일 만에 횡단하는 것이 더 좋은가요, 아니면 6주가 걸리는 게 더 좋은가요?!"

"전 둘 다 할 수 있는 것이 무조건 진보라고 말할 거예요. 우리 젊은 기독교인들은 그것도 부인하겠지만."

젊은이들은 팽팽하게 당긴 활시위처럼 꼼짝도 하지 않았다. 울리히는 대화를 마비시켰지만 공격욕까지 마비시키지는 않았다. 그는 계속해서 조용히 말했다. "하지만 그 반대를 말할 수도 있습니다. 우리의 삶이 개별적으로 진보했다면 삶은 개별적으로는 의미가 있습니다. 하지만 예를 들어, 신에게 인간을 제물로 바치거나 마녀를 화형에 처하거나 머리카락에 분을 바르는 것이 한 번 의미가 있었다면 그것은 의미 있는 생의 감정으로 남습니다. 비록 더 위생적인 관습이나 인도주의가 진보라 해도 말이죠. 오류는 진보가 항상 옛 의미를 없애려 한다는 것입니다."

"당신이 말하려는 바는", 피셸이 물었다. "우리가 다시 인간 제물로 돌아가야 된다는 건가요, 그 혐오스런 암흑을 다행히도 극복한 후에?"

"암흑이라고 그렇게 확실히 주장할 수는 없습니다!" 한스 젭이 울리히 대신 대답했다. "지점장님이 무고한 토끼를 한 마리 삼킨다면 그건 암흑이지요. 하지만 식인종이 종교적 의식을 행하면서 경외심에 차서 타 종족 인간을 먹는다면, 그의 내면에 무슨 일이 일어나는지 그냥 우리가 모를 뿐입니다!"

"극복된 시대들에 정말로 그런 무엇인가가 있었음에 틀림없어요." 울리히가 그의 말을 받았다. "그렇지 않다면 일찍이 그렇게 많은 선량한 인간들이 그 시대에 동의하지는 않았을 거예요. 큰 희생을 치르지 않고 우리가 그것을 이용할 수는 없을까요? 어쩌면 우리가 다름 아니라 인류의 예전 착상들의 올바른 극복이라는 문제를 한 번도 분명히 제기한 적이 없기 때문에 아직도 많은 인간들을 희생하는 것일까요!? 이건 표현하기 어렵고 꿰뚫어 볼 수도 없는 관계입니다."

"그럼에도 불구하고 당신의 사고방식에는 항상 합계나 결산만이 소망하는 목표로 남아 있습니다!" 이때 한스 젭이 이제 울리히를 향해 폭발했다. "당신은 피셸 지점장과 꼭 같이 시민적 진보를 믿지만 남들이 알아차리지 못하도록 그것을 가능한 한 복잡하게, 뒤집어서 표현하는 것뿐입니다!" 한스는 친구들의 의견을 말했다. 울리히는 게르다의 얼굴을 찾았다. 그는 피셸과 젊은이들이 그에게뿐만 아니라 서로에게 달려들 태세가 되어 있다는 것에 개의치 않고 느긋하게 자신의 사고를 다시 한번 이어가려 했다.

"하지만 당신도 하나의 목표를 추구하지 않나요, 한스?" 그가 재차 말했다.

"뭔가가 추구하지요. 내 속에서. 나를 통해서." 한스 젭이 짧게 대답했다.

"그리고 그 뭔가가 목표를 달성하게 되나?" 레오 피셸은 이 조롱 섞인 질문을 억누르지 못했고 이로써, 그만 빼고 모두가 이해한 것처럼, 울리히 편을 들었다.

"그건 나도 모릅니다!" 한스가 침울하게 대답했다.

"시험이나 보게. 그게 진보일 걸세!" 레오는 이 말을 하는 것도 잊지 않았다. 그는 이 애송이 녀석들만큼이나 그의 친구에게도 화가 나있었다.

이 순간 방이 폭발하는 듯했다. 클레멘티네가 남편에게 애원하는 눈길을 보냈다. 게르다는 한스보다 선수를 치려 했고 한스는 말을 찾더니 결국 다시 울리히에게 퍼부어댔다. "당신도 확신할 겁니다." 그는 울리히에게 소리쳤다. "근본적으로 당신도 피셸 지점장이 생각할 수 없는 것은 단 하나도 생각하지 않는다는 것을요!"

이 말과 함께 그는 밖으로 뛰쳐나갔고 그의 친구들은 분노에 찬 채인사를 했고 그를 뒤따라 몰려나갔다. 피셸 지점장은 클레멘티네의 눈길에 쫓겨 뒤늦게나마 집주인으로서의 의무를 떠올렸다는 듯 행동했고 젊은 친구들에게 한마디 좋은 말을 해주려고 툴툴거리면서 대기실로 사라졌다. 방 안에는 게르다, 울리히, 클레멘티네만 남았고 클레멘티네는 몇 번 안도의 숨을 내쉬었는데, 공기가 다시 맑아졌기 때문이었다. 이어 그녀는 자리에서 일어섰고 울리히는 게르다와 단둘이 남게 되어 깜짝 놀랐다.

103
유혹

단둘이 남게 되자 게르다는 눈에 띄게 흥분했다. 그가 손을 잡았다. 그녀의 팔은 떨리기 시작했고 그녀는 손을 뺐다. "당신은 몰라요." 그녀가 말했다. "하나의 목표, 그게 한스에게 어떤 의미인지! 당신은 그걸 조롱했어요. 물론 그럴 수 있어요. 나는 당신의 사고가 더 추잡해졌다고 생각해요!" 그녀는 최고로 강한 말을 찾았고 이제 이에 경악했다. 울리히는 다시 손을 잡으려 시도했고 그녀는 팔을 몸에 딱 붙였다. "이렇게 하지 않기로 했잖아요!" 그녀가 소리쳤다. 그녀는 격렬한 경멸을 담아 이 말을 내뱉었지만 몸은 동요했다.

"알아요." 울리히가 비웃었다. "당신들 사이에서 일어나는 일은 전부 최고의 요구에 합당해야 하지요. 나를 당신이 그렇게 친절하게 표현한 그 행위로 내모는 것이 바로 그것이요. 예전에 내가 당신과 지금과는 다르게 이야기하는 걸 얼마나 좋아했는지 당신은 생각도 못할 거요!"

"당신은 달랐던 적이 없어요!" 게르다가 재빨리 대답했다.

"나는 늘 동요했어요." 울리히는 꾸밈없이 말했고 그녀의 얼굴을 살폈다. "내 사촌 집에서 벌어지는 일에 대해 이야기를 좀 해주면 좋겠어요?"

게르다의 눈에서 울리히가 옆에 있음으로 해서 빠져들게 된 불확실성과는 분명 다른 뭔가가 보였다. 그녀는 한스에게 전해 주려고 이 소식을 애타게 기다렸고 이를 숨기려 했기 때문이었다. 그녀의 친구는 약간 만족감을 느끼며 이를 알아차렸고 위험을 감지하고 본능적으로 길을 바꾸는 동물처럼 다른 이야기를 시작했다. "당신에게 해준 달 이야기를 아직 기억해요?" 그가 물었다. "먼저 그것과 비슷한 이야기를 털어놓고 싶어요."

"또 거짓말을 하려는 거죠!" 게르다가 대답했다.

"가능하면 그러지 않을게요! 아마 당신이 들었던 강의들에서 기억할 거예요, 어떤 것이 법칙인지 아닌지 알고 싶으면 어떻게 해야 하는지. 어떤 것이 법칙이라는 근거가 처음부터 있는 경우가 있어요, 예를 들어 물리학이나 화학에서처럼 말이죠. 그리고 찾고 있던 수치가 관찰을 통해 나오지 않더라도 관찰은 특정한 방식으로 그 수치 주변에 있고 우리는 거기서 그 수치를 산출합니다. 아니면 삶에서 자주 그런 것처럼, 이 근거는 없고 우리는 법칙인지, 우연인지 잘 모르는 현상에 직면해요. 그러면 이 사안은 인간적으로 흥미진진해지지요. 왜냐하면 우선 관찰더미에서 숫자더미를 만드니까요. 구간을 만들어요 ─ 어떤 숫자들이 이 수치와 저 수치 사이에, 그 다음 수치와 또 그 다음 수치 사이에 놓이는가? 등등 ─ 그리고 여기서 분포곡선이 형성되죠. 이렇게 해서 사건의 빈도가 체계적으로 증가하거나 감소하는지 또는 그렇지 않은지가 드러나요. 안정계수열이나 분포함수가 얻어져요. 오차범위, 중간오차, 임의의 수치로부터의 오차범위, 중간치, 보통치, 평균치, 분산 등이 산출되고 이 모든 개념들로 주어진 사건을 조사하지요."

울리히는 조용히 설명하는 톤으로 이야기했는데, 그 자신이 우선 숙고를 하려는지, 게르다에게 과학으로 최면을 거는 것이 재미있는지 구별하기 어려웠으리라. 게르다는 그에게서 떨어졌다. 그녀는 몸을 앞으로 숙이고 팔걸이의자에 앉았고 미간을 잔뜩 찌푸린 채 바닥을 내려다보았다. 누군가가 이렇게 객관적으로 이야기를 하고 이성의 명예욕을 자극하면 불만은 위축되었다. 그녀는 불만이 부여했던 단순한 확실성이 사라짐을 느꼈다. 그녀는 실업고등학교를 나왔고 대학도 몇 학기 다녔다. 그녀는 더 이상 고전주의나 인문주의 정신의 낡은 틀 안에 집어넣을 수 없는 새로운 지식을 수없이 접했다. 오늘날 이 교육과정은 수많은 젊은이들에게 이것이 완전히 무기력하다는 감정을 남긴 반면 새로운 시대는 그들 앞에 마치, 그 대지를 옛 연장으로는 더 이상 경작할 수 없는 새로운 세계처럼 놓여 있다. 그녀는 울리히의 이야기가 어디로 흘러갈지 몰랐다. 그녀는 그를 사랑했으므로 그를 믿었고, 그녀가 그보다 열 살 어렸고 스스로를 신선하다고 여기는 다른 세대에 속했으므로 그를 믿지 않았다. 그가 계속 이야기하는 동안 이 두 감정은 너무나 불특정한 방식으로 섞여들었다. "그런데", 울리히는 계속했다. "그렇게 볼 근거가 없는데도 꼭 자연법칙인 듯 보이는 그런 관찰들이 있어요. 통계수열의 규칙성은 때때로 법칙의 규칙성만큼이나 큽니다. 당신은 사회학 강의에서 이런 예들을 분명 들었을 거예요. 예를 들어 미국의 이혼통계가 그렇죠. 아니면 남아와 여아의 출생비율이 그래요. 이는 정말 가장 안정된 상관관계 중 하나죠. 그러면 당신은 병역의무자 중 매년 늘 거의 같은 수의 사람들이 자해(自害)해서 병역의무를 피하려고 한다는 것을 알게 되죠. 또는 유럽인 중 매해 같은 수의 사람들이 자살한다는 것을. 도둑질이나 강간도 그렇고, 내가 알기로는, 파산도 매년 대충 같은 빈도로 일어나지요⋯."

여기서 게르다의 저항은 돌파를 시도했다. "내게 혹시 진보를 설명하려는 건가요?" 그녀는 소리쳤고 이 예상에 정말 많은 조소를 담으려고 애썼다.

"물론이죠!" 말을 끊게 놔두지 않으면서 울리히가 대답했다. "사람들은 이를 대수(大數)의 법칙이라고 그럴듯하게 부르지요. 이는 대충 어떤 사람은 이런 이유로, 또 어떤 사람은 저런 이유로 자살한다는 의미지만 대개의 경우, 이 이유의 우연성과 개인성은 지양되고 남는 것은, 그래요, 뭐가 남을까요? 이것이 내가 당신에게 물어보고 싶은 겁니다. 보다시피, 남는 것은 우리 같은 문외한도 그냥 간단히 평균이라고 부를 수 있는 것, 하지만 그게 무엇인지는 제대로 모르는 어떤 것이지요. 덧붙이고 싶은 것은, 사람들이 이 대수의 법칙을 논리적으로, 형식적으로 설명하려 했다는 것입니다. 이른바 자명한 일로 말입니다. 이와는 반대로 인과적으로 서로 관련이 없는 현상들의 이런 규칙성은 평범한 방식의 사고로는 전혀 설명될 수 없다는 주장도 있었어요. 그리고 이 현상의 수많은 다른 분석과는 별도로, 개별 사건뿐만 아니라 아직 알려지지 않은 전체의 법칙도 중요하다는 주장도 제기되었지요. 더 상세한 것은 생략할게요, 더 이상 기억나지도 않아요. 하지만 내 개인적으로 매우 중요한 것은, 아직 이해하지 못한 공동체의 법칙이 그 뒤에 숨어 있는지, 그저 자연의 아이러니를 통해서 특별한 일이 일어나지 않는다는 사실에서 특별함이 생기는지, 최고의 의미는 가장 무의미한 것의 평균을 통해 도달할 수 있는 것임이 입증되는지를 아는 것임은 확실해요. 이런저런 지식들은 틀림없이 우리의 생의 감정에 결정적 영향을 끼칠 거예요! 어쨌든 질서 있는 삶의 가능성이 전부 이 대수의 법칙을 토대로 하니까요. 그리고 이 평균의 법칙이 존재하지 않으면, 어떤 해에는 아무 일도 일어나지 않을 테고 반면에 그 다음 해에는 기아와 과잉이 교대할지, 아이들이 부족할지, 너무 많을지, 아무것도 확실하지 않을 거예요. 그러면 인류는, 사람이 새장에 접근하면 작은 새들이 그러듯이, 천국 같은 가능성과 지옥 같은 가능성 사이를 오가며 푸드득거릴 겁니다."

"모든 게 사실인가요?" 게르다가 주저하며 물었다.

"당신 스스로 잘 알 거예요."

"물론이죠. 개별적으로는 많은 것을 알아요. 하지만 조금 전 모두가 다툴 때 당신이 한 말이 이런 뜻이었는지는 모르겠어요. 당신이 진보에 대해 한 말은 그냥 모두를 화나게 하기 위한 것인 듯 들렸거든요."

"당신은 늘 그렇게 생각하지요. 하지만 우리의 진보가 무엇인지에 대해 우리가 무엇을 알고 있나요, 아무것도 모릅니다! 그것이 어떠할지 수많은 가능성이 있고 나는 방금 그중 하나를 말했어요."

"'그것이 어떠할지'라고요! 당신은 항상 그렇게 생각해요. 그것이 어떠해야 한다는 질문에는 결코 대답하지 않겠지요!"

"당신들은 너무 서둘러요. 늘 하나의 목표, 하나의 이상, 하나의 프로그램이 있어야 하지요. 뭔가 절대적인 것이. 그리고 마지막에 나오는 것은 사실 타협, 평균일 뿐이죠! 늘 극단적인 것을 행하고 원하지만 결국에는 중간치만 나오게 된다는 것이 장기적으로는 넌더리나고 가소롭다는 걸 인정하지 않으렵니까?"

그것은 근본적으로 디오티마와의 대화와 같은 대화였다. 외적인 것만 다를 뿐 그 뒤에서는 한 대화에서 다른 대화로 이어갈 수 있을 터였다. 어떤 여자가 거기 앉아 있는가가 상관없다는 것도 너무나 공공연했다. 그것은 기존의 정신적 힘의 장(場)에 투입되어 특정한 사건을 일어나게 하는 육체였다! 울리히는 그의 마지막 질문에 아무 대답도 하지 않는 게르다를 관찰했다. 그녀의 여윈 몸은 미간에 조그만 불만의 고랑을 짓고 앉아 있었다. V자 형으로 파인 블라우스 사이로 보이는 가슴골도 움푹한 수직 고랑을 만들었다. 팔과 다리는 길고 여렸다. 때 이른 한여름 폭염에 축 늘어진 봄이었다. 그는 이런 인상을 받았지만 동시에 이 젊은 육체 속에 갇힌 고집도 팽배했다. 혐오와 각오의 독특한 혼합이 그를 사로잡았다. 갑자기 그가 어떤 결정에 생각보다 더 접근했고 이 어린 소녀가 이에 조력할 사명을 띠고 있다는 감정이 들었기 때문이었다. 자기도 모르게 그는 이제 정말로 평행운동에서 이른바 청년들을 통해 받은 인상에 대해 이야기하기 시작했고 이렇게 끝을 맺어 게르다를 깜짝 놀라게 했다. "그들도 아주 급진적이고 나를 좋아하지 않아요. 하지만 나는 똑같은 방식으로 이에 복수하지요. 나도 나름대로 급진적이니까요. 그리고 난 온갖 다른 종류의 무질서는 참을 수 있지만 정신적 무질서는 참을 수 없어요. 나는 착상들이 전개되는 것뿐만 아니라 합쳐지는 것도 보고 싶어요. 나는 이념의 동요뿐만 아니라 밀도도 원해요. 바로 이것이 당신, 내 소중한 친구인 당신이 내가 항상 필연성 대신 가능성에 대해서만 이야기한다고 나무라는 그것이죠. 나는 이 둘을 혼동하지 않아요. 어쩌면 이것은 오늘날의 시대에 맞지 않는 특성이겠지요. 오늘날 엄격함과 감정의 삶처럼 그렇게 서로 낯선 것은 없으니까요. 게다가 유감스럽게도 우리의 기계적 정확성은 살아 있는 부정확성이 그것의 올바른 보충으로 보일 정도까지 되었어요. 왜 당신은 나를 이해하려 하지 않죠? 당신은 그럴 능력이 전혀 없을지도 모르고, 시대에 맞는 당신의 머리를 혼란스럽게 하려고 애쓰는 건 나의 악덕이죠. 하지만 사실, 게르다! 나는 내가 옳지 않을까 가끔씩 자문해요. 내가 참을 수 없어 하는 바로 그자들이 아마 내가 한때 원했던 그것을 하고 있을 거예요. 그들은 아마 잘못하고 있을 거예요. 아무 생각 없이 하고 있어요. 한 사람은 이쪽으로, 한 사람은 저쪽으로 달려가지요. 각자 자신이 세상에서 유일한 사고라고 여기는 사고를 주둥이에 물고서. 각자는 스스로가 지독히 영리하다고 여기고 모두 함께는 시대가 불모의 벌을 받았다고 믿지요. 하지만 어쩌면 그 반대일까요, 그들 각자는 어리석지만 모두는 함께 생산적일까요? 오늘날 진실은 모두 상반되는 두 개의 비진실로 나뉘어 세상에 나오는 듯 보이고 이건 초개인적 결과에 이르는 한 방식일 수도 있어요! 그러면 평균, 시도의 총합은 더 이상 개인 안에서 생겨나지 않아요. 개인은 참을 수 없이 일방적이 되지만 전체는 실험 공동체와 같아요. 한마디로, 고독 때문에 가끔씩 탈선에 내몰리는 늙은 남자를 너그럽게 봐주세요!"

"당신은 벌써 내게 온갖 얘기를 다 했어요!"게르다는 암울하게 대답했다. "왜 당신의 견해를 책으로 쓰지 않나요. 그러면 당신 자신과 우리를 도울 수도 있을 텐데요?"

"책을 써야 한다는 생각을 내가 어떻게 할 수 있지요?!" 울리히가 말했다. "나를 낳은 것은 엄마지 잉크병이 아니에요!"

게르다는 숙고했다. 울리히의 책이 정말 누군가를 도울 수 있을까? 그녀의 젊은 친구들이 모두 그렇듯 그녀도 책의 힘을 과대평가했다. 둘이 침묵하자 방 안은 완전히 고요해졌다. 피셸 부부는 분노한 손님들에 이어 집을 떠난 듯했다. 게르다는 더 강력한 남자 몸이 옆에 있음으로 해서 압박을 느꼈다. 단둘이 있으면, 그녀가 가진 온갖 확신에도 불구하고 그녀는 늘 이 압박을 느꼈다. 그녀는 이에 반항했고 떨기 시작했다. 울리히는 이를 알아차렸고 자리에서 일어나 게르다의 약한 어깨 위에 손을 얹으면서 말했다. "제안을 하나 할게요, 게르다! 도덕에서도 기체분자 운동이론에서처럼 일이 진행된다고 가정해 봅시다. 모든 것이 아무 규칙 없이 뒤죽박죽 날아다니고 각자 하고 싶은 것을 합니다. 하지만 이른바 거기에서 발생할 근거가 없다고 예측한 것, 바로 이것이 실제로 발생합니다! 특이한 일치들이 있어요! 또 특정한 수의 이념들이 현재 속을 뒤죽박죽 날아다닌다고 가정해 봅시다. 여기서 가장 개연성 있는 중간치가 생겨나지요. 이 중간치는 아주 천천히 그리고 자동적으로 옮겨가고 이것이 이른바 진보이거나 역사적 상태입니다. 하지만 가장 중요한 것은 이때 우리의 개인적이고 개별적인 움직임은 전혀 중요하지 않다는 거예요. 우리는 오른쪽으로나 왼쪽으로, 위로나 아래로 생각하고 행동할 수 있어요, 새롭거나 낡게, 예측할 수 없거나 깊이 숙고해서. 이것은 중간치와는 전혀 상관이 없어요. 신과 세계에는 중간치만이 중요하죠, 우리가 아니라!"

이런 말을 하면서 그는 그녀를 팔로 껴안을 기색이었다. 극기(克

己)가 필요하다고 느끼긴 했지만.

게르다는 분노했다. "당신은 처음에는 항상 사색적으로 시작해요."
그녀가 외쳤다. "그 후에는 너무나 평범한 수탉의 꼬꼬댁 소리만 나
오지요!" 그녀의 얼굴은 뜨거워졌고 둥근 얼룩들이 생겼고 입술은 땀
을 흘리는 듯했지만 그녀의 분노에는 뭔가 아름다운 것이 있었다.
"결국 당신이 원하는 것, 바로 그것이 **우리가** 원하지 않는 것이에요!"

이때 울리히는 유혹을 뿌리치지 못하고 나지막이 물었다. "소유가
죽인다?"

"당신과는 그 이야기를 하고 싶지 않아요!" 게르다 역시 나지막이
응수했다.

"한 인간을 소유하는 것이나 한 물건을 소유하는 것이나 같은 것입
니다." 울리히가 계속했다. "나도 그걸 알아요, 게르다! 나는 당신이
생각하는 것보다 당신과 한스를 더 많이 이해해요. 자, 당신과 한스
는 무엇을 원하나요? 말해 보세요."

"보다시피, 아무것도 원하지 않아요!" 게르다는 의기양양하게 외
쳤다. "그건 말할 수가 없어요. 아빠도 늘 말하죠, '네가 뭘 원하는지
를 잘 생각해 봐. 그러면 그게 터무니없는 짓임을 알게 될 거야'라고.
잘 생각해 보면, 모든 게 터무니없어요! 이성적이 되면 우리는 절대
진부한 말을 넘어서지 못해요! 이제 다시 뭔가 이의를 제기하겠지요,
합리주의자시니까!"

울리히는 머리를 설레설레 흔들었다. "그런데 라인스도르프 백작
에 반대하는 데모는 도대체 뭔가요?" 그가 부드럽게 물었다. 그게 여
전히 같은 주제라는 듯이.

"아, 염탐하시는군요!" 게르다가 외쳤다.

"염탐한다고 생각하세요. 하지만 말해 줘요, 게르다! 염탐한다고 생각해도 무방해요."

게르다는 당황했다. "특별한 건 없어요. 그냥 독일청년들의 데모예요. 행진, 비방구호가 있겠지요. 평행운동은 비방거리에요!"

"왜 그렇지요?"

게르다는 어깨를 으쓱했다.

"앉아요!" 울리히가 청했다. "당신은 그걸 과대평가해요. 한번 찬찬히 이야기해 봅시다."

게르다는 복종했다. "내가 당신의 처지를 이해하는지 한번 귀담아 들어 보세요." 울리히가 계속했다. "자, 당신은 소유가 죽인다고 말합니다. 이때 당신은 우선 돈과 부모님을 생각하지요. 그들은 당연히 죽임을 당한 영혼들입니다 … ."

게르다가 교만한 몸짓을 했다.

"자, 돈 대신 곧장 모든 종류의 소유에 대해 말해 봅시다. 자신을 소유한 인간, 확신을 소유한 인간, 다른 사람이나 자신의 열정이나 그냥 자신의 습관이나 자신의 성공에 소유당한 인간, 뭔가를 정복하려는 인간, 그냥 뭔가를 원하는 인간, 당신은 이 모든 것을 거부하지요? 당신은 방랑자가 되려 하지요. 내 착각이 아니라면, 목적 없이 거니는 방랑자라고 언젠가 한스가 말했지요. 다른 의미와 다른 존재를 향한 방랑? 맞나요?"

"끔찍하게도, 당신이 말하는 것은 다 맞아요. 지성은 영혼을 모방할 수 있어요!"

"그리고 지성은 소유 그룹에 속하지요? 지성은 측정하고 무게를 재고 나누고, 늙은 은행가처럼 축적하지요? 하지만 내가 오늘 당신에게 많은 이야기를 하지 않았나요, 특이하게도 우리의 영혼이 많이 관계된 이야기를요?"

"그건 차가운 영혼이에요!"

"당신이 전적으로 옳아요, 게르다. 그럼, 이제 왜 내가 차가운 영혼이나 심지어 은행가의 편을 드는지만 말하면 되겠군요."

"비겁하기 때문이지요!" 울리히는 그녀가 이 말을 하면서, 죽음의 공포에 떠는 작은 동물처럼 이빨을 드러내 보이는 것을 알아차렸다.

"신의 이름으로 맹세하건대, 맞아요. 하지만 다른 것은 몰라도 한 가지만은 내 말을 믿어야 돼요. 만약 모든 도피 시도가 다시 당신 아빠에게 되돌아간다는 확신이 없다면 난 피뢰침이나 외벽 돌림띠를 타고서라도 도망갈 정도의 패기는 있다는 걸 말이오."

둘 사이에 이와 비슷한 대화가 한 번 있었던 이후로 게르다는 울리히와 이런 대화를 하기를 거부했다. 이 대화의 대상인 감정들은 그녀와 한스만의 것이었고 그녀는 울리히의 조소보다는 동의가 더 무서웠다. 그의 동의는 그의 말이 진심인지, 중상모략인지 알기도 전에 그녀를 무방비로 그에게 내맡기게 될 테니까. 조금 전 그의 침울한 말들에 — 그 말의 효과를 그녀는 이제 감수해야 했다 — 기습을 당한 그 순간부터 그녀가 내적으로 얼마나 격렬히 동요하고 있는지 분명히 알아볼 수 있었다. 하지만 울리히의 상황도 이와 비슷했다. 이 소녀에 대해 그가 가진 권력에 그가 변태적 기쁨을 느낀다는 것은 가당치도 않았다. 그는 게르다를 진지하게 여기지 않았고 여기에 정신적 거부감이 포함되어 있었기 때문에 그는 보통 듣기 싫은 말만 했다. 하지만 얼마 전부터 그는 그녀를 상대로 세상의 검사(檢事) 역할을 더 활발히 하면 할수록 기적처럼 더욱더 그녀에게 모든 것을 털어놓고 자신의 내면을 아무런 악의도 미화도 없이 보여 주고 싶은 또는 민달팽이처럼 벌거벗은 그녀의 내면을 들여다보고 싶은 소망에 이끌렸다. 그래서 그는 생각에 잠겨 그녀의 얼굴을 보며 말했다. "나는 구름이 하늘에서 쉬듯이 당신의 두 뺨 사이에 내 두 눈을 쉬게 할 수 있을 것 같아요. 구름이 하늘에서 쉬고 싶어 하는지는 모르겠지만 결국 나도 세상 모든 바보들처럼 신이 우리를 장갑인 양 붙잡아 자신의 손가락에 끼우는 그런 순간에 대해서는 아무것도 몰라요! 당신들은 그것을 너무 쉽게 생각해요. 당신들은 우리가 살고 있는 긍정적 세계에 대해 부정을 느끼고 긍정적 세계는 부모와 늙은이들의 것이며 그림자 같은 부정의 세계는 새 청년들의 것이라고 간단히 주장하지요. 나는 당신 부모님의 스파이가 되지 않을 거예요, 친애하는 게르다! 하지만 당신이 은행가와 천사 가운데 하나를 선택할 때, 은행가라는 직업의 더 실제적인 본성도 어떤 의미가 있을 것임을 숙고해 주길 바라요!"

"차 드실래요?!" 게르다가 매정하게 말했다. "우리 집이 더 편안하도록 해드릴까요? 부모님의 나무랄 데 없는 딸을 보셔야 하니까요." 그녀는 다시 정신을 차렸다.

"당신이 한스와 결혼한다고 가정해 봅시다."

"하지만 나는 그와 결혼하지 않을 거예요!"

"목표는 있어야 해요. 앞으로도 계속 부모님에 대한 반대만으로 살 수는 없어요."

"언젠가 집을 나가 독립할 거예요. 그러면 우리는 친구로 남겠지요!"

"하지만 이봐요, 친애하는 게르다, 당신이 한스와 결혼한다 또는 뭐 그 비슷한 것을 가정해 봅시다. 이대로 간다면 분명 피할 수 없는 일이죠. 그러면 이제 세상을 등진 상태에서 어떻게 당신이 아침마다 양치질을 하고 한스가 세금통지서를 받을지 계획을 세워 보세요."

"내가 그걸 알아야 하나요?"

"아빠는 그렇다고 할 겁니다. 그가 세상을 등진 상태를 조금이라도 안다면. 유감스럽게도 평범한 인간들은 삶의 배 위에서 일어나는 비범한 체험들을, 절대 알아차리지 못할 정도로 깊이 용골에 쌓아 둘 줄 알아요. 하지만 좀더 간단한 질문을 해봅시다. 당신은 한스에게 정절을 지키라고 요구할 건가요? 정절은 소유의 복합체에 속하죠! 한스가 다른 여자에게서 그의 영혼을 상승시켜도 당신은 아무렇지도 않아야 합니다. 심지어 당신은 당신이 예감하는 법칙에 따라 그것을 당신 자신의 상태의 확충이라고 느껴야 합니다!"

"그런 문제들에 대해 우리가 이야기하지 않는다고 생각지 마세요!" 게르다가 대답했다. "한걸음에 새로운 인간이 될 수는 없어요. 하지만 그걸 반대근거로 삼는 것은 아주 부르주아적이에요!"

"당신 아버지는 사실 당신이 생각하는 것과는 완전히 다른 것을 당신에게 요구해요. 그는 이 질문들에서 당신이나 한스보다 자신이 더 영리하다고 주장하지도 않아요. 그는 그냥 당신이 하는 일을 이해할 수 없다고 말하지요. 하지만 그는 폭력이 아주 이성적인 사안임을 알아요. 그는 폭력이 당신과 그와 한스를 합친 것보다 더 이성적이라고 생각해요. 한스가 아무 걱정 없이 학업을 마칠 수 있도록 그가 한스에게 돈을 제공한다면요? 관찰 기간 후에 결혼은 아니더라도 적어도 원칙적 반대는 안 하겠다고 그에게 약속한다면요? 그리고 관찰 기간이 끝날 때까지만 당신들 사이의 모든 왕래를 전면적으로, 지금 하고 있는 왕래까지도 중단하라는 조건을 이에 보탠다면요!"

"그래서 당신이 여기에 왔군요!"

"당신에게 아빠의 입장을 설명하려는 것입니다. 그는 무시무시하게 우월한 암흑의 신입니다. 그는 돈이 한스를 아빠가 원하는 그곳으로, 현실의 이성으로 데려갈 수 있다고 믿어요. 그의 견해에 따르면, 한정된 월수입을 가진 한스가 무한히 어리석기는 더 이상 불가능할 거예요. 하지만 아마 아빠는 공상가일 겁니다. 나는 타협, 평균, 메마름, 죽은 숫자에 경탄하듯이 그에게 경탄합니다. 나는 악마를 믿지 않지만 믿게 된다면, 기록경신을 하라고 하늘을 독촉하는 감독이라고 상상할 것입니다. 난 아빠에게 약속했어요, 당신의 공상에서는 아무것도 남지 않는다고 당신을 설득하겠다고. 남는 게 있다면 그건 현실이겠지요."

울리히는 이 말을 하면서 양심에 찔리지 않는 것은 아니었다. 게르다는 활활 타오르면서 그의 앞에 서 있었고 눈에는 눈물과 분노가 잇따라 쌓였다. 단번에 그녀와 한스를 위한 길이 열렸다. 하지만 울리히는 그녀를 배신했나, 아니면 그들을 도우려 했나? 그녀는 몰랐지만 둘 다 그녀를 불행하게 또 행복하게 하기에 적합했다. 혼란스러운 가운데 그녀는 그를 불신했고 그가, 보여주려 하지 않을 뿐, 성스럽도록 그녀와 닮은 인간임을 열정적으로 느꼈다.

그가 덧붙였다. "물론 당신 아버지는 속으로 내가 그사이에 당신에게 구혼하고 다른 생각을 심어 주기를 바라요."

"있을 수 없는 일이에요!" 게르다가 힘겹게 내뱉었다.

"우리 사이에는 아마 있을 수 없는 일이겠지요." 울리히가 부드럽게 반복했다.

"하지만 지금처럼 계속할 수도 없어요. 나는 벌써 몸을 너무 앞으로 숙였어요." 그는 미소를 지으려고 시도했다. 그러면서 그는 그 자신이 한없이 역겨웠다. 그는 정말 이 모든 것을 원치 않았다. 그는 이 영혼의 우유부단함을 느꼈고 이 영혼이 그의 마음속에 잔인함을 불러일으켰기 때문에 스스로를 경멸했다.

그 순간 게르다는 경악한 눈으로 그를 바라보았다. 갑자기 그녀는 너무 가까워진 불처럼 아름다웠다. 형체는 거의 없고 의지를 마비시키는 온기만 있었다.

"내 집에 한번 오세요!" 그가 제안했다. "여기서는 편하게 이야기를 할 수가 없어요." 남성적 무자비함의 공허가 그의 눈에서 흘러나왔다.

"싫어요." 게르다는 거부했다. 하지만 그녀는 시선을 피했고 울리히는 — 눈을 돌림으로써 그녀가 다시 그의 앞에 일으켜 세워진 듯 — 그의 앞에 서서 숨을 헐떡이고 있는 아름답지도 추하지도 않은 어린 소녀의 몸매를 슬프게 바라보았다. 그는 아주 솔직하게 깊은 한숨을 쉬었다.

104
라헬과 졸리만이 출정하다

투치 집의 고상한 과제들과 그곳에 가득 모여든 사고들 사이에서 열정적인 비독일인 하나가 이리저리 발 빠르게 움직이며 활동하고 있었다. 이 작은 몸종 라헬은 몸종에게 바치는 모차르트의 음악과도 같았다. 그녀는 현관문을 열었고 반쯤 팔을 벌려 외투를 받을 준비를 하고 서 있었다. 그러면 가끔 울리히는 라헬이 그가 투치 집의 친척임을 알고나 있는지 알고 싶었고 그녀의 눈을 들여다보려 했지만 라헬의 두 눈은 시선을 옆으로 돌리거나 아무것도 보지 못하는 벨벳조각처럼 그의 시선을 견뎌 냈다. 그는 처음 마주쳤을 때 그녀의 시선이 지금과 달랐던 것으로 기억한다고 생각했고 몇 번인가 이런 기회에 대기실의 어두운 한 귀퉁이에서 한 쌍의 눈이 마치 두 개의 커다랗고 하얀 달팽이집처럼 라헬을 향해 있음을 목격했다. 그것은 졸리만의 눈이었지만 '이 소년이 라헬의 소심함의 원인일까'라는 질문은 라헬이 소년의 눈길에도 답하지 않았고 방문자를 고지하자마자 조용히 물러남으로써 명쾌한 답을 얻지 못했다.

진실은 호기심이 예감할 수 있었던 것보다 훨씬 더 낭만적이었다. 졸리만의 끈질긴 중상이 아른하임의 빛나는 외모를 어두운 음모와 연루시키는 데 성공하고 디오티마를 향한 라헬의 유치한 경탄도 이 변화로 인해 시련을 겪은 이후로, 좋은 지도와 봉사하는 사랑에 대한 그녀의 열정적 요구가 내포하는 모든 것은 이제 울리히에게 집중되었다. 이 집에서 일어나는 일을 감시해야 한다는 졸리만의 설득에 넘어간 그녀는 문에 귀를 대고 또는 서빙을 하면서 부지런히 엿들었고 그 전에도 투치 국장과 부인 사이의 대화도 많이 엿들었기 때문에, 울리히가 디오티마와 아른하임 사이에서 차지하는 반은 적대적이고 반은 사랑받는 위치는 그녀에게 낯설지 않았으며 아무것도 눈치채지 못한 여주인에 대한, 반항과 후회를 오가는 그녀 자신의 감정에도 딱 들어맞았다. 그녀는 울리히가 자신에게 뭔가를 바란다는 것을 이미 오래전에 알아차렸음도 잘 기억하고 있었다. 그녀는 자신이 그의 마음에 들었으리라는 생각은 꿈에도 하지 못했다. 그녀는 아마 끊임없이 — 집에서 쫓겨난 이후로 그리고 그럼에도 불구하고 그녀가 얼마나 성공했는지를 갈리치아에 있는 친척들에게 보여 주려는 결심을 한 이후로 — 1등 당첨, 뜻밖의 유산상속, 자신이 귀족이 버린 아이라는 발견, 영주의 목숨을 구할 기회를 갈구했을 것이다. 하지만 여주인의 집을 드나드는 신사의 마음에 들어 그의 애인이 되고 심지어 그와 결혼할 수도 있다는 단순한 가능성은 결코 그녀의 머리에 떠오르지 않았다. 따라서 그녀는 울리히에게 커다란 봉사를 할 태세만 갖추고 있었다. 울리히가 장군과 친하다는 것을 알고 난 후 장군에게 초대장을 보낸 것도 그녀와 졸리만이었다. 물론 일을 진행시켜야 하고 장군이, 역사를 통틀어 보건대, 이에 매우 적합한 인물로 보였기 때문이기도 했다. 하지만 라헬이 집에 사는 요정처럼 남몰래 울리히와 한마음이 되어 행동했으므로, 그녀가 호기심을 갖고 그 움직임을 감시하는 울리히와 그녀 사이에는 어쩔 수 없이 압도적 일치가 생겨났고 이로 인해 은밀히 관찰된 그의 입술과 눈과 손가락의 모든 움직임은 연극이 되었고 그녀는 자신의 존재감 없는 존재가 커다란 무대 위에 세워진 것을 보는 한 인간의 열정으로 이 연극에 매달렸다. 그리고 이러한 상호 관계가 열쇠구멍 앞에 쪼그리고 앉아 있으면 꽉 끼는 옷이 가슴을 죄는 것 못지않게 심하게 그녀의 가슴을 죈다는 것을 똑똑히 알아차릴수록 더욱더, 졸리만의 어두운 구애에 더 단호히 저항하지 않는 자신이 타락한 듯 여겨졌다. 이것이 왜 그녀가 그의 호기심에 자신이 잘 교육받은 모범적 하녀임을 보여 주려는 경외하는 열정으로 답할까에 대한 울리히가 모르는 이유였다.

울리히는 자연이 애정놀이를 위해 창조한 이 피조물이 불감증적 반항심을—이는 사랑스런 여자들에게서 드물지 않게 볼 수 있다—가졌다는 생각이 들 정도로 순결한 이유가 무엇일까 자문했지만 답을 얻을 수는 없었다. 하지만 어느 날 뜻밖의 장면을 목격하자 생각을 달리하게 되었고 또 약간 실망했을 것이다. 아른하임이 막 도착했고 졸리만은 대기실에 웅크리고 앉았고 라헬은 늘 그렇듯 재빨리 물러났지만 울리히는 아른하임의 등장으로 야기된 혼란을 틈타 대기실로 되돌아와 외투에서 손수건을 꺼냈다. 불은 다시 꺼졌지만 졸리만은 여전히 거기 있었고 문틀의 그늘에 가려 보이지 않는 울리히가 벌써 대기실을 떠난 양 문을 열었다가 닫는 속임수를 썼음을 알아차리지 못했다. 졸리만은 조심스럽게 일어났고 외투 아래서 커다란 꽃 한 송이를 조심스럽게 꺼냈다. 아름다운 백아이리스였다. 졸리만은 꽃을 관찰하더니 발끝으로 살금살금 걸어 부엌을 지나갔다. 라헬의 방이 어디 있는지 아는 울리히는 조용히 그를 뒤쫓았고 무슨 일이 벌어지는지를 보았다. 졸리만은 문 앞에 멈춰 서더니 꽃을 입술에 대고 꾹 누른 후 서둘러 줄기를 두 번 걸쇠에 감고는 그 끝을 열쇠구멍 안으로 밀어 넣음으로써 문 걸쇠에 꽂았다.

　오는 도중 아무도 모르게 이 아이리스를 꽃다발에서 빼서 라헬을 위해 숨겨 두는 것은 어려운 일이었고 라헬은 이런 성의를 높이 샀다. 발각되어 해고된다, 이것은 그녀에게는 죽음이나 최후의 심판과 같은 의미였으리라. 그래서 어디에 서 있든, 어디를 가든 졸리만 앞에서는 조심해야 하는 것이 성가셨고 그가 숨어 있다가 갑자기 튀어나와서 그녀의 다리를 꼬집어도 비명을 질러서는 안 되는 것이 즐겁지 않았다. 하지만 한 존재가 위험을 무릅쓰고 그녀에게 온갖 성의를 보이고 그녀의 일거수일투족을 커다란 희생을 해가며 염탐하고 어려운 상황에서 그녀의 성격을 시험하는 것이 아무런 인상도 남기지 못한 것은 아니었다. 이 작은 원숭이는 그녀가 터무니없고 위험하다고 생각한 사안에 속도를 붙였다. 라헬은 이를 느꼈고 때때로 자신의 원칙들에 반하여, 그녀의 머리를 가득 채운 그 모든 헝클어진 기대들 사이에서 부정한 욕망을 갖게 되었는데, 어떤 중요한 일이 먼 장래에 일어난다 할지라도, 어디서나 그녀를 기다리는, 봉사하는 하녀에게 봉사하도록 창조된 이 흑인 왕자의 두꺼운 입술을 우선 한 번 진짜 마음껏 사용하고 싶은 욕망이었다.

　어느 날 졸리만은 그녀에게 용기가 있느냐고 물었다. 아른하임은 디오티마와 그녀의 친구 몇 명과 함께 이틀간 산속으로 떠났고 그를 데리고 가지 않았다. 요리하는 여자는 24시간 휴가를 받았고 투치 국장은 밖에서 식사했다. 라헬은 졸리만에게 자신의 방에서 발견된 흡연 흔적에 대해 이야기를 했고 그녀와 그는 몸종이 이를 어떻게 생각할까 하는 디오티마의 질문에 한목소리로, 평의회에서 어떤 일이 진행되고 있으며 이는 그들이 어떤 식이든 더 활발히 활동할 것을 요구한다는 짐작으로 답했다. 졸리만은 용기가 있느냐고 물으면서 자신의 고귀한 출신을 증명할 출생증명서를 주인에게서 훔치려 한다고 선언했다. 라헬은 이 증명서를 믿지 않았지만 사방에서 일어나는 모든 유혹적 갈등들은 무슨 일이 일어나야 한다는 물리칠 수 없는 욕구를 그녀의 내면에 불러일으켰다. 졸리만이 와서 그녀를 호텔로 데려 가면 그녀는 하얀 보닛과 몸종 앞치마를 입기로 합의를 보았다. 여주인이 심부름을 보낸 것으로 보이기 위해서였다. 그런데 거리로 나서자 작은 앞치마의 레이스 가리개 뒤에서 먼저 뜨거운 열기가 확 올라왔고 그녀의 두 눈은 연기 때문에 아무것도 볼 수 없었지만 졸리만은 용감하게 마차를 잡았다. 그는 최근에 돈이 많았다. 아른하임이 아주 정신이 나가 있는 적이 많았기 때문이었다. 이제 라헬도 용기를 냈고 작은 흑인과 드라이브를 하는 것이 그녀의 업무이자 직업인 양 온 세상이 보는 앞에서 마차에 올랐다. 오전의 거리가 이 거리를 합법적으로 소유한 우아한 무위자들과 함께 반짝반짝 스쳐가는 동안 라헬은 도둑질이라도 하듯 다시 흥분했다. 그녀는 디오티마에게서 본 것처럼 그렇게 올바로 차 안에서 몸을 기대려 했다. 하지만 몸이 닿은 아래위 쿠션에서는 어지러운 흔들림이 그녀 안으로 밀려들었다. 차문이 닫혔고 졸리만은 그녀가 뒤로 기댈 때를 노려 넙죽한 입으로 그녀의 입술 위에 키스도장을 찍었다. 창문을 통해 이 장면이 목격될 수도 있었지만 마차는 나는 듯 출발했고 가볍게 끓어오르는 향기로운 액체를 연상시키는 느낌이 흔들리는 쿠션에서 라헬의 등 속으로 쏟아져 들어왔다.

흑인 소년은 호텔 앞까지 차를 타고 가는 것도 서슴지 않았다. 라헬이 차에서 내리자 검은 비단소매 옷에 초록색 앞치마를 두른 종업원들이 이죽거렸고 졸리만이 차비를 지불하는 동안 수위는 유리문을 통해 밖을 살폈고 라헬은 발밑의 보도가 꺼지는 것 같았다. 하지만 이어 그래도 졸리만이 호텔에서 아주 막강한 영향력을 갖고 있다고 여겨졌는데, 그들이 거대한 기둥들이 서 있는 로비를 지나가는데도 아무도 그들을 제지하지 않았기 때문이었다. 로비에는 신사 몇 명이 띄엄띄엄 안락의자에 앉아 있었고 눈으로 라헬을 쫓았다. 이제 그녀는 다시 매우 부끄러웠지만 이어 계단을 올라갔고 조금 덜 우아할 뿐이지 그녀처럼 검은 옷에 흰색 보닛을 쓴 여종을 벌써 여러 명 보았다. 그러면 그녀는 위험할지도 모르는 미지의 섬을 헤매다 처음으로 인간을 만난 탐험가와 똑같은 기분이었다.

그 후 라헬은 생애 처음으로 고급 호텔의 객실을 보았다. 졸리만은 우선 문을 다 잠갔다. 그러자 그는 다시 여자 친구에게 키스할 여유가 생겼다고 느꼈다. 최근에 라헬과 졸리만이 주고받은 키스에는 아이들 키스의 열정 같은 것이 있었다. 이 키스들은 위험한 무력화라기보다는 활력소였고 닫힌 방 안에 처음으로 단둘이 있게 된 지금도 졸리만에게는 더 낭만적으로 방을 밀폐하는 것만큼 절박한 것도 없어 보였다. 그는 덧창문을 모두 내렸고 외부로 향하는 열쇠구멍을 모두 막았다. 라헬도 이런 준비에 너무 흥분해서 그녀의 용기와 발각된다면 당할 치욕 외에 다른 생각을 할 수가 없었다.

그 후 그녀는 졸리만에게 이끌려 아른하임의 옷장과 트렁크에 다가갔는데, 하나만 빼고는 모두 열려 있었다. 이 안에 비밀이 숨겨져 있을 것임은 자명했다. 흑인 소년은 열려 있는 트렁크들에서 열쇠를 빼더니 하나하나 시험해 보았다. 아무것도 맞지 않았다. 그러면서 졸리만은 끊임없이 중얼중얼했다. 낙타, 왕자, 은밀한 전령과 아른하임의 중상 등 지금까지 비축해 둔 온갖 말들이 그의 입에서 쏟아져 나왔다. 그는 라헬에게 머리핀을 빌렸고 곁쇠를 만들어 보려 했다. 일이 뜻대로 되지 않자, 옷장과 서랍장 열쇠를 죄다 빼더니 무릎 앞에 늘어놓고는 생각에 잠겨 그 앞에 쪼그리고 앉았고 새로운 결심을 하기 전 잠시 휴식을 취했다. "여기 보이지, 그가 내 앞에서 어떻게 본색을 숨기고 있는지!" 그는 이마를 문지르면서 라헬에게 말했다. "하지만 먼저 다른 것들도 다 보여 줄 수 있어."

그는 아른하임의 트렁크와 옷장에서 나온 어수선한 사치품들을 그냥 라헬 앞에 펼쳐 보였고 그녀는 바닥에 쪼그리고 앉아 두 손을 무릎 사이에 끼운 채 호기심에 차서 이 물건들을 응시했다. 최고급 향락을 누리는 남자의 내밀한 옷들은 그녀가 여태 한 번도 보지 못한 것들이었다. 그녀의 집주인도 분명 옷을 못 입지는 않았지만 양장점과 속옷 가게의 최고급 발명품, 사치스런 생활용품이나 여행용품을 살 돈은 없었고 그럴 마음도 없었으며 그녀의 여주인조차도 이 갑부처럼 이렇게 호사스럽고 귀부인같이 섬세하고 다루기가 까다로운 물건들을 갖고 있지 않았다. 대부호에 대한 라헬의 끔찍한 경외심이 그녀의 내면에서 다시 깨어났고 졸리만은 그가 주인의 소유물로 불러일으킨 엄청나게 깊은 인상에 한껏 폼을 잡았고 모든 것을 끄집어냈고 모든 기구들을 작동시켰으며 모든 비밀들을 열심히 설명했다. 갑자기 이상한 것을 수도 없이 인지하자 라헬은 점차 피곤해졌다. 그녀는 얼마 전부터 디오티마의 속옷과 살림살이에서도 비슷한 것들이 등장했음을 정확히 기억했다. 그것은 여기 이것만큼 수가 많은 것도, 비싼 것도 아니었지만 수녀원 같은 이전의 검소함과 비교해 보면 엄격한 과거보다는 지금 이 광경과 확실히 더 유사했다. 이 순간 여주인과 아른하임의 관계가 자신이 생각했던 것보다 덜 정신적일 수 있다는 치욕적인 추측이 라헬을 사로잡았다.

그녀는 모근까지 빨개졌다.

디오티마 집에서 일하게 된 이후 그녀의 사고는 이 영역을 건드리지 않았다. 여주인의 화려한 육체는 이 화려함의 사용처에 대한 생각을 불러일으키지 않으면서, 마치 가루약을 종이와 함께 삼키듯, 그녀의 눈을 집어삼켰다. 너무나 쉽게 유혹당하는 라헬이었지만 고상한 인간들의 공동체 속에 산다는 만족감이 너무나 큰 나머지 그동안 내내 남자는 성(性)이 다른 현실적 존재가 아니었고 낭만적이고 소설 같이 다른 존재일 뿐이었다. 그녀는 고귀한 감정 때문에 더 천진난만해졌고 이를테면 타인의 위대함에 사심 없이 열광하는, 사춘기 이전의 시간으로 돌아갔다. 요리사가 웃으며 깔보았던 졸리만의 망상에 그녀가 고분고분하게, 취한 듯 나약하게 답한 것도 이로써 설명될 수 있었다. 하지만 지금 라헬이 바닥에 웅크리고 앉아 있고 아른하임과 디오티마의 간통에 대한 생각이 분명히 그 모습을 드러냈을 때 그녀의 내면에서는, 부자연스런 영혼의 상태에서 세계의 의심스런 육체상태로의 깨어남이라는 이미 오래전부터 시작되었던 혁명이 완성되었다.

그녀는 단번에 비낭만적이 되었고 약간 화가 났고, 하녀에게도 한 번은 권리가 있다고 주장하는 결연한 육체가 되었다. 졸리만은 그녀

옆 자신의 상품창고 앞에 쪼그리고 앉더니 그녀가 특히 감탄했던 것
들을 전부 꺼내 놓았고 그 가운데 너무 크지 않은 것들을 선물이라며
라헬의 앞치마 주머니에 쑤셔 넣었다. 이제 그는 일어섰고 주머니칼
로 재빨리 다시 한번 잠긴 트렁크를 열려고 해보았다. 그는 아른하임
이 돌아오기 전에 주인의 수표책에서 — 돈과 관련된 일이면 이 멍청
한 녀석은 아이답지 않게 훤히 알았으므로 — 거액을 여행경비로 찾
아서 라헬과 함께 도망치려 하며 그 전에 자신의 신분증명서를 손에
넣어야 한다고 거칠게 선언했다.

　라헬은 무릎을 굽혀 자리에서 일어났고 주머니 속에 쑤셔 넣어진
선물을 전부 결연히 꺼내고는 말했다. "지껄이지 마! 더 이상 시간이
없어. 몇 시야?" 그녀의 목소리는 더 깊어져 있었다. 그녀는 앞치마
주름을 폈고 보닛을 고쳐 썼다. 당장 졸리만은 그녀가 그와 놀기를 그
만두고 갑자기 그보다 나이가 많아졌다고 느꼈다. 하지만 그가 반항
을 하기도 전에 라헬은 작별의 키스를 했다. 그녀의 입술은 평소와 달
리 떨리지 않았고 그의 얼굴의 촉촉한 과일을 꾹 눌렀는데, 이때 그녀
는 그녀보다 키가 작은 졸리만의 머리를 뒤로 젖혔고 그가 반쯤 숨이
막힐 때까지 붙잡고 있었다. 졸리만은 버둥거렸고 여기서 풀려나자
더 힘센 소년이 그를 물속에 처박은 듯한 기분이었고 처음에는 이 불
쾌한 만행에 복수할 생각밖에 없었다. 하지만 라헬은 문을 통해 빠져
나갔고 혼자서 그녀를 따라잡은 그의 시선은 처음에는 불화살 촉처럼
분노에 차 있었지만 마지막에는 다 타서 부드러운 재가 되었다. 졸리
만은 주인의 소유물을 바닥에서 주워 제자리에 갖다놓았고 손에 닿지
않는 것은 아닌 뭔가를 얻으려는 젊은 남자가 되어 있었다.

105
고상한 연인들에게는 웃음거리가 없다

아른하임은 산악지대 여행 후 평소보다 더 오래 여행 중이었다. 어쩔 수 없이 사용하긴 했지만 '여행 중'이라는 단어를 여기에 사용하는 것은 이상했다. 사실대로 말하면, '집에 있었다'고 해야 했으니까. 이런 수많은 이유들로 인해 아른하임은 결정을 내려야 할 필요성을 절실히 느꼈다. 그는 그의 엄격한 머리가 여태 겪어 보지 못한 불쾌한 백일몽에 시달렸다. 특히 꿈 하나가 끈질겼다. 그는 디오티마와 함께 높은 교회 탑 위에 서 있었고 풍경은 한순간 초록색으로 그들의 발아래 펼쳐져 있었으며 그 후 그들은 뛰어내렸다. 밤에 기사도라고는 없이 투치네 침실로 쳐들어가 국장을 쏴 죽이는 꿈도 분명 동일한 것이었다. 그는 국장을 결투에서 쏴 죽일 수도 있을 테지만 이는 덜 자연스럽게 여겨졌다. 이 환상에는 벌써 현실의 의례가 너무 많이 얹혀 있었고 아른하임이 현실에 다가갈수록 저항은 더 불쾌하게 커졌다. 결국 어쩌면 이른바 자유롭고 공개적으로 투치 집에서 그의 아내 손을 잡을 수도 있었으리라. 하지만 투치는 뭐라고 말할까? 이것이 벌써 그가 자신을 우스꽝스럽게 만들 가능성이 가득한 상황으로 들어감을 의미했다. 심지어 투치가 인간적으로 행동해 스캔들이 최소한으로 한정되는 경우에도, ─ 당시 이혼은 상류층에서도 이미 용인되기 시작했으므로 어떤 스캔들도 일어나지 않는다고 가정하더라도 ─ 노총각이 때늦은 결혼으로 언제나 자신을 약간 우스꽝스럽게 만든다는 사실은 그대로이리라. 대충 은혼식 때 아이를 낳은 부부처럼. 그래도 아른하임이 그렇게 했다면, 사업에 대한 그의 책임감은 시민계급 출신의 공무원과 이혼한 여자가 아니라 최소한 부유한 미국인 과부나 왕족과 가까운 귀족과 결혼할 것을 요구했으리라. 그의 모든 행동에는, 관능적인 것까지도, 책임감이 스며 있었다. 지금처럼 너무나 책임감 없이 행동하고 사고하는 시대에 이런 이의를 제기한 것은 결코 개인적 명예욕이 아니었고 아른하임의 손에서 자라난 권력을(원래 돈 욕심에서 생겨난 이 형성물은 그 후 이미 오래전에 이를 벗어나서 그 고유의 이성, 그 고유의 의지를 가졌고 확대되고 강화되어야 했다. 느슨해지면 병들거나 녹이 스니까!) 현존재의 권력들과 위계질서와 조화시키려는 초개인적 욕구였고 그는 디오티마 앞에서도, 그가 아는 한, 이를 숨기지 않았다. 물론 아른하임 같은 사람은 심지어 염소치기와도 결혼할 수 있었다. 하지만 개인적으로만 그럴 수 있었고 그 이상이면 그것은 개인적 나약함 때문에 일을 배신한 것에 불과했다.

그가 디오티마에게 결혼하겠다고 제안한 것은 그럼에도 불구하고 옳았다. 양심적이고 위대한 삶의 자세에 위배되는 간통의 상황을 피하기 위해서라도 그는 그렇게 했다. 디오티마는 감사하는 마음으로 그의 손을 꼭 잡았고 미술사(史)의 최고 모범을 상기시키는 미소로 그의 제안에 이렇게 답했다. "결코 우리는 우리가 품에 안는 사람들을 가장 깊이 사랑하지는 않습니다 … !" 꼿꼿한 백합의 품 안에 든 유혹적인 노란색 꽃술처럼 애매한 이 대답 이후 아른하임은 자신의 청을 반복할 결단력이 없었다. 그 대신 일반적 성질의 대화들이 생겨났는데, 여기서는 이상하게도 이혼, 결혼, 간통 등의 단어가 충동적으로 튀어나왔다. 이렇게 아른하임과 디오티마는 거듭 동시대 문학이 간통을 어떻게 다루는지에 대해 심오한 대화를 나누었고 디오티마는 이 문제가 훈육, 포기, 영웅적 고행의 위대한 의미에 대한 공감 없이 순전히 감각적으로만 다루어졌다고 말했다. 유감스럽게도 아른하임의 견해도 똑같았으므로 그는 한 인격의 심오한 도덕적 비밀에 대한 감수성은 오늘날 거의 보편적으로 상실되었노라고 덧붙이기만 하면 되었다. 이 비밀은 자신에게 모든 것을 허용해서는 안 된다는 데 있었다. 모든 것이 허용된 시대는 언제나 그 시대를 살았던 사람들을 불행하게 했다. 훈육, 절제, 기사도, 음악, 관습, 시, 형식, 금지, 이 모든 것은 삶에 제한적이고 일정한 형태를 부여하는 것 이상의 심오한 목적을 가지지 않는다. 한없는 행복이란 없다. 커다란 금지 없이 커다란 행복도 없다. 사업에서도 모든 이익을 다 쫓아서는 안 된다. 그렇지 않으면 아무것도 얻지 못한다. 한계는 현상의 비밀이며 힘, 행복, 믿음의 비밀이며 깨알만 한 인간으로서 우주 속에서 생존해야 한다는 과제의 비밀이다. 아른하임은 이렇게 설명했고 디오티마는 찬성 말고는 할 게 없었다. 어떤 의미에서 이런 인식들의 유감스런 결과는 이를 통해 합법성이라는 개념이 평범한 존재들이 일반적으로 더 이상 갖지 못하는 풍부한 의미를 갖게 된다는 것이었다. 그렇지만 위대한 영혼은 합법성에 대한 욕구가 있다. 숭고한 시간에 우리는 삼라만상의 올곧은 엄격함을 예감한다. 세계를 지배하는 상인이라도 비합리적인 것의 담지자인 왕, 귀족, 성직자에게 경의를 표한다. 모든 위대한 것이 단순하고 이성을 필요로 하지 않는 것처럼 합법적인 것은 단순하기 때문이다. 호머는 단순했다. 예수는 단순했다. 위대한 정신은 늘 단순한 원칙으로 되돌아온다. 사실 도덕적 상식으로 되돌아온다고 용기 있게 말해야 하고 따라서, 한마디로, 진정 자유로운 영혼이야말로 전통에 반하여 행동하기가 어렵다.

이런 인식은 참이기는 하지만 남의 결혼생활에 끼어들려는 의도에는 유리하지 않다. 이렇게 두 사람은 멋진 다리로 연결되어 있지만 다리 한가운데 몇 미터 크기의 구멍이 있어 그들의 만남을 방해하는 처지가 되었다. 매사에 한결같고 한 인간을 무분별한 사업이나 무모한 사랑으로 끌어들이는 바로 그 탐욕의 불꽃을 가지지 못한 것을 아른하임은 마음속 깊이 한탄했으며 한탄하면서도 이 탐욕에 대해 자세히 이야기하기 시작했다. 그에 따르면, 탐욕은 딱 우리 시대 이성의 문화에 상응하는 감정이다. 어떤 다른 감정도 이것만큼 명백히 자신의 목표를 지향하는 것은 없다. 이것은 꽂힌 화살처럼 딱 박혀 있고, 새떼처럼 윙윙거리면서 차츰 멀어지지 않는다. 이것은 계산과 역학과 포악함이 영혼을 빈곤하게 하듯 영혼을 빈곤하게 한다. 아른하임은 이렇게 탐욕을 비난했고 그러면서 탐욕이 눈먼 노예들처럼 지하실에서 소동을 일으킴을 느꼈다.

디오티마는 이를 다르게 시도했다. 그녀는 친구에게 손을 내밀며 청했다. "침묵합시다! 말은 위대한 것을 할 수 있지만 그보다 더 위대한 것이 있습니다! 두 인간 사이의 참된 진실은 말로 할 수 없습니다. 우리가 말을 하자마자 문이 닫힙니다. 말은 비현실적인 것을 전달하는 데 더 이바지합니다. 삶을 살지 않는 시간에 우리는 말을 합니다 …."

아른하임도 동의했다. "맞습니다. 자의식에 찬 단어는 눈에 보이지 않는 우리 내면의 움직임에 자의적이고 빈곤한 형식을 주지요!"

"말하지 마세요!" 디오티마는 다시 한번 말했고 손을 아른하임의 팔

위에 놓았다. "난 우리가 침묵함으로써 서로에게 삶의 한순간을 선사한다는 느낌이 듭니다." 한참 후 그녀는 손을 거두었고 한숨을 쉬었다. "숨겨진 영혼의 보석들이 모두 드러나는 순간들이 있습니다!"

"아마 그런 시대가 오겠지요." 아른하임이 보충했다. "영혼들이 감각의 중재 없이 서로를 들여다보는 시대가 이미 임박했다는 징조들이 많습니다. 입술이 떨어지면 두 영혼은 하나가 됩니다!"

디오티마의 입술이 삐죽거리더니 나비가 꽃에 내리꽂는 작고 삐뚤어진 관 모양이 되었다. 그녀는 정신적으로 깊이 도취되었다. 최고로 고양된 상태가 모두 그렇듯 아마 사랑의 한 가지 특성은 가벼운 관계 망상일 것이다. 말이 가 닿는 곳 어디서나 다의적 의미가 빛을 발했고 베일을 쓴 신처럼 등장했고 침묵 속에서 해체되었다. 디오티마는 고독하고 고양된 시간을 통해 이 현상을 알았지만 이전에는 결코 이처럼 정신적 행복의 한계치까지 상승한 적은 없었다. 그녀의 내면은 충만의 무정부상태였고 스케이트를 타듯 신적인 것의 경쾌한 움직임이 있었으며 그녀는 몇 번인가 정신을 잃고 쓰러질 듯한 기분이었다.

아른하임은 위대한 문장들로 그녀를 부축했다. 그는 지체하고 숨을 고를 시간을 만들었다. 그 후 다시 팽팽히 펼쳐진 의미심장한 사고의 그물이 그들 아래에서 흔들거렸다.

넓게 퍼진 이 행복은 고통스럽게도 어떤 집중도 허용하지 않았다. 끊임없이 밀려오는 떨림의 파도가 이 행복에서 시작되었고 동심원을 그리며 퍼져 나갔지만 하나로 합쳐져 행위로 흘러나가지는 못했다. 하지만 디오티마는, 이미 적어도 마음속으로는 가끔씩, 삶의 진행을 산산이 부숴 버리는 무지막지한 파국보다는 간통의 위험을 선호하는 것이 더 섬세하고 우월하다고 간주하기에 이르렀고, 아른하임은 도덕적으로 오래전에, 이 희생을 받아들일 수가 없고 그녀와 결혼하겠다고 결심했다. 그들은 이런 식이든, 저런 식이든 당장이라도 서로를 차지할 수 있었고 둘 다 이를 알았지만 이를 어떻게 원해야 할지 몰랐다. 행복은 행복을 위해 태어난 그들의 영혼을 너무나 장엄한 고도로 끌어올렸고 거기서 그들이 아름답지 못한 움직임에 대한 두려움에 시달렸기 때문이었는데, 그것은 발아래 구름을 둔 인간이 자연스럽게 가지게 되는 두려움이었다.

이렇게 두 사람의 정신은 삶이 그들 앞에 쏟아낸 위대함과 아름다움을 하나도 남김없이 부화시켰지만, 최고의 상승과 더불어 이 정신에는 독특한 단절이 일어났다. 평소 그들의 존재를 가득 채웠던 소망과 허영심은 수다, 헛소리, 모든 흥분과 함께 고요함에 삼켜진 채 마치 장난감 집이나 농장처럼 그들 아래 계곡바닥에 놓여 있었다. 남은 것은 침묵, 공허, 심연이었다.

"우리는 선택된 것일까?" 이런 성질이었던 감정의 최고상태에서 디오티마는 주위를 둘러보았고 고통스러운 것, 상상할 수 없는 것을 예감하며 이렇게 생각했다. 이보다 정도가 약한 상태는 그녀 스스로 체험했을 뿐 아니라 사촌처럼 믿을 수 없는 남자도 이에 대해 말할 수 있었고 최근에는 이에 관한 글도 많이 나왔다. 보고들이 틀리지 않다면, 천 년에 한 번 영혼이 평소보다 더 각성에 근접하고 흡사 개별 인간을 통해 현실에 태어나는 시대가 있다. 영혼은 이 개인들에게 읽기와 말하기와는 전혀 다른 시험을 부과한다. 갑자기 이런 맥락에서 디오티마는 심지어 초대받지 못한 장군의 불가사의한 등장도 떠올렸다. 흥분이 그들 사이에 떨리는 포물선을 그리는 동안 그녀는 새로운 말을 찾고 있는 남자 친구에게 아주 나지막이 말했다. "이성이 두 인간 사이의 유일한 소통수단은 아닙니다!"

그리고 아른하임이 답했다. "그렇습니다." 그의 시선은 지는 해의 광선처럼 수평으로 그녀의 눈을 찔렀다. "당신은 좀 전에 그 말씀을 하셨지요. 두 인간 사이의 참된 진실은 말로 할 수 없습니다. 모든 노력은 진실에는 방해물이 되지요!"

106
현대 인간은 신을 믿는가, 세계적 기업의 총수를 믿는가?
아른하임의 우유부단

아른하임은 혼자였다. 그는 생각에 잠겨 호텔방 창문 옆에 서서 잎이 다 떨어진 나무 우듬지들을 내려다보고 있었다. 우듬지들은 격자모양 선을 그렸고 그 아래로는 이 시간쯤이면 늘 그렇듯이 사람들이 알록달록하고 어두운 두 줄의 행렬을 만들어 서로 스치며 지나가고 있었다. 화난 미소가 이 위대한 남자의 입술을 갈라놓았다.

무엇을 영혼 없는 것으로 간주하여 낙인찍을지가 어려웠던 적은 여태 아직 한 번도 없었다. 오늘날 영혼 없지 않은 것이 무엇일까? 개별적 예외는 쉽게 알아볼 수 있었다. 아른하임은 먼 기억 속에서 저녁의 실내악 연주를 들었다. 친구들이 변경에 있는 그의 성에 왔고 프로이센 보리수가 향기를 내뿜었고, 친구들은 정말 형편이 좋지 않은 젊은 음악가들이었지만 그날 저녁 열정적으로 연주했다. 영혼으로 충만한 시간이었다. 또 다른 경우도 있었다. 얼마 전 그는 특정 예술가에게 한동안 해왔던 기부를 계속하기를 거부했다. 그는 이 예술가가 그에게 화를 낼 것이며 기반을 잡기 전 곤경에 빠졌다고 느끼리라 예상했다. 지원이 필요한 다른 예술가들이 있다거나 이와 비슷한 불쾌한 말을 그는 들어야 했다. 그런데 지난번 여행에서 다시 만난 이 남자는 그 대신 그냥 아른하임의 눈을 똑바로 바라보았고 그의 손을 잡더니 말했다. "당신은 나를 어려운 상황에 처하게 했어요. 하지만 당신 같은 사람이 하는 일에는 늘 심오한 근거가 있다고 확신합니다!" 그것은 남자의 영혼이었고 아른하임은 다음번에 다시 이 남자에게 뭔가를 해줄 마음이 없지 않았다.

이렇게 수많은 개별적인 것 속에 오늘날조차 여전히 영혼이 존재한다. 이는 아른하임에게 늘 중요해 보였다. 하지만 직접 아무 조건 없이 교류해야 하면 영혼은 솔직함을 심각하게 위협한다. 영혼들이 감각의 매개 없이 교감할 그런 시대가 정말 오고 있을까? 최근 그와 그의 멋진 여자 친구가 내면의 충동에 내몰렸듯 그렇게 교류하는 것이 현실적 목표의 위상과 의미가 있는 목표를 가질까? 그는 깨어 있는 의식으로는 이를 단 한순간도 믿지 않았지만 그럼에도 불구하고 그가 디오티마의 이 믿음을 방조했다는 것은 명백했다.

아른하임은 독특한 갈등에 빠졌다. 윤리적 부는 금전적 부와 형제간이다. 그도 잘 아는 사항이었고 왜 그런지도 쉽게 인식할 수 있다. 도덕이 논리를 통해 영혼을 대체하기 때문이다. 한 영혼이 도덕을 가지면 사실 그에게 도덕적 질문은 더 이상 없고 그냥 논리적 질문만 있다. 영혼은 자신이 하고자 하는 바가 이런저런 계명에 저촉되는지,

자신의 의도가 이렇게 또는 달리 해석되는지 그리고 이와 유사한 질문들을 많이 하는데, 이는 모두 사납게 돌격하는 인간 무리가 체조로 훈련되어 눈짓만 해도 우향우, 옆으로 나란히, 무릎 굽혀를 하는 것과 같다. 논리학은 반복되는 체험을 전제한다. 사건이 아무것도 반복되지 않는 소용돌이처럼 변화무쌍한 곳에서 우리는 결코 'A는 A다'라거나 '더 큰 것은 더 작지 않다'와 같은 심오한 인식을 말할 수 없을 터이며 꿈만 꾸게 될 것임은 자명하다. 이는 사상가라면 누구나 혐오하는 상태다. 같은 것이 도덕에도 적용된다. 반복되는 것이 없다면 어떤 것도 우리에게 미리 규정되어 있지 않으리라. 어떤 것이 인간에게 미리 규정되어서는 안 된다면 도덕은 아무런 만족도 주지 않으리라. 그런데 도덕과 이성에 들어 있는 반복성이라는 이 특성은 돈에 가장 많이 들어 있다. 돈은 다름 아닌 이 특성으로 이루어지고, 가치가 변하지 않는 한, 세상의 모든 향락을 구매력이라는 바로 그 쌓기놀이용 블록으로 분해하고 이것으로 우리는 원하는 것을 조립할 수 있다. 그래서 돈은 도덕적이고 이성적이다. 알다시피, 거꾸로 도덕적이고 이성적인 인간이 모두 돈이 있는 것은 아니므로 이 특성들이 원래 돈에 있다거나 적어도 돈은 도덕적이고 이성적인 현존재의 왕이라고 추론할 수 있다.

물론 아른하임은 정확히 이런 방식으로 가령 교양과 종교가 소유의 자연스런 결과라고 생각하지는 않았고, 소유는 교양과 종교에 대한 의무가 있다고 가정했다. 하지만 정신적 권력은 존재의 영향력 있는 권력들을 항상 충분히 이해하지는 못하며 삶과 동떨어진 잔여물에서 완전히 분리되는 경우가 드물다는 것을 그는 기꺼이 강조했고 게다가

194

전체를 조망하는 남자로서 아주 다른 인식에 다다랐다. 저울질, 예상하기, 측정하기는 모두 측정되는 대상이 숙고가 일어나는 동안 변하지 않는다는 것을 전제하기 때문이다. 그럼에도 불구하고 변화가 일어난다면, 통찰력을 총동원해서 이 변화 속에서조차 불변의 것을 찾아내야 한다. 이처럼 돈은 모든 정신적 힘과 동종이고 학자들은 돈의 견본에 따라 세계를 원자, 법칙, 가설, 기이한 계산기호로 분해하고 기술자들은 이 허구들에서 새 물건들의 세계를 짓는다. 자신에게 봉사하는 힘들의 본질을 잘 아는 거대산업 소유자에게 이 모든 것은 평범한 독일 소설 독자에게 성경의 도덕적 표상들이 친숙한 것처럼 그렇게 친숙했다.

명백함, 반복, 확고함에 대한 이런 욕구는 사고와 계획의 성공을 위한 전제조건이며 — 아른하임은 거리를 내려다보며 계속 생각했다 — 영혼의 영역에서는 항상 폭력의 형태로 충족된다. 돌 위에 집을 지으려면 인간의 비천한 특성과 열정만 사용해야 한다. 이기심과 가장 밀접하게 연관된 것만이 지속성 있고 어디서나 참작될 수 있기 때문이다. 고상한 의도는 신뢰할 수 없고 모순투성이며 바람처럼 무상하다. 제국은 길든 짧든 공장처럼 통치해야 함을 아는 이 남자는 제복의 무리, 서캐 크기의 자랑스런 얼굴들을 우월감과 비애가 섞인 미소를 지으며 내려다보았다. 오늘날 신이 재림하여 우리 가운데 천년왕국을 세우려 한다면, 실용적이고 경험이 많은 남자라면 누구도 그를 신뢰하지 않으리라. 만약 최후의 심판 말고도 튼튼한 감옥을 갖춘 형 집행, 경찰, 헌병, 군대, 반역법 조항, 정부기관 등, 예측할 수 없는 영혼의 행동을 두 개의 기본사실에 국한하는 예비조처들이 취해지지 않는다면 말이다. 이 기본 사실이란 미래의 천국 주민은 겁주기, 나사 조이기 또는 욕망 매수를 통해서만, 한마디로 '강한 수단'을 통해서만 확실히 뜻대로 조종할 수 있다는 것이다.

그러면 파울 아른하임이 앞으로 나서서 신께 말하리라. "주여, 왜 죠?! 이기심은 인간 삶의 가장 믿을 만한 특성입니다. 정치인, 군인, 왕은 이것의 도움으로 당신의 세상을 간계(奸計)와 강요를 통해 정돈 했습니다. 이것이 인류의 멜로디입니다. 당신과 나는 이것을 인정해 야 합니다. 강요를 없앤다는 것은 질서를 무너뜨리는 것을 말합니다. 아무리 잡놈이라도 인간으로 하여금 위대한 일을 할 수 있게 하는 것, 이것이 우선 우리의 과제입니다!" 그러면서 아른하임은 주님을 향해 침착한 자세로 겸손하게 미소를 지으리라. 위대한 비밀들을 겸허히 인정하는 것이 인간에게 여전히 중요하다는 것을 잊지 않기 위해. 이 어 그는 연설을 계속하리라. "하지만 돈은 폭력과 마찬가지로 인간관 계를 다루는 가장 확실한 방법이고, 순진하게 폭력을 사용하는 것을 포기하도록 하지 않나요? 돈은 정신화된 폭력이고, 폭력의 유연하고 고도로 발전된 창조적 특수형태입니다. 사업이 간계와 강요, 폭리와 착취에 기인하지 않나요? 이것들은 문명화되고 완전히 인간의 내면으 로 옮겨지고 사실 인간의 자유라는 외모로 변장했을 뿐입니다. 돈을 버는 힘에 따라 이기심에 등급을 매긴 조직인 자본주의가 바로 우리가 당신의 영광을 위해 만들어 낼 수 있는 가장 위대하고 동시에 여전히 가장 인간적인 질서입니다. 인간의 행위는 이보다 더 정확한 척도를 갖고 있지 않습니다!" 그리고 아른하임은 신께 천년왕국을 장사꾼의 원칙에 따라서 세우고, 철학적 세계교양까지 갖춘 대상인에게 그 관리를 맡기라고 충고했으리라. 결국 순전히 종교적인 것으로 말하자면, 그것은 항상 고통을 당해야 했고, 전사(戰士) 시대 실존의 불확실성과 비교했을 때 상인의 지도가 이것에도 훨씬 더 큰 이득을 제공할 테니까.

이렇게 아른하임은 말했으리라. 깊은 목소리 하나가 그에게 이성이나 도덕을 포기할 수 없는 것처럼 돈도 포기할 수 없다고 분명히 말했으니까. 하지만 마찬가지로 깊은 또 다른 목소리 하나는 마찬가지로 분명히 그에게 이성, 도덕 그리고 합리화된 존재 전부를 대담하게 포기해야 한다고 말했다. 길을 잃은 위성처럼 디오티마의 태양 속으로 돌진하고 싶은 것 말고 다른 욕구라고는 없는 바로 그 어지러운 순간에는 후자의 목소리가 더 강력할 정도였다. 그러면 사고의 성장은 머리카락이나 손톱의 성장처럼 낯설고 내면적이지 않은 것으로 보였다. 도덕적 삶은 죽은 물건처럼 여겨졌고 도덕과 질서에 대한 감춰진 거부감에 그는 얼굴이 붉어졌다. 아른하임은 동시대를 사는 모두와 같은 일을 겪고 있었다. 그가 사는 시대는 돈, 질서, 지식, 계산, 측정, 저울질 등, 한마디로 돈과 그와 유사한 것의 정신을 숭배했고 동시에 한탄했다. 작업시간에는 망치질하고 계산하고 그 외의 시간에는 아이들의 무리가 "자, 이제 우리 뭘 하지?"의 강요에 ─ 이 강요의 바닥에는 구역질의 떫은 뒷맛이 있다 ─ 한 과장(誇張)에서 다음 과장으로 쫓겨 가듯 행동하지만, 돌아가라는 내면의 경고를 떨쳐 버릴 수 없다. 그가 사는 시대는 이에 분업(分業)의 원리를 사용하는데, 이런 예감과 내면의 한탄을 위해 시대의 특별한 지성, 고해자와 고해 신부를 소유함으로써 그렇게 한다. 면죄부 실존, 문학적 속죄 설교자와 복음주의자, 이들이 존재한다는 것을 아는 것은, 개인적으로 그들처럼 살 수 없는 처지라면, 매우 중요하다. 그리고 이런 종류의 도덕적 몸값과 크게 다르지 않은 것이 경구들과 해마다 국가가 밑 빠진 독인 문화설비에 쏟아붓는 기금이다.

　이런 분업은 아른하임 본인에게도 있었다. 사장실에 앉아 매출을 점검할 때 장사꾼처럼 기술적으로 생각하지 않는다면 그는 부끄러웠으리라. 하지만 회사 돈이 관여되어 있지 않은데도 그 반대로 생각하지 않고 인간이 규칙성, 규정, 측량단위 등과 같은 잘못된 길이 아닌 ―이 길의 결과는 너무나 외면적이고 결국에는 비본질적이다― 다른 길을 통해 상승할 수 있게 해야 한다는 요구를 내세우지 않는다면 이 역시 부끄러웠으리라. 이 다른 길을 종교라고 부른다는 것은 자명하다. 그는 이에 관해 책을 썼다. 이 책들에서 그는 이것을 또 신화, 단순성으로의 회귀, 영혼의 제국, 경제의 정신화, 행위의 본질 등으로 불렀다. 이것에는 여러 측면이 있으니까. 정확히 말해, 이것은 위대한 과제를 마주한 남자가 해야 하듯이 그가 그렇게 사심 없이 자신을 분석할 때 자신에게서 알아차리는 것만큼이나 많은 측면이 있었다. 하지만 이 분업이 결정의 시간에 붕괴된다는 것은 분명 그의 운명이었다. 그가 감정의 불꽃 속으로 몸을 던지려는 순간, 또는 태고의 형상들처럼 위대하고 분열되지 않고 진짜 귀족처럼 거리낌이 없고 사랑의 내적인 본질이 요구하는 만큼 남김없이 경건하려는 욕구를 갖는 순간, 바지주름과 미래에 전혀 신경 쓰지 않고 디오티마의 발밑에 쓰러지기를 원하는 그 순간, 목소리 하나가 그에게 멈추라고 명령했다. 그것은 적절치 못한 때에 깨어난 이성(理性)의 목소리였거나, 그가

화를 내며 자신에게 말했듯이, 계산과 축적의 목소리였고 오늘날 도
처에서 위대한 삶의 형상, 감정의 비밀에 대립하는 목소리였다. 그는
이 목소리를 미워했지만 같은 순간 이 목소리가 부당하지 않다는 것
도 알았다. 허니문이 있다고 가정해 보자. 그러면 허니문이 지난 후
에는 디오티마와 함께 어떤 형태의 삶이 생겨날까? 그는 사업으로 돌
아가고 그녀와 함께 생의 나머지 과제들을 풀어 나가리라. 금융사업
과 자연에서의 휴식, 그의 존재의 동물적 부분과 식물적 부분을 오가
면서 해가 바뀌리라. 어쩌면 활동과 휴식, 인간적 욕구와 미의 위대
하고 참으로 인간적인 결혼이 가능하리라. 그것은 아주 좋았고 목표
로도 아른거렸고, 아른하임의 견해에 따르면, 완전한 긴장완화와 침
잠, 즉 꼭 필요한 천 조각만 몸에 걸친 채 더 바라는 것 없이 세상에서
멀리 떨어져 누워 있는 법을 알지 못하는 사람은 위대한 금융사업을
할 힘이 없었다. 하지만 난폭하지만 말 없는 만족감이 아른하임 내면
에서 사납게 날뛰었는데, 이 모든 것이 디오티마가 그의 내면에 불러
일으킨 첫 감정과 마지막 감정에 모순되었기 때문이었다. 날마다 그
녀를, 현대가 선호하는 풍만함을 갖춘 이 고대의 미인을 다시 볼 때마
다 그는 혼란에 빠졌고 자신의 힘이 녹아 없어짐을 느꼈다. 그것은 균
형 잡히고 자족하는, 조화롭게 원을 그리며 도는 이 존재를 자신의 내
면에 품을 수 없는 무능이었다. 그것은 더 이상 고도로 인간적인 감정
또는 그냥 인간적인 감정도 아니었다. 이 상태 속에 영원의 공허 전부
가 있었다. 수천 년 전부터 찾았던 듯한 연인을 만난 지금 갑자기 할
일이 없어져 버린 자의 시선으로 그는 그녀의 아름다움을 응시했는
데, 이는 명백히 혼수상태의 특징들, 거의 백치 같은 경탄의 특징들

을 보이는 무능을 낳았다. 자신을 대포를 가지고 우주로 쏘아 올려 달라는 소망과만 비교할 수 있는 이 과도한 요구에 감정은 벌써 더 이상 응답하지 않았다!

재치 있는 디오티마는 이에 대해서도 올바른 말을 찾았다. 언젠가 한번 이런 순간 그녀는 위대한 도스토옙스키가 이미 사랑, 백치, 내면의 성스러움 사이의 연관성을 확인했음을, 그럼에도 불구하고, 독실한 러시아를 따라잡지 못하는 오늘날의 인간이 이 사고를 실현시키기 위해서는 먼저 특별한 구원이 필요함을 상기시켰다.

이 말은 아른하임의 가슴에서도 우러나왔다.

이 말이 나온 그 순간은 초(超)자아성과, 동시에 초(超)대상성으로 가득 찬 그런 순간이었고 이것들은 아무 소리도 낼 수 없는 꽉 막힌 트럼펫처럼 피가 머릿속으로 몰리게 한다. 이때 반 고흐의 그림처럼 공간 속에서 존재감을 드러내는 선반 위 작은 찻잔에서부터, 말할 수 없는 것에 의해 부풀려지고 강력해져 공간 속으로 밀고 들어가는 듯한 인간육체에 이르기까지 중요하지 않은 것은 아무것도 없었다.

디오티마가 경악하며 말했다. "제가 지금 가장 하고 싶은 것이 농담입니다. 유머는 너무나 아름답지요. 유머는 모든 탐욕에서 벗어나 현상들 위에서 부유하니까요!"

아른하임은 이 말에 미소를 지었다. 그는 자리에서 일어나 방 안을 서성이기 시작했다. "내가 그녀를 조각조각 찢어발긴다면, 울부짖고 춤을 추기 시작한다면, 내 목 안에 손을 집어넣어 가슴 속 심장을 꺼내 그녀에게 준다면, 그러면 어쩌면 기적이 일어날까?" 그는 자문했다. 하지만 차츰 진정이 되면서 그는 멈춰 섰다.

이 장면이 지금 다시 생생히 그의 눈앞에 떠올랐다. 그의 시선은 냉담하게 다시 한번 발밑의 거리에 머물렀다. "구원이 일어나려면 정말이지 기적이 먼저 일어나야 해!" 그는 말했다. "그런 일의 실현을 생각하기에 앞서 다른 인간이 지구에 거주해야 해." 그는 더 이상 '어떻게 그리고 무엇에서 구원받아야 하는가'라는 수수께끼를 풀려고 애쓰지 않았다. 어쨌든 모든 것이 달라야 하리라. 그는 30분 전에 떠났던 책상으로, 편지와 전보들에게로 돌아갔고 벨을 울려 졸리만을 불러 비서를 데려오라고 시켰다.

비서를 기다리면서 그의 생각들이 벌써 사업지시의 첫 문장들을 다듬는 동안 그의 체험은 그의 내면에서 아름답고 시사점이 많은 도덕적 형태로 결정화되었다. "책임감 있는 남자는", 그는 확신에 차 스스로에게 말했다. "영혼을 선물한다 해도 결국 이자만 희생할 뿐, 결코 자본을 희생해서는 안 된다!"

107
라인스도르프 백작이
예기치 못한 정치적 결과를 얻다

가장인 늙은 황제 주위에 환호하며 모여들어야 하는 유럽의 국가가족에 대해 이야기할 때면 각하는 항상 그리고 암묵적으로 프로이센을 제외했다. 이 일은 지금은 심지어 이전보다 훨씬 더 일관되게 발생했을 것인데, 라인스도르프 백작이 파울 아른하임이 남긴 인상으로 인해 이론의 여지없이 심기가 불편했기 때문이었다. 친구인 디오티마에게 올 때마다 늘 그는 이 남자나 그의 흔적과 마주쳤고 투치 국장처럼 자신에게 무슨 일이 일어나고 있는지 몰랐다. 디오티마는 이제 그를, 정맥이 부풀어 오른 각하의 손과 목, 늙어 가는 남자의 냄새를 풍기는 각하의 밝은 연초색 피부를 영혼을 담아 바라볼 때마다 전에는 결코 없었던 현상을 알아차렸다. 그녀가 위대한 남자에 대한 존경심도 깍듯이 내보였지만 그녀를 향한 호의의 광채에는 여름태양이 겨울태양으로 바뀌듯 뭔가가 변했다. 라인스도르프 백작은 환상에도, 음악에도 취미가 없었지만 아른하임 박사를 용인할 수밖에 없게 된 이후 이상하게도 자주 그의 귀에 오스트리아 군대행진곡의 북과 심벌즈 소리가 가볍게 들리거나 눈을 감으면 어둠 속에서, 무리지어 움직이는 검고 노란 국기의 높은 파고가 그를 불안하게 하는 일이 발생했다. 그리고 이런 애국적 환영은 투치 집의 다른 친구들에게도 찾아오는 듯했다. 적어도 백작이 귀를 기울이는 곳이면 어디서든 사람들은 독일에 대해 큰 경의를 담아서 말을 했지만 그가 위대한 애국운동이 사건의 진행과 더불어 형제나라 독일에 조금 창끝을 겨누게 될 수 있다는 사실을 암시하면 이 경의는 진심어린 미소로 치장되었다.

각하는 거기 그가 사는 구역에서 아주 중요한 한 현상과 맞닥뜨리게 되었다. 특히 격렬한 가족감정이 있고 그중 하나가 전쟁 전 유럽의 국가가족 사이에 보편적으로 퍼져 있던 독일에 대한 거부감이었다. 독일은 정신적으로 가장 통일이 덜 된 나라였으므로 누구나 거부감이 드는 뭔가를 발견할 수 있는 나라였을 것이다. 독일은 그 옛 문화가 가장 빨리 새 시대의 바퀴 아래 깔려, 유사품과 상업을 촉진하는 멋진 말들로 산산조각이 난 나라였다. 게다가 독일은 공격적이고 약탈을 좋아하고 허풍이 세고, 흥분한 대중의 무리처럼 위험하게 책임능력이 없는 나라였다. 하지만 이 모든 것은 결국 유럽 전체에 해당되는 특징이었고 독일의 상황도 유럽인들에게는 기껏해야 약간 과하게 느껴지는 수준이었으리라. 그냥 비이상형인 어떤 존재가 있어야 하는 듯했고 불쾌감, 불일치, 연소 후 남은 슬래그 찌꺼기처럼 오늘날의 삶이 남긴 찌꺼기가 거기에 모여 쌓였다. 가능성에서 갑자기 사실이 생겨나 이름 없는 관계자 모두를 놀라게 했고 이 최고로 무질서한 과정에서 탈락한 것, 맞지 않은 것, 사족인 것, 정신을 만족시키지 않는 것이, 공기 중에 퍼져 모든 창조물 사이를 날아다니는 그 미움을 형성하는 듯했다. 이 미움은 현재 문명의 특징이며 자신의 행위에 대한 만족감의 결여는 손쉽게 달성되는, 다른 사람의 행위에 대한 불만족으로 대체되었다. 이 불쾌감의 특별한 본질을 요약하려는 시도는 삶의 가장 오래된 심리공학적 자산일 뿐이다. 그래서 마법사는 세심하게 준비한 물신(物神)을 병자의 육체에서 끄집어냈고, 그래서 선한 기독교인은 자신의 잘못을 선한 유대인 속에 옮겨 놓고는 자신이 유대인에게 꾀여서 광고, 이자, 신문 등으로 미혹되었다고 주장한다. 여러 시대가 지나면서 천둥, 마녀, 사회주의자, 지식인, 장군들에게 책임이 돌아갔고 전쟁 직전 시대에는, 전쟁과 함께 완전히 사라져 버린 특별한 이유들로 인해 이 놀라운 과정에서 가장 훌륭하고 가장 애호되던 수단 가운데 하나가 프로이센 독일이었다. 세계에는 신만 없어진 것이 아니라 악마도 없어졌다. 세계는 악을 비이상형 속으로 옮겨 놓은 것처럼 선을 이상형 속에 옮겨 놓았고 본인이 못하는 것을 한다는 이유로 이를 경배한다. 다른 사람들이 애를 쓰도록 하고 자신은 관람석에서 지켜보는데, 이것이 스포츠다. 사람들이 일방적으로 과장해서 말하도록 내버려두는데, 이것이 이상주의다. 사람들은 물기를 털어내듯 악을 털어내고 그 튀는 물방울에 젖은 것들, 그것이 비이상형이다. 이로써 모든 것은 세계에서 자신의 위치와 질서를 찾는다. 하지만 성자숭배, 양도를 통한 속죄양 살찌우기라는 이 기술이 위험하지 않은 것은 아니다. 이 기술은 세상을 해결되지 않은 모든 내적 투쟁의 긴장으로 가득 채우기 때문이다. 사람들은 서로 패죽이거나 의형제가 되지만 정말 진지하게 그러는지는 잘 모른다. 자신의 일부를 외부에 갖고 있기 때문이다. 그리고 모든 사건들은 반쯤 현실의 앞이나 뒤에서 미움과 사랑의 섀도펜싱으로서 일어나는 듯하다. 선과 악이 감지되면 그 모든 책임을 천상과 지옥의 유령들에게 지우는 오래된 악마 미신은 더 잘, 더 정확히, 더 깨끗하게 작업했고 사람들은 심리공학의 진보와 더불어 다시 그 미신으로 돌아가기를 바랄 뿐이다.

특히 카카니아가 이상형과 비이상형이 교류하는 데 엄청나게 적합한 나라였다. 여기서는 안 그래도 삶에 비현실적인 것이 있었고 특히 스스로를 그 유명한 베토벤에서 오페라에 이르기까지 주도적인 카카니아 문화의 상속인이자 담지자로 느끼는 정신적으로 고상한 카카니아인에게는 제국독일인과 동맹하고 의형제를 맺지만 그들을 참아 낼수 없다는 것이 매우 자연스러워 보였다. 그들은 독일인의 사소한 질책은 너그럽게 감수했지만 독일인이 거둔 성공을 생각해 보면 고국의 상태에 대해 늘 약간 근심하게 되었다. 이 고국의 상태의 주된 내용은, 원래 다른 국가들과 다름없으며 대부분의 다른 국가들보다 더 나은 국가인 카카니아가 수세기가 흐르면서 스스로에게 약간 흥미를 잃었다는 것이었다. 평행운동이 진행되는 동안 벌써 몇 번 언급된 바이지만, 세계사도 다른 이야기처럼 그렇게 만들어진다. 이 말은 작가들에게 새로운 것이 떠오르는 경우는 드물고 그들은 서로 플롯이나 아이디어를 베끼기를 좋아한다는 뜻이다. 또 여기에 속하지만 지금까지 언급하지 않은 것이 있는데, 그것은 바로 이야기20에 대한 기쁨이다. 또 여기에는 작가에게 너무나 익숙한 확신, 즉 좋은 이야기를 만들고 있다는 확신도 포함된다. 이것은 작가의 열정인데, 이는 그의 두 귀를 길게 늘이고 달아오르게 하며 어떤 비판이라도 간단히 녹여버린다. 라인스도르프 백작은 이런 확신과 열정이 있었고 이는 그의 우정에도 여전히 들어 있었지만 그 외 카카니아에서는 사라졌고 벌써 오래전부터 그 대체물이 물색되었다. 거기에 카카니아의 역사 대신 각 민족의 역사가 들어섰고 이에 관한 창작이 이루어졌다. 민족의 역사는 역사소설이나 시대극에서 감동을 받는 그 유럽적 취향으로 가공되었다. 이렇게 해서 독특한 일, 어쩌면 아직 제대로 그 가치를 인정받지 못한 일이 일어났다. 즉, 학교 설립이나 철도역 이사 선임같이 매우 일상적인 사안을 함께 처리해야 하는 사람들은 이때 1600년 또는 400년을 언급하게 되었고, 민족대이동 시기 북부알프스 지방 이주 내지는 반종교개혁 전투를 고려한다면 어떤 지원자를 선호해야 할지를 놓고 서로 다투었고, 이런 대결에 고결함과 깡패짓거리, 고향, 충성, 남성성 등 어디서나 주도적인 학식에 대충 상응하는 표상들을 동원했다. 문학을 중요시하지 않는 라인스도르프 백작은 이 사실에 놀

---

20 독일어 'Geschichte'는 '이야기'와 '역사' 둘 다를 의미한다.

라움을 금할 수가 없었다. 독일인과 체코인이 거주하는 뵈멘 지방에 있는 자신의 영지를 여행하노라면 보게 되는 농민, 수공업자, 도시인이 모두 근본적으로 얼마나 잘 지내는지를 생각해 보면 더욱 그랬다. 따라서 그는 그들이 이따금 서로에 대해 그리고 정부의 지혜에 대해 폭풍 같은 불만을 터트리는 것을 어떤 특별한 바이러스 탓으로, 혐오스러운 선동 탓으로 돌렸다. 그들이 이런 발작 사이의 긴 기간에는 그리고 그들의 이상을 기억하지 않을 때에는 평화롭고 만족스럽게 서로 잘 지냈기 때문에 이는 더욱더 이해할 수 없어 보였다.

하지만 이에 대항해서 사용된 국가정치, 바로 그 유명한 카카니아의 민족정책은 정부가 한 반항적 민족에게 대충 반년마다 번갈아 가며 한 번은 벌을 주는 조치를 취하고 한 번은 현명하게 양보하는 사태를 초래했다. 마치 U자 관 안에서 한쪽 절반이 상승하면 다른 한쪽이 가라앉는 것처럼 여기에 상응하는 것이 독일 '민족'을 적대시하는 태도였다. 독일 민족은 카카니아에서는 특별한 역할을 맡고 있었는데, 사실 이 집단이 언제나 오로지 국가가 강대해지기만을 원했기 때문이었다. 독일 민족은 카카니아의 역사가 모종의 의미를 지녀야 한다는 믿음을 가장 오랫동안 버리지 못했으며, 카카니아에서는 민족을 배신한 매국노로 시작해서 장관으로 끝나거나 반대로 장관직을 유지하면 매국노로 여겨질 수밖에 없음을 이해했을 때에야 차츰 스스로를 억압받는 민족이라고 느끼기 시작했다. 이와 비슷한 일이 카카니아에만 있지는 않았겠지만 이 국가의 독특한 점은 여기서는 모든 것이 시간이 지나면서 그냥 개념의 불안정성 때문에 자연스럽게, 가만히 진동하는 추처럼 흔들리며 일어나기 시작했기 때문에 이에 혁명이나 쿠데타가 필요하지 않았다는 것이었다. 그리고 종국에 카카니아에는 억압받는 민족들과, 본래 억압하는 자였고 억압받는 자들에 의해 이루 말할 수 없이 곯림과 괴롭힘을 당한다고 느낀 고위층만 있었다. 이 고위층은 아무 일도 일어나지 않는다는, 이른바 이야기의 결핍에 깊이 근심했고 마침내 한번 무슨 일이 일어나야 한다고 단단히 확신했다. 평행운동이 야기하려는 듯 보이는 일이 독일에 창끝을 겨눈다 해도 이는 결코 환영받지 못할 일로 여겨지지 않았다. 첫째, 제국의 형제들을 보면 늘 스스로 약간 창피했고 둘째, 지배층도 스스로를 독일인이라고 느꼈고, 그러므로 독일에 창끝을 겨누는 것이 몰아적 행위이며 초당파적 카카니아를 과시하는 최선의 방법이라 느꼈기 때문이었다.

따라서 각하가 이런 상황에서 자신의 사업을 범(汎)게르만적이라 간주하려는 착상에 결코 이르지 못했음은 전적으로 수긍이 갔다. 하지만 그의 사업이 그렇게 통했음도 드러났는데, 평행운동 위원회들이 그 소망을 파악해야 했던 '제국의회에 대표를 보내는 민족들' 가운데 슬라브 출신은 시간이 흐르면서 참석하지 않기 시작했고 외국 대사들은 점차 아른하임, 투치 국장, 슬라브인에 대한 독일인의 테러에 관해 너무나도 끔찍한 소식들을 들어 그 가운데 몇 개는 소문이라는 무뎌진 형태로 각하의 귀에까지 들어왔다는 사실에서였다. 그리고 이는 특별한 일이 일어나지 않는 날에도 많은 것을 해서는 안 된다는 사실 때문에 어려운 일을 하고 있다는 그의 우려를 확인해 주었다. 하지만 그는 현실정치가였으므로 망설임 없이 반대수를 놓았고 이때 유감스럽게도 너무 관대한 예측을 해서 처음에는 정치적 오류로 보일

정도였다. 즉, 당시 홍보위원회 — 평행운동을 대중적으로 만들라는 과제를 가진 그 위원회 — 회장 자리는 아직 비어 있었고 라인스도르프 백작은 비스니에츠키 남작을 회장으로 임명하기로 결심했고, 이때 오래전에 장관을 지낸 비스니에츠키가 독일인 정당에 의해 무너진 내각에 속했으며 음험한 반독일적 정치를 했다는 평을 받고 있음을 특히 고려했다. 각하 나름대로 계획이 있었기 때문이었다. 평행운동 초기에 벌써 그의 생각이었던 것은 독일 출신 카카니아인 가운데 조국보다는 독일 민족에 더 소속감을 느끼는 바로 그 사람들을 평행운동을 위해 얻는다는 것이었다. 다른 '출신들'이 카카니아를 감옥이라고 표현할지도 모르고 — 이 일은 실제로 일어나고 있었다 — 프랑스, 이탈리아, 러시아에 대한 사랑을 여전히 너무나 공공연하게 드러낼지도 모르지만 이는 이른바 현실과 동떨어진 몽상이었고 진지한 정치가라면 이를 카카니아가 지리적으로 꽉 껴안고 있고 한 세대 전까지만 해도 한 나라였던 독일 제국에 대해 특정 독일인이 품는 열광과 같은 단계에 놓아서는 안 되었다. "제 발로 올 거야!"라는 이미 언급된 바 있는 백작의 말은 이 독일인 배신자들을 향한 것이었는데, 그들의 짓거리는 스스로도 독일인인 백작에게 온갖 감정 가운데 가장 고통스러운 감정을 불러일으켰다. 이 말은 그사이 정치적 예언의 등급으로까지 상승했고 애국운동의 토대가 되었는데, 그 내용은 대충, 우선 '다른 오스트리아 출신들'을 애국운동을 위해 얻어야 한다는 것이었다. 일단 이 일이 성공하면 독일인 그룹들도 모두 어쩔 수 없이 동참할 테니까. 알다시피, 모두가 하는 일에서 자신을 제외시키는 것이 어떤 일을 시작하기를 거부하는 것보다 훨씬 더 어렵기 때문이다. 따라서 독일인에게로 가는 길은 우선은 독일인에 반대하고 다른 민족들을 편애하는 길이어야 한다. 라인스도르프 백작은 이를 이미 오래전에 인식했고 행위의 시간이 도래하자 이를 또 실행했으며 바로 이것이 출생은 폴란드인이지만, 백작의 판단에 따르면, 신조는 카카니아인인 비스니에츠키 남작을 홍보위원회장으로 앉히게 했다.

각하가 이 선택을 내릴 때 이것이 나중에 사람들이 비판한 것과 같이 독일적 사고에 반대하는 것임을 의식했는지 단언하기는 어려울 것이다. 그래도 그가 이 선택이 참된 독일적 사고에 이바지하리라 가정했을 소지는 다분하다. 하지만 결과적으로 이제 독일인 그룹에서도 갑자기 평행운동에 대한 격렬한 반대 움직임이 시작되었고 결국 평행운동은 한쪽에서는 반독일 테러로 간주되어 공공연히 배격되었고, 다른 한쪽에서는 범게르만적으로 여겨져 조심스런 핑계하에 처음부터 기피되었다. 이런 예상치 못한 결과는 각하도 모르지 않았고 도처에서 심각한 우려를 불러일으켰다. 그렇지만 라인스도르프 백작은 이런 시련으로 인해 또 극도로 강경해졌다. 디오티마나 다른 지도자들이 거듭 근심스럽게 물어보면 백작은 이 소심한 자들에게 속을 알 수 없지만 의무에 충실한 얼굴을 보여 주며 이렇게 대답했다. "우리가 이 시도에 당장 완전히 성공하지는 못했지만 위대한 것을 원하는 사람은 순간의 성공에 너무 의존해서도 안 됩니다. 어쨌든 평행운동에 대한 관심은 증가했고 다른 일도 우리가 굳게 매달린다면 곧 일어날 겁니다!"

108

구원받지 못한 민족과
구원이라는 단어군에 대한 슈툼 장군의 사고

한 대도시에서 매 순간 수많은 단어가 그 거주자들의 개인적 소망을 표현하기 위해 사용되지만 한 단어만은 결코 그 가운데 없는데, '구원하다'라는 단어가 그것이다. 다른 모든 단어들, 가장 열정적 단어들, 심지어 분명 예외로 표시되는 관계에 대한 가장 복잡한 표현들도 수없이 복사되어 동시에 외쳐지고 속삭여진다고 가정해도 된다. 예를 들어, "당신은 내가 만나 본 최악의 사기꾼이야!"라든가 "당신만큼 감동적으로 아름다운 여자는 없어요!"라든가. 그래서 이런 매우 개인적인 체험들은 도시 전체에 걸친 분포통계에서 아름다운 곡선을 통해 보이게 할 수 있었다. 하지만 살아 있는 인간은 결코 다른 인간에게 "너는 나를 구원할 수 있어!"라든가 "내 구원자가 되어 줘!"라고 말하지 않는다. 그를 나무에 묶어 두고 굶주리게 해보라. 수개월 구애에도 허탕을 치게 한 후 연인과 함께 무인도에 버려둬 보라. 수표를 위조하게 하고 은인을 찾게 해보라. 그러면 세상의 모든 단어들이 그의 입에서 쏟아져 나오겠지만 분명 그는, 진심이라면, 구원하다, 구원자, 구원이라는 말은 하지 않을 것이다. 언어상으로는 아무런 이의도 제기할 수 없을 테지만.

그럼에도 불구하고 카카니아의 왕관 아래 통합된 민족들은 스스로를 구원받지 못한 민족이라고 불렀다!

슈툼 폰 보르트베어 장군은 숙고했다. 그는 국방부에서의 지위 덕분에, 카카니아가 겪고 있는 민족적 갈등에 대해 충분히 알고 있었다. 이 때문에 갈팡질팡하고 수백 가지 고려의 영향을 받는 정치를 예산협상에서 제일 먼저 느끼는 것이 군대였으니까. 그리고 얼마 전 국방부 장관은 긴급한 군사예산안을 철회하지 않을 수 없어 노발대발했다. 구원받지 못한 한 민족이 이에 필요한 재원을 승인하는 데 다른 민족들의 동의를 요구했고 다른 민족들의 구원욕구를 지나치게 자극하지 않으려는 정부는 이를 허락할 수 없었기 때문이었다. 이렇게 카카니아는 외부의 적에 무방비상태가 되었다. 문제가 된 것이 외국의 포보다 사정거리가 짧아 창을 상대하는 칼처럼 불리한 낡은 포를 새로운 포로 교체하려는 포병대 예산안이었으니까. 새로운 포는 이제 외국의 포와 비교했을 때 칼을 상대하는 포가 될 터였지만 이는 다시 한번 기약 없이 무산되었다. 그래서 슈툼 장군이 자살하고 싶은 기분이 들었다는 말은 할 수 없을 테지만 엄청난 불쾌감이 우선 겉보기에는 전혀 관계가 없어 보이는 많은 사소한 일들에서 표현될 수는 있다. 그리고 슈툼이 구원받지 못한 것과 구원하기에 대해 숙고하게 되었다는 것은 참을 수 없는 내적 분쟁 때문에 카카니아에 선고된 무방비상태, 비무장상태와 분명 연관이 있었다. 게다가 그는 또 디오티마 집에서 반쯤 민간인의 활동을 하면서 구원이라는 단어를 얼마 전부터 질리도록 듣고 있었다.

그의 첫 번째 견해는 이 단어가 그냥 언어학적으로 완전히 해명되지는 않은 '과장된 단어' 그룹에 속한다는 것이었다. 그의 자연스러운 군인 감각이 이렇게 말했다. 물론 이 군인 감각이 디오티마 때문에 혼란에 빠졌음을 차치하더라도 ─ 슈툼은 '구원하다'라는 단어를 그녀의

입에서 처음 들었고 매우 황홀했고 오늘도 여전히 이 단어는, 포병예
산안에도 불구하고, 이 편에서 불어오는 우아한 마법에 휘감겨 있어
장군의 첫 번째 견해는 사실 그의 삶의 두 번째 견해였다! —'단어 종
양'이라는 이 이론은 다른 이유에서도 맞지 않는 듯했다. 즉, '구원하
다' 단어그룹에 속한 개개 단어에 진지함의 결여라는 사소하고 사랑
스런 결함을 부여해 보라. 그러면 이 단어그룹은 당장 가볍게 입에 올
려진다. 10분간의 초조한 기다림 또는 이와 비슷한 수준의 사소한 불
편이 그 전에 있었다면 "너는 정말 나를 구원했어!"나 이와 비슷한 말
을 한번 해보지 않은 사람이 있을까? 따라서 건전한 감각이 거부감을
느끼는 것은 단어라기보다는 이 단어로 인해 그 상태의 진지함이 신
빙성을 잃는다는 사실임이 장군에게는 분명해졌다. 실제로 장군이
디오티마의 집이나 정치를 제외하고 전에 어디서 '구원하다'에 대해
말하는 것을 들었는지 자문해 보면 교회나 카페였고 예술잡지나 그가
감탄하며 읽은 아른하임의 책에서였다. 이런 식으로 그는 이런 단어
들로 표현되는 그것은 자연스럽고 단순한 인간적 사건이 아니라 추상
적이고 보편적인 사건임을 분명히 알게 되었다. '구원하다'와 '구원을
열망하다'는 어떤 식으로든 한 정신에게 다른 한 정신이 가할 수 있는
어떤 것인 듯했다.

　장군은 업무상의 과제가 가져온 이 매력적인 통찰에 놀라 머리를 끄
덕였다. 그는 중요 회의를 하고 있다는 표시로 사무실 문 위에 달린 둥
근 유리전등을 붉은색으로 해놓았고, 서류철을 든 부하장교들이 한숨
을 쉬면서 문 앞에서 발을 돌리는 동안 자신의 숙고를 계속했다. 그가
지금 어디서나 마주치게 되는 정신적 인간들은 불만에 차 있었다. 그

들은 어떤 일에서든 뭔가 트집을 잡았고 그들에게는 어디서나 일이 너무 적게 일어나거나 너무 많이 일어났고 그 일들은 그들의 눈에는 맞지 않아 보였다. 점차 그는 그들이 역겨워졌다. 그들은 늘 맞바람이 치는 곳에 앉아 있는 불행하고 예민한 사람과 비슷했다. 그들은 지나치게 학문적이라고 욕했고 무지를 욕했고 야만을 욕했고 지나치게 고상하다고 욕했고 논쟁적이라고 욕했고 무관심하다고 욕했다. 그들의 시선이 어디로 향하든 도처에 틈이 벌어져 있었다! 그들의 사고는 결코 안정을 찾지 못했고 모든 사물의 영원히 방랑하는 잔재, 어디에서도 질서를 찾지 못하는 잔여물을 알아보았다. 마침내 그들은 자신들이 살고 있는 시대가 영적 불모를 겪을 운명이며 오로지 어떤 특별한 사건이나 아주 특별한 한 인간을 통해서만 구원받을 수 있다고 확신하게 되었다. 이런 식으로 당시 이른바 지적 인간들 사이에서 '구원'이라는 단어군이 애호되기 시작했다. 곧 메시아가 오지 않으면 더 이상 안 되겠다는 확신이 생겼다. 그것은 어떤 때는 의술을 의학적 연구로부터 구원할 의학의 메시아였다. 연구가 진행되는 동안 인간은 아무런 도움도 받지 못하고 병들어 죽는다. 또는 수백만 명의 사람을 연극공연장으로 몰려가게 하는 동시에 절대적이고 정신적인 고귀함을 지닌 연극작품을 집필할 수 있는 문학의 메시아였다. 물론 원래 인간의 개별 활동은 다 특별한 메시아를 통해서만 본연의 임무에 충실할 수 있다는 확신 말고도, 전체에 대해 강한 손을 가진 메시아를 향한 단순하고 어떤 식으로든 가닥가닥 풀리지 않는 갈망도 여전히 있었다. 이처럼 당시 전쟁 직전의 시대는 정말 메시아의 시대였고 모든 민족들이 구원되기를 원했다는 것도 사실 특별하거나 비상한 일은 아니었다.

물론 장군에게는 이것이 다른 모든 말처럼 말 그대로 받아들여서는 안 되는 듯 보였다. "오늘날 구원자가 다시 온다면", 그는 혼잣말을 했다. "그들은 다른 모든 정부들처럼 그의 정부를 무너뜨리리라!" 그는 개인적 경험에 비추어 이는 사람들이 책과 신문기사를 너무 많이 쓴다는 데서 연유한다고 추측했다. 그는 생각했다. '장교에게 상관의 특별허가 없이는 책을 쓰지 못하도록 금지한 군대규정은 얼마나 영리한가.' 그는 약간 이에 놀랐는데, 여태 이런 격렬한 충성심을 경험해 보지 못했기 때문이었다. 의심할 바 없이, 그 자신도 생각이 너무 많았다! 이는 민간정신과 접촉한 탓이었다. 민간정신은 확고한 세계관을 소유하는 장점을 잃어버린 것이 분명했다. 장군은 이를 분명히 인식했고 이로 인해 구원에 관한 이 모든 수다는 이제 또 다른 측면들을 드러냈다. 슈툼 장군의 정신은 이 새 연관성을 해명하기 위해 종교 및 역사 수업에 대한 기억으로 넘어갔다. 이때 그가 무슨 생각을 했는지 말하기는 어렵지만 그의 생각을 그에게서 빼내어 조심스럽게 펴보았으면 대충 이런 모습이었으리라. 교회 부분에서 간단히 시작해 보자. 종교를 믿는 한 우리는 좋은 기독교인이나 독실한 유대인을 어떤 층의 희망이나 번영에서든 창밖으로 떨어뜨릴 수 있었고 그는 늘 이른바 영혼의 두 발로 착지했다. 이는 모든 종교가 그들이 인간에게 선사한 삶을 해명할 때 그들이 신의 탐구불가능성이라고 명명한 비합리적이고 예측할 수 없는 잔여물을 벌써 계산에 넣는다는 데서 연유한다. 예상한 결과가 나오지 않으면 인간은 그냥 이 잔여물을 상기하기만 하면 되었고 그의 정신은 만족스럽게 두 손을 비빌 수 있었다. 두 발로 착지한다, 두 손을 비빈다, 이런 것들은

214

세계관이라고 불리는데, 동시대의 인간은 이를 까먹었다. 그는 자신의 삶에 대해 아예 숙고하지 않아야 하고 많은 이들이 이에 만족한다. 아니면 숙고해야겠지만 그래봐야 절대 만족이라는 종점에 도달할 수 없을 것 같다는 독특한 분열상태에 빠지게 된다. 이 분열은 시대가 흐르면서 다시금 믿음에의 완전한 굴복이라는 형식을 띤 것 못지않게 자주 완전한 불신의 형식을 띠었고 오늘날 가장 빈번한 그 출현형식은 정신이 없이는 올바른 인간의 삶은 있을 수 없겠지만 정신이 너무 많아도 마찬가지라는 확신이다. 이런 확신에 토대를 둔 것이 바로 우리 문화다. 우리 문화는 교육 및 연구기관들에 돈을 지원하는 데 엄격히 신경을 쓰지만 너무 많은 돈은 아니고 오락, 자동차, 무기에 지불하는 막대한 액수에 비하면 적절한 푼돈일 정도다. 우리 문화는 온갖 방법으로 유능한 사람에게 길을 열어 주지만 그가 사업에 유능한 사람이도록 조심스럽게 손을 쓴다. 우리 문화는 약간 저항한 후에는 어떤 이념이든 인정하지만, 이는 그 후에는 저절로 그 반대이념에 득이 된다. 이는 무시무시한 약점과 태만인 것처럼 보인다. 하지만 정신으로 하여금 정신이 전부가 아니라는 사실을 알게 하는 일은 매우 의식적인 노력이기도 하다. 우리의 삶을 움직이는 이념 중 하나를 한 번이라도 그 반대이념에서 아무것도 남지 않을 정도로 남김없이 진지하게 받아들인다면 우리 문화는 더 이상 우리 문화가 아닐 테니까!

장군의 주먹은 작고 통통한 아이주먹이었다. 그는 주먹을 꽉 쥐었고 누비 장갑을 낀 듯 책상 상판을 쾅 내리쳤는데, 이때 그의 감정은 강한 주먹의 불가피성을 확인해 주었다. 그는 장교로서 하나의 세계관이 있었다! 이 속의 비합리적 잔여물은 명예, 복종, 최고사령관이 신 황제폐하, 복무규정 3조라고 불렸으며 이 모든 것의 요약으로서, 전쟁은 세상을 존재하게 하는 더 강한 수단, 더 강력한 종류의 질서를 가진 평화의 연속에 다름 아니라는 확신이었다. 주먹이 단련된 몸과 같은 것만 의미하고 정신적인 것, 정신에 대한 일종의 불가피한 보충을 의미하지 않는다면, 장군이 책상을 내리칠 때 보여 준 몸동작은 약간 우스워 보였으리라. 슈툼 폰 보르트베어 장군은 민간적인 것에 벌써 약간 질려 있었다. 그는 도서관 안내원이 민간오성에 대해 믿을 만한 조망을 가진 유일한 인간이라는 경험을 했다. 그는 질서의 완성은 어쩔 수 없이 활동의 정지를 초래한다는 질서과잉의 역설을 발견했다. 그는 이상한 감정이 들었는데, 이는 왜 군대에서 최고의 질서와 동시에 목숨을 바칠 각오를 발견할 수 있는지에 대한 해명인 듯했다. 그는 어떤 말할 수 없는 연관성 때문에 질서는 살인을 향한 욕망에 다다름을 알아냈다. 더 이상 이 템포로 작업해서는 안 된다고 그는 근심스럽게 스스로에게 말했다! "정신이라는 게 도대체 무엇일까?" 장군은 반항적으로 자문했다. "정신은 밤 12시에 흰색 잠옷을 입고 돌아다니지 않아.21 정신이 우리가 인상과 체험에 부여해야 하는 질서가 아니라면 도대체 무엇인가? 하지만", 그는 다음과 같은 행복한 착상으로 단호히 끝을 맺었다. "정신이 질서 잡힌 체험일 뿐이라면 이는 질서가 잡힌 세상에서는 전혀 필요하지 않아!"

    슈툼 폰 보르트베어는 숨을 들이쉬며 회의 표시등을 껐고 거울 앞

---

21 'Geist'는 '정신'이라는 뜻 말고 '유령'이라는 뜻도 있다.

으로 가 머리를 단정하게 쓸어내렸는데, 부하장교들이 들어오기 전에 감정동요의 흔적을 말끔히 지우기 위해서였다.

109
보나데아, 카카니아.
행복과 균형의 시스템

카카니아에서 정치에 대해 아무것도 몰랐고 알고 싶지도 않았던 사람이 있었다면, 그것은 보나데아였다. 그래도 그녀와 구원받지 못한 민족들 사이에는 연관성이 있었다. 즉, 보나데아는(디오티마와 혼동하지 마시라. 보나데아, 선한 여신, 그 사원이 뒤틀린 운명으로 인해 방탕의 무대가 되어 버린 순결의 여신, 지방법원장이나 그 비슷한 고위법관의 부인, 그녀를 가질 자격은 없지만 아주 초라하지도 않은 한 남자의 불행한 연인) 하나의 시스템이 있었지만 카카니아의 정치는 아무 시스템도 없었다.

　지금까지 보나데아의 시스템은 이중생활이었다. 그녀는 상류층이라 할 집안에서 명예욕을 충족시켰고 사교계에서도 아주 교양 있고 탁월한 부인으로 통하는 만족을 누렸다. 하지만 그녀는 정신에 가해진 특정한 유혹에는, 자신이 지나치게 흥분하는 육체의 희생자라거나 자신도 어리석은 짓을 하도록 오도하는 심장이 있다는 변명을 하며 굴복했다. 심장의 어리석음은 그 부대정황이 아주 깨끗하지는 않더라도 낭만적이고 정치적인 범죄와 마찬가지로 명예로우니까. 이때 심장은 장군의 삶에서 명예, 복종, 복무규정 3조와 같은 역할 또는 질서 잡힌 삶의 자세 속에 들어 있는 비합리적 잔여물과 같은 역할을 한다. 이 잔여물은 결국 이성이 질서지우기에 실패한 모든 것에 질서를 부여한다.

하지만 이 시스템에는 오류가 하나 있었다. 이는 보나데아의 삶을 두 상태로 나누어 놓았고 이 상태 사이를 넘나들 때 많은 손실이 따랐다. 간통 직전에는 너무나 달변가였던 심장이 간통 후에는 너무나 풀이 죽었으니까. 그리고 심장 주인의 영혼은 광적으로 흥분하여 끓어오르는 상태와 잉크처럼 새까맣게 흘러 나가는 상태 사이를 끊임없이 오갔으며 이 두 상태가 균형을 이루는 경우는 드물었다. 그래도 그것은 하나의 시스템이었다. 즉, 그것은 방임된 충동의 유희가 아니었고 — 가령 오래전 삶을 쾌(快)의 흑자를 기록하는, 쾌와 불쾌의 자동적 결산으로 이해하려 했듯이 — 결산수치를 위조하려는 정신적 안전대책을 상당히 많이 포함했다.

인간은 누구나 자신의 인상들의 결산을 자신에게 유리하게 해석하는 이런 방법을 갖고 있으므로 매일 살아가는 데 필요한 최소한의 쾌는 어느 정도 거기에서 생겨나고 평소에는 이것으로 충분하다. 이때 삶의 쾌는 불쾌로 구성될 수도 있는데, 이런 재료의 차이는 전혀 중요하지 않다. 알다시피, 행복한 우울증 환자가 있듯, 신명나게 추는 춤만큼이나 살판나는 장례행렬도 있으니까. 심지어 거꾸로, 명랑한 인간 다수가 슬픈 인간보다 조금도 더 행복하지 않다고 주장할 수도 있다. 행복은 불행과 똑같이 고된 일이니까. 이는 대충, 공기보다 더 가볍거나 무거운 것이 둘 다 각각의 원리에 따라[22] 하늘을 나는 것과

---

22 예를 들어 열기구는 공기보다 가벼운 가스를 이용해서 하늘을 날고 공기보다 무거운 비행기는 엔진 추진력을 이용해 하늘을 난다.

같다. 하지만 다른 이의제기도 가능하다. 즉, 그렇다면 가난뱅이가 부자를 부러워할 필요가 없다는 부자들의 옛 지혜는 옳은 것이 아닐까, 돈이 그를 더 행복하게 하리라는 것은 오로지 상상이니까? 이는 그에게 그의 삶의 시스템 대신에 다른 시스템을 만들라는 과제를 내줄 뿐이고 이 새 시스템의 쾌(快) 회계는 최상의 경우, 그가 이미 갖고 있는 조금의 행복 잉여로 끝날 것이다. 이론적으로 이는 차가운 겨울 밤에 얼어 죽지 않은 노숙자 가족이 아침 태양의 첫 햇살이 비치면, 따뜻한 침대에서 나와야 하는 부자만큼이나 행복할 것임을 의미한다. 실용적으로 이는 인간은 누구나 자신에게 지워진 짐을 당나귀처럼 인내심 있게 진다는 결론에 도달한다. 짊어진 짐보다 아주 조금 더 힘이 센 당나귀는 행복하니까. 실제로 이는 한 마리 당나귀만 관찰해도 얻을 수 있는, 개인의 행복에 대한 가장 믿을 만한 정의다. 그러나 사실 개인의 행복은(또는 평정, 만족, 또는 한 개인의 가장 내밀하고 자동적인 목적을 뭐라고 부르든지 간에) 담장 속 돌 하나 또는 전체의 힘과 긴장이 흘러가는 강물 속 물방울 하나만큼만 자립적이다. 한 인간이 스스로 무엇을 하는지, 어떤 느낌을 가지는지는 다른 사람들이 그를 대신해 제대로 된 방식으로 행하고 느끼는 모든 것과 비교해 보면 사소하다. 어떤 인간도 오로지 자기 자신의 균형만으로 살지 않으며 각자 자신을 감싸고 있는 층들의 균형에 의지하고, 최고로 복잡한 '도덕(道德) 대출'이 한 개인의 작은 쾌(快) 공장으로 흘러들어 간다. 이 대출에 관해서는 나중에 더 이야기할 텐데, 이것은 개인의 영적 결산인 것과 마찬가지로 전체의 영적 결산이기 때문이다.

애인을 되찾으려는 보나데아의 노력이 아무 성과도 거두지 못하고 디오티마의 정신과 추진력이 울리히를 빼앗았다고 믿게 된 이후로 그녀는 이 여자에게 걷잡을 수 없는 질투심을 느꼈지만 약한 인간들이 자주 그렇듯 이 여자에 대한 경탄에서 일정한 해명과 보상을 얻었고 이는 그녀의 상실을 일부 상쇄시켰다. 그녀는 이미 한참 전부터 이런 상태였고 평행운동에 작은 기여를 한다는 핑계로 여기저기서 디오티마의 초대를 받는 것까지는 해냈지만 디오티마 집의 모임에는 초대를 받지 못했고 디오티마와 울리히 사이에 이에 관한 합의가 있음에 틀림없다고 상상했다. 그녀는 두 사람의 잔인함에 괴로워했고 또 이 둘을 사랑했기 때문에 그녀의 내면에서는 자신의 느낌이 그 무엇과도 비길 수 없이 순수하고 이타적이라는 망상이 생겼다. 아침에 남편이 집을 떠나면 그녀는 기다렸다는 듯, 깃털을 다듬는 새처럼 거울 앞에 앉는 일이 잦아졌다. 그녀는 디오티마의 그리스식 올림머리와 비슷해 보이는 모양이 나올 때까지 머리를 묶고 지지고 틀어 올렸다. 그녀는 작은 곱슬머리를 빗어 감아올렸고 전체적으로 약간 우스운 모양새가 되어도 이를 알아차리지 못했는데, 이제 거울에서는 그 전반적 모양새가 어렴풋이 신적인 것을 상기시키는 한 얼굴이 그녀를 보고 웃고 있었기 때문이었다. 그러면 경탄해 마지않는 한 존재의 확신, 미(美), 행복이, 물론 아직 깊은 곳에서 이루어지지는 않았으나, 은밀한 합일의 작고 얕고 따뜻한 파도가 되어 그녀의 내면에서 솟아올랐는데, 거대한 바다의 가장자리에 앉아 물속에 발을 담글 때와 비슷했다. 종교적 경배와 유사한 이 태도는 ― 인간이 본연의 상태에서 온몸으로 기어들어간 신의 가면에서 문명의 제식들에 이르기까지 독실한 모방이 주는, 육신을 사로잡는 이런 행복은 결코 그 의미를 다 소진해

버리지는 않았으니까! ― 보나데아에게 큰 위력을 발휘했는데, 그녀가 옷과 외모를 강박적으로 사랑했기 때문이었다. 새 옷을 입고 거울을 들여다볼 때면 보나데아는 가령 어깨는 부풀고 소맷부리는 좁아진 소매, 이마 위에 감아올린 곱슬머리, 종 모양의 긴 치마 대신에 무릎까지 오는 짧은 치마와 소년 같은 헤어스타일을 하는 시대가 오리라고는 결코 상상할 수 없었으리라. 하지만 또 이 가능성을 반대하지도 않았으리라. 그녀의 뇌가 이런 상상을 할 수 없었을 뿐. 그녀는 늘 고상한 부인으로 보이게 옷을 입었고 반년마다 새 유행 앞에서, 마치 영원 앞에서인 듯 경외감을 느꼈다. 그녀의 사고능력을 강제하여 그것이 일시적임을 인정하게 했더라도 경외심은 조금도 감소되지 않았으리라. 그녀는 세계의 강요를 고스란히 수용했고, 방문카드의 귀퉁이를 접거나 친구들 집으로 연하장을 보내거나 무도회에서 장갑을 벗는 시대는 더 이상 그렇게 하지 않는 시대를 사는 그녀에게는 다른 동시대인에게 100년 전의 시대처럼 먼 시대였다. 즉, 전혀 상상할 수 없는 것, 불가능한 것, 낡은 것이었다. 그래서 옷을 벗은 보나데아를 본다는 것은 또 그만큼 우스꽝스러웠다. 그러면 그녀는 이념적 보호장치를 다 벗었고, 지진처럼 비인간적으로 그녀를 덮치는 냉혹한 강요의 벌거벗은 노획물이었다.

하지만 무덤덤한 물질세계의 격변 속에서 그녀가 알던 문화가 주기적으로 몰락해도 더는 영향을 받지 않고 이렇게 은밀히 외모에 신경을 쓰게 된 이후 보나데아는 그녀 삶의 비합법적인 부분을 과부로 살았는데, 이는 스무 살 이후로 없던 일이었다. 지나치게 외모에 신경을 쓰는 여자가 비교적 정숙하다는 것은 일반적 경험이라 가정해도 무방하다. 위대한 스포츠 영웅이 자주 서툰 연인이고, 심지어 지나치게 군인다워 보이는 장교가 어설픈 군인이고, 특히 정신적으로 보이는 남자가 많은 경우 심지어 둔치인 것처럼 수단이 목적을 밀어내 버리기 때문이다. 하지만 보나데아에게는 에너지 분산이라는 문제만 중요한 것은 아니었고 그녀는 새 삶에 헌신했고 뜻밖의 풍성한 결실을 거두었다. 그녀는 화가의 애정을 담아 눈썹을 그렸고 이마와 뺨에 약간 광택을 주었고 이들은 자연주의를 벗어나, 종교적 양식의 고유한 속성인바, 가볍게 현실을 고양하고 제거하기에 이르렀다. 육체는 부드러운 코르셋 속에 제대로 자리를 잡았고 그녀는 너무 여성적이어서 평소 늘 걸리적거리는 것, 부끄러운 것으로 여겼던 커다란 젖가슴에 갑자기 자매의 사랑을 느꼈다. 남편은 손가락으로 그녀의 목을 간질이면 "헤어스타일을 망치지 말아요!"라는 말을 듣거나 "그러면 손이라도 잡게 해주겠소?!"라는 질문에 "안 돼요. 새 드레스를 입었어요!"라는 답을 들으면 적잖이 놀랐다. 하지만 죄악의 힘은 흡사 그것을 붙잡고 있던 육체의 경첩에서 풀려난 듯했고 한 선한 여신의 변용된 신세계 속을 갓 태어난 별처럼 방랑했다. 그녀는 온화하게 약화된 이 낯선 광선을 받으며 자신의 '지나친 흥분'에서, 마치 딱지가 떨어져 나가듯 해방됨을 느꼈다. 남편은 결혼 후 처음으로, 제3자가 가정의 평화를 방해하는 것은 아닐까 하고 불신에 차 자문했다.

하지만 이때 일어난 일은 삶의 시스템 영역의 한 현상일 뿐이다. 의복을 현재라는 유동체에서 꺼내어 이것이 인간의 형상 위에서 가지는 그 터무니없는 현존을 형태 그 자체로 관찰해 보면 의복은 코에 화살을 끼우고 입술에 고리를 끼우는 사회에나 합당한 기이한 관(冠)이고 종양이다. 하지만 의복이 그 소유자에게 빌려주는 특성과 같이 보면 의복은 얼마나 매혹적으로 변하는지! 그러면 한 장의 종이 위에 갈겨쓴 난잡한 글씨 속으로 위대한 말의 의미가 스며들어 가는 것과 조금도 다르지 않은 일이 일어난다. 상상해 보라! 한 인간이 경마장에서 산책 중이거나 티타임에 막 샌드위치를 접시에 놓는 중인데, 보이지 않는 선(善)과 그 인간의 고귀함이 갑자기, 옛 종교화에서 볼 수 있듯이 황금색 노른자를 가진 보름달만 한 성자의 후광으로서 그의 정수리 뒤에서 아른거리며 나타난다고. 이는 의심할 바 없이 가장 무시무시하고 충격적인 체험 가운데 하나이리라. 잘 만들어진 의복은 눈에 보이지 않는 것, 심지어 전혀 존재하지 않는 것을 눈에 보이게 하는 이런 힘을 매일 입증한다!

이런 물건들은 빌려준 돈을 환상적 이자를 붙여 우리에게 되돌려주는 채무자와 유사하며 사실 채무관계가 아닌 것은 아무것도 없다. 의복이 가진 이 특성이 확신, 선입견, 이론, 희망, 뭔가에 대한 믿음, 사고(思考)에도 있기 때문이다. 심지어 무(無) 사고조차도 이 특성이 있는데, 이것이 오로지 스스로의 힘으로 스스로의 올바름에 사로잡혀 있기 때문이다. 이 모든 것들은 우리가 그들에게 빌려준 능력을 우리에게 빌려줌으로써 세계를 우리에게서 발산되는 빛 속에 세워두는 목적에 이바지하며 우리 각자가 자신만의 특별한 시스템을 가지고 해결하는 과제도 근본적으로 이와 다르지 않다. 우리는 완벽하고 다양한 솜씨로 현란한 외장(外裝)을 만들고 이것의 도움으로 무시무시한 것들 곁에 살면서도 온전히 평온을 유지할 수 있는데, 우주의 이 얼어붙은 우거지상을 탁자나 의자, 외침이나 뻗친 팔, 속도 또는 구운 닭으로 인식하기 때문이다. 우리는 머리 위 열린 하늘 심연과 발아래 살짝 덮인 하늘 심연 사이 지상에서, 닫힌 방 안에 있는 것처럼 차분함을 느낄 수 있다. 삶이 비인간적으로 넓은 공간 속으로나 비인간적으로 좁은 원자세계 속으로 사라져 간다는 것을 알지만 우리는 그 사이에서 한 층의 형성물을 세계의 일로 취급하고 이것이 우리가 일정한 중간거리를 두고 받아들인 인상을 선호함을 의미할 뿐이라는 데 대해 어떤 이의제기도 허락하지 않는다. 이런 자세는 우리 오성보다 한참 아래에 있지만 바로 이것이 우리의 감정이 이에 강하게 관여하고 있음을 증명한다. 그리고 실제로 인류의 가장 중요한 정신적 안전대책은 안정적 정서상태를 유지하는 데 이바지하고, 세상의 모든 감정, 모든 열정은 고상하고 안정된 정서를 유지하기 위해 인류가 행하는 이 무시무시하지만 완전히 무의식적인 노력에 비하면 아무것도 아니다! 이에 대해 왈가왈부하는 것은 별 소득이 없는 듯한데, 그만큼 이는 문제가 없어 보인다. 하지만 더 자세히 들여다보면, 이는 극도로 인위적인 의식상태이고 인간에게 회전하는 천체 사이에서 직립보행을 부여하고 거의 무한한 미지의 세계 한가운데서 두 번째와 세 번째 외투단추 사이에 품위 있게 손을 찔러 넣도록 허락한다. 바보든 현자든 개개 인간은 이 일을 성사시키기 위해 자신만의 요령이 필요할 뿐 아니라, 이 개인적 요령의 시스템은 대규모로 같은 목적에 이바지하는 사회와 전체의 도덕적이고 지적인 균형대책과 정교하게 맞물려 있다. 이 맞물림은 우주의 힘의 장이 모두 지구의 힘의 장 안으로 작용하는 위대한 자연의 맞물림과 유사하다. 물론 우리는 이를 알아차리지 못하는데, 현세적 사건이 바로 그 결과이기 때문이다. 그리고 이로 인한 정신적 부담의 경감은 너무나 커서 아무리 현명한 사람이라도 아무것도 모르는 어린 소녀처럼, 방해받지 않는 상태에서는 스스로가 아주 영리하고 선하게 여겨진다.

하지만 어떤 의미에서 느낌과 의지의 강요상태라고도 부를 수 있을 이 만족상태 후 가끔 그 반대가 우리를 엄습하는 듯하다. 또는 정신병원의 개념으로 표현하자면, 갑자기 지상에 엄청난 관념분일(觀念奔逸)이 시작되고 이것이 잠잠해지면 인류의 삶은 모두 새 중심점과 축(軸) 주위로 옮겨져 있다. 모든 위대한 혁명에서 계기보다 더 깊이 뻗어 있는 원인은 해(害)가 축적된 데 있다기보다는 영혼의 인위적 만족을 지탱하던 결합이 마모된 데에 있다. 이에 유명한 초기 스콜라철학자들의 발언을 가장 잘 적용할 수 있을 터인데, 이는 라틴어로 "Credo, ut intelligam"이며 약간 자유롭게, 가령 이렇게 현대 독일어로 번역할 수 있다. '주여, 오, 신이시여, 저의 정신에 생산신용대출을 허락해 주십시오!' 어쩌면 인간의 믿음은 모두 그냥 대출의 특례(特例)일 뿐일 테니까. 사랑에서나 사업에서나 학문에서나 멀리뛰기에서나 이기거나 뭔가를 달성하기 위해서는 먼저 믿어야 하는데, 이것이 왜 전체 삶에는 적용되지 않아야 하는가?! 삶의 질서도 이렇게 설명될 것이며 이 질서에 대한 한 조각 자발적 믿음은 항상 그 근저에 깔려있고 사실 이것은 식물로 치자면 싹이 돋아나는 그 지점을 나타낸다. 그리고 보고서도 보험도 없는 이 믿음이 소진되면 곧 붕괴가 뒤따른다. 대출이 사라지면 시대나 제국은 사업과 꼭 같이 무너진다. 이로써 영혼의 균형에 관한 이 원칙적 고찰은 보나데아라는 아름다운 예에서 카카니아라는 슬픈 예에 다다르리라. 카카니아는 현 발전단계에서 신이 대출, 삶의 쾌(快), 자기 자신에 대한 믿음, 모든 문화국가가 가진 능력, 즉 하나의 과제가 있다는 유익한 상상력을 박탈해 버린 첫 번째 나라였으니까. 카카니아는 영리한 나라였고 거기에는 개화된 인간들이 살고 있었다. 지구상 모든 장소의 모든 개화된 인간들처럼 그들도 소음, 속도, 혁신, 논란, 그 외 우리 삶의 시각적, 청각적 풍경에 속한 모든 것들의 무시무시한 소동 사이에서 우유부단한 심정으로 이리저리 뛰어다녔다. 다른 모든 인간들처럼 그들도 머리카락을 쭈뼛거리게 하는 수십 개의 뉴스를 매일 읽고 들었고 이 소식들에 흥분할 태세였고 심지어 개입할 태세였지만 그런 일은 일어나지 않았는데, 몇 분이 지나면 이 자극은 벌써 새로운 자극으로 인해 의식에서 밀려났기 때문이었다. 모든 다른 인간들처럼 그들도 그들 주위에 형성된 실 뭉치 안에서 일어나는 살해, 살인, 열정, 희생정신, 위대함에 둘러싸여 있다고 느꼈지만 사무실이나 다른 일터에 붙잡혀 있었으므로 이 모험에 도달할 수 없었고 저녁 무렵 여기서 풀려나면, 쓸곳을 찾지 못한 그들의 긴장은 오락 속에서 폭발했지만 오락은 즐겁지 않았다. 바로 이들 개화된 사람들에게, 만약 그들이 보나데아처럼 오로지 사랑에 몰두하지 않았다면, 한 가지가 더 보태졌는데, 그들이 더 이상 대출의 재능도 없고 사기의 재능도 없다는 것이었다. 그들은 더 이상 알 수 없었다. 그들의 미소, 그들의 한숨, 그들의 사고가 어디로 향했는지? 왜 그들은 사고했고 미소 지었을까? 그들의 견해는 우연이었고 그들의 취향은 이미 오래전부터 존재했고 어째서인지 모든 것은 그들이 달려 들어간 공기 중에 도식으로서 떠돌고 있었고 그들은 어떤 것도 진심으로 행하거나 그만둘 수 없었다. 통일하는 법칙이 없었기 때문이었다. 이런 식으로 개화된 인간은, 채무는 점점 더 증가하는데 더 이상 이 채무를 갚을 수 없을 것임을 느끼는 인간이었다. 그는 피할 수 없는 파산을 보며 그가 살도록 판결받은 시대를 탓하거나 — 물론 그도 다른 사람들과 마찬가지로 이 시대에 사는 것을 좋아했다 — 더 이상 잃을 것이 없는 사람의 용기를 갖고 변화를 약속하는 온갖 이념 속으로 돌진하는 남자였다.

물론 지금 전 세계가 이러했지만, 카카니아에 대출을 중지했을 때 신은 특별한 일을 했는데, 전 민족들에게 문화의 어려움을 이해시킨 것이었다. 그들은 제대로 둥근 하늘 때문에 또는 그 비슷한 것 때문에 근심하지 않고 박테리아처럼 거기 그들의 대지 속에 앉아 있었지만 갑자기 답답해졌다. 인간은 현재의 자신일 수 있기 위해서 자신이 그 이상이라고 믿어야 한다는 것을 보통 모른다. 하지만 여하튼 이를 자신의 주위에서 감지하지 않을 수 없고 가끔씩은 또 갑자기 이를 아쉬워한다. 그는 뭔가 상상적인 것이 부족하다고 느낀다. 카카니아에서 전혀 아무 일도 일어나지 않았고, 예전에는 이것이 바로 유서 깊은 눈에 띄지 않는 카카니아의 문화라고 생각했을 테지만 이제 이 무(無)는 잠잘 수 없음이나 이해할 수 없음처럼 걱정스러웠다. 그래서 지성인들은 이것이 민족 문화에서는 다르리라고 스스로 믿게 된 후로 카카니아의 민족들도 쉽게 설득했다. 이것은 이제 일종의 종교대용물이거나 빈에 있는 좋은 황제의 대용물이거나 그냥 일주일이 7일이라는 이해할 수 없는 사실의 해명이었다. 해명할 수 없는 것들은 많지만 국가(國歌)를 부르노라면 이들이 느껴지지 않으니까. 물론 이것은 한 선한 카카니아인이 자신이 누구냐는 질문에 역시 열광적으로 "아무것도 아닙니다!"라고 대답할 수 있었을 그 순간이었으리라. 이것은 한 명의 카카니아인을 아직 존재하지 않는 그 어떤 것으로도 만들 재량권이 있는 뭔가를 뜻하니까! 하지만 카카니아인들은 그렇게 반항적인 인간이 아니었고 개개 민족들은 절반에 만족했다. 즉, 그들은 자신들에게 좋아 보이는 일을 다른 민족들에게 하려고 애썼다. 물론 이때, 스스로 겪지 않은 고통을 상상하기란 어렵다. 그리고 2천 년간의 이타적 교육 탓에 그들은 너무나 사심이 없어져서 내게 혹은 네게 상황이 좋지 않더라도 늘 다른 사람을 위할 정도였다. 그럼에도 불구하고 카카니아의 그 유명한 민족주의가 특별히 조야(粗野)한 것이라고 상상해서는 안 된다. 그것은 실제 과정이라기보다는 역사적 과정이었다. 이곳에서 인간들은 서로를 정말 좋아했다. 그들은 서로 머리를 내리치고 침을 뱉기는 했지만 이는 고상한 문화를 고려한 탓이었다. 누가 보고 있으면 파리 한 마리도 죽이지 못하는 인간이 십자가에 못 박힌 예수의 그림이 걸린 법정에서는 다른 한 인간에게 사형을 선고하는 일이 평소에도 일어나는 것처럼. 아마 이렇게 말해도 되리라. 보다 높은 자아가 휴지기(休止期)를 가질 때마다 카카니아인들은 안도의 숨을 내쉬었고 착실한 식사도구로서 — 다른 모든 사람들과 똑같이 그들도 이 목적을 위해 창조되었다 — 자신들이 역사의 도구라는 경험에 매우 놀랐다.

110
모스브루거의 해체와 보존

모스브루거는 여전히 감옥에 있었고 정신과의사들의 추가검진을 기다리고 있었다. 그것은 한 묶음의 날들을 생기게 했다. 개개의 날은 그날이 되면 묶음에서 튀어 나왔지만 저녁 무렵이면 벌써 묶음 속으로 도로 가라앉았다. 모스브루거는 다른 죄수들, 간수들, 복도들, 안뜰들, 한 뼘의 푸른 하늘, 이 하늘 조각을 가로지르는 두어 개의 구름, 음식, 물, 가끔씩 그를 점검하는 상급자와 접촉했지만 이 인상들은 지속적으로 관철되기에는 너무 약했다. 그는 시계도, 태양도 없었고 일도, 시간도 없었다. 그는 늘 배가 고팠다. 6평방미터의 감방 안에서 서성이느라 늘 피곤했고 이는 수십 마일을 걷는 것보다 더 피곤했다. 그가 하는 일들이 풀을 끓이는 냄비를 저어야 하듯 다 재미없었다. 하지만 전체에 대해 곰곰이 생각해 보면, 낮과 밤, 식사 그리고 다시 식사, 진찰과 점호가 끊임없이 그리고 재빨리 잇달아 진행되는 듯 여겨졌고 그는 이를 즐겼다. 그의 삶의 시계는 고장이 났고 앞으로도 뒤로도 돌릴 수 있었다. 그는 이것이 좋았다. 이것은 그와 어울렸다. 아주 오래전 일과 방금 일어난 일은 더 이상 인위적으로 분리되지 않았고, 만약 이것이 같은 것이었다면, '다른 시간에'라고 불리는 그것은 마치 당황한 나머지 쌍둥이 가운데 한 명의 목에 묶어 놓은 실처럼 이것에 묶여 있기를 멈추었다. 비본질적인 것이 그의 삶에서 사라졌다. 이 삶에 대해 숙고할 때면 그는 속으로 천천히 자기 자신과 대화를 나누었고 이때 부수음절들에도 주음절과 똑같은 무게를 두었다. 그것은 매일 듣는 것과는 아주 다른 삶의 노래였다. 그는 자주 한 단어 곁에 한참 서 있었고 마침내 이 단어를, 어떻게 그랬는지 그도 잘 몰랐지만, 떠날 때면 그 단어는 한참 후 갑자기 다른 곳에서 다시 그와 마주쳤다. 그는 만족해 웃었는데, 아무도 그가 무엇을 만났는지 몰랐기 때문이었다. 그가 여러 시간 만에 달성한, 자신의 존재의 이런 통일성을 표현할 말을 찾기란 어렵다. 한 인간의 삶이 시냇물처럼 흘러간다고 상상하기 쉬울 것이다. 하지만 모스브루거가 자신의 삶 속에서 알아챈 움직임은 고여 있는 거대한 물속을 시냇물처럼 흘러갔다. 이 움직임은 전진하면서도, 후진하는 움직임과 얽혀 있었고 이 안에서 삶의 본래 진행은 거의 사라졌다. 그 스스로는 언젠가 비몽사몽 상태에서 꾼 꿈에서 이에 대해, 그가 삶의 모스브루거를 마치 더러운 외투처럼 입고 있는 느낌이 들었고 지금 가끔씩 그 외투를 살짝 열면 거기서 멋진 비단안감이 숲처럼 거대한 파도를 일으키며 솟구쳤다.

그는 더 이상 저기 바깥에서 무슨 일이 벌어지는지 알려 하지 않았다. 어느 곳에서는 전쟁이 났다. 어느 곳에서는 성대한 결혼식이 있었다. 발루치스탄23 왕이 지금 도착한다. 그는 생각했다. 어디서나 군인들이 훈련했고 창녀들이 어슬렁거렸고 서까래 속에는 목수들이 서 있었다. 슈투트가르트의 술집에서는 베오그라드에서처럼 맥주가 구부러진 노란 꼭지에서 솟구쳤다. 방랑할 때면 어디서나 경찰관이 신분증을 보자고 한다. 어디서나 도장을 찍어 준다. 어디서나 빈대가 있거나 없다. 일이 있거나 없다. 계집들은 모두 똑같다. 병원 의사들

---

23 파키스탄 남서부에 있는 주이다.

도 모두 똑같다. 그가 저녁에 일터에서 돌아올 때면, 인간들은 거리에 서 있고 아무 일도 하지 않는다. 언제나 어디서나 똑같다. 그들에게 새로운 생각이라고는 떠오르지 않는다. 첫 번째 비행기가 푸른 하늘을 가로질러 모스브루거 위를 날아갔을 때는 아름다웠다. 하지만 그 후 그런 비행기들이 연달이 날아왔고 하나같이 똑같아 보였다. 그것은 그의 사고의 기적 같은 한결같음과는 다른 한결같음이었다. 그는 어떻게 그 일이 일어났는지 이해하지 못했고 그것은 어디서나 그를 방해했다! 그는 설레설레 머리를 흔들었다. '악마가 데려가라지!' 그는 생각했다. 아니면 사형집행인이 그를 데리러 올 것이었다. 그래도 그는 잃을 것이 많지 않았다⋯.

그럼에도 불구하고 그는 가끔씩 생각 속에서처럼 문으로 다가갔고 바깥쪽에 자물쇠가 있는 부근을 가만히 건드려 보았다. 그러면 복도에서 감시창을 통해 눈 하나가 안을 들여다보았고 화난 목소리가 뒤따랐고 그를 꾸짖었다. 이런 모욕을 피해 모스브루거는 재빨리 감방 안쪽으로 돌아갔고 그러면 자신이 감금되었고 약탈당한 느낌이 들었다. 드나들 수 있다면 사방의 벽과 철문은 특별한 것이 아니다. 남의 집 창문 앞 쇠창살도 별것 아니고 나무침상이나 나무탁자가 붙박이라는 것도 괜찮다. 하지만 이것들을 더 이상 원하는 대로 다룰 수 없는 순간 터무니없는 일이 발생한다. 인간이 만든 이 물건들, 어떻게 생겼는지 알지도 못하는 하인들, 노예들이 건방을 떤다. 그들은 멈추라고 명령한다. 사물들이 명령하는 것을 알아차리면 모스브루거는 이것들을 산산조각내고 싶은 마음이 싫지 않게 들었고 이런 법원 하인들과의 싸움이 그의 품위에 어울리지 않음을 힘겹게 확인해야 했다.

하지만 자신의 손의 움찔거림이 너무나 강했으므로 그는 병이 날까 겁이 났다.

사람들은 드넓은 세계에서 6평방미터를 골랐고 모스브루거는 그 위에서 서성였다. 게다가 갇혀 있지 않은 건강한 인간의 사고도 그의 사고와 매우 유사했다. 그들은 얼마 전까지만 해도 그에게 활발한 관심을 가졌지만 곧 그를 잊어버렸다. 그는 벽에 못이 박히듯 자기 자리로 옮겨졌다. 한번 벽에 박히면 아무도 더 이상 이 못을 알아차리지 못한다. 다른 모스브루거들의 차례가 되었다. 그들이 그는 아니었고, 동일한 사람들도 아니었지만 그들은 동일한 일을 작동시켰다. 즉 성범죄, 어두운 이야기, 끔찍한 살인, 미친 자의 소행, 절반만 책임능력이 없는 사람의 소행, 사실 누구나 경계해야 할 만남, 경찰과 법원의 나무랄 데 없는 개입 … . 이런 일반적이고 내용 없는 개념과 기억도구들은 내용이 다 빨려 나간 사건을 그들의 넓은 그물 한 부분에 매단다. 사람들은 모스브루거의 이름을 잊었고 개별사항들을 잊었다. 그는 '다람쥐, 토끼 또는 여우'가 되었고 정확한 구별은 가치가 없어졌다. 세상의 의식은 그에 관해 특정한 개념이 아니라, 너무 먼 거리에 초점을 맞춘 망원경 속 회색 밝음처럼 서로 섞이는 일반적 개념들의 침침하고 광범위한 영역들만 보존했다. 이런 무연관성, 고통과 삶의 무게에 신경 쓰지 않고 자신에게 편한 개념들로 개입하며 모든 결정을 어렵게 만드는 사고의 끔찍함, 이런 것은 일반인들의 영혼과 그의 영혼이 공통으로 가진 것이었다. 하지만 그의 바보 뇌 속 꿈, 동화, 의식의 거울 속에 있는, 세계상을 반사하지 않고 빛을 투과시키는 해로운 또는 독특한 지점, 이것들은 그들에게는 없거나 기껏해야 가끔 개별 인간과 그의 불분명한 흥분 속에만 남아 있었다.

정확히 모스브루거, 세계의 특정한 6평방미터 안에 가두어 놓은 바로 이 모스브루거로 말하자면, 그의 영양상태, 감시, 규정에 따른 취급, 징역 또는 사형은 비교적 작은 그룹의 사람들에게 위임되었는데, 이들의 태도는 매우 달랐다. 여기서는 눈들이 불신에 차서 그들의 직무수행을 감시했고 목소리들은 사소한 위반도 질책했다. 두 명 이하의 간수가 그의 감방에 들어오는 일은 없었다. 복도를 따라 끌려갈 때면 포박을 당했다. 사람들은 두려워하며 조심스럽게 행동했고 이 두려움과 조심은 이 작은 구역 안에 있는 그 특정한 모스브루거를 따라다니는 것이었지만 어째서인지 그가 일반적으로 당하는 취급과는 이상하게 모순되었다. 그는 이 조심에 대해 자주 불평을 털어놓았다. 하지만 간수, 교도소장, 의사, 성직자 등 그의 항의를 들은 이들은 모두 그가 받는 대접은 규정에 맞는 것이라고 근접할 수 없는 얼굴로 대답했다. 이렇게 규정은 이제 세상이 저버린 관심의 대용물이 되었고 모스브루거는 생각했다. '너는 긴 밧줄을 목에 감고 있고 누가 그 끝을 당기는지 볼 수 없어.' 그는 이를테면 모퉁이를 하나 돌아 외부 세상과 연결되어 있었다. 그에 대해 전혀 생각하지 않거나 아무것도 모르는 대부분의 사람들 또는 모스브루거가 기껏해야 평범한 시골길의 평범한 암탉이 동물학 교수에게 의미하는 만큼의 의미 밖에 없는 사람들이 다 함께 작용해서 그가 비육체적으로 그를 당기고 있다고 느끼는 그 운명을 마련했다. 사무실 여직원은 그의 서류철에 뭔가를 추가해서 썼다. 기록원은 이를 치밀한 기억규칙에 따라 처리했다. 참사관은 형 집행을 위한 새 지시사항을 준비했다. 몇몇 정신과의사들은 단순한 정신병 성향을 간질의 특정한 경우들 그리고 간질이 다른 질병과 섞인 특정한 경우들과 구별하는 것을 두고 논쟁을 벌였다. 법률가들은 정상참작 및 감형근거의 관계에 관해 글을 썼다. 한 주교는 보편적 풍기문란에 반대하는 연설을 했고 한 수렵지 임차인은 보나데아의 판사 남편에게 여우 개체 수의 지나친 증가에 대해 불평을 했고 이로써 이 고위공직자의 내면에 법률원칙을 엄수하겠다는 분위기가 고조되었다.

이런 비개인적 사건들로부터 당장은 뭐라 서술할 수 없는 방식으로 개인적 사건이 조합된다. 그리고 모스브루거 사건에서는 그와 그가 살해한 몇 명의 인간과만 관련 있는 개인적 낭만을 다 떼어내면 남는 것은 대충 인용된 문서목록에 표현된 그것뿐이다. 울리히의 아버지는 최근 아들에게 보낸 편지에 이 목록을 동봉했다. 이런 목록은 이런 모습이다. AH. − AMP. − AAC. − AKA. − AP. − ASZ. − BKL. − BGK. − BUD. − CN. − DTJ. − DJZ. − FBgM. − GA. − GS. − JKV. − KBSA. − MMW. − NG. − PNW. − R. − VSgM. − WMW. − ZGS. − ZMB. − ZP. − ZSS. − Addickes a. a. O. − Aschaffenburg a. a. O. − Beling a. a. O. 등등 — 또는 단어로 옮기면 공공위생 및 법의학 연보, 브루아델 발행, 파리 또는 정신의학 연보, 리티 발행 등등 … — 가장 짧은 축약어로 한 페이지였다. 그러나 진실은 호주머니 속에 넣어 둘 수 있는 수정이 아니며 우리가 빠져든 끝없는 흐름이다. 이런 축약어마다 수백 내지 수십 페이지를 연결시키고, 페이지마다 이것을 쓰는 열 개의 손가락을 가진 한 남자를 연결시키고, 손가락마다 열 명의 학생과 열 명의 적을 연결시키고,

학생과 적마다 열 개의 손가락을 연결시키고, 손가락마다 개인적 이념의 10분의 1을 연결시켜 생각해 보면 진실에 대한 작은 표상을 얻게 된다. 진실이 없다면, 그 유명한 참새조차도 지붕에서 떨어지지 않는다. 태양, 바람, 먹이가 참새를 그리로 끌어들였고 병, 굶주림, 추위 또는 고양이가 참새를 죽였다. 하지만 이 모든 것은 생물학적, 심리학적, 기상학적, 물리학적, 화학적, 사회적 등의 법칙 없이는 일어날 수 없었으리라. 그리고 이런 법칙을 도덕이나 법학에서처럼 스스로 생산해 내는 대신 찾기만 하면 된다는 것은 정말 안심이 된다. 게다가 모스브루거 개인으로 말하자면, 알다시피, 그는 인간의 지식에 대해 커다란 존경심을 품고 있었지만 유감스럽게도 그 지식의 아주 작은 일부만 갖고 있었다. 하지만 그가 자신의 처지를 다 알았다 해도 절대 완전히 이해하지는 못했으리라. 그는 이를 어렴풋이 예감했다. 그의 상태는 불안정한 것으로 여겨졌다. 그의 건장한 몸은 꽉 닫혀 있지 않았다. 하늘이 가끔씩 두개골 안을 들여다보았다. 예전에 자주 방랑길에서 그랬듯이. 그리고 어떤 중요한 고양(高揚)이, 물론 지금도 가끔씩 거의 불쾌했지만, 결코 그를 떠나지 않았고 전 세계로부터 감옥의 담장을 뚫고 그에게로 흘러들어 왔다. 이렇게 그는 두려운 행위에 대한 미답의 가능성으로서 갇힌 채 앉아 있었다. 눈에 보이지 않게 그를 에워싼 논문들의 끝없는 바다 한가운데 떠 있는 무인의 산호섬처럼.

111
법률가에게 반미치광이는 없다

어쨌든 범죄자의 삶은 그가 학자들에게 강요하는 힘든 사고작업과 비교했을 때 아주 수월한 경우가 많다. 피고는 건강에서 병으로의 이행이 자연에서는 매끄럽다는 것을 그냥 이용한다. 반면 법률가는 이런 경우 "자유로운 자기규정에 관한 긍정이유와 부정이유 또는 행위의 범죄적 성격에 대한 통찰은 서로 상충되고 지양되므로 어떤 사고규정을 따르더라도 문제의 소지가 있는 판결이 나올 수밖에 없다"고 주장해야 한다. 법률가는 논리적 근거 때문에, "동일한 행위에서는 두 상태의 혼합관계를 결코 인정해서는 안 된다"는 사실을 도외시하지 않기 때문이다. 그리고 그는 "육체의 영향을 받는 영혼상태와의 관계에서 도덕적 자유의 원리가 해체되어 경험사고의 불명료한 불확정성이 된다"는 사실을 승인하지 않는다. 그는 자신의 개념들을 자연에서 가져오지 않고 사고의 불꽃과 도덕법칙의 칼로 자연을 파고든다. 이 문제를 두고 법무부가 형법개정을 위해 소집한, 울리히의 아버지도 소속된 위원회에서 논쟁이 점화되었다. 하지만 울리히가 아버지의 설명을 동봉된 서류와 함께 완전히 숙지하기까지는 많은 시간과, 아들의 의무를 다하라는 아버지의 경고가 몇 번 더 필요했다.

그의 "너를 사랑하는 아버지"는 — 그는 매우 언짢은 편지에서조차도 이렇게 서명을 했다 — 다음과 같은 주장과 요구를 내세웠다. 부분적으로 병든 사람은 광적 표상에 시달리는 상황에서 행위를 정당화하거나 그 행위의 처벌가능성을 무효화할 수 있는 그런 표상이 — 이것이 광적 표상이 아니라면 ─ 있었음을 입증할 경우만 무죄다. 슈붕 교수는 이에 반대해서 ─ 그가 40년 동안 노인네의 친구이자 동료라는 이유였을 테지만 결국 이는 격렬한 대립을 초래하기 마련이다 ─ 다음과 같은 주장과 요구를 내세웠다. 책임능력 있음과 책임능력 없음의 상태가 재빨리 교대하면서 일어나는 ─ 이 상태는 법률적으로 나란히 존재할 수 없으므로 ─ 이런 개별 의지와 관련해서 바로 이 의지의 순간 피고인이 이를 통제하는 것이 불가능했음을 입증할 경우에만 무죄다. 초반의 정황은 이랬다. 범죄자가 바로 그 행위의 순간에 건강한 의지의 한순간을 놓치기 않기란 그의 처벌가능성을 확증할 수 있는 표상을 하나도 간과하지 않는 것만큼이나 어려울 것임은 문외한도 쉽게 인식할 수 있다. 하지만 재판의 과제는 사고와 도덕적 행위에 휴식용 침상을 제공하는 것이 아니다! 그리고 두 학자가 똑같이 법률의 품위를 확신했고 누구도 위원회의 다수를 자기편으로 만들 수 없었으므로 그들은 처음에는 서로 오류를 비난했지만 그 후에는 비논리, 고의적 오해, 이상의 결핍을 줄줄이 비난했다. 처음에는 우유부단한 위원회의 품 안에서 이렇게 했지만 그 후 회의가 진전이 없기 시작하고 연기되고 마침내 한동안 열리지 않게 되자 울리히의 아버지는 〈형법 318조와 참된 법정신〉과 〈형법 318조와 법적용의 오염원〉이라는 두 개의 소책자를 썼으며 슈붕 교수는 〈법학자의 세계〉라는 정기간행물에서 이 책자들을 비판했는데, 이 간행물도 울리히에게 보낸 편지에 동봉되어 있었다.

이 논쟁의 글들에는 '그리고'와 '또는'이 아주 많이 등장했는데, 두 견해를 '그리고'로 연결할 것인가, '또는'으로 분리할 것인가 하는 물음이 '일소되어야' 했기 때문이었다. 위원회가 오래 정지된 후 다시 하나의 품을 형성했을 때 여기에는 이미 '그리고 그룹'과 '또는 그룹'이 나뉘어 있었다. 게다가 해당 질병상태에서 자기통제에 소모되는 심리적 힘이 상승하고 감소하는 것에 비례하여 책임과 책임능력 정도를 상승 내지는 감소시키자는 단순한 제안에 찬성하는 그룹도 있었다. 이 그룹에 맞서는 네 번째 그룹도 있었는데, 이들은 행위자가 도대체 책임능력이 있는지 여부가 우선 분명히 결정되어야 한다고 주장했다. 책임능력 저하는 개념적으로는 책임능력 있음을 전제로 하며 범죄자가 부분적으로 책임능력이 있다면 이 부분을 법적으로 달리 파악할 수가 없으므로 완전한 처벌을 받아야 하기 때문이다. 이 그룹에 반대하는 또 다른 그룹은 이 원칙은 인정했지만 자연이 이를 지키지 않고 반미치광이도 생산해 낸다고 강조했다. 따라서 이 반미치광이에게 주는 법률상의 은전은, 죄를 경감해 줄 수는 없지만 처벌을 경감시킴으로써 정황을 감안하는 형식으로만 가능하다고. 이렇게 해서 또 책임능력그룹과 귀책그룹이 생겨났고 후자가 충분히 분열되고 나서야 그 적용에 아직 의견이 쪼개지지 않은 관점들이 드러났다. 물론 오늘날 어떤 전문가도 자신의 논점을 철학이나 신학의 논점에 좌우되게 하지는 않지만 최후의 지혜를 두고 다투는 이 두 연적은 관점으로서, 즉 공간처럼 텅 비어 있지만 그래도 사물들을 밀어 모으면서, 어디서나 전문시각 속으로 섞여 들었다. 게다가 결국 여기서 '개개 인간을 윤리적으로 자유롭다고 보아야 하는가'라는 조심스런 질문, 한마디로, '의지의 자유'라는 그 좋고 오래된 질문이 모든 의견차이의 원근법적 중심이 되었다. 물론 이 질문은 그들의 설명범위 밖에 있었다.

인간이 도덕적으로 자유롭다면 처벌을 통해 그에게 이론적으로는 믿기지 않는 실천을 강요해야 한다. 하지만 인간을 도덕적으로 자유롭지 않다고 보고 불변하는 자연과정의 소재지로 간주한다면 처벌을 통해 효과적으로 불쾌의 경향을 그의 내면에 야기할 수는 있지만 그가 행하는 일에 윤리적 책임을 지게 해서는 안 되기 때문이다. 그래서 이 질문 때문에 또 하나의 새로운 그룹이 생겼고 이들은 범죄자를 두 부분으로, 즉 판사가 관여할 수 없는 동물적이고 심리적인 부분과 하나의 구조에 불과하지만 법적으로 자유로운 법률적인 부분으로 나눌 것을 제안했다. 다행히 이는 이론으로만 머물렀다.

정의가 단숨에 정의를 경험하도록 하는 것은 어렵다. 위원회는 대충 스무 명의 학자로 구성되었고 그들은, 쉽게 검산되는 것처럼, 서로에게 수천 개의 입장을 취할 수 있었다. 개선해야 할 법들은 1852년 이후 적용되고 있었고 게다가 경솔하게 다른 것으로 대체해서는 안 되는 지속적 사안이었다. 그리고 무릇 안정된 법 장치는 그때그때 유행하는 정신의 온갖 비약적 사고를 다 쫓아서는 안 된다고 한 참가자가 올바로 지적했다. 얼마나 양심적으로 일해야 하는가는 결국, 설문 통계에 따르면 범죄를 저질러 우리에게 해를 입히는 100명 가운데 대략 70명은 우리의 정의의 장치를 빠져나갈 수 있다고 확신한다는 사실에서 가장 잘 도출된다. 따라서 체포한 4분의 1에 대해 더 정확히 숙고해야 함은 자명하다! 물론 이 모든 것은 그 이후로 약간 나아졌을 테고 게다가 이런 보고를 하는 참 의도가 이성이 법률전문가들의 머릿속에서 가장 아름답게 피워낸 얼음꽃을 — 머릿속에 해동기를 맞은 많은 사람들이 이미 이를 비웃은 바 있지만 — 조소(嘲笑)하는

데 있다고 생각한다면 잘못이리라. 그 반대다. 박학한 참가자들이 이성의 힘을 선입견 없이 사용하는 것을 방해한 것은 남성적 엄격함, 오만함, 건강한 도덕, 반론불가와 무사안일 등과 같은 여러 가지 마음의 특성들이었고 그 대부분은, 흔히 말하듯이, 우리가 결코 잃어버리기를 바라지 않는 미덕들이다. 이것들은 인간이라는 소년을 구식 가정교사의 방식에 따라 피후견인 취급했고 그는 주의를 기울이고 말을 잘 듣기만 하면 합격이었고 그 결과 다름 아니라 그들의 이전 세대가 가졌던, 3월 혁명 이전의 정치감정을 가지게 되었다. 물론 이 법률가들의 심리학 지식은 대략 50년 정도 시대에 뒤떨어졌지만 이는 자신의 학문분야 일부를 이웃 학문분야의 장비를 가지고 처리해야 할 경우 쉽게 발생하는 일이며 기회가 닿으면 재빨리 다시 만회되기도 한다. 그렇지만 끊임없이 시대에 뒤처지는 것은, 게다가 자신의 지속성을 착각하는 것은, 인간의 심장, 특히 철두철미한 인간의 심장이다. 만성 심장쇠약에 조금 시달릴 때 이성은 가장 메마르고 단단하고 복잡하다!

이 심장쇠약은 마침내 열정적인 폭발을 초래했다. 참가자 모두가 다툼으로 인해 약해질 대로 약해지고 일에 진척이 없자 합의를 제안하는 목소리가 늘어났는데, 이 합의는 해소되지 않는 대립을 하나의 아름다운 문장으로 봉합하려 할 때 모든 문구가 취하는 그런 형식을 취할 터였다. 정신적이고 윤리적인 특성으로 보아 범죄를 저지를 능력이 있는 범죄자를 책임능력이 있다고 명명하는 그 주지의 정의로 합의를 보자는 경향도 있었다. 이 말은 이런 특성들이 없이는 안 된다는 뜻이다. 하지만 이는 비범한 정의였고 범죄자의 수고를 크게 해 죄

수복을 얻기가 박사학위처럼 힘들게 만든다는 장점이 있었다. 하지만 이때 울리히의 아버지는 기념해에 닥칠 완화와 달걀처럼 둥글둥글한 정의(定義)에 맞서 — 그는 이를 자신에게 투척된 수류탄으로 간주했다 — 그가 사회적 학파로의 '선풍적 전환'이라고 명명한 그것을 단행했다. 사회적 견해는 우리에게 범죄를 저지르는 '변종'은 도덕적으로 판단할 것이 아니라 인간 사회에 미치는 그 유해성에 비추어 처벌해야 한다고 말한다. 여기서 추론할 수 있는 것은 범죄자가 유해할수록 그의 책임능력은 더 커져야 한다는 것이다. 엄격한 논리의 도상에서 역시 추론할 수 있는 것은 무죄인 듯 보이는 범죄자들, 즉 천성적으로 처벌의 교화효과가 가장 적은 정신병자들이 가장 엄한 처벌을 받아야 하며 범죄에 대한 경각심을 동일하게 하기 위해서는 어쨌든 건강한 사람보다 더 엄한 벌을 받아야 한다는 것이다. 이제 동료교수 슈붕이 이 사회적 견해에 제기할 이의가 전혀 없으리라고 선뜻 기대해도 좋았다. 그런 상황이었기 때문에 슈붕은 최후의 수단을 썼고 울리히의 아버지로 하여금 곧장 위원회에서의 끝없는 새 논쟁 속에서 모래에 파묻히기 직전인 법의 길을 떠나 아들에게 도움을 청하게 했는데, 당신이 아들에게 마련해 준 고위층과 최고위층 사교계와의 관계를 이제 좋은 일에 이용하도록 하기 위해서였다. 동료교수인 슈붕이 한 일도 객관적 반박을 시도하는 대신 당장 '사회적'이라는 단어에 악의적으로 매달리며 이 말을 그의 새 저술에서 '유물론적'이고 '프로이센적인 국가정신'이라고 의심하는 것이었으니까.

"나의 사랑하는 아들아", 울리히의 아버지는 적었다. "나는 당장에 사회적 법학파 사고의 낭만적인, 따라서 매우 비(非)프로이센적인 유래를 언급했지만 이는 유물론과 프로이센이라는 표상과 너무나 쉽게 연결되므로 악마적 악의를 가지고 고위층이 싫어할 것이 분명한 인상을 불러일으키려는 이 고발과 모욕에는 아마 소용이 없을 것이다. 이는 더 이상 스스로 방어할 수 있는 비난이 아니라 너무나 저질인 소문의 살포이므로 고위층은 이를 거의 살펴보지도 않을 뿐 아니라 이런 소문에 몰두해야 하는 필연성 때문에 비양심적 고발자는 물론이고 그 무고한 희생자까지도 나쁘게 여길 수 있다. 따라서 사는 동안 늘 모든 뒷문을 물리쳐 왔던 나이기에 너에게 부탁하지 않을 수 없구나 …" 등으로 이 편지는 끝났다.

112
아른하임은 아버지 사무엘을 신의 반열에 올려놓고
울리히를 수중에 넣기로 결심하다.
졸리만은 왕인 아버지에 대해 자세한 것을 알고 싶어 하다

아른하임은 벨을 울려 졸리만을 찾게 했다. 오랜만에 졸리만과 이야기를 나누고 싶은 마음이 들었고 이 개구쟁이는 그 순간 어딘가 호텔 안을 돌아다니고 있었다.

아른하임에게 상처를 입히려는 울리히의 반대가 마침내 성공을 거두었다.

물론 아른하임은 울리히가 그에 반대해서 작업하고 있음을 결코 놓치지 않았다. 울리히는 사심 없이 일했다. 그는 불에 끼얹은 물처럼, 설탕 뒤의 소금처럼 작용했다. 울리히는 아른하임의 영향력을, 딱히

의도하지는 않았지만, 죽이려 했다. 아른하임은 울리히가 심지어 디오티마의 신임을 악용해 은밀히 그에 대해 불리하거나 조롱하는 언급을 한다고 확신했다.

아른하임은 오랫동안 이와 비슷한 일을 당해 보지 못했다고 스스로에게 고백했다. 그에게 성공을 가져다준 평범한 방법이 여기서는 작동하지 않았다. 위대하고 주관이 뚜렷한 남자의 작용이 미(美)의 작용과 같기 때문인데, 미는 풍선에 구멍을 내거나 석상의 머리에 모자를 씌워서는 안 되듯 부인(否認)을 참지 못한다. 아름다운 여자는 마음에 들지 않으면 추해지고, 위대한 남자는 주목을 받지 못하면 더 위대한 뭔가가 되겠지만 위대한 남자이기를 멈춘다. 물론 아른하임은 이런 단어들로 이를 고백하지는 않았지만 그는 생각했다. '나는 반대를 참을 수 없어. 반대로 인해 번성하는 것은 이성뿐이니까. 그리고 누군가가 이성만 있다면 나는 그를 경멸한다!'

아른하임은 자신의 적수를 어떻게든 무력화하는 것이 조금도 어렵지 않으리라 가정했다. 하지만 그는 울리히를 얻고 영향을 미치고 교육하고 그의 감탄을 이끌어 내고 싶었다. 이를 용이하게 하기 위해 그는 모순적이지만 깊은 호의를 가지고 울리히를 사랑한다고 스스로 믿게 했지만 이를 어떻게 설명할지는 알지 못했으리라. 그는 울리히에게 두려울 것도, 바랄 것도 없었다. 라인스도르프 백작과 투치 국장은 아무튼 아른하임의 친구는 아니었고 그도 이를 알았고 그 밖에도 일은, 약간 느리긴 했지만, 그가 바라던 대로 진행되고 있었다. 울리히의 반대작용은 아른하임의 작용 앞에서 사라졌고 흡사 초현세적 이의에 불과했다. 이것이 할 수 있는 듯 보였던 유일한 것은 아마도 디오티마의 결정을, 이 멋진 여자의 단호함을 아주 조금 마비시킴으로써 미룬다는 것이었다. 아른하임은 이를 조심스럽게 노출시켰고 이제 이에 미소를 지어야 했다. 침울하게 아니면 악의적으로? 이런 경우 이런 차이는 대수롭지 않다. 그는 적의 오성적 비판과 반대가 적도 모르는 새에 그에게 봉사하는 것이 정당하다고 간주했다. 이는 보다 심오한 것의 승리였고 놀랍도록 선명하고 저절로 풀리는 삶의 갈등 가운데 하나였다. 아른하임은 이것이 운명의 올가미라고 느꼈는데, 이 올가미는 그와 이 젊은 남자를 연결시켰고 그를 이 자가 이해하지 못하는 고백으로 오도했다. 울리히는 이 구애에 반응하지 않았으니까. 그는 바보처럼 사회적 이익에 무감각했고 우정 제의를 알아차리지 못하거나 제대로 평가하지 못하는 듯했다.

아른하임이 '울리히의 위트'라 명명한 것이 있었다. 그는 이 말로 부분적으로, 삶이 제공하는 이익을 알아보지 못하고 품위와 단단한 기반을 부여해 줄 위대한 대상과 사건에 정신을 적응시키지 못하는 한 지적인 남자의 무능력을 일컬었다. 울리히는 삶이 정신에 적응해야 한다는 우스꽝스런 반대신조를 보여 주었다. 아른하임은 그의 모습을 눈앞에서 보았다. 그만큼 키가 컸고 그보다 어렸으며, 그가 자신의 육체에서 감출 수 없었던 연약함도 없었고 얼굴에는 절대적 독립성 같은 것이 있었다. 그는 약간 질투심을 느끼면서 이는 울리히가 금욕적 학자종족의 후손이기 때문이라고 결론지었는데, 울리히의 출신을 이렇게 상상했기 때문이었다. 이 얼굴에는 돈과 영향력에 대한 걱정이 이 쓰레기수거 전문가의 신생 왕조가 후손에게 허락하는 것보다 적었다! 하지만 이 얼굴에는 뭔가가 빠져 있었다. 이 속에는 삶이 빠져 있었다. 삶의 흔적이 무섭도록 빠져 있었다! 아른하임이 이를 너무나 선명하게 눈앞에서 본 순간 이 인상은 그를 매우 불안하게 했는데, 거기서 울리히에 대한 자신의 모든 호의를 다시 알아보았기 때문이었다. 그는 이 얼굴에 거의 재앙을 예언할 수도 있었으리라. 그는 질투와 근심이라는 이 분열된 느낌에 대해 곰곰이 생각했다. 그것은 자신은 비겁하게 안전한 곳에 피신한 사람이 느끼는 슬픈 만족감이었다. 그리고 갑자기 격렬히 끓어오르는 질투심과 부인(否認)이 그가 무의식적으로 찾고 있었지만 피해 왔던 생각을 불러일으켰다. 울리히는 아마 상황에 따라서는 영혼의 이자뿐만이 아니라 전체 자본까지 희생할 수 있는 남자라는 생각이 들었다! 사실 아른하임이 독특하게도 '울리히의 위트'라는 말로 의미했던 것도 그것이었다. 스스로 생각해 낸 단어들을 숙고하는 이 순간, 한 남자가 자신의 정열에 의해 이를테면 숨 쉴 수 있는 공간 너머로 휩쓸려 갈 수 있다는 표상이 농담처럼 여겨졌음이 너무나 분명해졌다!

졸리만이 살금살금 방 안으로 들어와 주인 앞에 섰을 때, 주인은 왜 그를 오게 했는지 대부분 잊어버렸지만 살아 있고 굴종하는 존재가 주는 안정감을 느꼈다. 그는 굳게 닫힌 표정으로 방 안을 서성거렸고 소년의 검은색 얼굴판이 그를 따라 돌았다. "앉아라!" 아른하임은 명령했으며 한구석에서 구두 뒤축으로 몸을 돌리고 선 채 말하기 시작했다. "위대한 괴테는 빌헬름 마이스터의 한 대목에서 적잖은 열정을 담아 올바른 삶에 대한 규정을 주고 있어. 그 규정은 이렇다. '행동하기 위해 사고하라, 사고하기 위해 행동하라!' 이해하겠니? 아니지, 네가 그걸 이해할 수가 없지 ⋯ ." 그는 스스로 이 질문에 대답했

고 다시 입을 다물었다. '삶의 지혜를 다 담고 있는 처방이야.' 그는
생각했다. '내 적수이고자 하는 그는 여기서 그 절반, 즉 사고하기만
알지!' 그는 이를 '위트만 있다'고 이해할 수도 있다는 생각이 들었다.
그는 울리히의 약점을 알아보았다. 위트는 앎, 즉 언어로 된 지혜에
서 온다. 이는 이 특성의 지성적 유래, 그 유령 같고 감정이 결핍된
본성을 나타내니까. 위트 있는 자는 늘 주제넘고 주어진 경계를 넘지
만 감정이 있는 자는 이 경계에서 멈춘다. 이렇게 해서 디오티마와 영
혼의 자본금 건은 더 유리한 관점 아래로 들어왔고 아른하임은 이 생
각을 하면서 졸리만에게 말했다. "삶의 지혜를 다 담고 있는 규정이
다. 이 때문에 나는 네게서 책을 빼앗고 일을 해보도록 한 거다!"

졸리만은 아무 대답도 하지 않았고 지극히 엄숙한 표정을 지었다.

"내 부친을 몇 번 본 적 있지?" 갑자기 아른하임이 물었다. "그를 기
억하니?"

졸리만은 흰자위가 보이도록 눈을 크게 뜨는 것이 적절하다고 생각
했고 아른하임은 생각에 잠겨 말했다. "그거 아니, 내 부친은 책을 거
의 읽지 않아. 부친의 연세가 어떻게 된다고 생각하니?" 그는 다시 대
답을 기다리지 않고 스스로 덧붙였다. "벌써 일흔이 넘었지만 집안의
이익이 좌우되는 곳이면 어디서나 손을 떼지 않고 있어!" 이어 아른
하임은 다시 입을 다물고 서성거렸다. 그는 아버지에 대해 이야기하
고픈 억누를 수 없는 욕구를 느꼈지만 생각하는 것을 전부 다 말할 수
는 없었다. 아버지도 가끔 사업에 실패한다는 것을 그는 누구보다 잘
알았다. 하지만 아무도 그의 말을 믿지 않았으리라. 누군가가 일단
나폴레옹이라는 평판을 누리게 되면 그는 패배한 전투도 이기니까.

246

그래서 아른하임이 아버지 옆에서 존재감을 얻기 위해서는 정신, 정치, 사회를 사업에 봉사하게 하는 것 말고 다른 가능성은 아예 없었고 그는 이 가능성을 선택했다. 젊은 아른하임이 지식과 능력이 많다는 것이 노(老) 아른하임을 기쁘게 하는 듯했다. 하지만 어떤 중요한 문제를 결정할 때 며칠 동안 생산공학적으로, 재정공학적으로, 정신정치적으로, 경제정치적으로 그 문제를 설명하고 해석해 주면 그는 고맙다고 했지만 그에게 제안한 그 반대를 명령하는 일도 드물지 않았고 온갖 이의제기에는 어쩔 수 없다는 고집스런 미소로 답할 뿐이었다. 심지어 부장들도 이에 자주 설레설레 머리를 저었지만 얼마 지나지 않아 매번 노인이 이런 식으로든, 저런 식으로든 옳았음이 드러났다. 그건 마치 늙은 사냥꾼이나 등산안내인이 기상학자들의 회의를 듣고 나서도 자신의 류머티즘의 예언에 따라 결정을 내리는 것과 비슷했다. 근본적으로 이것은 전혀 놀랄 만한 일도 아니었는데, 류머티즘은 많은 질문에서 과학보다 더 확실하기 때문이다. 그리고 결국 예언의 정확성만이 중요한 것도 아니다. 아닌 게 아니라 일들은 늘 상상했던 것과는 다르게 오니까. 중요한 것은 영리하고 끈질기게 일들의 반항심과 타협하는 것이다. 늙은 실무자가 많은 것을 알고 이론적으로 미리 알 수 없는 것을 할 수 있음을 이해하는 것은 사실 아른하임에게 그다지 어렵지 않았을 테지만 그럼에도 불구하고 그가 아버지가 직관이 있음을 발견한 운명적 날이 왔다.

"직관이 뭔지 아느냐?" 아른하임이 자신의 생각에 골몰한 채 물었다. 마치 이에 대해 말하려는 자신의 욕구에 대한 사과의 그늘을 더듬듯이. 졸리만은 잊어버린 어떤 임무 때문에 심문을 당하면 그러듯이 애써 눈을 껌벅였고 아른하임은 다시 한번 재빨리 말을 고쳤다. "나는 오늘 신경이 아주 날카로워!" 그는 말했다. "당연히 넌 그걸 알 수가 없지! 하지만 지금부터 내가 말하는 것을 명심해라. 돈을 버는 것은, 너도 생각할 수 있겠지만, 우리를 늘 고상한 것은 아닌 처지에 처하게 한다. 계산하고, 모든 것에서 이익을 취하려는 이 영원한 노력들은 더 행복했던 시대가 빚을 수 있었던 그 위대한 삶의 형상과는 반대된다. 살인을 용맹이라는 귀족적 미덕으로 만들 수 있었지만 계산에도 그와 비슷한 일을 할 수 있을지는 의문이구나. 이 속에는 진정한 선도, 품위도, 깊은 본성도 없고, 돈은 모든 것을 개념으로 만들고, 돈은 불쾌하게도 합리적이다. 돈을 보면 나는, 네가 이해하든 말든, 매번 불신에 차 검사하는 손가락, 수많은 외침과 많은 이성을 생각하는데, 이것들은 똑같이 참을 수 없는 표상들이다." 그는 말을 중단하고 다시 고독 속으로 침잠했다. 그는 아이였을 때 친척들이 그의 머리를 쓰다듬으면서 영리한 머리라고 말한 것을 기억했다. 계산하는 머리. 그는 이 신조를 증오했다! 반짝이는 금화 속에는 자수성가한 한 가족의 이성이 반영되어 있었다! 그는 자기 가족을 부끄러워하는 자기 자신을 경멸했으리라. 그래서 그 반대로 행동했다. 그는 특히 최고위층 모임에서는 고상하고 겸손하게 자신의 출신을 고집했다. 하지만 그는 그의 가족의 이성을 지나치게 활발한 대화나 과장된 몸짓처럼 가족의 약점인 양 두려워했다. 이 약점은 그가 인류의 정상에 오르는 것을 불가능하게 하리라.

그가 비합리적인 것을 경배하는 원인이 아마 여기에 있을 것이다. 귀족은 비합리적이다. 이 말은 거의 귀족의 오성 결핍에 대한 농담처럼 들렸지만 아른하임은 자신이 무슨 뜻으로 이 말을 했는지를 알았다. 유대인인 그가 어떻게 예비군장교가 되지 않았는지 생각해 보면 되었다. 아른하임 집안 사람으로서 하사관이라는 하찮은 계급을 달 수 없었던 그는 그냥 병역 부적격이라는 판정을 받았고 오늘날도 그는 여기서 분별력 결핍을, 이 결핍과 연관된 명예로움을 제대로 평가하지 않고서는 인정하기를 거부했다. 이 기억은 졸리만을 향한 그의 연설을 몇 문장 더 풍요롭게 하는 계기가 되었다. "그럴 수 있어."그는 멈춰선 곳에서 말을 이었다. 온갖 거부감이 들었음에도, 그는 본론에서 벗어날 때조차도 체계적이었으니까. "그럴 수 있어, 심지어 그럴 거야. 귀족이 오늘날 귀족적 의식이라고 불리는 바로 그것을 항상 지칭하지 않았다는 것은. 귀족은 나중에 그들의 고귀함의 토대가 된 거대한 토지를 얻기 위해서 오늘날 상인들만큼이나 계산적이고 약삭빨랐을 거야. 아니, 아마 상인의 사업이 심지어 더 명예롭게 이루어질 거야. 하지만 힘은 토지에 있어. 이해하겠니, 내 말은 그건 밭의 흙 속에, 사냥 속에, 전쟁 속에, 하늘에 대한 믿음 속에, 농부적인 것 속에 있다는 거야. 한마디로, 머리보다는 팔과 다리를 더 많이 썼던 이 인간들의 육체적 삶 속에 있어. 자연 가까이에 그 힘이 있었고 이 힘이 결국 그들을 품위 있게, 고귀하게, 모든 비천한 것을 거부하게 만들었지."

그는 기분에 취해서 말을 너무 많이 하지 않았나 숙고했다. 졸리만이 그 의미를 이해하지 못했다면 소년은 주인의 말 때문에 귀족에 대한 그의 존경심을 감소시킬 수 있었다. 하지만 그때 예기치 않았던 일이 일어났다. 졸리만은 벌써 한동안 불안하게 이리저리 움직거렸고 이제 질문을 던져 주인의 말을 중단시켰다. "저 …", 졸리만이 물었다. "제 아버지는 왕인가요?"

아른하임은 아연해서 그를 바라보았다. "나는 아무것도 모른다." 그는 반쯤 엄하게, 반쯤 재미있어 하며 말했다. 하지만 졸리만의 진지하고 거의 분노에 찬 얼굴을 바라보는 동안 어떤 감동 같은 것이 그를 사로잡았다. 그는 이 소년이 모든 것을 진지하게 받아들이는 것을 좋아했다. '얘는 위트라고는 없군.' 그는 생각했다. '사실 비극이지.' 그에게는 어째서인지 위트 없음이 삶의 무거움과 충만과 같은 것으로 보였다. 그는 부드러운 가르침을 담아 소년에게 답을 했다. "네 아버지가 왕이라는 정황은 거의 없어. 내 생각에는 오히려 하층의 직업을 가졌을 거야. 어느 해안도시에서 곡예사 무리에서 너를 발견했거든."

"얼마를 지불하셨습니까?" 졸리만이 그의 말을 중단시키면서 캐물었다.

"애야, 어떻게 그걸 내가 아직도 기억하겠니! 절대 많지는 않았다고 생각한다. 분명 많지 않았어! 그런데 그 모든 게 왜 궁금하지? 우리는 스스로 자기 왕국을 만들기 위해 태어난다! 아마 난 내년에 네가 상업과정을 밟도록 할 것이고 그 후 넌 우리 사무실 가운데 하나에서 수습사원으로 일을 시작할 수 있을 거야. 네가 무엇을 이룰지는 당연히 네게 달렸지만 나는 너를 지켜볼 거야. 예를 들어, 나중에 넌 흑인들이 이미 약간 발언권을 가진 곳에서 우리 회사의 이익을 대변할 수 있을 거야. 물론 거기서는 아주 조심스럽게 대처해야 하지만 어쨌든 흑인이라는 사실이 네게 큰 장점이 될 거야. 일을 하게 되면 비로소 넌 먼저 나의 직접적인 감독하에서 보낸 해들이 네게 얼마나 유용했는지 완전히 알게 될 거야. 한 가지만은 지금 벌써 말할 수 있어. 너는 자연의 귀족성을 아직 가진 종족이야. 중세 기사전설에서는 흑인 왕들이 항상 명예로운 역할을 했어. 네가 정신적으로 귀족적인 것, 너의 품위, 너의 선, 솔직함, 진실에의 용기, 오늘날 대부분의 인간들의 특징인 조급함, 질투심, 원한, 작은 신경질적 악의를 멀리할 훨씬 더 큰 용기를 네 내면에서 잘 가꾼다면, 이 일을 해낸다면 너는 분명 장사꾼으로도 출세할 거야. 상품뿐만 아니라 보다 나은 삶의 형식을 세계에 가져다주는 것이 우리의 과제니까."

오랫동안 졸리만과 이렇게 터놓고 이야기를 하지 않았던 터라 아른하임은 누가 들으면 자신이 웃음거리가 될 것이라고 느꼈지만 거기에는 아무도 없었고 게다가 그가 말한 것은 그가 털어놓지 않은 더 심오한 사고맥락의 덮개일 뿐이었다. 그가 귀족적 신조와 귀족의 생성에 대해 한 바로 이 말들은 그의 내면에서는 이와 딱 반대되는 방향으로 움직였다. 그러면서 세상이 존재한 이후 여태 한 번도 정신적 순수함과 선한 신조에서 뭔가가 생겨난 적이 없고 모든 것은 악마의 뿔이 시간이 흐르면서 닳아 없어진 비열함에서만 생겨난다는 생각이 뇌리를 파고들었다. 결국에는 심지어 위대하고 순수한 신조도 여기서 생겨난다! 분명 — 그는 생각했다 — 귀족의 생성은 쓰레기 수거업체로부터 세계적 대기업이 생성된 것과 마찬가지로, 고양된 인도주의와의 연관성이 확실한 관계에서만 연유하는 것이 아닌 것은 명백하지만 전자에서는 18세기 프랑스 로코코의 실버문화가, 후자에서는 아른하임이 태어났다. 이로써 삶은 분명 그에게 하나의 과제를 제시했고 이는 다음과 같은 매우 모순적인 질문 속에 가장 잘 요약될 수 있다고 그는 생각했다. 즉, 위대한 신조를 만들어 내기 위해 얼마만큼의 비열함이 필수적이고 또 허용되는가? 하지만 그의 사고는 다른 한 층위에서는 그 사이 가끔씩, 직관과 합리주의에 대해 졸리만에게 말한 그것을 계속 쫓고 있었고 갑자기 아른하임은 그가 처음으로 아버지에게 아버지가 직관으로 사업을 하고 있다고 설명했을 때를 아주 생생하게 떠올렸다. '직관이 있다'는 것은 당시 자신의 행위를 이성으로는 제대로 해명할 수 없었던 모든 사람들에게 유행이었다. 그것은 대충 현재 '템포가 있다'는 것이 하는 것과 같은 역할을 했다. 잘못했거나 아주 만족스럽게 성공하지 못한 모든 것은 직관을 위해서라거나 직관을 통해 성사되었다며 정당화되었고 직관은 요리를 하는 데나 책을 쓰는 데도 사용되었다. 하지만 아버지는 이에 관해 아무것도 몰랐고 놀라 아들을 쳐다보는 실수를 저지르고 말았다. 아들은 쾌재를 불렀다. "돈을 번다는 것은", 그는 말했다. "우리에게 늘 고상하지는 않은 생각을 하도록 강요합니다. 동시에 우리 대(大) 상인들은 다음 역사전환기에 대중을 이끌 사명을 부여받았을 것입니다. 우리가 영적으로 그럴 능력이 있을지는 모릅니다! 하지만 그럴 수 있는 용기를 제게 주는 뭔가가 세상에 있다면 그것은 바로 아버지입니다. 아버지는 위대한 옛 시대에 아직 신들의 인도를 받던 왕과 예언자가 가졌던 얼굴과 의지의 재능을 갖고 계시니까요. 아버지가 사업을 해내는 방식은 하나의 비밀이고 저는 계산을 허용하지 않는 비밀은 모두, 용기의 비밀이든 발명의 비밀이든 별의 비밀이든 간에, 동순위라고 말하고 싶습니다!" 아른하임은 그를 쳐다보던 아버지의 시선이 첫 문장 이후 다시 신문으로 가라앉는 것을 마음이 아플 정도로 선명하게 눈앞에 떠올렸다.

아무리 자주 아들이 사업과 직관에 관해서 말해도 아버지는 더 이상 신문에서 눈을 들지 않았다. 아버지와 아들의 이런 관계는 꾸준히 지속되었으며 아른하임은 지금도 세 번째 사고층위에서, 흡사 기억 속 장면의 영사막에서 이것을 점검했다. 그는 끊임없이 그를 압박하는 아버지의 우월한 사업수완에서 근원적 힘 같은 것을 보았는데, 더 복잡한 아들은 분명 이를 손에 넣을 수 없을 것이었다. 이로써 그는 헛된 노력의 영역에서 이 모범을 치워 버리는 동시에 그의 출신의 귀족 증명서를 만들었다. 그는 이 이중책략을 통해 무사히 살아남을 수 있었다. 돈은 가장 근원적인 사람만이 다룰 수 있는 초개인적이고 신화적인 권력이 되었고 그는 옛 전사들이 그랬던 것처럼 그의 선조를 신의 반열에 올려놓았다. 이 전사들에게는 그들의 신화적 선조가 온갖 전율에도 불구하고 자신들과 비교해서 약간 원시적으로 여겨졌을 것이다. 하지만 네 번째 층위에서 그는 자신이 이 세 번째 층위에 보낸 미소에 대해서는 아무것도 몰랐고 그가 지상에서 하기를 바라는 역할에 대해 숙고하는 동일한 사고를 다시 한번 진지하게 사고했다. 물론 이런 사고의 층들은, 상이한 깊이와 바닥이 층층이 쌓여 있는 양, 단어 그대로 이해해서는 안 된다. 이들은 강한 감정대립의 영향을 받으면 사고가 갖게 되는 투과하는 움직임, 사방에서 밀려드는 움직임에 대한 표현에 불과하다. 아른하임은 평생 위트와 아이러니에 대해서도 거의 병적이라 할 만큼 예민한 거부감이 있었고 아마 이는 그가 적잖이 물려받은, 이 둘에 대한 그의 유전적 소질에서 연유했을 것이다. 이것들은 늘 비귀족적인 것, 천한 지성인의 총체 개념으로 여겨졌으므로 그는 이를 억압해 왔지만 그의 감정이 가장 귀족적이고 심지어 가장 반(反)지성적이라고 할 바로 지금, 이것들은 디오티마와의 관계에서 다시 그를 찾아왔다. 그의 느낌이 흡사 벌써 발돋움을 하면, 사랑에 대한 정확한 농담을 통해 마음의 숭고한 움직임에서 벗어나려는 지독한 가능성이 그를 유혹했는데, 그것은 아랫사람들이나 거친 사람들의 입에서 심심찮게 들었던 농담이었다. 그리고 그는 이 모든 층들을 뚫고 솟아오르면서, 졸리만의 음울하게 주의 깊은 얼굴을 갑자기 놀라서 쳐다보았다. 그 얼굴은 이해할 수 없는 삶의 지혜가 후려친 검은 펀칭볼처럼 보였다. '난 얼마나 가소로운 상황에 처해 있는가!' 아른하임은 생각했다.

주인이 이 일방적 대화를 끝냈을 때 졸리만의 육체는 의자 위에서 뜬 눈으로 잠든 것처럼 보였다. 두 눈은 움직이고 있었지만 육체는 아직 자신을 깨우는 한마디 말을 기다리고 있다는 듯 움직이려 하지 않았다. 아른하임은 이를 알아챘고, 왕의 아들이 어떤 간계로 인해 하인이 되었는지에 대해 더 자세한 것을 알아내려는 불타는 욕망이 이 흑인의 시선에서 그에게 말을 하고 있었다. 발톱으로 낚아채는 듯한 이 시선은 순간 그의 수집품을 훔친 정원사 조수를 상기시키는 작용을 했고 그는 한숨을 쉬면서 스스로에게 말했다. 자신에게는 단순한 물욕이 아마 영원히 결핍될 것이라고. 갑자기 이 착상이 디오티마와의 관계도 단 한마디 말로 표현한다는 생각이 들었다. 생의 정점에서 그는 자신이 건드렸던 모든 것들로부터 차가운 그늘을 사이에 두고 떨어져 있음을 느꼈고 괴로웠다. 행동하기 위해서는 사고해야 한다는 원칙을 지금 막 발설했고 모든 위대한 것을 자기 것으로 만들고 모든 사소한 것에도 자신의 중요성을 각인하려고 끊임없이 노력해 온 남자에게 이는 단순한 생각이 아니었다. 하지만 이 그늘은 그가 절대 결핍되게 놔두지 않았던 의지에도 불구하고 그와 그가 갈망하는 대상 사이에 드리워졌고 아른하임은, 스스로도 놀란 바이지만, 이 그늘이 그의 청년 시절을 감쌌던 그 부드러운 전율의 빛과 관련이 있음을 분명히 인식했다고 생각했다. 그 전율은 잘못 다룬 나머지 입김처럼 얇은 얼음층이 된 듯했다. 그는 왜 이 얼음층은 세계를 등진 디오티마의 심장 앞에서조차 녹지 않았는가 하는 질문에만은 답을 할 수 없었다. 하지만 건드려지기만 기다리는 아주 불쾌한 통증처럼 그때 다시 울리히가 떠올랐다. 단번에 아른하임은 이 남자의 삶에도 동일한 그늘이 있지만 그의 삶에서와는 다른 작용을 한다는 것을 알았다! 딴 남자의 본성에 질투심을 느끼는 한 남자의 정열이 인간의 정열 가운데서 그 강도에 합당한 자리를 차지하는 경우는 드물고, 울리히에 대한 그의 무기력한 분노가 더 깊은 근저에서 보면 서로를 알아보지 못한 두 형제의 적대적 만남과 유사하다는 발견은 아주 강한 동시에 기분 좋은 감정이었다. 아른하임은 호기심을 갖고 그들 둘의 본질을 이렇게 비교해 가며 자세히 살펴보았다. 삶에서 이익을 얻으려는 거친 물욕이 울리히에게는 훨씬 더 결핍되었고 숭고한 물욕, 존재의 품위와 중요성을 차지하려는 소망이 울리히에게는 화가 날 정도로 결핍되었다. 이 인간은 삶의 무게와 실체에 대한 욕구가 없었다. 그의 객관적 열성은 부인할 수 없었지만 그것은 사안의 소유를 열망하지 않았다. 아른하임은 막 그의 직원들이 떠오른다고 느꼈으리라. 만약 직업에 대한 그들의 헌신적 자세가 울리히에게 적용했을 때 엄청난 오만을 수반하지 않았더라면. 소유하는 자가 되지 않으려는 데 집착하는 자라고도 말할 수 있었다. 자발적 가난 속에서 싸우는 자에 대한 생각을 할 수도 있었다. 철두철미 이론적 인간이라고 말하는 것도 가능해 보였다. 하지만 이것 역시 맞지 않았다. 사실 그를 이론적 인간이라고 부를 수도 없었으니까. 그러면서 아른하임은 울리히에게 한번 명시적으로 그의 사고능력이 실천능력에 뒤진다고 설명한 것을 상기했다. 하지만 실용적으로 바라보면, 이런 인간은 아예 존재할 수 없었다. 이렇게 아른하임의 생각은 오락가락했고 이런 일이 처음은 아니었지만 오늘 그를 점령한 자기회의에도 불구하고 어떤 개별 질문에서 울리히의 우위를 인정한다는 것은 불가능했고 그는 울리히에게 뭔가가 없다는 것이 결정적 차이라는 가장 타당한 결론을 내렸다. 그럼에도 불구하고 전체적으로 이 인간에게는 소비되지 않은 것, 자유로운 것이 있었고 아른하임은 이것이, 그 자신이 소유하고 있으며 다른 인간을 통해 의문시되고 있다고 느끼는 바로 그 '전체의 비밀'을 상기시킨다고 망설이며 고백했다. 만약 측정하는 이성만 접근할 수 있는 뭔가가 문제였다면 어떻게 동일한 불쾌감인 '위트'를 이 비현실 인간에게 적용하는 것이 가능했겠는가! 아른하임은 이 감정을 두려워해야 함을 그의 아버지처럼 현실을 너무나 정확히 아는 사람에게 배웠다. '이 인간에게는 전체적으로 뭔가가 빠져 있다!' 아른하임은 생각했지만 이런 확실성의 이면인 양, 거의 같은 순간 그리고 그의 의지와는 무관하게 이런 생각이 떠올랐다. '이 남자는 영혼이 있다!'

이 남자는 아직 소비되지 않은 영혼이 있었다. 직관적 영감이었기 때문에 아른하임은 이 말이 무슨 뜻인지 정확히 진술할 수는 없었으리라. 하지만 어쨌든 모든 인간은, 알다시피, 시간이 흐르면서 자신의 영혼을 이성, 도덕, 위대한 이념으로 해체했고 이는 돌이킬 수 없는 과정이다. 그의 친구이자 적에게는 이 과정이 끝까지 진행되지 않아 뭔가가 남아 있었고 그 애매모호한 매력을 올바로 묘사할 수는 없었지만 이것이 영혼 없는 것, 합리적인 것, 기계적인 것의 영역에서 온, 사실 더 이상 문화내용으로 치부될 수 없는 요소들과 비상하게 결합되어 있음은 인식할 수 있었다. 게다가 아른하임은 이 모든 것을 숙고하고 곧장 자신의 철학적 저술의 표현방식에 적응시키는 동안 단한순간도 그중 어떤 것을 울리히의 공로로, 그것이 울리히의 단 하나의 공로라고 해도, 돌릴 시간이 없었다. 뭔가를 발견했다는 인상이 너무나 강렬했으니까. 그 자신이 이 생각을 창조한 사람이었고 그는 아직 나오지 않은 목소리에서 잠재적 광채를 발견한 대가처럼 여겨졌다. 그의 사고는 졸리만의 얼굴을 보고서야 냉각되었다. 졸리만은 이미 한참이나 그를 응시했고 이제 다시 물어볼 기회가 왔다고 생각한 것이 분명했다. 이 작고 말 없는 반(半)미개인의 도움을 받아, 자신의 인식을 얻을 수 있는 능력이 누구에게나 주어져 있지 않다는 것을 의식하자, 적수의 비밀을 아는 유일한 사람이라는 아른하임의 행복감은 상승했다. 물론 아직 많은 것이 분명하지 않았고 그것이 초래할 결과는 알 수 없었다. 그는 고리대금업자가 자본을 빌려준 희생양에게 느끼는 사랑만을 느꼈다. 다르게 체현된 자신의 모험인 듯 보이는 이 남자를 어떤 대가를 치르고서라도 ─ 심지어 그를 양자로 삼아야 한다 해도! ─ 자기 사람으로 만들겠다는 계획을 그에게 불어넣은 것은 졸리만의 모습이었다. 그는 그 형태가 아직 무르익어야 하는 이 의도가 이렇게 지나치게 서둘러 강화된 데에 미소를 지었으며 동시에,

알고 싶은 비극적 욕구에 얼굴을 움찔거리고 있는 졸리만의 말문을 다음과 같은 말로 닫았다. "이제 그만하자. 넌 내가 주문해 둔 꽃을 투치 부인께 가져다 드려야 한다. 더 질문할 게 있으면 다음 기회에 생각해 보도록 하자!"

113
울리히는 한스 젭, 게르다와 이성 이상과
이성 이하 사이 경계지대의 혼성어로 대화하다

울리히는 아버지의 소망을 들어주기 위해 뭘 해야 할지 정말 몰랐다. 아버지는 각하나 신분이 높은 다른 열렬한 애국자들과 개인적으로 이야기해서 사회적 학파를 위한 사전작업을 하라고 요구했다. 그래서 그는 이를 깨끗이 잊어버리기 위해 게르다를 방문했다. 그는 게르다의 집에서 한스와 마주쳤고 한스는 곧장 공격으로 넘어갔다. "당신은 피셸 지점장을 두둔하셨습니다."

울리히는 답을 피하는 반대질문으로 답했다. 게르다가 그 이야기를 했는지?

그랬다. 게르다가 그에게 그 이야기를 했다.

"계속할까요? 왜 그랬는지 듣고 싶나요?"

"부탁드리겠습니다!" 한스가 요구했다.

"그건 그렇게 간단하지가 않아요, 친애하는 한스!"

"친애하는 한스라고 부르지 마세요!"

"그럼, 친애하는 게르다", 그는 그녀에게 몸을 돌렸다. "그건 전혀 간단하지가 않아요. 나는 이미 지독히도 많이 그 이야기를 했으므로 당신이 나를 이해한다고 생각했습니다만."

"난 당신을 이해하지만 믿지는 않아요." 게르다는 이렇게 대답했지만 말하는 방식이나 말하면서 그를 바라보는 방식을 통해, 한스 편에 선 자신의 전투자세에 울리히와 화해하는 모양새를 부여하려 애썼다.

"우리는 믿지 않아요", 한스가 당장 이런 상냥한 모양새의 대화를 중단시켰다. "당신의 말이 진심이라는 걸. 어떻게 그랬는지, 당신은 그걸 자기 것으로 만들었어요!"

"뭐라고요?! 그것이라면 …. 제대로 표현할 수 없는 그것을 말합니까?" 울리히가 물었다. 그는 곧장 한스가 후안무치하게 가리키는 것이 그가 게르다와 단둘이서 이야기한 그것임을 알아차렸다.

"오, 진심이라면 그건 아주 잘 표현할 수 있습니다!"

"난 그렇게 할 수가 없어요. 하지만 나는 당신에게 이야기를 하나 해줄 수 있어요."

"또 이야긴가요! 당신은 호머 아버지처럼 이야기하는 것 같군요!" 한스는 한층 더 후안무치하게, 더 자의식에 차서 소리쳤다. 게르다는 그만하라며 그를 바라보았다. 하지만 울리히는 개의치 않고 계속했다. "나는 한번 깊이 사랑에 빠졌어요. 대충 지금 당신 나이였을 겁니다. 사실 난 당시 내 사랑을 사랑했지요. 거기에 딸린 여자보다는 나의 변화된 상태를요. 그 당시 그 모든 것을 알게 되었습니다. 당신과 당신 친구들 그리고 게르다가 당신들의 커다란 비밀로 만든 그것 말입니다. 이것이 내가 당신에게 하려 했던 이야기입니다."

이야기가 이렇게 짧게 끝나자 두 사람은 당황했다. 게르다는 주저하며 물었다. "당신이 한번 아주 깊이 사랑에 빠졌다고요 … ?" 같은 순간 그녀는 한스 앞에서 어린 소녀의 소름끼치는 호기심으로 이렇게 질문한 데 화가 났다.

하지만 한스가 말을 중단시켰다. "그런 일에 대해 대체 우리가 무슨 이야기를 해야 합니까! 차라리 정신적 파산자들의 수중에 들어간 당신 사촌이 무슨 짓을 하는지나 이야기해 주시지요?"

"내 사촌은 우리 고국의 정신을 전 세계에 멋지게 드러내 줄 이념을 하나 찾고 있습니다. 제안을 하나 해주면 그녀에게 도움이 될 텐데요? 난 중재자 역할을 할 만반의 태세가 돼 있어요." 울리히가 대답했다.

한스는 조롱조로 크게 웃었다. "왜 당신은 우리가 이 사업을 방해하려 하는 것을 모르는 척하나요!"

"그래, 대체 왜 당신들은 그렇게 격렬히 반대하나요?"

"그것이 이 나라의 독일인에 반대해서 계획된 너무나 비열한 사건이기 때문이지요!" 한스가 말했다. "유망한 반대운동이 일어나는 중임을 당신은 정말 모르나요? 독일민족연합이 라인스도르프 백작의 의도에 주목했습니다. 체조협회는 독일 정신의 손상에 반대해 벌써 항의했습니다. 오스트리아 대학무장연맹은 조만간 위협적 슬라브화에 반대입장을 표명할 것이고 내가 속한 독일청년동맹도 보고만 있지 않을 겁니다. 거리로 나서야 한다 해도!" 한스는 몸을 곧추세우고 약간 자랑스럽게 이야기했다. 그럼에도 불구하고 그는 이렇게 덧붙였다. "하지만 물론 이 모든 것은 중요하지 않아요! 이 사람들은 외적 조건을 과대평가하지요. 결정적인 것은 이 나라에서는 절대 아무것도 성공할 수 없다는 것입니다!"

울리히는 그 원인을 물었다. 위대한 종족은 모두 초기에 벌써 그들의 신화를 창조했다, 그런데 예를 들어, 오스트리아 신화가 있는가? 하고 한스가 반문했다. 오스트리아의 초기 종교? 서사시? 가톨릭도, 개신교도 이 나라에서 생기지 않았다. 인쇄술과 회화 유산들은 독일에서 왔다. 왕가는 스위스, 스페인, 룩셈부르크가 공급했다. 기술은 영국과 독일이 공급했다. 가장 아름다운 도시들인 빈, 프라하, 잘츠부르크는 이탈리아인, 독일인에 의해 세워졌고 군대는 나폴레옹을 모범으로 만들어졌다. 이런 국가는 독자적인 것을 시도해서는 안 된다. 이 국가에 단 하나의 구원이 있다면 그것은 독일과의 연합이다. "이제 당신은 우리에게서 알아내고자 한 것을 다 압니다!" 한스가 말을 맺었다.

게르다는 한스를 자랑스러워해야 할지 부끄러워해야 할지 분명치 않았다. 울리히를 향한 호의는 최근 다시 활발히 깨어났다. 물론 스스로 어떤 역할을 하려는 너무나 인간적인 소망은 더 어린 친구를 통해 훨씬 더 충족되었지만. 독특한 점은 이 어린 소녀가 '노처녀로 남자'와 '울리히에게 몸을 바치자'라는 두 개의 서로 대립되는 소망 때문에 혼란스러웠다는 것이었다. 이 두 번째 소망은 그녀가 벌써 수년 전부터 느껴 온 사랑의 자연스런 결과였다. 물론 이는 불꽃으로 타오르지 못하고 용기 없이 내면에서 이글거리는 사랑이었다. 그녀의 느낌은 사랑할 가치가 없는 사람을 향한 사랑의 느낌과 비슷했고, 이 사랑에서는 모욕당한 영혼이 육체를 던지려는 경멸할 만한 욕망 때문에 괴로워했다. 하지만 이상하게도 이에 대립해서, 하지만 평화를 향한 동경으로서 이와 단순히 그리고 자연스럽게 연관된 예감이 하나 있었는데, 그녀가 결코 결혼하지 않으리라는, 모든 꿈들이 끝나면 조용히 영위하는 고독한 삶을 살게 되리라는 예감이었다. 이는 확신에서 태어난 소망은 아니었다. 게르다는 자신과 관련된 일은 선명하게 보지 못했으니까. 오히려 우리 육체가 우리 이성보다 훨씬 더 빨리 갖게 되는 예감이었다. 한스가 그녀에게 미치는 영향도 이것과 관련이 있었다. 한스는 뼈대는 굵지만 키가 크지도, 힘이 세지도 않은 평범한 젊은이였고 머리카락이나 옷에 대고 손을 닦았고 기회 있을 때마다 주석 테두리의 작고 둥근 손거울을 들여다보았다. 가꾸지 못한 얼굴피부에 늘 염증이 생겨 걱정이었기 때문이다. 하지만 게르다는 박해에 맞서 지하납골당에서 모임을 했던 로마의 초기 기독교들이 꼭 이러했으리라 상상했다. 아마 손거울만 빼면. 꼭 이러하다는 것은 세부사항이 다 일치한다는 뜻이 아니라 그녀가 기독교에 대한 표상과 연결시킨 일반적 기본감정과 공포심에서 그랬다는 뜻이다. 그녀는 목욕을 하고 성유를 바른 이교도가 늘 더 마음에 들었지만 자신이 기독교도임을 고백하는 것은 본인의 성격에서 연유하는 희생을 의미했다. 이로써 보다 고상한 요구들은 게르다에게는 약간 퀴퀴하고 혐오스런 냄새가 났고 이 냄새는 신비주의 신조와 연결되기에 아주 적합했으며 한스는 이 신조의 풍경을 그녀 앞에 펼쳐 주었다.

울리히는 이 신조를 아주 잘 알았다. 조잡한 형이상학적 욕구를 죽은 식모의 유령을 상기시키는 그 가소로운 피안으로부터의 강령(降靈)을 통해 충족시키는 것은 심령술 덕분일 것이다. 이는 신이 아니라면 최소한 유령이라도 요리처럼 떠먹으려는 욕구이며 이 요리는 어둠 속에서 얼음같이 차갑게 목을 타고 내려간다. 예전 시대에는 신이

나 그의 사도들과 개인적으로 접촉하려는 이 욕구는 엑스터시의 상태에서 일어났다고 하는데, 그 섬세하고 부분적으로 놀라운 형상에도 불구하고, 거친 현세적인 태도가 극도로 비범하고 불특정한 예감상태의 체험들과 혼합된 것이었다. 형이상학적인 것은 이 상태 속에 집어넣어진 신체적인 것이고 현세적 소망들의 모사(模寫)였다. 왜냐하면 현시대의 표상들이 우리가 그것을 볼 수 있다고 활발히 기대하게 만드는 그것을 우리는 이 속에서 본다고 믿으니까. 그런데 시간이 흐르면서 변화해 신빙성이 없게 된 것은 다름 아닌 지성의 표상들이었다. 오늘날 누군가가 신이 그와 대화했고 그의 머리카락을 아프도록 움켜잡았고 그를 위로 끌어올렸다거나 올바로 이해할 수는 없지만 생생히도 달콤한 방법으로 그의 가슴 안으로 미끄러져 들어왔다는 이야기를 하면, 아무도 그가 자신의 체험들을 포장한 이 특정한 표상들을 믿지 않을 것이며 당연히 성직자들이 가장 믿지 않으려 할 것이다. 이성적 시대의 아이들인 이들은 이성을 잃은 광적인 신도들에게 망신을 당하는 것에 정말 인간적 두려움을 느끼기 때문이다. 이는 중세와 고대의 이교시대에 수없이 그리고 분명히 있었던 체험들이 공상이나 병적 징후로 여겨지는, 또는 지금까지는 항상 신화와 연결시켰지만 이와 무관한 뭔가가 이 속에 들어 있다는 추측이 제기되는 결과를 초래했다. 이것은 체험의 순수한 핵으로서 엄격한 경험원칙에 따라서도 신빙성이 있을 터이며 따라서 당연히 너무나 중요한 사안이겠지만, 어디까지나 여기서 '초월적 세계와 우리의 관계에 대해 어떤 추론이 가능할까'라는 두 번째 질문에 부딪히기 전까지만 그렇다. 신학적 이성의 질서 속에 편입된 믿음이 오늘날 만연한 이성의 회의나 반대와 도처에서 힘겨운 싸움을 벌이는 동안, 실제로 신비주의적 사로잡힘의 적나라한 기본체험은 엄청나게 확산된 듯하다. 이는 모든 전승된 개념적인 믿음의 보호막을 벗어던지고 옛 종교적 표상들에서 풀려나서 이제 아마 거의 종교적이라고 부를 수도 없을 것이다. 이 체험은 낮에 길을 잃은 밤새처럼 우리 시대를 유령처럼 떠도는 그 각양각색의 비합리적 운동의 영혼을 이룬다.

이 다양한 운동의 기이한 일부가 한스 젭이 활동하는 '원과 소용돌이'였고 이 모임에서 생겼다가 없어지는 이념들을 다 합치면 — 하지만 이는 여기서 통용되는 기본원칙에 따르면 해서는 안 되는 일이었다. 이 원칙은 숫자와 측정을 거부했으니까 — 결혼 전 동거나 동지적 결혼, 심지어 일부다처제나 일처다부제라는 소심하고 매우 플라톤적인 첫 요구가 나오리라. 그 다음, 예술 문제에서는 보편적으로 통용되는 것과 영원한 것을 지향하는 비구상적 신조가 나오리라. 이는 당시 표현주의라는 이름으로 거친 외관, 표피, '진부한 외면'에 등을 돌렸는데, 충실한 외면묘사가 한 세대 전에는 혁명적이라 여겨졌다는 것은 참 이해할 수 없는 일이었다. 하지만 외적 상황을 줄이고 정신과 세계의 '본모습'을 직접 그리겠다는 이 추상적 의도와 조화롭게 합치된 것은 가장 구상적이고 가장 협소한 의도, 즉 향토예술의 의도였고, 이 젊은이들은 자신들의 독일적 영혼과 이 영혼의 봉사하는 경외심을 통해 이에 이바지할 의무가 있다고 믿었다. 이렇게 시대의 길 위에서 주워 모은 멋진 풀줄기들을 각양각색 줄줄이 발견해 이것으로 정신에 둥지를 지어 줄 수 있으리라. 하지만 이 가운데 예를 들어, 젊은이의 권리, 의무, 창조력이라는 무성한 표상이 너무나 큰 역할을 하므로 이것들은 자세히 언급되어야 마땅하다. 이에 따르면, 현시대는 젊은이의 권리를 알지 못하는데, 인간은 성년이 될 때까지 권리가 없는 것이나 마찬가지이기 때문이다. 아버지, 어머니, 후견인은 그들이 원하는 대로 아이를 입히고 재우고 먹이며 훈육하고, 한스 젭의 견해에 따르면, 파괴한다. 그들은 아이들에게 기껏해야 일종의 동물 보호만을 보증하는 법조항의 경계를 넘어서지만 않으면 된다. 노예가 주인의 것이듯 아이는 부모의 것이며 경제적 의존을 통해 소유물이고 자본주의의 대상이다. 이 '아이에 대한 자본주의'는— 이 표현은 원래 한스가 어디선가 언급된 것을 발견한 것이었지만 그 후 그가 직접 발전시켰다— 그가 자신의 첫 학생인 게르다에게 처음으로 가르친 것이었으며 그때까지 잘 보호받고 자란 게르다를 깜짝 놀라게 했다. 기독교는 여자에게 지워진 멍에를 조금 완화시켰을 뿐 딸에게 지워진 멍에는 완화시키지 못했다고. 딸들은 강제로 삶에서 소외되어 아무런 일도 하지 못하고 살아간다고. 이 준비단계 이후 그는 그녀에게 아이 본질의 법칙에 따라 스스로를 교육할 아이의 권리를 가르쳤다. 아이는 성장이며 스스로를 창조하므로 창조적이다. 아이는 세상에 자신의 표상, 감정, 환상을 정해 주므로 제왕적이다. 아이는 이미 완성된 우연한 세계에 대해서는 아무것도 알려 하지 않으며 자기 이상들의 세계를 만들려 한다. 아이는 자신만의 성 생활을 한다. 어른들은 아이의 세계를 빼앗음으로써 아이의 창조성을 파괴하고 어디선가 가져온 죽은 지식으로 아이를 질식키시고 아이를 낯설고 특정한 목표로 향하게 함으로써 야만적 죄를 짓는다. 아이는 목적이 없고 그의 창조는 놀이이고 애정 어린 성장이다. 아이는 강제로 방해받지 않으면 스스로가 진정으로 자기 안에 수용하는 것 말고는 아무것도 받아들이지 않는다. 아이가 건드리는 대상은 모두 살아 있고 아이는 세상이고 우주이며 최후의 것, 절대적인 것을 본다. 물론 이를 제대로 표현할 수는 없지만. 하지만 아이에게 목적을 이해하라고 가르치고 아이를 판에 박힌 평범한 것에, 이것이 현실이라고 거짓말을 하면서, 묶어 둠으로써 아이는 죽임을 당한다! 한스는 이렇게 말했다. 이 이론을 피셸의 집에 심기 시작했을 때 그는 벌써 스물한 살이었고 게르다도 더 어리지 않았다. 게다가 한스는 오래전부터 아버지가 없었고, 작은 가게를 운영하여 그와 그의 형제들을 먹여 살리는 어머니를 늘 거리낌 없이 함부로 대했으므로 불쌍한 아이들을 위한, 억압당한 자들의 이런 철학을 가질 직접적 계기는 전혀 없었다.

게르다는 이 철학을 받아들일 때에도, 미래의 인간을 교육하려는 부드러운 교육학적 경향과 레오와 클레멘티네를 대할 때 쓸 수 있는 직접적인 전투 용도 사이에서 고민했다. 반대로 한스 젭은 이를 훨씬 더 원칙적으로 다루었고 "우리는 모두 아이가 되어야 한다!"는 슬로건을 내세웠다. 그가 이렇게 완강히 아이의 전투태세를 고집하는 이유는 일찍 발현된 독립욕구일 수도 있었다. 하지만 이는 주로 다음과 같은 사실에서 유래했다. 즉, 당시 유행한 청년운동의 언어가 그의 영혼이 입을 열도록 도와준 첫 언어였고, 제대로 된 언어가 그렇듯, 한 단어에서 다음 단어로 넘어갔고 각 단어 속에서 사실 그가 아는 것보다 더 많은 것을 말했기 때문이었다. 이처럼, '우리가 모두 아이여야 한다'는 문장도 매우 중요한 인식들을 발전시켰다. 아이는 아버지와 어머니가 되기 위해 자신의 본성을 변질시키거나 내려놓아서는 안

266

된다. 그렇게 되면 '시민'이 되고 세계의 노예가 되고 얽매이고 '목적에 이용된다'. 이처럼 시민적인 것, 그것이 바로 나이 들게 하는 것이고 아이는 시민으로 만들어지기를 거부한다. 이로 인해 스물한 살의 나이에도 아이처럼 행동해서는 안 된다는 어려움은 없어졌다. 이 싸움은 태어나서 노인이 될 때까지 지속될 것이며 사랑의 세계를 통해 시민적 세계를 파괴할 때에야 비로소 끝이 날 테니까. 이는 한스 젭 이론에서 이른바 보다 높은 단계였는데, 울리히는 이 모든 것을 그사이 게르다에게 들었다.

이 젊은이들이 그들의 사랑, 다른 말로 '공동체'라고도 불렀던 것과 독특하고 원시 종교적이며 비신화적으로 신화적인 또는 어쩌면 그냥 단순히 사랑에 빠진 상태의 결과 사이에 존재하는 연관성을 발견한 사람은 바로 울리히였다. 그는 이 상태에 큰 관심이 있었지만 그들은 이를 몰랐는데, 그가 그들 속에 있는 자신의 흔적을 우스꽝스럽게 만드는 데에만 집중했기 때문이었다. 그는 지금도 이런 식으로 한스를 대했고 그에게 직접적으로 물었다. 왜 평행운동을 '온전히 몰아(沒我)적인 사람들의 공동체' 촉진에 이용하려고 시도하지 않는지?

"그건 가능하지 않으니까요!" 한스가 대답했다.

이는 둘 사이의 대화로 이어졌고 이 대화는 이 일과 상관없는 사람에게는 독특한 인상을 남겼을 터인데, 범죄자 은어로 하는 대화와 비슷했기 때문이었다. 물론 이 은어는 세속적이고도 성직자적 사랑에 빠짐의 혼성어에 불과했다. 따라서 이 대화를 의미에 따라 재현하는 것이 말 그대로 전하는 것보다 낫다. 온전히 몰아적인 사람들의 공동체, 이것은 한스가 생각해 낸 말이었지만 그럼에도 불구하고 이해가

가능했다. 인간이 스스로가 몰아적이라고 느낄수록 세상 사물은 더 밝아지고 더 강해지고, 인간은 스스로를 가볍게 할수록 자신이 더욱 더 고상하다고 느끼기 때문이다. 아마 누구나 이런 종류의 경험을 해 보았을 것이다. 그냥 이것을 기쁨, 명랑함, 근심 없음 또는 그 비슷한 것과 혼동하지만 않으면 된다. 이것들은, 아주 타락한 용도가 아니라면, 보다 비천한 용도를 위한 이것의 대용물일 뿐이니까. 아마 이 진짜 상태는 고상함이 아니라 갑옷 벗기라고 불러야 하리라. '자아의 갑옷 벗기'라고 한스는 설명했다. 인간이 가진 두 개의 벽을 구별해야 한다. 하나의 벽은 선한 일, 이타적인 일을 하면 매번 넘어갈 수 있지만 이것은 작은 벽일 뿐이다. 큰 벽은 아무리 몰아적인 인간이라도 가지기 마련인 자기중심성에 있다. 바로 원죄다. 모든 느낌, 모든 감정, 헌신의 감정조차도 우리가 실행에 옮길 때에는 '주기'보다는 '받기'이며 이기심에 흠뻑 젖은 이 갑옷은 거의 어떤 수를 써도 벗어 버릴 수가 없다. 한스는 하나하나 열거했다. 지식은 낯선 것을 '자기 것으로 만드는 것'에 다름 아니다. 낯선 것은 동물처럼 살해되고 잘게 찢기고 소화된다. 개념은 죽임을 당해 움직이지 않게 되어 버린 것이다. 확신은 더 이상 변화할 수 없는 식어 버린 관계다. 연구는 '움직이지 않게 세워 두기'와 같다. 인격은 변화하기를 게을리 하기와 같다. 한 인간을 안다는 것은 더 이상 그에게서 감동을 받지 않는다는 것과 같다. 통찰은 하나의 시각이다. 진리는 객관적이고 비인간적으로 사고하려는 시도의 성공이다. 이 모든 관계에는 죽임, 얼어붙음, 사유물과 경직에 대한 요구, 이기심과 객관적이고 비겁하며 음흉한 가짜 이타심과의 혼합이 있다! "언제", 한스는, 물론 그는 순결한 게르다만 알았지만, 물었다. "사랑 자체가 소유에 대한 소망이나 반대 급부를 염두에 둔 헌신과 다를까요?!" 울리히는 그다지 통일성 있지는 않은 이 주장에 조심스럽게, 약간의 변화를 주어 동의했다. 감수하기와 자기희생도 우리 자신을 위해 동전 한 푼은 남겨 둔다는 것은 옳다. 이기주의의 빛바랜, 이른바 문법적 그늘은, 어떤 동사도 주어 없이는 없으므로, 모든 행위에 딸려 있다.

하지만 한스는 격렬히 거부했다. 그와 그의 친구들은 어떻게 살아야 하는가에 대해 논쟁했다. 때때로 그들은 각자 우선 자신을 위해, 그 후 모두를 위해 살아야 한다고 가정했다. 때로는 각자 한 명의 친구만을 진실로 가질 수 있으며 이 친구는 다시 또 다른 한 명의 친구를 필요로 한다고 확신했다. 따라서 그들에게 공동체는 색의 스펙트럼이나 다른 사슬 형태를 한, 영혼의 원형적 연결로 묘사되었다. 하지만 그들이 가장 믿고 싶었던 것은, 이기심의 그늘에 덮여 있을 뿐 공동체 감각의 영적 법칙이 있다는 것이었다. 이는 내면에 있는 아직 착취당하지 않은 거대한 삶의 원천이며 그들은 여기에 모험적 가능성들이 있다고 생각했다. 숲속에서 싸우며 숲에 의해 보듬어진 나무가 느끼는 불확실성보다 오늘날 감수성 있는 인간들이 대중의 어두운 온기, 그들의 운동성, 그들의 무의식적 결속의 눈에 보이지 않는 분자적 과정에서 느끼는 불확실성이 더 클 것이다. 이 과정은 그들이 숨을 쉴 때마다, 가장 위대한 사람이든 가장 보잘것없는 사람이든 혼자가 아님을 상기시킨다. 울리히에게도 그랬다. 그는 삶의 토대가 되는 길들여진 이기심은 질서정연한 조직을 생겨나게 하는 반면 결속의 호흡은 불분명한 연관성의 총체 개념으로만 남는다는 것을 분명히 깨달았고, 개인적으로는 심지어 튀는 것을 좋아하는 인간이었지만 사실 게르다의 젊은 친구들이 내세우는, 넘어야 하는 큰 벽에 대한 과도한 주장은 그의 마음에 와 닿았다.

한스는 때로는 읊조리면서 때로는 내뱉으면서, 두 눈은 아무것도 보지 않고 앞쪽을 향한 채 그의 믿음의 문장들을 풀어놓았다. 창조과정에서 부자연스런 분리가 일어나면서 창조를 사과처럼 반쪽으로 쪼개 놓고 이 반쪽들은 말라 버린다. 그래서 우리는 그 전에는 우리와 하나였던 그것을 인위적이고 반자연적인 방식으로 습득해야 한다. 하지만 이 분리는 자신을 개방하고 태도를 변화시킴으로써 지양할 수 있다. 자신을 더 많이 잊고 자신을 해체하고 자신에게서 떨어져 나올수록 내면에서는 공동체를 위한 힘이 잘못된 연결에서 해방되기라도 하듯 더 많이 풀려나니까. 동시에 공동체에 접근할수록 우리는 더욱 더 우리 자신이 된다. 한스의 말을 쫓다 보면, 참된 독창성의 경지는 허영기 있는 유별남 속에 갇혀 있는 것이 아니라 자기개방을 통해서 생겨나 점점 상승하여 참여와 헌신이라는 경지로 들어가며 어쩌면 세계에 의해 전적으로 수용된 완전히 몰아적인 사람들의 공동체라는 최고의 경지에까지 다다른다는 것도 알 수 있었으니까. 이 경지는 이런 식으로 도달될 수 있으리라!

그 무엇을 통해서도 채울 수 없어 보이는 이 문장들은 울리히로 하여금 어떻게 하면 이에 현실적 내용을 줄 수 있을까를 꿈꾸게 했지만 그는 그냥 냉정하게 한스에게 물었다. 이 자기개방 등을 어떻게 실천하고 싶은지?

한스는 이에 대해 엄청난 말들을 갖고 있었다. 감각 자아 대신 초월적 자아, 자연주의적 자아 대신 고딕적 자아, 현상 대신 본질의 제국, 절대적 체험, 이와 비슷한 거창한 명사들을. 그는 서술할 수 없는 경험의 총체 개념 아래로 이것들을 밀어 넣었는데, 덧붙여 언급하자면, 이는 사안을 손상시키거나 그 품위를 고양시키기 위해 어디서나 하는 관행이었다. 게다가 그에게 때때로, 어쩌면 또 자주 아른거리는 이 상태는 정신이 나간 짧은 순간 이상으로 지속되지 않았으므로 그는 다른 사람들이 하는 그 일도 했다. 즉, 그는 다름 아닌 오늘날 피안의 것은 분명하다기보다는 비약적으로 계시되고, 초육체적인 따라서 당연히 확정하기가 어려운 관조 속에서 계시되며 이 관조의 결과는 기껏해야 위대한 예술작품이라고 주장했다. 그는 삶의 이 표시와 그 외 초자연적으로 정향된 삶의 표시에 대해 상징이라는 그가 애호하는 단어를 말하게 되었고 결국에는 게르만적 체험에 다다랐는데, 이것은 여기저기 흩어진 게르만 혈통들에게 바쳐진 것으로, 이런 표시를 창조해 내고 관조한다. 그는 '좋았던 옛 시절'의 모범을 따르는 이런 숭고한 변형의 방식으로, 본질적인 것을 지속적으로 파악하는 것은 과거의 일이지 현재에는 불가능하다고 편안히 설명할 수 있었다. 그런데 사실 논쟁은 바로 이 주장에서 시작되었었다.

울리히는 이 미신적 수다에 화가 났다. 그는 대체 한스가 어떻게 게르다의 관심을 끌었을까 하는 질문에 오랫동안 답을 찾지 못했다. 게르다는 대화에 참여하지 않고 창백한 얼굴로 앉아 있었다. 한스 젭은 위대한 사랑의 이론이 있었고 그녀는 아마 여기서 자기 자신의 보다 심오한 의미를 발견했을 것이다. 이제 울리히는 대화를 계속 이어갔고 ― 도대체 이런 종류의 대화를 해야 한다는 데 온갖 항의가 있었지만! — 주장했다. 인간이 느낄 수 있는 최고의 상승은 닥치는 대로 모든 것을 습득하는 평범하고 이기적인 태도에서 생기지 않으며, 친구들이 주장하듯이, 개방과 헌신을 통한 자아의 상승이라고 명명하는 것에서도 생기지 않으며 이는 사실 고여 있는 물처럼 아무것도 변하지 않는 정지된 상태다.

게르다는 활기를 띠며 무슨 뜻이냐고 물었다.

울리히는 한스가 부분적으로 아주 거창하게 포장하긴 했지만 내내 그냥 사랑에 대해 말한 것뿐이라고 대답했다. 성자의 사랑, 은둔자의 사랑, 소망의 강변에서 걸어 나온 사랑에 대해. 이것은 늘 모든 세속적 관계의 해체, 완화, 역전으로 서술되었고 어쨌든 단순히 감정이 아니라 사고와 감각의 변화를 의미했다.

게르다는 그를 바라보았는데, 그가 이것도 그녀를 능가하는 지식으로 알게 된 것인지 아니면 그녀가 은밀히 사랑하는 이 인간, 여기 그녀 옆에서 별다른 표를 내지 않고 앉아 있는 그에게서 육체가 분리된 두 존재를 하나로 만드는 그 기이한 임무가 시작된 것인지 시험하려는 듯했다.

울리히는 이 시험을 느꼈다. 외국어로 연설해야 할 때와 같은 기분이 들었다. 그는 이 외국어로 유창하게 말을 계속할 수 있었지만 겉만 그랬고 말들은 그의 내면에 뿌리를 내리지 못했다. "평소 우리의 태도에 그어진 경계를 벗어난 이 상태에서", 그는 말했다. "영혼은 자기에게 속한 것만을 받아들입니다. 어떤 의미에서 영혼은 앞으로 경험하게 될 것을 미리 다 압니다. 사랑에 빠진 자들은 새로운 것을 말할 수 없습니다. 그들에게는 인식도 없습니다. 사랑에 빠진 자는 사랑하는 사람에 대해서 아무것도 인식하지 못합니다. 어떤 서술할 수 없는 방식으로 자신이 그를 통해 내적인 활동에 빠지게 되었다는 것 빼고는. 사랑하지 않는 인간을 인식한다는 것은 태양빛이 머문 죽은 담벼락처럼 그 사람을 사랑 속으로 끌어들이는 것을 뜻합니다. 생명이 없는 사물을 인식한다는 것은 그것의 특성을 하나하나 탐색한다는 뜻이 아닙니다. 그것은 베일이 떨어져 나가거나 인지 가능한 세계에 속하지 않는 경계가 없어지는 것을 뜻합니다. 생명이 없는 것도, 미지의 것이지만 신뢰에 가득 차, 사랑에 빠진 자와 동지가 됩니다. 자연과, 사랑에 빠진 자의 독특한 정신은 서로의 눈을 들여다봅니다. 이는 동일한 행위의 두 방향입니다. 이것은 두 방향으로 흐르는 물줄기이며 양 끝의 연소입니다. 그러면 한 인간이나 사물을 자신과 연관시키지 않고 인식한다는 것, 그것은 아예 불가능합니다. 인지한다는 것, 그것은 사물에서 뭔가를 끄집어내고, 사물은 형태는 유지하지만 그 속에서 재가 되어 붕괴되는 것처럼 보이니까요. 그것은 사물에서 뭔가를 증발시키고, 남은 것은 미라일 뿐이니까요. 따라서 사랑에 빠진 자들에게는 어떤 진리도 없습니다. 진리는 막다른 길, 하나의 끝, 사고의 죽음일 테니까요. 살아 있는 사고는 빛과 어둠이 가슴과 가슴을 맞대고 있는, 불꽃의 숨 쉬는 가장자리와 비슷합니다. 모든 것이 빛나는 곳에서 어떻게 개별적인 것이 빛을 발할 수 있습니까?! 모든 것이 넘쳐나는 곳에서 확실성과 명백함의 적선이 왜 필요합니까? 사랑에 빠진 자들처럼 더 이상 자기 자신에게 속해 있지 않고 그들, 4개의 눈을 가진 결합체가 마주치는 모든 것에 자신을 선물해야 함을 체험한 사람이 어떻게 뭔가를, 그것이 연인이라 하더라도, 자기 혼자만을 위해 갈구할 수 있겠습니까?"

이 언어를 구사할 수 있으면 힘들이지 않고 계속 사용할 수 있다. 우리는 손에 등불을 든 것처럼 걸어가고 등불의 부드러운 광선이 삶의 관계 위에 차례차례 떨어지고 모든 것은 확고한 일상의 빛 속에서 가지던 그 평범한 외양과 더불어 그저 조야한 오해인 듯 보인다. 예를 들어, '소유하다'라는 단어의 몸짓은 사랑에 빠진 자들에게 사용되자마자 얼마나 불가능해 보이는가! 하지만 이는 원칙을 소유하고 싶다는 더 아름답게 느껴지는 소망을 내비치지 않는가? 아이들의 존경을? 사고를? 자기 자신을? 하지만 무거운 동물이 노획물을 온몸으로 내리누를 때 보여 주는 이 거친 공격의 몸짓은 당연히 자본주의의 기본표현이며 그것이 애호하는 표현이며 여기서 시민적인 삶 소유자와 인식 및 기예 소유자의 연관성이 드러난다. 시민적 삶은 사상가와 예술가를 인식 및 기예 소유자로 만든 반면 사랑과 고행은 고독한 한 쌍의 오누이로서 외떨어져 서 있다. 삶의 목표와 목적과는 반대로 이 오누이는 함께 서 있으면 아무 목표도, 목적도 없지 않은가? 목표와 목적이라는 이름은 사격용어에서 유래하므로, 목표 없고 목적 없다는 것은 원래 맥락에서 보면, 죽이지 않는 자와 같은 의미가 아닌가? 이렇게 언어의 흔적을 — 이는 지워졌지만 많은 것을 드러내 주는 흔적이다! — 추적해 보기만 해도 어떻게 도처에서, 거칠게 변화된 의미가, 완전히 사라져 버린 더 사려 깊은 관계의 자리로 밀고 들어왔는지 알게 된다. 이는 도처에서 느껴지지만 어디에서도 파악될 수 없는 연관성과 같다. 울리히는 계속 이야기를 하며 이 연관성을 추적하기를 포기했지만 올바른 지점에 대한 예감이 사라졌을 뿐이지 '어딘가를 잡아당기면 전체 직물이 풀린다'는 한스의 믿음을 곡해할 수는 없었다. 그는 울리히의 말을 거듭 끊었고 보충했다. "이 체험을 연구자로서 관찰하려 한다면 당신은 은행직원이 보는 것 이상을 볼 수 없습니다! 모든 경험적 설명은 사이비 설명일 뿐이며 감각적으로 파악 가능한 하급의 인식범위를 벗어나지 못합니다! 당신의 지식욕은 세계를 오로지 이른바 자연력의 기계적 레버운전으로 소급하고 싶어 합니다!" 그의 이의제기는 이런 식이었다. 비난이었다. 그는 가끔은 무례했고 가끔은 열정적이었다. 그는 자신의 생각을 제대로 전달하지 못했다고 느꼈으며 이를 게르다와 단둘이 있는 것을 방해하는 이 낯선 남자의 존재 탓으로 돌렸다. 그녀와 단둘이 눈을 맞추고 애기하면 동일한 단어가 완전히 다르게, 반짝이는 물, 선회하는 매와 같이 공중으로 솟아올랐을 것임을 알았으니까. 사실 그는 오늘 위대한 날을 맞았다고 느꼈다. 동시에 그는 울리히가 그를 대신해 그렇게 쉽고 자세히 말하는 것을 듣고는 매우 놀랐고 화가 났다. 사실 울리히는 전혀 정확한 연구자처럼 말하지 않았고 그가 책임지려는 것보다 훨씬 더 많이 말했고, 그럼에도 불구하고 그가 믿지 않는 것을 말한다는 인상은 주지 않았다. 그에게 날개를 달아 준 것은 이에 대한 억압된 분노였다. 이렇게 이야기하려면 독특하게 고양되고 가볍게 불타는 기분이 필요한데, 울리히의 기분은 이 기분과 한스의 외모 사이에 있었다. 기름기 때문에 뻣뻣해진 머리카락, 제대로 관리하지 못한 피부, 보기 싫게 졸라대는 동작, 장광설. 그 게거품 속에는 심장에서 벗겨낸 피부처럼 가장 내면적인 것의 포피(包皮)가 매달려 있었다. 하지만 엄격히 보면, 평생 울리히는 이 사안이 지닌 이 두 인상 사이에 처해 있었다.

그는 오래전부터, 오늘 그렇게 했듯이, 반만 믿으면서도 너무나 유창하게 이에 대해 말할 수 있었지만 결코 이 유희적 기예를 넘어서지는 못했는데, 그 내용을 믿지 않았기 때문이었다. 이런 식으로 지금도 대화에 대한 쾌와 불쾌가 서로 보조를 맞추고 있었다.

하지만 게르다는 그가 그 때문에 가끔씩 패러디 작가처럼 엮어 넣는 조소 섞인 이의에 유의하지 않았고 그가 이제 자기 마음을 열어 보였다는 인상만 받았다. 그녀는 거의 걱정스럽게 그를 바라보았다. '그는 스스로 인정하는 것보다 훨씬 더 연약해.' 그가 말을 할 때면 그녀는 이렇게 생각했고 가슴을 더듬는 작은 아이의 감정 같은 것이 그녀를 무방비로 만들었다. 울리히는 그녀의 시선을 붙잡았다. 그는 그녀와 한스 사이에 일어난 일을 거의 다 알았다. 그녀는 그 일로 겁을 먹었고, 울리히가 손쉽게 보충할 수 있었던 암시적인 이야기 속에서만이라도 거기서 벗어나고 싶었기 때문이었다. 그들은 보통 젊은 연인들이 목표로 여기는 소유하기에서 그들이 혐오하는 영적 자본주의의 시작을 보았고, 육체의 정열을 경멸한다고 생각했지만 사리 분별도 시민적 이상으로서 수상쩍다고 간주하며 경멸했다. 이렇게 해서 비육체적이면서도 반만 육체적인 애착이 생겨났다. 그들은, 그들의 말로 하면, 서로를 긍정하려 했고 떨리듯 부드러운 존재의 합일을 느꼈는데, 이는 서로를 관찰하고 스스로를 타인의 가슴과 이마 뒤에서 일어나는 눈에 보이지 않는 유희의 파도 속으로 미끄러져 들어가게 하고, 스스로를 이해한다고 믿는 그 순간 서로 상대방을 내면에 지니고 그와 하나라고 느끼는 데서 생겨난다. 그렇지만 이처럼 의기양양하지 못한 시간에 그들은 서로에 대한 평범한 감탄에 만족했다. 그러면 그들은 서로 그냥 유명한 그림 또는 장면을 생각나게 했고 키스를 하면, — 자랑스런 단어 하나를 반복하자면 — 수천 년이 그들을 지켜본다는[24] 데 놀랐다. 그들은 서로 키스했던 것이다. 사랑에 빠진 그들은 육체 속에서 몸부림치는 자아의 거친 감정은 위경련만큼이나 비천하다고 설명하긴 했지만, 그들의 사지는 영혼의 관조에는 전혀 신경 쓰지 않았고 자기 책임하에 서로를 눌러 댔다. 그 다음에 그들은 매번 둘 다 완전히 혼란스러웠다. 그들의 섬세한 철학은 근처에 아무도 없다는 의식 앞에서 어슴푸레한 방, 비벼 대는 육체의 미친 듯 커지는 흡인력에 저항하지 못했고 그러면 둘 가운데 나이가 많은 소녀인 게르다는 온전한 포옹에 대한 욕망을 봄에 꽃을 피우려는 것을 방해받은 나무처럼 악의 없이 강하게 느꼈다. 아이들의 키스처럼 소금기 없고 노인들의 애무처럼 한계 없는 이 절반의 포옹은 매번 그녀를 박살내 놓았다. 한스는 이에 더 잘 적응했는데, 이 일을, 그것이 지나고 나면, 신조에 대한 하나의 시험으로 보았기 때문이었다. "소유하는 자가 되는 일이 우리에겐 없었어." 그는 이렇게 가르쳤다. "우리는 한 계단 한 계단 나아가는 방랑자야." 게르다가 불만족에 온몸을 떠는 것을 알아차리면 그는 이를 그녀의 약점으로, 심지어 그녀의 비(非) 게르만적 혈통의 잔재로 평가하는 것도 주저하지 않았고 스스로가 신의 뜻에 맞는 아담처럼 — 아담의 남자심장은 그의 예전의 갈비

---

24 나폴레옹이 이집트 원정에서 지친 병사들을 격려하고자 한 말로 정확히는 "4천 년이 너희를 지켜보고 있다"이다. 여기서 4천 년은 피라미드를 가리킨다. 〈피라미드 전투〉라는 제목으로 프랑수아 루이 조제프 와토(François Louis Joseph Watteau)가 그린 그림이 유명하다.

뼈 때문에 재차 믿음과 소원해진다고 한다 — 여겨졌다. 그러면 게르다는 그를 경멸했다. 이것이 아마 그녀가 울리히에게 이에 대해, 적어도 이전에는, 가능하면 많이 이야기한 이유였을 것이다. 그녀는 남자라면 한스보다 더 많이 그리고 더 적게 행동할 것임을 예감했다. 한스는 그녀를 모욕한 후 눈물범벅이 된 얼굴을 아이처럼 그녀의 두 다리 사이에 숨겼다. 자신의 체험에 자부심을 가지는 동시에 질린 나머지 그녀는 울리히에게 그가 말로써 이 고통스런 아름다움을 파괴해 주리라는 소심한 희망을 품고 이를 알렸다.

하지만 울리히는 그녀가 기대했던 대로 말하는 경우는 드물었고 보통 조소(嘲笑)로 그녀를 싸늘하게 만들었다. 그래서 게르다는 그를 신뢰하기를 거부했지만 그는 그녀가 그에게 복종하고 싶은 욕구를 지속적으로 느끼고 있고 한스는 물론이고 그 밖의 어느 누구도 그가 가지려면 가질 수 있는 그런 권력을 그녀의 마음에 행사할 수 없다는 것을 잘 알았다. 그는 그가 아니라도 진짜 남자라면 누구나 그녀에게, 불분명한 말만 하는 불결한 한스 다음에는 구원 같은 효과를 낼 것임이 틀림없다는 사실로 자신을 용서했다. 하지만 그가 이 모든 것을 숙고하고 갑자기 정신이 번쩍 든다고 느끼는 동안 한스는 심사숙고했고 다시 한번 공격으로 넘어가려 시도했다. "한마디로", 그가 말했다. "당신은 가끔 사고를 개념 이상으로 고양시키는 그것을 개념들로 표현하려고 시도함으로써, 사람이 저지를 수 있는 최악의 실수를 저질렀습니다. 하지만 이것이 아마 학자분과 우리의 차이겠지요. 먼저 그것을 살아 내기를 배워야 합니다. 그 후 아마 그것을 사고하기를 배우겠지요!" 그는 자랑스럽게 덧붙였고 울리히가 미소를 짓자, 벌을 주는 번개처럼 그의 입에서 이런 말이 터져 나왔다. "예수는 열두 살에 예언을 했고 그 전에 박사학위를 따지 않았어요!"

울리히는 이 말에 침묵의 의무를 저버리고, 게르다를 통해서만 알 수 있는 사실을 폭로하는 충고를 하고 말았다. 그가 대답했다. "나는 당신이 그것을 살아 내기를 원한다면 왜 그것을 끝까지 해보지 않는지 모르겠습니다. 나는 게르다를 팔에 품고 내 이성의 모든 의구심을 버리고 우리의 육체가, 우리는 상상도 할 수 없겠지만, 재가 되거나 감각의 변화를 쫓아 스스로에게 되돌아갈 때까지 그 팔을 풀지 않겠습니다!"

질투심의 일침을 맞은 한스는 그가 아니라 게르다를 바라보았다. 게르다는 얼굴이 창백해졌고 당황했다. '게르다를 팔에 품고 꽉 붙잡겠다'는 말은 그녀에게 은밀한 약속이라는 인상을 남겼다. 그녀는 이 순간 '다른 삶'을 논리적으로 어떻게 상상해야 할지 전혀 신경 쓰지 않았고 울리히는 자신이 정말로 원한다면 모든 것을 원리원칙대로 실행할 것이라고 확신했다. 게르다의 배신을 느끼고 분노한 한스는 울리히가 말하는 일은 성사되지 않을 것이라고 반박했다. 시대가 이에 적합하지 않다. 그리고 첫 영혼들은 첫 비행기들처럼 골짜기시대가 아니라 산 정상에서 날아오르리라. 최고의 것이 성사되기 전에 아마 먼저 다른 사람들을 속박에서 구원할 인간이 와야 하리라! 그가 결코 이 구원자일 수 없다는 것은 그에게는 전혀 중요하지 않은 듯했다. 하지만 그것은 그의 일이었고 이를 차치하면 그는 현재의 상태가 최저점이므로 그런 인간을 배출할 수 없다고 반박했다.

이제 울리히는 오늘날 이미 얼마나 많은 구원자가 존재하는지에 관

해 이야기했다. 조금 나은 협회 회장이 모두 그런 사람으로 간주된
다! 그는 그리스도가 재림하더라도 그 어느 때보다 나쁜 상황을 맞게
될 것이라 확신했다. 윤리의식을 가진 신문들과 서적협회들은 그리
스도의 어조에 감수성이 너무 적다고 생각할 것이며 세계적 거대언론
들은 그에게 거의 문을 열지 않으리라! 그래서 모든 것은 다시 처음
과 같았고 대화는 처음 시작된 상태로 되돌아갔고 게르다는 풀이 죽
었다.

하지만 하나 다른 게 있었다. 울리히는, 물론 드러내지는 않았지
만, 약간 속박되었음을 느꼈다. 그의 사고는 그의 말들 곁에 있지 않
았다. 그는 게르다를 바라보았다. 그녀의 육체는 날카롭고 피부는 지
치고 불투명했다. 갑자기 그는 그녀의 본질이 노처녀의 입김으로 뒤
덮여 있음을 깨달았다. 물론 이것이 그를 사랑하는 이 젊은 소녀와 그
가 하나가 되지 못하도록 제동을 거는 데 항상 주된 역할을 했을 테지
만. 한스도 공동체 예감의 반쪽 육체성으로 분명 영향을 미쳤는데,
이 예감에도 노처녀의 감정상황과 아주 동떨어지지는 않는 뭔가가 있
었다. 게르다는 울리히 마음에 들지 않았지만 그는 그녀와 대화를 이
어가고 싶은 욕구를 느꼈다. 이는 그에게 자신이 그녀를 집으로 초대
했음을 상기시켰다. 그는 그녀가 이 제안을 잊어버렸는지 아니면 아
직 여기에 대해 생각하고 있는지 전혀 알 수가 없었고 그녀에게 은밀
히 물어볼 기회를 더 이상 잡지 못했다. 이는 그에게 너무 늦게 알아
차린 위험이 지나가고 있음을 느낄 때처럼 불안한 아쉬움과 홀가분함
을 남겼다.

114

상황이 첨예화되다.
아른하임은 슈툼 장군에게 매우 정중하다.
디오티마는 무한한 것으로 들어갈 채비를 하다.
울리히는 책에서 읽은 대로 살 가능성을 꿈꾸다

각하는 디오티마가 1870년대 온 오스트리아를 열광시키며 하나가 되
게 했던 그 유명한 마카르트 축제행렬25에 대해 알아보기를 긴급히
원했다. 양탄자가 드리워진 마차들, 무거운 마구를 진 말들, 트럼펫
악대, 사람들을 일상에서 빠져나오게 했던 중세 의상에 대한 자부심
을 그는 지금도 정확히 기억하고 있었다. 이렇게 해서 디오티마, 아
른하임, 울리히는 그 당시의 자료를 찾아 궁정도서관을 샅샅이 뒤진
후 도서관을 나서게 되었다. 디오티마가 입술을 삐죽이면서 각하께
예견했던 대로 결과는 좋지 않았다. 그런 영혼의 구닥다리들로는 더
이상 인간들을 일상에서 빠져나오게 할 수 없었다. 이 아름다운 여자
는 동행인들에게 밝은 햇빛과, 그 전근대적 시대에서 한참이나 멀어
진 채 벌써 몇 주 전부터 시작된 1914년을 즐기고 싶다고 말했다. 디
오티마는 계단 위에서 자기는 걸어서 집에 가고 싶다고 선언했다. 하
지만 밖으로 나오자마자 그들은 막 도서관 문을 들어서려던 장군과
우연히 마주치게 되었고, 이런 학문적인 활동에서 이들과 조우하게
된 것에 적잖은 자부심을 느낀 장군은 곧장 발길을 돌려, 귀갓길에 오

---

25 황제 프란츠 요제프 1세의 결혼 25주년을 축하하기 위해 1879년 4월 27일 일요일
    빈에서 열린 축제행렬이다.

른 디오티마 일행과 동행하겠다고 선언했다. 그러자 디오티마는 몇 걸음도 못 가서 피곤하다고 말했고 마차를 잡아 달라고 했다. 하지만 금방 빈 차를 잡을 수가 없었기 때문에 그들은 모두 도서관 앞 광장에 서 있게 되었다. 직사각형 함지모양을 한 광장의 세 면은 오래된 멋진 벽들에 면해 있었고 네 번째 면 위로는 길게 뻗은 낮은 궁전 앞으로 빙판처럼 번쩍이는 아스팔트 거리가 뻗어 있었으며 자동차와 마차로 붐볐다. 하지만 이 차들 가운데 난파한 선원들인 양 그들이 보내는 손 짓과 신호에 답하는 차는 한 대도 없었고 마침내 그들은 그러기에 지 쳤거나 그러기를 잊었고 가끔씩 힘없이 그러기를 반복했다.

아른하임은 커다란 책 한 권을 몸소 팔 아래 끼고 있었다. 정신을 얕보면서도 동시에 정신 앞에서 경의를 표하는 것, 이것이 그를 기쁘 게 하는 몸짓이었다. 그는 장군과 활기차게 대화를 나누었다. "장군 님을 도서관 방문자로 마주치게 되니 기쁩니다. 가끔씩은 정신을 그 본가에 가서 만나야 하지요." 그가 설명했다. "하지만 이는 오늘날 지 위가 있는 남자들 사이에서는 드문 일이 되어 버렸습니다!"

슈튬 장군은 이 도서관과 아주 친하다고 대답했다.

인정받아 마땅한 일이라고 아른하임은 말했다. "지금은 저술가 말 고 책을 읽는 사람이 더 이상 없지요." 그는 계속했다. "장군님께서는 언젠가 한번 물으셨지요, 해마다 얼마나 많은 책들이 출판되느냐고 요. 제 기억으로는, 독일에서만도 매일 100권이 넘는 책이 나옵니다. 1천 권 이상의 정기간행물이 해마다 창간되지요! 누구나 글을 씁니 다. 누구나 자신의 생각을 사용하기보다는 본인에게 맞기만 하면 아 무 생각이나 사용합니다. 전체에 대한 책임을 생각하는 사람은 아무도 없습니다! 교회가 영향력을 상실한 이후 우리의 혼돈 속에는 더 이상 권위가 없습니다. 교양모범도 없고 교양이념도 없습니다. 이런 상황에서 감정과 도덕이 닻 없이 부유하고 아무리 확고한 인간이라도 흔들리기 시작하는 게 당연할 뿐입니다!"

장군은 입이 바싹 말랐다. 아른하임 박사가 사실상 그에게 말을 한다고는 할 수 없었다. 아른하임은 광장에 서서 큰 소리로 생각하는 사람이었다. 장군은 길거리에서 서둘러 어딘가로 가는 도중에 혼잣말을 하는 사람이 많다는 것을 상기했다. 올바르게 말해서, 그런 민간인이 많았다. 군인이라면 감방에 갇히거나 장교라면 정신병동에 보내질 테니까. 수도이자 황궁이 있는 도시 한가운데서 이른바 공개적으로 철학을 한다는 것이 슈툼에게 곤혹스러운 인상을 주었다. 태양이 내리비치는 광장에는 두 남자 말고 또 한 명의 남자가 말없이 서 있었는데, 청동으로 만든 이 남자는 커다란 돌 위에 서 있었다. 장군은 이것이 누구의 동상인지 기억할 수 없었고 그를 그제야 처음으로 알아차렸다. 이를 눈치 챈 아른하임이 그것이 누구냐고 물었다. 장군은 미안하지만 모르겠다고 말했다. "그는 우리가 그를 경배하도록 여기 세워진 것입니다!" 이 거물이 말했다. "그렇습니다! 우리는 사실 매분 우리가 전혀 모르는 설비들, 질문들, 요구들 사이에서 움직이지요. 그래서 현재는 끊임없이 과거로 손을 뻗칩니다. 우리는, 외람된 말이지만, 말하자면 무릎 위까지 지하실로 푹 빠졌지만 이를 최고의 현재라고 느낍니다!"

아른하임은 미소를 지었고 대화를 했다. 그의 입술은 태양 속에서 끊임없이 위아래로 움직였고 눈에서는 증기선이 보내는 신호처럼 빛이 교대했다. 슈툼은 오싹해졌다. 그는 유니폼을 입고 광장이라는 쟁반 위에서 모든 사람의 주목을 받으며 서서 그토록 많은 탁월한 문구에 주의를 기울이고 있음을 거듭 보여 주는 것은 어렵다고 생각했다. 바닥에 깔린 포석 틈에서 풀이 자라고 있었다. 작년의 풀이었지만 믿을 수 없을 만큼 싱싱해 보였다. 눈 속에 묻혀 있었던 시체처럼. 돌사이에 풀이 자란다는 것, 그 자체가 비상하게 특이했고 거슬렸다. 거기서 몇 발자국 떨어진 곳에 아스팔트가 시대에 맞게 자동차들에 의해 말끔하게 청소되는 것을 생각하면 말이다. 장군은 두려운 착상에 시달리기 시작했다. 조금만 더 오래 귀를 기울여야 한다면 무릎을 꿇고 모든 사람들 앞에서 풀을 뜯어먹는 일이 생길 것 같았다. 왜 그런지는 그도 몰랐다. 그는 보호를 구하려고 울리히와 디오티마를 찾아 주위를 살폈다.

이들은 담 모퉁이가 만든 좁은 그늘로 피신했고 그들 사이에 발생한 논쟁 속에서 알아들을 수 없는 나지막한 목소리만 들려왔다.

"그건 절망적 견해예요!" 디오티마가 말했다.

"뭐라구요?" 울리히가 호기심에서라기보다는 기계적으로 물었다.

"하지만 삶에는 여전히 탁월한 개인들도 있습니다."

울리히는 측면에서 그녀의 눈을 보려고 애썼다. "맙소사", 그는 말했다. "그 얘기는 벌써 나누었어요!"

"당신은 심장이 없어요! 그렇지 않다면 늘 그렇게 말할 수 없을 거예요!" 그녀는 부드럽게 말했다. 따뜻한 땅의 열기가 보도블록에서 그녀의 다리를 타고 올라왔는데, 다리는 범접할 수 없이, 세상을 위해 존재하지 않는 듯, 동상의 다리처럼 긴 치마로 감싸여 있었다. 그녀가 뭔가를 알아차렸다는 표시는 없었다. 그것은 다정함이었지만 어떤 인간, 어떤 남자와도 상관이 없었다. 그녀의 눈은 창백해졌다. 하지만 아마 그것은 행인들의 시선에 노출된 처지에서 온 자제의 표현일 뿐이었을 것이다. 그녀는 울리히를 향해 몸을 돌렸고 힘겹게 말했다. "한 여자가 의무와 열정 사이에서 하나를 선택해야 한다면 본인의 성격 말고 무엇에 기대야 하나요?!"

"당신은 선택할 필요가 없습니다!" 울리히가 대답했다.

"무례하시군요. 내 이야기를 하는 게 아닙니다!" 사촌이 속삭였다.

그가 이에 대답하지 않았기 때문에 그들은 한동안 함께 적대적으로 광장을 바라보았다. 이어 디오티마가 물었다. "우리가 영혼이라고 부르는 것이 보통 그것이 머무르는 그늘에서 벗어나 밖으로 나오는 것이 가능하다고 생각하세요?"

울리히는 아연해서 그녀를 바라보았다.

"선택받은 특별한 사람들에게서요." 그녀가 보충했다.

"당신은 결국 강령술을 찾고 있군요?" 울리히가 믿을 수 없다는 듯 물었다. "아른하임이 당신에게 영매(靈媒)를 소개했나요?"

디오티마는 실망했다. "당신이 나를 그렇게 오해하리라고 예상했어야 했는데!" 그녀는 그를 비난했다. "그늘에서 벗어나 밖으로 나온다는 말은 비(非)본래적임, 아련히 숨겨져 있는 이 상태에서, 여기서 우리는 가끔씩 비범한 것을 느끼지요, 밖으로 나온다는 뜻입니다. 우리를 괴롭히는 것은 마치 그물처럼 펼쳐져 있어요. 붙잡지도 않고 놓아 주지도 않기 때문이지요. 그렇지 않았던 시대가 있었다고 생각지 않나요? 내면은 더 강하게 밖으로 나왔고 개개 인간은 빛나는 길을 갔어요. 한마디로, 예전에는 이렇게 말했어요, 성스러운 길을 갔고 기적은 현실이 되었다. 기적이란 늘 존재하는 다른 종류의 현실일 뿐이니까!"

디오티마는 이 말들이 특별한 분위기 없이도 흡사 현실인 양 확고하게 발설되는 그 확실성에 놀랐다. 울리히는 속으로 화가 났지만 사실 깊이 경악했다. 이 거대한 닭이 꼭 나처럼 말할 정도가 되었단 말인가? 그는 자문했다. 그는 디오티마와 자신의 영혼을 다시 작은 벌레를 쪼고 있는 커다란 닭의 형상으로 눈앞에서 보았다. 거대한 여자 앞에서 아이가 느끼는 태고적 공포가 그를 사로잡았고 다른 특이한 느낌들과 섞였다. 그는 친척인 한 인간과의 어리석은 일치에 의해 이를테면 영적으로 소진되는 것이 편안하다고 생각했다. 물론 일치는 그냥 우연이었을 뿐 터무니없는 소리였다. 그는 친척의 마법을 믿지 않았고 최고로 혼미한 도취상태에서라도 사촌을 진지하게 여길 수 있다는 가능성도 믿지 않았다. 하지만 최근 그에게 변화가 일어났다. 그는 부드러워졌고 늘 공격의 모양새였던 그의 내면은 누그러졌고 바뀔 조짐을, 애정, 꿈, 근친성 등에 대한 욕구로 넘어갈 조짐을 보였는데, 이는 이것과 싸우게 된 반대 기분, 사악한 의지의 기분이 가끔씩 직접적으로 터져 나왔다는 데서도 드러났다.

그래서 그는 지금도 사촌을 비웃었다. "그것을 믿으신다면 공개적으로든 은밀히든, 하지만 가능하면 빨리 아른하임의 '온전한' 연인이 되는 것이 당신 의무라고 전 생각합니다!" 그는 그녀에게 말했다.

"제발, 입 좀 다무세요! 당신에게 거기에 대해 말할 권리를 주지 않았어요!" 디오티마가 물리쳤다.

"저는 거기에 대해 말해야 합니다! 얼마 전까지만 해도 당신과 아른하임이 어떤 관계인지 분명하지 않았어요. 그런데 이제는 분명히 보입니다. 당신은 진지하게 달로 날아가려는 인간처럼 여겨집니다. 당신이 이렇게까지 미칠 수 있으리라고는 전혀 생각지 못했습니다."

"나도 걷잡을 수 없어질 수 있다고 말했잖아요!" 디오티마는 대담하게 허공을 응시하려 했지만 태양이 그녀의 동공과 눈꺼풀을 거의 재미있는 표정으로 찡그려 놓았다.

"그것은 사랑의 굶주림에서 온 환각들입니다." 울리히가 말했다. "배불리 먹으면 사라집니다." 그는 아른하임이 그의 사촌을 어떻게 할 작정일까 자문했다. 청혼을 후회하고 퇴각을 코미디로 덮으려고 했나? 하지만 그러면 여행을 떠나서 더 이상 돌아오지 않는 것이 더 간단했으리라. 평생 사업을 해온 남자는 분명 거기에 필요한 가차 없음을 아주 쉽게 동원할 수 있을 테니까? 그는 아른하임에게서 중년 남자의 정열을 암시하는 일정한 표시들을 보았음을 상기했다. 얼굴은 가끔씩 회갈색이었고 축 늘어졌고 지쳐 있었다. 점심시간에도 아직 침대가 정리되지 않은 방 안처럼 그 안을 들여다볼 수 있었다. 그는 아른하임의 상태는 아무런 결과 없이 지배권을 두고 다투는 두 개의 똑같이 강력한 정열이 저지른 파괴를 통해 가장 잘 설명될 수 있다고 짐작했다. 하지만 그는 아른하임을 지배하는 권력욕이 얼마나 큰지 상상할 수 없었으므로 사랑이 이에 반대해서 취한 예방책의 강도도 이해하지 못했다.

"당신은 특이한 인간이에요!" 디오티마가 말했다. "늘 예상과 다르지요! 당신 스스로 내게 치품천사26의 사랑에 대해 말하지 않았나요?"

"우리가 정말로 그것을 행할 수 있다고 믿나요?" 울리히가 멍하니 물었다.

"물론 당신이 서술한 것처럼 그렇게는 할 수 없어요!"

"아른하임은 당신을 치품천사처럼 사랑하는군요!" 울리히는 나지막이 웃기 시작했다.

"웃지 마세요!" 디오티마가 화를 내며 부탁했다. 그녀는 거의 씩씩거리며 약간 소리를 질렀다.

"제가 왜 웃는지 당신은 모르잖아요." 그가 사과했다. "흔히 말하듯이, 저는 흥분해서 웃는 겁니다. 당신과 아른하임은 섬세한 감정을 지닌 인간입니다. 당신은 시를 사랑합니다. 저는 당신이 가끔씩 입김에 스친다고 백 퍼센트 확신합니다. 뭔가의 입김요. 그게 무엇인지는 물어봐야겠지요. 그리고 이제 당신은 철두철미하게 ― 당신의 이상주의는 할 수 있는 일이지요 ― 그것의 육체에 접근하려 하지요!"

"우리는 정확하고 철저해야 한다고 당신이 늘 요구하지 않았나요!" 디오티마가 반격했다.

울리히는 약간 아연했다. "당신은 미쳤어요!" 그는 말했다. "이런 말을 해서 죄송합니다만 당신은 미쳤어요! 그리고 **당신은** 그래서는 안 됩니다!"

그동안에 아른하임은 장군에게 세상은 지난 2세대 이후 커다란 변

---

26 천사의 등급 중 최고 등급인 세라핌을 말한다. 천사의 등급은 치품천사(세라핌), 자품천사(게루빔, 케루빔), 대천사(미카엘, 가브리엘, 라파엘 등) 순으로 낮아진다.

혁을 겪고 있다고 알렸다. 영혼은 종언(終焉)을 고하고 있다.

이는 장군을 콕 찔렀다. 맙소사, 이건 또 새로운 것이로군! 진실을 말하자면, 그는 이 시간까지, 디오티마에게서 영향을 받았음에도 불구하고, '영혼'이 전혀 존재하지 않는다고 생각했다. 사관학교와 연대에서는 이런 성직자 연설에 휘파람을 불었다. 하지만 대포 공장주이자 탱크철판 공장주가 이에 대해, 마치 그것이 바로 옆에 서 있는 것을 보기라도 하듯 너무나 태연히 말하자 장군의 두 눈은 가렵기 시작했고 투명한 공기 속에서 이리저리 암울하게 굴렀다.

하지만 아른하임은 설명을 요구하게끔 놔두지 않았다. 말들은 그의 입에서, 짧게 자른 코밑수염과 뾰족한 턱수염 사이의 연홍색 틈을 통해 흘러나왔다. 그가 말했듯이, 영혼은 이미 교회의 붕괴 이후로, 즉 대중 시민문화의 시작 시점에 축소와 노화의 과정에 빠져들었다. 그 후 신을 잃었고 확고한 가치와 이상을 잃었으며 오늘날 인간은 벌써 도덕, 원칙, 심지어 체험도 없이 살고 있는 지경에 이르렀다.

장군은 왜 우리가 도덕 없이는 체험을 가져서는 안 되는지 제대로 이해할 수 없었다. 하지만 아른하임은 손에 들고 있던 커다란 돼지가죽 표지의 책을 펼쳤다. 이 책은 아른하임처럼 탁월한 인간에게조차도 관외대출이 허용되지 않는 어떤 필사본의 귀중한 복사본이었다. 장군은 페이지 한가운데 천사 하나가 ― 그의 수평 날개는 두 페이지에 걸쳐 있었다 ― 서 있는 것을 보았는데, 그 페이지는 그 밖에는 어두운 땅, 황금색 하늘, 구름처럼 층층이 쌓인 기묘한 색으로 덮여 있었다. 그는 가장 감동적이고 멋진 중세 초기 회화 중 하나의 복사본을 보고 있었지만 이 사실을 알지 못했고 새 사냥과 그 묘사에 대해서도 조예가 깊었으므로 날개와 긴 목을 가진, 인간도 도요새도 아닌 생명체는 틀림없이 어떤 변이를 의미하며 동반자는 그가 여기에 주목하도록 하려는 것으로만 여겨졌다.

그동안 아른하임은 손가락으로 그 그림을 가리키며 신중하게 말했다. "지금 장군님은 오스트리아 운동의 창시자이신 부인께서 세상에 되돌려주고 싶어 하는 그것을 보고 계십니다 … !"

"예, 예?" 슈툼이 대답했다. 그가 그것을 과소평가한 것이 분명했으므로 그는 이제 조심스럽게 발언해야 했다.

"이 위대한 그림은 그 완벽한 단순함에도 불구하고", 아른하임이 계속해서 말했다. "우리 시대가 잃어버린 것이 무엇인지를 우리 눈앞에 선명하게 보여 줍니다. 이에 반해 우리의 과학은 무엇을 의미합니까? 파편이지요! 우리의 예술은요? 중재하는 육체 없이 극단적입니다! 통일성의 비밀이 우리 정신에는 결여되었고, 보십시오, 그래서 모든 것을 아우르는 예, 하나의 공통된 사고를 세계에 선사하려는 이 오스트리아 계획이 저를 사로잡습니다. 물론 저는 이 계획이 완전히 실행 가능하다고는 생각지 않습니다. 저는 독일인입니다. 전 세계에서 오늘날 모든 것이 시끄럽고 볼품없습니다. 하지만 독일에서는 훨씬 더 시끄럽습니다. 모든 나라에서 인간들은 이른 아침부터 밤늦게까지, 일을 하든 즐기든, 불평합니다. 하지만 우리나라 사람들은 더 빨리 일어나고 더 늦게 자러 갑니다. 전 세계에서 계산과 폭력의 정신이 영혼과의 연관성을 잃어버렸습니다. 하지만 우리 독일에서 상인은 가장 많고 군대는 가장 강력합니다." 그는 황홀하게 광장을 한 바퀴 둘러보았다. "오스트리아에서는 모든 것이 아직 이렇게까지 진행되지 않았습니다. 여기에는 아직 과거가 있고 인간들은 원초적 직관을 보존하고 있습니다. 독일적 존재를 합리주의로부터 구원하는 것은, 이게 도대체 아직 가능하다고 한다면, 여기서만 이루어질 것입니다. 하지만 제가 염려하는 바는", 아른하임은 한숨을 쉬며 덧붙였다. "그러기가 어려울 것이라는 것입니다. 위대한 이념은 오늘날 너무 많은 저항에 맞닥뜨립니다. 위대한 이념들은 서로서로 오용을 막기에만 좋습니다. 우리는 이른바 이념들로 무장한 도덕평화의 상태에 살고 있습니다."

그는 자신의 농담에 미소를 지었다. 이어 그에게 또 뭔가가 떠올랐다. "보십시오, 우리가 방금 이야기한 독일과 오스트리아의 차이는 제게 늘 당구를 연상시킵니다. 당구에서도 감정이 아니라 계산으로 하려 하면 모든 게 빗나가니까요!"

장군은 무장한 도덕평화라는 표현을 통해 아첨을 받았다고 느껴야 한다고 짐작했고 자신이 주의를 기울이고 있음을 증명하고 싶었다. 그는 당구를 조금 알았다. "죄송합니다." 그래서 그는 말했다. "저는 당구와 볼링을 칩니다만 독일과 오스트리아의 경기기술에 차이가 있다는 말은 여태 들어 보지 못했습니다!"

아른하임은 두 눈을 감고 숙고했다. "저 자신은 당구를 치지 않습니다만", 그가 말했다. "공의 위쪽 또는 아래쪽, 오른쪽 또는 왼쪽을 칠 수 있다는 것은 압니다. 두 번째 공을 완전히 맞힐 수도 있고 스치기만 할 수도 있지요. 강하게 또는 약하게 밀 수도 있지요. '각'을 더 강하게 또는 더 약하게 줄 수 있지요. 그리고 분명 이런 가능성들이 더 많을 겁니다. 이제 저는 이 요소들을 하나하나 임의로 세분화해서 생각할 수 있고 그러면 거의 무한히 많은 조합가능성이 있게 됩니다. 이것들을 이론적으로 조사하려면 저는 수학 법칙들과 강체역학 법칙들 이외에도 탄성학 법칙들도 고려해야 할 겁니다. 물질의 계수도 알아야 할 겁니다. 온도의 영향도요. 저는 미는 힘의 조합과 정도를 측정할 수 있는 아주 정교한 측정방법을 갖고 있어야 할 겁니다. 저의 거리측량은 노니우스처럼[27] 정확해야 합니다. 저의 조합능력은 측정자보다 더 빠르고 더 확실해야 합니다. 오차 계산, 분산의 폭, 그리고 두 공의 올바른 부합이라는 달성목표 자체가 명백한 목표는 아니고 가까스로 충분한 사실들의, 중간치 주변에 포진한 그룹이라는 정황은 차치하고라도 말입니다."

아른하임은 물약 병에서 약을 한 방울씩 잔에 따를 때처럼 천천히, 상대방이 주의를 기울이도록 강요하면서 말했다. 그는 상대방에게 단 하나의 세부사항도 면제해 주지 않았다.

"자, 장군님은 이제", 그는 계속해서 말했다. "제가, 가지기가 불가능한 많은 특성을 가져야 하고 행하기가 불가능한 일들을 해야 한다는 걸 아셨습니다. 당구공 치기라는 단순한 과정도 이런 식으로 계산하려 하면 정말이지 평생이 걸리는 과제임을 판단하실 정도로는 장군님도 수학자이십니다. 이성은 우리를 그냥 곤경에 빠트립니다! 그럼에도 불구하고 저는 입에 담배를 물고 멜로디를 흥얼거리면서 이른바

---

27 포르투갈의 수학자 페드루 누네스(P. Nunes, 1492~1577)의 라틴식 이름을 딴 측량자로 기존의 측량자에 추가로 붙여져 있으며 움직일 수 있고 기존 측량자의 비교적 작은 단위까지 읽게 해 준다.

머리에 모자를 쓴 채 당구대에 다가가, 상황을 관찰하려는 노력은 거의 하지 않고 공을 치고 과제를 해결합니다! 장군님, 똑같은 일이 삶에서 수없이 일어납니다. 장군님은 오스트리아인일 뿐만 아니라 장교시니 제 말을 이해하셔야 합니다. 정치, 명예, 전쟁, 예술, 결정적 삶의 과정은 이성의 저편에서 이루어집니다. 인간의 위대함은 비합리적인 것에 그 뿌리를 두고 있습니다. 우리 상인들도 아마 장군님이 생각하시듯 그렇게 계산하지 않을 겁니다. 우리는 — 물론 주도적인 사람들 말입니다. 소인들은 항상 동전으로 계산을 하니까요 — 정말 성공적인 착상들은 모든 계산을 조소(嘲笑)하는 비밀로 보라고 배웁니다. 감정, 도덕, 종교, 음악, 시, 형식, 훈육, 기사도, 정직함, 솔직함, 관용 등을 사랑하지 않는 사람은, 제 말을 믿어 주십시오, 그는 결코 그릇이 큰 상인이 못 됩니다. 그래서 저는 항상 전사계급을, 특히 오랜 전통에 토대를 둔 오스트리아 전사계급을 감탄했습니다. 그리고 저는 장군님께서 자비로운 부인 편이어서 무척 기쁩니다. 그게 저를 안심시킵니다. 장군님의 영향은 우리 젊은 친구의 영향과 더불어 매우 중요합니다. 위대한 일은 모두 동일한 특성에 근거합니다. 위대한 의무는 축복입니다, 장군님!"

그는 자기도 모르게 장군의 손을 잡고 흔들면서 또 말했다. "극소수의 사람들만이 진짜 위대함은 늘 근거가 없다는 것을 압니다. 제 말은, 강한 것은 모두 단순하다는 것입니다!" 슈툼 폰 보르트베어는 숨이 막혔다. 그는 거의 한마디도 이해하지 못한다고 생각했고 도서관으로 되돌아가, 이 위대한 남자가 분명 그에게 아첨하기 위해 열어 보인 이 모든 관점에 대해 몇 시간이고 책을 읽고 싶었다. 하지만 결국 그의 머릿속에서 일어난 이 봄날의 폭풍우 속에 갑자기 뜻밖의 청명함이 들어섰다. '빌어먹을, 이자는 네게 뭔가를 원해!' 그는 자신에게 말했다. 그는 위를 쳐다보았다. 아른하임은 여전히 책을 두 손으로 들고 있었지만 이제 진지하게 차를 한 대 손짓해서 부르려던 참이었다. 그의 얼굴은 방금 다른 사람과 생각을 교환한 남자의 얼굴이 그렇듯 흥분되고 약간 붉어져 있었다. 위대한 말이 내뱉어지면 존경하는 마음에서 침묵이 뒤따르듯, 장군은 침묵했다. 아른하임이 그에게 뭔가를 원한다면 슈툼 장군도 황제폐하의 이익을 위해 아른하임에게 뭔가를 원할 수 있었다! 이 생각은 너무나 많은 가능성을 열어 주었으므로 슈툼은 우선은 이 모든 것이 정말로 옳은가를 숙고하기를 포기했다. 하지만 책 속의 천사가 갑자기 그림 속 날개를 치켜들어 영리한 슈툼 장군에게 약간 그 아래를 보여 주었더라도 장군은 이보다 더 혼란스럽고 더 행복하지는 않았으리라!

그사이 디오티마와 울리히 코너에서는 이런 질문이 제기되었다. 디오티마처럼 어려운 처지에 놓인 여자는 체념해야 하는가, 간통에 휩쓸려야 하는가, 아니면 제3의 것, 이 둘이 섞인 뭔가를 해야 하는가. 이때 그 여인은 어쩌면 육체적으로는 이 사람, 영적으로는 저 사람에게 속하거나 어쩌면 육체적으로는 아무에게도 속하지 않을 것이다. 이 제3의 상태에 대해서는 이른바 어떤 텍스트도 존재하지 않았고 오로지 음악의 고상한 울림만 있을 뿐이었다. 그리고 디오티마는 결코 자기 얘기를 하는 것이 아니며 '어떤 여자'에 대해서 말하는 것이라고 여전히 강력하게 주장했고 그의 말들이 이 둘을 하나로 취급하려 할 때마다 분노에 찬 그녀의 시선이 울리히를 방해했다.

그래서 그도 에둘러 말했다. "개를 한 마리 본 적이 있지요?" 그가 물었다. "그랬다고 생각하는 것뿐입니다! 당신은 늘 당신에게 다소간 정당하게 개로 여겨지는 뭔가를 보았을 뿐입니다. 그것은 개의 특성을 다 갖고 있지는 않고 다른 개에게는 없는 개인적인 것을 갖고 있습니다. 그런데 우리가 어떻게 삶에서 '올바른 것'을 한단 말입니까? 우리는 결코 올바른 것으로서가 아니라 다소 올바른 것으로서 어떤 것을 할 뿐입니다.

그리고 기와 한 장이라도 법칙이 정한 대로 그렇게 지붕에서 떨어져 본 적이 있습니까? 결코 없습니다! 실험실에서도 사물은 마땅히 그래야 하는 모습으로 나타나지 않습니다. 그들은 규칙 없이 사방으로 법칙에서 벗어나고, 우리가 이를 실행의 오차로 보고 그 중간에 참인 가치가 있다고 추측하는 것은 어느 정도는 허구입니다.

또는 우리는 특정한 돌을 발견하고 그것들이 공통으로 가진 특성 때문에 다이아몬드라고 부릅니다. 하지만 하나는 아프리카에서 왔고 다른 하나는 아시아에서 왔습니다. 하나는 흑인이 땅에서 캐냈고 다른 하나는 아시아인이 캐냈습니다. 어쩌면 이 차이가 공통점을 없애버릴 정도로 그렇게 중요할까요? '다이아몬드 더하기 환경은 다이아몬드다'라는 비유에서 다이아몬드의 사용가치가 너무나 크므로 환경의 가치는 그 곁에서 사라져버립니다. 하지만 이는 이와 반대상황인 영적 환경들을 생각나게 합니다.

모든 것은 보편적인 것에 관여하지만 그래도 여전히 특별합니다. 모든 것은 참이고 그래도 야생이고 그 어떤 것과도 비교할 수 없습니다. 마치 임의의 창조물의 개인성은 그것이 다른 어떤 것과도 일치하지 않는 바로 그것인 듯 여겨집니다. 예전에 한번 말씀드렸지요. 참인 것을 더 많이 발견할수록 세상에 개인적인 것은 더 적게 남을 거라고. 이미 오래전부터 개인에 대항한 전쟁이 있었고 개인은 점점 더 많이 땅을 빼앗기니까요. 모든 것이 합리화되고 나면 결국에 우리에게 무엇이 남아 있을지 모르겠습니다. 어쩌면 아무것도 안 남겠지요. 하지만 우리가 개인성에 부여한 잘못된 의미가 사라진다면, 어쩌면 우리는 멋진 모험 속으로 들어가듯 새로운 의미 속으로 들어갈 것입니다.

당신은 어떤 결정을 하려 하십니까? '어떤 여자'는 법칙에 따라 행동해야 합니까? 그러면 그녀는 시민적 법에 따르면 됩니다. 도덕은 그것이 인정받는 곳에서는 말 그대로 그리고 한눈팔지 말고 따라야 하는, 전적으로 타당한 평균가치, 집단가치이니까요. 하지만 개별 경우는 도덕적으로 결정할 수 없습니다. 이것들은 도덕을 적게 가진 꼭 그만큼 세계의 무한성은 많이 갖고 있으니까요!"

"연설을 하는군요!" 디오티마가 말했다. 그녀는 자신에게 제기된 이 요구들의 수준에 약간 만족감을 느꼈지만 덩달아 너무 추상적으로 말하지 않음으로써 자신의 우월성을 보여 주고 싶었다. "우리가 말한 그 처지에 있는 어떤 여자는 실제의 삶에서는 무엇을 해야 하나요?" 그녀가 물었다.

"그대로 내버려두기!" 울리히가 대답했다.

"누구를요?"

"무엇이든지요! 그녀의 남편, 그녀의 연인, 그녀의 체념, 그녀의 뒤섞인 감정."

"그것이 무엇을 의미하는지 정말 알고 있나요?" 아른하임을 단념하려는 그녀의 고상한 계획의 두 날개가 투치와 같은 공간에서 잠을 잔다는 단순한 사실로 인해 밤마다 조금씩 짧아졌다는 사실이 고통스럽게 떠오름을 느끼며 디오티마가 물었다. 사촌은 이 생각을 조금 알아차린 것이 분명했다. 그는 단도직입적으로 물었다. "그것을 저와 시도해 보시겠습니까?"

"당신과요?" 디오티마가 길게 끌면서 대답했다. 그녀는 무해한 조소(嘲笑)로 자신을 보호하려 했다. "도대체 그것을 어떻게 상상하는지 제의를 한번 해보시겠어요?"

"당장에요!" 울리히는 진지하게 나섰다. "당신은 책을 아주 많이 읽으시지요?"

"물론입니다."

"그러면 당신은 무엇을 합니까? 곧장 답을 드리지요. 당신의 견해는 당신에게 적합하지 않은 것은 빼버립니다. 작가도 이미 같은 일을했습니다. 마찬가지로 당신은 꿈이나 상상 속에서도 빼버립니다. 저는 아름다움이나 흥분은 뭔가를 빼버릴 때에만 세상에 나온다고 단언합니다. 우리의 태도는 현실 한가운데서 하나의 타협, 하나의 중간상태고 이 속에서는 감정들이 서로 그 열정적인 전개를 방해하고 약간회색으로 섞이는 것이 분명합니다. 그래서 아직 이 태도를 갖고 있지않은 아이들은 어른보다 더 행복하고 더 불행합니다. 그리고 저는 곧장 덧붙이고 싶습니다. 어리석은 자들도 뭔가를 빼버린다고요. 어리석음도 사람을 행복하게 만듭니다. 그래서 저는 먼저 이렇게 제안합니다. 우리 서로 사랑하려 해봅시다. 당신과 제가 한 작가가 만들어낸 인물이고 책의 페이지 위에서 만난 양 말입니다. 어쨌든 현실을 두

리뭉실하게 만드는 지방질 구조물을 전부 빼버립시다."

디오티마는 이의를 제기하고 싶은 마음이 굴뚝같았다. 그녀는 지금 대화를 너무 개인적인 것에서 벗어나게 유도하고 싶었고 게다가 해당 질문을 잘 이해하고 있음도 보여 주고 싶었다. "아주 좋아요!" 그녀가 대답했다. "하지만 사람들은 '예술은 현실로부터의 회복이다, 상쾌해져서 다시 현실로 돌아가려는 것이 그 목표다'라고 주장합니다!"

"저는 모르겠습니다." 사촌이 대답했다. "저는 '회복'이 있어서는 안 된다고 주장합니다! 때때로 회복으로 구멍을 내야 하는 삶이란 어떤 삶인가요? 너무 아름다운 요구를 제기한다는 이유로 우리가 그림에 구멍을 내겠습니까?! 영원한 행복 속에 가령 휴가주간이 마련되어 있나요? 고백하건대, 제게는 잠이라는 표상조차도 가끔씩 불쾌합니다."

"오, 보세요!" 디오티마는 이 예를 이용해서 그의 말을 중단시켰다. "당신이 말하는 것이 얼마나 부자연스러운지! 휴식과 멈춤에 대한 욕구가 없는 인간! 어떤 예도 당신과 아른하임의 차이를 이보다 더 잘 조명하지는 않습니다! 한편에는 사물의 그늘을 모르는 정신, 다른 한편에는 충만한 인간성에서 그늘과 태양빛으로 자신을 발전시키려는 정신!"

"의심할 바 없이 저는 과장하고 있습니다." 울리히는 조금도 동요하지 않고 고백했다. "우리가 개별적으로 자세히 살펴본다면 당신은 이를 더 분명히 인식할 겁니다. 가령 위대한 저술가들을 생각해 봅시다. 우리는 그들을 본받아 삶을 영위할 수는 있지만 그들에게서 삶을 압착해 낼 수는 없습니다. 그들은 자신들을 감동시킨 것을 너무나 확고하게 형상화한 나머지 그것은 행간에까지, 압착된 금속처럼 거기서 있습니다. 하지만 그들은 도대체 무엇을 말했나요? 어떤 인간도 알지 못합니다. 그들 자신조차도 결코 그것을 온전한 전부로서는 몰랐습니다. 그들은 벌들이 날아다니는 들판과 같습니다. 동시에 그들은 이리저리 날아다니는 행위 그 자체입니다. 그들의 사고와 감정은 진실들 사이의 또는 오류들 사이의 이행단계들을 — 이들은 필요하다면 입증될 수 있습니다 — 단계별로 모두 갖고 있고 독자적으로 우리에게 접근하거나 또는 우리가 관찰하려 하면 빠져나가는 가변적인 본질을 갖고 있습니다.

어떤 책의 사고를 그것을 둘러싼 페이지에서 분리하는 것은 불가능합니다. 그것은, 지나가는 사람들에 휩쓸려 우리 곁을 획 지나가지만 잠시 동안 의미 있게 나타나는 한 인간의 얼굴처럼 우리에게 손짓합니다. 제가 다시 약간 과장하고 있겠지만, 이제 당신께 묻고 싶습니다. 그런데 우리의 삶에서 제가 서술했던 것과 다르게 일어나는 일이 있습니까? 저는 정확하고 측정 가능하고 정의 가능한 인상들에 대해서는 침묵하려 합니다만, 우리가 삶의 지지대로 삼고 있는 모든 다른 개념들은 경직되도록 방치한 비유에 불과합니다. 남성성에 대한 개념처럼 단순한 개념이 이미 너무나 많은 표상들 사이에서 동요하고 부유하지 않나요! 그것은 숨을 쉴 때마다 모양을 바꾸는 입김과 같습니다. 그리고 어떤 것도 확고하지 않습니다. 어떤 인상도, 어떤 질서도. 그러니 우리가, 제가 말했듯이, 문학에서 우리에게 맞지 않는 것을 그냥 빼버릴 때 우리가 하는 일은 삶의 본래 상태를 다시 만들어내는 것일 뿐입니다."

"사랑하는 친구여!", 디오티마가 말했다. "내게는 이 숙고가 대상이 없다고 여겨집니다." 울리히가 한순간 멈추었고 그 틈에 이런 말을 울렸다.

"그렇지요, 그렇게 보입니다. 제가 너무 큰 소리로 말하지 않았기를 바랍니다." 그가 대답했다.

"당신은 빨리, 조용히, 길게 말했습니다." 그녀는 약간 조소하면서 보충했다. "그럼에도 불구하고 당신이 말하려 했던 것은 한마디도 하지 않았습니다. 당신이 내게 다시 설명했던 것이 무엇인지 아세요? '현실을 없애야만 한다'입니다! 이 언급을 처음으로, 우리가 소풍을 갔을 때라고 생각됩니다만, 당신에게 들은 이후로 오래토록 그것을 잊을 수가 없었다고 고백합니다. 왜 그런지는 모르겠어요. 하지만 유감스럽게도 당신은 그것을 어떻게 실천하려고 하는지를 또 말하지 않았어요!"

"그럼 제가 적어도 다시 한번 그렇게 길게 말해야 했다는 것은 분명하군요. 하지만 대체 그것이 간단할 거라고 기대하십니까? 제가 틀리지 않다면, 당신은 아른하임과 함께 일종의 성스러움 속으로 도망가고 싶다고 말했습니다. 당신은 그것을 그러니까 두 번째 종류의 현실이라고 상상합니다. 하지만 제가 말했던 것은 우리가 비현실을 다시 손아귀에 넣어야 한다는 것입니다. 현실은 더 이상 의미가 없으니까요!"

"오, 아른하임은 거의 동의하지 않을 겁니다!" 디오티마가 말했다.

"물론 안 할 겁니다. 그것이 바로 우리 사이의 대립이지요. 그는 자신이 먹고 마시고 자고, 위대한 아른하임이고, 당신과 결혼해야 할지 말지를 모른다는 상황에 의미를 부여하고 싶어 합니다. 게다가 그는 예전부터 온갖 정신의 보물들을 모아 왔습니다." 울리히는 갑자기 휴지기(休止期)를 가졌고 이는 침묵으로 넘어갔다.

한참 후 그는 바뀐 어조로 물었다. "제가 왜 하필 당신과 이런 대화를 하는지 말해 줄 수 있습니까? 이 순간 저의 어린 시절을 떠올렸습니다. 저는, 당신은 안 믿겠지만, 착한 아이였습니다. 따뜻한 달밤의 공기처럼 부드러웠지요. 저는 개나 칼과 무한히 사랑에 빠질 수 있었습니다…." 그는 이 문장도 끝까지 말하지 못했다.

디오티마는 그를 회의적으로 바라보았다. 그녀는 다시 그가 얼마나 '감정의 정확성'의 편을 들었는지를 상기했다. 반면에 그는 오늘 그 반대를 말했다. 그는 심지어 한번은 감각의 순수성이 충분하지 못하다고 아른하임을 비난했는데, 오늘은 내버려두기에 찬성했다. 그리고 울리히가 '휴가 없는 감정'에 찬성인 반면에 아른하임은 '결코 서로를 완전히 미워하거나 **완전히 사랑해서는** 안 된다!'고 애매하게 말했던 것이 그녀를 불안하게 했다. 이런 생각을 하며 그녀는 확신이 없어짐을 느꼈다.

"당신은 무한한 느낌이 있다고 정말로 믿습니까?" 울리히가 물었다.

"오, 무한한 감정이 있습니다!" 디오티마는 이렇게 대답했고 발밑에 다시 단단한 땅을 딛고 있었다.

"그런데 저는 그것을 제대로 믿지는 않습니다." 울리히가 멍하니 말했다. "특이하게도 우리는 자주 거기에 대해 말합니다만, 그것은 우리가 평생 피해 온 바로 그것입니다. 마치 우리가 그 속에서 익사할 수 있기라도 한 것처럼." 그는 디오티마가 귀를 기울이지 않고 불안하게 아른하임 쪽을 건너다보고 있음을 알아차렸다. 아른하임의 눈은 차를 찾고 있었다.

"내 걱정은", 그녀가 말했다. "우리가 그를 장군에게서 구원해야 한다는 거예요."

"제가 차를 한 대 잡고 장군을 책임지겠습니다." 울리히는 이렇게 제안했고, 그가 가려는 순간 디오티마는 그의 팔 위에 한 손을 놓았고 그의 노력에 친절히 보답하기 위해 부드럽게 동의하면서 말했다. "무한한 감정 이외의 다른 감정들은 전부 가치가 없습니다."

115
당신의 젖꼭지는 양귀비 꽃잎 같다

긴 확고부동의 시간에 이어 폭풍 같은 전위(轉位)가 따라온다는 법칙에 따라 보나데아도 병의 재발을 겪고 있었다. 디오티마에게 접근하려던 시도들은 아무 성과가 없었고 두 연적이 친구가 되어 그를 제쳐둠으로써 울리히를 벌주겠다던 달콤한 계획도 — 그녀가 수없이 꿈꾸었던 환상이었다 — 무산되었다. 그녀는 자존심을 버리고 다시 연인의 집 문을 두드렸지만 그는 그들이 끊임없이 방해를 받도록 상황을 만들어 놓은 것 같아 보였고 왜 그녀가 — 물론 그는 그럴 가치가 없었지만 — 다시 왔는지 설명해 줄 이야기들은 그의 열정 없는 친절함에 지리멸렬해졌다. 그 벌로 그에게 큰 망신을 주고 싶은 마음은 굴뚝같았지만 다른 한편 그녀의 고결한 자세가 이를 금했으므로 그녀는 시간이 흐름에 따라, 스스로에게 부과한 장점들에 커다란 반감을 느끼기 시작했다. 밤이면 충족되지 못한 욕정이 만들어 낸 두꺼운 머리는 코코스 열매처럼, 이 열매의 원숭이 털 같은 껍질은 자연의 실수로 인해 안으로 자랐는데, 그녀의 두 어깨 위에 앉아 있었고 결국 그녀는 술병을 빼앗긴 술주정뱅이처럼 무기력한 분노로 가득 찼다. 그녀는 속으로 디오티마를 사기꾼, 참을 수 없는 여편네라 부르며 욕했고 그녀의 환상은 이 고상한 여자의 기품을 ─ 그 마법이 디오티마의 비밀이었다 ─ 전문가처럼 평가했다. 이 외모를 모방하는 것은 보나데아에게 크나큰 행복을 안겨 주었지만 이제는 감옥이 되었고 그녀는 황량한 자유를 찾아 감옥을 부수고 나왔다. 인두와 거울은 그녀를 이상형으로 만들어 주는 힘을 잃었고 이로써 그녀가 처했던 인위적 의식 상태도 붕괴되었다. 삶의 갈등들에도 불구하고 보나데아가 항상 달게 누렸던 잠조차도 이제는 밤마다 대개 약간 기다려야 왔는데, 이는 그녀에게 너무나 생소한 일이어서 불면증인 듯 여겨졌다. 이런 상태에서 그녀는, 진짜로 병이 들면 모든 인간들이 느끼게 되는바, 정신이 도망치면서 육체를 부상병처럼 방치한다고 느꼈다. 뜨겁게 달아오른 모래 속에 누워 있는 양 시련을 겪노라면 보나데아는 디오티마에게서 감탄해 마지않았던 모든 영리한 수다들이 저 멀리 수만 리 밖에 있는 듯 여겨졌고 디오티마를 진심으로 경멸했다.

그녀는 또 다시 울리히를 찾아갈 결심이 서지 않았으므로 울리히로 하여금 자연스러운 감정을 느끼게 할 계획을 다시 짰는데, 우선 그 결말은 이렇게 완성되어 있었다. 보나데아는 울리히가 그를 유혹하는 여자의 곁에 있을 때 디오티마 집으로 쳐들어갈 것이다. 디오티마 집에서의 담화는 공공을 위해 뭔가를 하는 대신에 서로에게 아양을 떨기 위한 핑계임이 뻔했다. 이와 반대로 보나데아는 공공을 위해 뭔가를 할 것이고 이로써 벌써 계획의 첫머리도 완성되었다. 그 누구도 더 이상 모스브루거에게 신경을 쓰지 않았고 다른 사람들이 위대한 말들을 지껄이는 동안 이자는 파멸할 테니까! 다시 모스브루거가 곤궁에 처한 자신의 구원자가 되리라는 것이 보나데아는 단 한순간도 놀랍지 않았다. 모스브루거에 대해 깊이 생각해 보았더라면 그를 끔찍하다고 생각했겠지만 그녀는 이렇게만 생각했다. '울리히가 한번 그에게 그토록 깊은 관심을 보였으니 그를 잊어서도 안 돼!' 계속해서 자신의 계획에 몰두하는 가운데 그녀에게는 또 두 개의 개별사항이 떠올랐다. 그녀는 이 살인자에 관해 대화하는 도중 울리히가 인간은 늘 순결한 제2의 영혼을 갖고 있으며 책임능력이 있는 인간은 늘 다르게 행동할 수 있지만 책임능력이 없는 인간은 결코 그럴 수 없다고 주장했음을 떠올렸다. 그녀는 여기서 결론 비슷한 것을 끌어냈는데, 그녀는 책임능력이 없고자 하고 그러면 순결하게 되리라는 것이었다. 이는 울리히에게서도 사라졌지만 그를 치유하기 위해서는 그에게 되돌려 주어야 할 상태였다. 이를 실행에 옮기기 위해 그녀는 사교모임에 가려는 듯 잘 차려 입고 며칠 저녁을 디오티마 집 창문 앞에서 서성거렸고 오래 기다리지 않아 건물 정면 쪽 창문들이 모두 내부의 활동을 표시하며 환해졌다. 남편에게는 초대받았지만 오래 머무르지는 않을 거라고 이야기해 두었다. 아직 용기가 부족했던 며칠 동안 이 거짓말로 인해 그리고 초대받지 않은 집 앞에서 이렇게 밤마다 서성거림으로 인해 하나의 충동이 생겨났고 이는 점점 커지더니 곧 그녀를 계단 쪽으로 몰아갔다. 그녀는 지인의 눈에 띌 수 있었고 우연히 지나가는 남편에게 발각될 수도 있었다. 집사의 눈에 띌 수도 있었고 경찰이 그녀를 검문해 보려는 생각을 할 수도 있었다. 산책이 반복될수록 위험은 더 커지는 듯 보였고 더 망설인다면 한번 돌발 사태가 일어날 가능성은 더 커졌다. 그래서 보나데아가 남의 집 대문 안으로 휙 들어가거나 들키지 않을 길로 가는 경우가 드물지 않게 일어났지만 이때 그녀는 이것이 자신이 달성하려는 일의 피할 수 없는 일부라는 의식을 마치 수호천사처럼 자기편으로 갖고 있었고, 반면에 그녀는 초대도 받지 않았고 무엇이 기다리고 있을지도 불확실한 집 안으로 이번에는 쳐들어가야 했다. 그녀는 처음에는 모든 일을 이렇게 정확하게 상상하지 않았지만 상황의 지원을 받아, 권총의 총성, 공기 중으로 날아가는 염산방울의 번쩍임에도 익숙해진 상태로 고양된 여자암살자 같은 기분이었다.

그럴 의도는 없었지만 마침내 정말로 초인종을 누르고 들어섰을 때, 보나데아는 이와 비슷한 정신의 은둔상태에 처해 있었다. 작은 라헬은 살그머니 울리히에게 다가가 밖에서 누군가가 — 이 '누군가'가 면사포를 깊이 내린 낯선 귀부인임은 폭로하지 않았다 — 그와 밖에서 이야기하고 싶어 한다고 알렸고, 라헬이 그의 뒤에서 살롱의 문을 닫았을 때 보나데아는 얼굴을 가린 면사포를 젖혔다. 그녀는 이 순간 모스브루거의 운명이 더 이상의 연기를 허용하지 않는다는 것을 단단히 확신했고 질투심에 괴로워하는 연인이 아니라 마라톤 주자처럼 숨이 차서 울리히를 맞았다. 그녀는 남편이 어제 그녀에게 모스브루거를 곧 더 이상 구할 수 없을 것이라고 알려 왔다는 거짓말을 힘들이지 않고 보냈다. "내가 정말 증오하는 것은", 그녀는 말을 맺었다. "이런 종류의 외설적 살인자들이야. 그럼에도 불구하고 난 여기서 침입자로 여겨질 수 있는 위험을 감수하기로 했어. 당신이 아직도 뭔가를 달성하려 한다면 지금 곧장 이 집 여주인과 영향력 있는 손님들에게 돌아가 당신의 관심사를 말해야 하니까!" 그녀는 자신이 무엇을 기대하는지 몰랐다. 울리히가 감동해서 고마워하는 것, 그가 디오티마를 불러내는 것, 디오티마가 그녀와 그와 함께 외딴 방으로 물러나는 것? 디오티마가 어쩌면 벌써 큰 소리 때문에 대기실로 이끌려 나오는 것, 그러면 그녀는 디오티마에게 그녀, 보나데아가 울리히의 고상한 감정을 받아들이기에 가장 부적절한 사람은 아님을 알려 줄 작정이었다! 그녀의 두 눈은 촉촉이 번쩍였고 두 손은 떨렸다. 그녀는 큰소리로 말했다. 울리히는 크게 당황했고 계속 미소를 짓고 있었는데, 그녀를 진정시키고, 그녀에게 가능하면 빨리 떠나야 함을 어떻게 확신시킬까 숙고할 시간을 벌려는 절망적 수단이었다. 상황은 어려웠고, 라헬이 도와주지 않았다면 보나데아의 비명발작이나 울음발작으로 끝날 수도 있었으리라. 작은 라헬은 내내 반짝이는 두 눈을 동그랗게 뜨고는 이 두 사람에게서 멀지 않은 곳에 서 있었다. 그녀는 온몸으로 안절부절못하는 이 낯모르는 아름다운 귀부인이 울리히와 이야기하고 싶다고 요구했을 때 곧장 모험적 연관성을 알아차렸다. 그녀는 대화를 대부분 엿들었고 모스브루거라는 이름의 음절 하나하나가 총알처럼 그녀의 귓속에 박혔다. 근심, 욕구, 질투심으로 인해 심하게 동요하는 귀부인의 목소리는, 비록 그녀는 이 감정들을 이해하지는 못했지만, 그녀의 마음을 빼앗았다. 그녀는 이 부인이 울리히의 연인일 거라고 짐작했고, 이 순간 전보다 두 배나 더 강하게 울리히를 사랑하게 되었다. 그녀는 뭔가를 해야겠다는 충동에 사로잡혔는데,

마치 두 사람이 온 가슴으로 노래하고 그녀도 목소리를 보태야 하는
듯했다. 그래서 그녀는 비밀을 지켜 달라는 눈길로 문 하나를 열었고
유일하게 손님들이 사용하지 않는 방으로 두 사람을 들어오게 했다.
이것은 그녀가 여주인에 대해 저지른 최초의 명백한 불충이었다. 발
각되면 이것이 어떻게 받아들여질지에 대해 그녀는 추호의 의심도 없
었으니까. 하지만 세상은 너무나 아름다웠고 멋진 흥분은 너무나 비
정상적인 상태였으므로 그녀는 이를 숙고하는 데 이르지 못했다.

불이 켜지고 보나데아의 두 눈이 차츰 그녀가 어디에 있는지를 보게
되었을 때 그녀의 두 다리에서는 서 있을 수 없을 정도로 힘이 쑥 빠졌
고 질투로 인해 두 뺨은 빨개졌는데, 그녀가 둘러보고 있는 것이 디오
티마의 침실이었기 때문이었다. 스타킹, 머리빗, 그리고 한 여인이
사교모임을 위해 머리에서 발끝까지 서둘러 옷을 갈아입은 후 하녀가
치울 시간이 없었거나 일부러 치우지 않았을 때 뒤에 남겨진 다른 많
은 것들이 여기저기 놓여 있었다. 이 경우는 후자였는데, 큰 행사가
있는 저녁에는 다른 공간들을 비우기 위해 침실도 가구창고로 쓰여야
했으므로 어차피 다음 날 아침 모든 것을 더 꼼꼼히 치워야 했기 때문
이었다. 공기에서는 나란히 바싹 붙여 놓은 가구들, 파우더, 비누, 에
센스 냄새가 났다. "그 아이가 어리석은 짓을 했어. 우리는 여기 있어
서는 안 돼!" 울리히가 웃으며 말했다. "당신은 아예 여기 오지 말았어
야 했어. 모스브루거를 위해서는 아무 일도 할 수 없으니까."

"내가 여기 오는 수고를 하지 말았어야 했다는 거야?" 보나데아는
거의 들리지 않는 목소리로 되풀이했다. 그녀의 두 눈은 이리저리 방
황했다. '어떻게 하녀가 울리히를 집의 가장 내밀한 곳으로 데려오려

는 착상을 하게 되었을까?'라고 그녀는 고통스럽게 자문했다. 이런 일을 늘 해온 것이 아니라면! 하지만 그녀는 이 증거를 그에게 들이댈 용기를 내지 못했고 소리 없는 비난을 담아 말하는 편을 택했다. "그런 부당한 일이 일어나도 당신은 편히 잠을 잘 수 있어? 나는 며칠 밤을 자지 못했고 그 때문에 당신을 찾아오기로 결심한 거야!" 그녀는 방을 등졌고 창가에 서서 외부로부터 자신의 눈에 접근하는, 상을 반사하는 불투명성을 응시했다. 그것은 나무 우듬지들이거나 깊은 뜰이었을 것이다. 흥분하기는 했어도 그녀는 이 방이 거리를 향해 있지 않다는 것을 알 만큼은 이 지역을 알았다. 다른 창문들에서 이쪽을 들여다볼 수도 있었고, 그녀는 이제 자신이 자신의 불성실한 연인과 함께 열린 커튼 앞에서 불빛을 받은 채 연적(戀敵)의 침실에서 미지의 어두운 관중석 앞에 서 있음을 깨닫게 되자 매우 흥분했다. 모자를 벗고 외투를 뒤로 젖힌 채였으므로 그녀의 이마와 따뜻한 젖꼭지는 차가운 유리창에 닿았다. 애정과 눈물이 그녀의 두 눈을 적셨다. 그녀는 천천히 몸을 뗐고 다시 남자 친구에게 몸을 돌렸지만 그녀가 바라보았던 부드럽고 무른 검은색이 그녀의 눈 속에 조금 남아 있어 눈은 이제 무의식적 깊이를 갖게 되었다. "울리히!" 그녀가 간절히 말했다. "당신은 나쁜 사람이 아니야! 그런 척할 뿐이지! 당신 스스로 온갖 어려움을 동원해 선하지 않으려고 할 뿐이야!"

상황은 보나데아의 이 지나치게 영리한 말들로 인해 또다시 위험해졌다. 일단 이것은 육체에 지배당하는 여자가 가지는 동경, 정신적인 고상함 속에서 위안을 얻고 싶다는 가소로운 동경은 아니었다. 여기서는 이 육체의 아름다움 자체가 사랑의 부드러운 품위에 대한 그 권리를 내세우고 있었다. 그는 그녀 옆으로 다가갔고 그녀의 어깨 위에 팔을 얹었다. 그들은 다시 어둠을 향해 몸을 돌렸고 함께 밖을 내다보았다. 집에서 나오는 약간의 불빛은 끝이 없어 보이는 암흑 속에서 흩어졌고 이는 두꺼운 안개가 그 부드러움으로 공기를 가득 채울 때처럼 보였다. 늦겨울이었음에도 불구하고 어떤 이유에서인지 울리히는 그다지 춥지 않은 10월 밤을 응시한다는 인상을 강하게 받았고 도시는 이 밤 속에, 마치 어마어마하게 큰 모직 담요 속인 양, 그렇게 푹 싸여 있는 듯 여겨졌다. 이어 모직 담요에 대해 10월 밤 같다고 말할 수도 있으리라는 생각이 들었다. 그는 부드러운 불확실성을 피부로 느꼈고 보나데아를 더 단단히 끌어당겼다.

"이제 들어갈 거야?" 보나데아가 물었다.

"모스브루거에게 가해질 부당함을 저지하러? 아니야. 난 정말 그에게 부당한 일이 일어나는지조차 모르는 걸! 내가 그에 대해 뭘 알아? 재판정에서 얼핏 한 번 보았을 뿐이고 그에 관한 몇몇 다른 글을 읽었을 뿐이야. 그건 내가 '당신의 젖꼭지가 양귀비 꽃잎 같다'는 꿈을 꾼 것과 같아. 그렇다고 그것이 정말 양귀비 꽃잎이라고 믿어야 할까?"

그는 곰곰이 생각했다. 보나데아도 곰곰이 생각했다. 그는 생각했다. '하지만 정말로 그렇다. 말짱한 정신으로 관찰한다 해도 한 인간은 다른 한 인간에게는 일련의 비유 이상을 의미하지 않는다.' 보나데아는 생각에 잠긴 채 결론에 도달했다. "자, 우리 떠나!"

"그건 안 돼", 울리히가 대답했다. "내가 어디 있었느냐고 사람들이 물을 거고 당신의 방문에 대해 말이 새나가기라도 하면 불쾌한 스캔들이 일어날 거야."

침묵, 내다보기, 그리고 10월 밤, 1월 밤, 모직 천, 고통 또는 행복일 수도 있는 어떤 것이, 그들은 그것을 구별할 수 없었는데, 둘을 다시 하나로 만들었다.

"왜 당신은 가장 가까이 있는 일을 하지 않지?" 보나데아가 물었다.

그는 갑자기 분명 최근에 꾸었을 꿈 하나를 떠올렸다. 그는 꿈을 잘 꾸지 않거나 적어도 꿈을 기억하지 못하는 인간이었는데, 뜻밖에 이 기억이 열려 그를 들여보냈을 때 그는 이상한 감동을 느꼈다. 그는 가파른 산비탈을 넘으려고 여러 번 시도했지만 허사였고 매번 격심한 어지럼증 때문에 뒤로 물러났다. 더 설명할 것도 없이 지금 그는 이 체험이, 어디에도 등장하지는 않았지만 모스브루거와 관계가 있음을 알았다. 꿈의 한 장면이 자주 다중의 의미를 지니듯이 이는 또 육체적인 방식으로 그의 정신의 헛된 시도들을 의미했는데, 이것들은 최근 그의 대화나 관계들 속에 거듭 모습을 드러냈고 길이 없는 곳을 어느 지점을 넘어서지 못하고 걸어가는 것과 비슷했다. 그는 이를 묘사한 꿈의 꾸밈없는 구체성에 미소를 지어야 했다. 매끈한 돌과 미끌거리는 흙, 여기저기 홀로 서 있으며 쉼터나 목표물이 되어 주는 나무, 게다가 걸어가는 도중 급증하는 고도 차이. 그는 조금 더 높은 곳, 혹은 더 낮은 곳에서 이를 시도해 보았지만 마찬가지로 허사였고 어지러움 때문에라도 토하고 싶었다. 그때 그는 동행한 누군가에게 이렇게 선언했다. 우리 그만두자. 더욱이 맨 아래 계곡 바닥에는 편안하고 평범한 길이 있어! 그건 분명했다! 게다가 울리히는 자신과 같이 있던 사람이 정말 보나데아였을 거라는 느낌이 들었다. 아마 그는 그녀의 젖꼭지가 양귀비 꽃잎 같다는 꿈을 정말로 꾸었을 것이다. 뭔가를 찾는 감정에게는 너무 넓어 보이는 톱니 모양, 어두운 당아욱 빛깔의 청적색일 수 있는, 서로 관련 없는 뭔가가 꿈 이미지의 아직 밝아지지 않은 구석에서 안개처럼 풀려나왔다.

이 순간 의식의 밝음이 들어섰고 이 속에서 단번에 그 무대배경과 함께 그사이 일어난 모든 일들이 보였는데, 물론 이 인상을 해석할 수는 없다. 꿈과 꿈이 표현하는 것 사이에 존재하는 관계를 그는 잘 알았다. 그것은 다름 아니라 그가 이미 자주 몰두했던 유사의 관계, 비유의 관계였으니까. 비유는 진실 하나와 비진실 하나를 감정적으로 서로 떼려야 뗄 수 없이 연결해서 담고 있다. 그것을 있는 그대로 취해 현실의 방식에 따라 감각적으로 형상화하면 꿈과 예술이 생겨나지만 이들과 풍부한 현실의 삶 사이에는 유리벽이 생긴다. 그것을 이성으로 취해 맞지 않은 것을 정확히 일치하는 것에서 분리하면 진리와 지식이 생겨나지만 감정은 파괴된다. 유기체를 둘로 쪼개는 박테리아종의 방식에 따라 인간종족은 비유라는 원래의 삶의 상태를 현실과 진리라는 단단한 물질과 예감, 믿음, 인위성이라는 유리 같은 분위기로 나눈다. 그 사이에는 어떤 제3의 가능성도 없는 것처럼 보인다. 하지만 크게 숙고하지 않고 일단 시작하면, 확실치 않던 일이 원하던 대로 끝나는 경우가 얼마나 많은가! 울리히는 그의 사고와 분위기가 너무나 자주 그를 데리고 갔던 꼬불꼬불한 골목길에서 나와 이제는 중앙광장 위에 서 있는 느낌이 들었는데, 모든 것이 여기서 흘러나가고 있었다. 그리고 그는 '왜 결코 가장 가까이 있는 일을 행하지 않는가?'라는 물음에 대한 대답으로 이 모든 것들을 조금 보나데아에게 이야기했다. 그녀는 그것을 아마 이해하지 못했겠지만 확실히 위대한 하루를 보냈다. 그녀는 한동안 숙고했고 자신의 팔을 울리히의 팔 안으로 더 단단히 밀어 넣었고 이렇게 요약하면서 대답했다. "하지만 꿈속에서 당신은 사고하지 않아. 어떤 이야기를 체험하지!" 그것은 거의 사실이었다. 그는 그녀의 손을 꽉 쥐었다. 그녀의 눈에 갑자기 다시 눈물이 고였다. 눈물은 아주 천천히 그녀의 얼굴을 타고 흘러내렸고 소금기로 범벅이 된 피부에서 뭐라 명명할 수 없는 사랑의 향기가 피어올랐다. 울리히는 이 향기를 들이마셨고 이 미끌미끌 끈적끈적한 것을 향한, 굴복과 망각을 향한 커다란 동경을 느꼈다. 하지만 그는 마음을 다잡았고 그녀를 다정하게 문으로 데리고 갔다. 그는 이 순간 자신이 아직 뭔가를 계획하고 있고 반쪽짜리 애정 때문에 그것을 낭비해서는 안 된다고 확신했다. "당신은 이제 떠나야 해!" 그가 나직이 말했다. "화내지 마. 우리가 언제 다시 볼 수 있을지 모르겠어. 난 지금 나 자신에 대해 해결해야 할 일이 너무 많아!"

그리고 기적이 일어났다. 보나데아는 아무 저항도 하지 않았고 화가 난 장엄한 말도 하지 않았다. 그녀는 더 이상 질투하지 않았다. 그녀는 이야기를 하나 체험했다고 느꼈다. 그녀는 그를 자신의 팔 안에 감싸 안고 싶었으리라. 그녀는 그를 땅 위로 끌어올려야 한다는 예감이 들었다. 그녀는 자식들에게 하듯이 그의 이마 위에 신의 가호를 기원하는 십자가를 그어 주고 싶었다. 그리고 이것이 너무나 아름답게 여겨졌으므로 그녀는 이것이 끝일 거라는 생각은 들지 않았다. 그녀는 모자를 썼고 그에게 키스했고, 면사포 위로 또 한 번 키스했는데, 이로 인해 면사포의 실들은 불타는 쇠창살처럼 뜨거워졌다.

집 안에서는 벌써 해산의 움직임이 시작되고 있었지만, 문 옆에서 보초를 서며 엿듣고 있던 소녀의 도움으로 보나데아는 누구의 눈에도 띄지 않고 사라질 수 있었다. 울리히는 이에 대한 보답으로 꽤 많은 돈을 라헬의 손에 쥐어 주었고 그녀의 재치에 대해 몇 마디 칭찬을 해 주었다. 라헬은 두 사람에게 너무나 열광한 나머지 그녀의 손가락은 자기도 모르게 돈과 그의 손을 한참이나 붙잡고 있었다. 마침내 그는 웃지 않을 수 없었고 그제서야 순식간에 얼굴이 붉어진 그녀의 어깨를 친절하게 두드렸다.

116
삶의 두 나무,
정확성과 영혼의 총사무국에 대한 요구

이날 저녁에는 더 이상 이전처럼 많은 손님들이 투치 집에 오지 않았고 평행운동에의 참여는 줄어들었고 온 사람들도 평소보다 일찍 떠났다. 마지막 순간에 있었던 백작의 출현 자체도 — 게다가 그는 근심어린 찌푸린 표정이었고 기분이 나빴는데, 그의 작품에 반대하는 민족주의적 소요에 대한 당혹스런 소식을 들었기 때문이었다 — 이 와해를 멈출 수는 없었다. 사람들은 그의 왕림이 특별히 새로운 것을 의미할지도 모른다는 기대감에 조금 더 기다렸지만 그가 그럴 기미를 보여주지 않고 참석자들에게 전혀 신경을 쓰지 않자 마지막 사람들도 떠났다. 그래서 다시 등장한 울리히는 방들이 거의 빈 것을 보고 깜짝 놀랐고 잠시 후에는 '핵심 멤버'만이, 그사이 집에 돌아온 투치 국장으로 인해 수는 하나 늘었지만, 손님들이 떠난 집에 남았다.

각하는 다시 한번 말했다. "88세 평화의 군주는 상징이라고 말할 수 있어요. 이 속에는 위대한 사고가 들어 있어요. 하지만 이 사고에 정치적 내용도 주어야 해요! 그렇지 않으면 관심이 줄어드는 것은 지극히 당연합니다. 이 말은 내가 할 수 있는 일은, 보시다시피, 이미 다 했다는 뜻입니다. 독일민족은 비스니에츠키 때문에 분노하고 있어요. 그들은 그가 슬라브주의자라고 말하니까요. 그런데 슬라브인들도 분노하고 있어요. 그들은 그가 장관 시절 양의 탈을 쓴 늑대였다고 말하니까요. 하지만 여기서 드러나는 것은 그가 진짜 애국적이고 초당적인 인물이라는 사실일 뿐이고 나는 그를 지지합니다! 그렇지만 이는 지금 되도록이면 빨리 문화 측면에서 보완되어야 해요. 그래야 사람들이 뭔가 긍정적인 것을 가질 테니까. 참여 국민집단들의 소망을 파악하기 위한 우리 연구회는 진전이 너무 느려요. 나는 '오스트리아의 해'나 '세계의 해'는 정말 아름답지만 상징인 것은 모두 차츰 참된 것이 되어야 한다고 말하고 싶어요. 즉, 그것이 상징이라면 나는 거기서 정서적 자극을 받고, 아직 아무것도 알지는 못하지만 나중에 정서의 거울에 등을 돌리고, 그사이 나의 동의를 얻은 아주 다른 뭔가를 한다는 뜻이지요. 내가 표현하고자 하는 바가 이해가 되나요? 우리의 친애하는 부인께서는 온갖 노력을 다 해오셨고 여기서는 벌써 몇 달째 진짜 알 가치가 있는 일들에 관한 논의가 있었어요. 그럼에도 불구하고 참여는 점차 줄어들고 있고 그래서 나는 우리가 곧 뭔가를 하기로 결정을 내려야 할 거라는 느낌이 듭니다. 그게 무엇인지는 나도 모르고 스테판 교회의 두 번째 탑이나 이중제국의 아프리카 식민지일지도 모르지만 그건 별로 상관이 없어요. 마지막 순간에 거기서 아주 다른 뭔가가 생겨날 거라고 나는 확신하니까. 중요한 것은 우리가 참가자들의 창의력을 이른바 적기에 그릇에 담아야 한다는 것이에요. 없어지지 않도록!"

라인스도르프 백작은 유용한 말을 했다는 느낌이 들었다. 이에 대한 대답으로 아른하임이 다른 사람들을 대신해 말문을 열었다. "특정한 순간들에는 행동을 통해, 잠정적인 행동이라고 해도, 숙고가 결실을 맺게 하는 것이 꼭 필요하다는 각하의 말씀은 삶의 비상한 진리입니다! 이런 맥락에서 실제로 중요한 것은 여기 모인 정신적 집단에서 얼마 전부터 바뀐 분위기가 지배하고 있다는 것입니다. 초반에 겪었던 조망(眺望) 불가능성은 사라졌습니다. 새로운 제안은 더 이상 거의 나오지 않고 이전 제안들도 거의 언급되지 않고 어쨌든 지속적인 방어를 하지 못하고 있습니다. 이건 초대에 응함으로써 의무를 받아들였고 합의에 이르렀고 그래서 이제 어느 정도 수용 가능한 제안들은 모두 일반적 승인을 받을 전망이 있을 거라는 의식이 사방에서 깨어났다는 인상을 줍니다."

"친애하는 박사님, 우리 쪽 사정은 어떤가요?" 그사이 울리히를 알아본 각하가 물었다. "거기서도 벌써 어떤 해결책이 보이나요?"

울리히는 부인해야 했다. 서면상의 의견교환은 만나서 하는 것보다 훨씬 느긋하게 질질 끌었고 쇄도하는 개선 제안들도 줄어들지 않았다. 그는 계속해서 협회들을 만들었고 각하의 이름으로 여러 행정부서에 이관했지만 이것들을 살펴보려는 행정부서들의 적극성은 최근에는 물론 눈에 띄게 줄었다. 그는 이렇게 보고했다.

"놀랄 일도 아니지요!" 각하가 참석자들을 향해 말했다. "우리 백성들에게는 믿을 수 없을 만큼 많은 국가의식이 숨어 있어요. 하지만 의견이 나오는 모든 방향으로 그들을 만족시키려면 대화사전만큼이나 교양이 있어야 하지요. 장관들이 감당하기에는 너무 많아요. 그리고 이는 우리가 위에서 개입해야 할 시점이 왔다는 것도 입증하지요."

"이런 맥락에서", 아른하임이 다시 입을 열었다. "각하께서는 최근 폰 슈툼 장군님이 회의 참석자들의 주목을 점점 더 많이 받고 계시다는 점이 특이하게 보일지도 모르겠습니다."

라인스도르프 백작은 처음으로 장군을 바라보았다. "왜 장군이 주목을 받죠?" 그는 물었고 이 질문의 무례함을 감추려는 노력조차 하지 않았다.

"하지만 제게는 곤혹스러울 뿐입니다! 그건 정말로 저의 의도가 아니었습니다!" 슈툼 폰 보르트베어는 부끄러워하며 방어했다. "회의실에서 군인은 사소한 역할만 맡는 게 적절하며 저도 이를 중요하게 생각하니까요. 하지만 각하께서는 제가 당장 첫 회동에서 그리고 이른바 군인으로서 저의 의무에 충실하게 이렇게 청을 드린 것을 기억하실 겁니다. 특별한 이념을 파악하기 위한 위원회는, 별다른 착상이 없다면, 우리의 포병대가 현대식 포를 갖추지 못했고 우리 해군도 배가 없다는, 즉 국방이라는 임박한 과제를 수행하기에는 배가 충분치 않다는 사실을 생각해 달라고 말입니다….."

"그래요…?" 백작은 그의 말을 끊었고 놀라 질문하는 시선으로 디오티마를 바라보았는데, 이 시선은 불편함을 숨김없이 드러내고 있었다.

디오티마는 아름다운 두 어깨를 으쓱했고 체념하며 떨어뜨렸다.

그녀는 작고 뚱뚱한 장군이 이해할 수 없는 도움의 손길에 이끌려 마치 악몽처럼 그녀가 가는 곳이면 어디서든 등장하는 것에 벌써 상당히 익숙해졌다.

"그런데", 슈툼 폰 보르트베어는 성공에 직면하여 겸손함에 압도당하지 않으려고 서둘러 계속했다. "최근에는 누군가가 이런 제안으로 운을 떼면 이에 찬성하는 목소리가 커졌습니다. 육군과 해군이 같은 생각일 것이고 결국 위대한 생각이기도 하고 아마 폐하께도 이로써 기쁨을 선사할 것이라고들 했습니다. 그리고 프로이센인들은 눈이 휘둥그레질 것이라고요. 죄송합니다, 폰 아른하임 씨!"

"아, 아닙니다. 프로이센인들은 당황한 눈을 하지 않을 겁니다." 아른하임은 미소를 지으며 이 말을 물리쳤다. "게다가 제가 이런 오스트리아의 사안들이 언급될 때는 아예 동석하지 말아야 하는데, 그럼에도 불구하고 경청을 허락해 주신 것을 극도로 겸허하게 받아들이고 있음은 자명합니다."

"어쨌든", 장군이 말을 맺었다. "실제로 더 이상 설왕설래하지 말고 군사계획을 하나 결의하는 것이 가장 간단하다고 말하는 목소리들이 커졌습니다. 제 개인적으로는 이것을 아마 어떤 제 2의 위대한 민간 이념과 연결시킬 수 있다고 생각하고 싶습니다. 하지만 이미 말씀 드렸듯이, 군인은 참견해서는 안 됩니다. 그리고 민간의 숙고를 통해서 더 나은 것이 나오지 않으리라고 말했던 목소리들은 다름 아니라 최고로 정신적인 편에서 나왔습니다."

각하는 움직임 없는 눈으로 경청했고 엄지손가락을 돌리려는 무의식적 동작만이 — 그는 이것을 그만둘 수가 없었다 — 그의 힘겹고 괴로운 내면 작업을 드러냈다.

투치 국장은 천천히 그리고 나직이 끼어들었는데, 그가 말하는 것을 듣는 것은 익숙한 일은 아니었다. "저는 외무부 장관이 거기에 반대하리라고는 생각하지 않습니다!"

"아, 소관부처들이 벌써 다 알고 있군요?!" 라인스도르프 백작은 빈정대며 짜증스럽게 물었다. 투치는 사랑스런 태연함으로 대답했다. "각하께서는 소관부처들을 두고 농담을 하시는군요. 국방부는 외무부와 합의를 보니 세계의 무장해제를 환영할 것입니다!" 그가 계속했다. "각하께서는 남부 티롤에 있는 방어시설에 관한 이야기를 아실 겁니다. 참모본부장의 추진력으로 지난 10년 동안 지어진 것입니다. 나무랄 데 없이 최신식으로 지어졌다고 합니다. 물론 전기 철조망과 커다란 탐조등도 설치했고 심지어 거기에 전기를 공급할 경유엔진들도 매설되었습니다. 아무도 우리가 제일 뒤처졌다고는 말할 수 없을 것입니다. 단 하나 불행은 엔진을 총포과를 통해 주문했다는 것입니다. 연료는 국방부의 건축과가 공급했지요. 규정에 따라서 그런 것인데, 그 때문에 설비를 가동할 수가 없었습니다. 기계를 작동시키는 데 필요한 점화용 성냥이 연료이기 때문에 건축과에서 공급해야 하는지 아니면 엔진부속품이기 때문에 총포과의 관할영역인지 두 부서가 합의를 볼 수 없었기 때문입니다."

"환상적입니다!" 아른하임이 말했다. 물론 그는 투치가 경유엔진을 가스엔진과 혼동했고 가스엔진에조차 더 이상 그런 점화용 불꽃이 사용되지 않은 지 오래임을 알고 있었다. 이것은 사무실에서 회자되는 사랑스런 자조(自嘲)로 가득 찬 그런 이야기였고 국장은 이것들이 보고하는 사소한 불행을 기쁘게 따라가는 목소리로 이야기를 들려주었다. 모두 미소를 짓거나 웃는데, 슈툼 장군이 가장 즐거워했다. "하지만 책임은 오로지 민간정부의 신사분들께 있습니다." 장군은 계속 농담을 이어갔다. "우리가 예산을 초과하는 뭔가를 장만하면 재정부는 당장 우리가 헌법적 통치방식을 이해하지 못한다고 말하니까요. 그래서, 신의 가호가 있기를, 회계연도가 끝나기 전에 전쟁이 발발하면 우리는 당장 총동원령 첫날 일출시에 요새 사령관들에게 전보를 쳐서 점화용 성냥을 구입할 권한을 부여해야 할 것이고, 산속 둥지에서 그 일을 해내지 못하면 그들은 장교 당번병이 가진 성냥개비로 전쟁을 치르는 것 말고는 다른 방도가 없습니다!"

그런데 장군은 너무 멀리 간 모양이었다. 농담의 얇은 천 사이로 갑자기 다시 평행운동이 처한 상태의 위협적 엄중함이 뚫고 나왔다. 각하는 신중하게 "시간이 지나면 …"이라고 말했지만 곧, 어려운 처지일 때는 다른 사람이 말하게 하는 것이 더 영리하다는 생각이 들었고 이 문장을 끝까지 말하지 않았다. 여섯 명의 인간이 한순간 침묵했다. 마치 우물 둘레에 서서 그 안을 들여다보기라는 하듯.

디오티마가 말했다. "아닙니다. 그건 불가능해요!"

"무엇이 말입니까?" 모두의 시선이 물었다.

"그러면 우리는 사람들이 독일을 향해 비난하는 그 일을 하게 되는 것입니다. 군비확장 말입니다!" 그녀는 그 문장을 끝맺었다. 그녀의 영혼은 이 일화들을 흘려들었거나 잊었고 아직 장군의 성공에 붙들려 있었다.

"하지만 무슨 일이 일어나야 한다는 거지요?" 라인스도르프 백작이 감사해하며 근심스럽게 물었다. "우리는 적어도 임시적인 뭔가라도 찾아야 하오!"

"독일은 비교적 순진하고 힘이 넘치는 나라입니다." 여자 친구의 비난을 사과로 맞받아야 한다는 듯 아른하임이 말했다. "사람들이 독일에 화약과 화주(火酒)를 가져다주었지요."

투치는 이 비유에 미소 지었는데, 너무 기발하게 들렸기 때문이었다.

"우리 운동이 포섭해야 하는 집단들에서 독일이 점점 더 많은 거부 감에 직면하고 있음은 부인할 수 없어요." 라인스도르프 백작은 이 코멘트를 끼워 넣을 기회를 놓치지 않았다. "유감스럽게도 이미 포섭된 집단들에서도 그래요!" 그는 기적적으로 덧붙였다.

아른하임이 그건 놀라운 일도 아니라고 설명하자 그는 깜짝 놀랐다. "우리 독일은", 아른하임이 대답했다. "불행한 민족입니다. 우리는 유럽의 심장부에 살고 있을 뿐만 아니라 심장이기 때문에 고통받고 있습니다 ….."

"심장이라고요?" 각하는 자기도 모르게 물었다. 그는 심장 대신에 두뇌를 기대했고 차라리 그것을 시인했으리라. 하지만 아른하임은 심장을 고집했다. "기억하시는지요?", 그가 물었다. "얼마 전 프라하 시정부가 프랑스에 큰 발주를 했습니다. 물론 우리도 당연히 입찰을 했고 더 좋은 상품을 더 싸게 공급할 수 있었을 것입니다. 그건 그냥 감정적 거부감입니다. 저는 그들을 완전히 이해한다고 말하지 않을 수 없습니다."

그가 말을 계속하기 전 슈툼 폰 보르트베어 장군이 기쁘게 입을 열더니 이를 설명했다. "전 세계에서 인간들이 괴로워하고 있지만 독일에서는 더 많이 괴로워합니다." 그가 말했다. "오늘날 전 세계에서 인간들이 소음을 내지만 독일이 가장 심합니다. 어디서나 직업이 천 년간의 문화와의 연관성을 잃어버렸지만 독일제국이 가장 심합니다. 어디서나 가장 좋은 젊은 시절을 당연히 병영에서 보내지만 독일인들은 다른 모든 이들보다 더 많은 병영을 갖고 있습니다. 그래서 어떤 의미에서 우리의 형제의무는", 그는 말을 맺었다. "독일에 너무 뒤처지지 않는 것입니다. 역설적이어서 죄송합니다만, 지성은 바로 오늘날 너무 복잡합니다!"

아른하임이 동의하며 고개를 끄덕였다. "어쩌면 미국이 우리보다 심할 것입니다." 그가 덧붙였다. "하지만 미국은 적어도 완전히 순진합니다. 우리가 가진 정신적 분열은 없지요. 우리는 모든 관점에서 세계의 모든 모티프가 교차하는 중앙의 민족입니다. 우리나라에서 가장 절실한 것은 종합입니다. 우리는 그걸 알고 있습니다. 우리는 일종의 원죄의식이 있습니다. 하지만 제가 이를 곧장 서두에 전제했으므로, 우리가 다른 사람들 대신 고통을 받는다고, 그들의 잘못을 흡사 모범으로서 짊어진다고, 어떤 의미에서는 세계를 대신해서, 말하자면, 모독을 당하고 십자가형을 당한다고 고백하는 것이 공평합니다. 독일의 방향전환이, 일어날 수 있는 가장 의미심장한 것이 될 것입니다. 추측건대, 우리 자신에 반대하는 분열된, 약간 열정적으로 보이는 입장 속에는 이에 대한 예감이 들어있습니다!"

이제 울리히도 끼어들었다. "여러분들은 친독일적 조류들을 과소평가하고 계십니다. 저는 조만간 우리 운동에 반대하는 격렬한 시위가 있을 거라는 믿을 만한 소식을 들었습니다. 우리 운동이 고국의 집단들에서 독일 적대적이라고 통하기 때문이랍니다. 각하께서는 빈 백성들이 거리에 나서는 것을 보시게 될 겁니다. 비스니에츠키 남작 임명에 반대할 거랍니다. 사람들은 투치 씨와 아른하임 씨가 비밀리에 합의를 보고 있지만 각하께서 평행운동에 대한 독일의 영향력을 저지하고 있다고 생각합니다."

라인스도르프 백작의 시선은 지금 개구리의 평온함과 황소의 짜증을 조금 담고 있었다. 투치의 눈이 천천히 따뜻하게 들리더니 물음을 담아 울리히에게 고정되었다. 아른하임은 진심으로 웃었고 자리에서 일어났다. 그는 정중하게 유머를 담아 국장을 바라보고 싶었으리라. 이런 식으로, 그들이 함께 벌이고 있다고 하는 터무니없는 일에 사죄하기 위해. 하지만 투치의 눈을 볼 수 없었으므로 그는 디오티마를 바라보았다. 투치는 그사이 울리히의 팔을 잡고는 어디서 그 새로운 소식을 입수했느냐고 물었다. 울리히는 이것은 비밀이 아니며 공공연히 퍼져 있고 누구나 믿고 있는 소문이고 개인의 집에서 듣게 된 것이라고 대답했다. 투치는 그에게 얼굴을 들이대어 울리히의 얼굴을 강제로 다른 사람들에게서 돌려놓았다. 이렇게 안전해지자 그는 갑자기 울리히에게 속삭였다. "아른하임이 왜 여기 있는지 아직도 모르나요? 그는 모스요토프 영주의 친한 친구고 차르의 페르조나 그라타[28]입니다. 러시아와 내통하고 있고 이 운동에 평화주의적으로 영향을 주려 하지요. 모든 것이 비공식적이고 이른바 러시아 황제의 개인적인 발의랍니다. 이데올로기적 사안이지요. 당신에게만 하는 말입니

---

28 persona grata: 주재국 정부의 평판이 좋은 외교관을 말한다.

다, 친구!" 그는 비웃으며 말을 맺었다. "라인스도르프는 아무것도 몰라요!"

투치 국장은 이 소식을 공식 경로를 통해 알았다. 그는 평화주의가 아름다운 여자의 신조에 어울리는 운동이라고 여겼고 이것이 디오티마가 아른하임에게 열광하는 것과 아른하임이 다른 어디에서보다 그의 집에 더 오래 머무는 것을 설명해 주었기 때문에 이것을 믿었다. 그는 그 전에는 거의 질투가 날 뻔했다. 그는 '정신적' 끌림은 어느 정도까지만 가능하다고 여겼지만 이 정도가 아직 괜찮은 것인지 알아내기 위해 계략을 쓰는 것에는 거부감이 들었고 그 때문에 아내를 믿자고 스스로를 강제했었다. 여기서 남자답고 모범적인 자세에 대한 감정이 남성의 감정보다 더 강함이 입증되기는 했지만, 어쨌든 후자도 충분히 질투심을 불러일으켰고, 직업이 있는 남자는 자신의 삶의 과제들을 소홀히 하려 하지 않는다면 아내를 감시할 시간이 절대 충분치 않다는 사실을 단박에 분명히 알게 해주었다. 그는 열차기관사도 기차에 여자를 태워서는 안 되는데 하물며 제국을 다스리는 남자가 질투해서는 안 된다고 스스로에게 말했지만, 이런 식으로 해서 그가 처하게 된 고상한 무지상태는 외교라는 직업에 어울리지 않았을 뿐 아니라 투치에게서 직업적 확실성도 앗아갔다. 그래서 그는 자신을 불안하게 하는 이 모든 것이 무해하게 해명되는 듯 보이자 커다란 감사의 마음과 함께 온전히 자신감을 되찾았다. 이제 그는 아른하임에 대해 모든 것을 알지만 아내는 아직도 아른하임이라는 인간 말고는 아무것도 보지 못하고, 그가 차르가 보낸 사람임을 꿈에도 모른다는 것이 심지어 그녀가 받는 작은 벌인 듯 여겨졌다. 투치는 다시 커다란 만족감을 느끼며 그녀에게 소소한 설명을 부탁했고 그녀는 너그럽지만 안달하면서 설명했다. 그리고 그는 무해한 듯 보이는 일련의 질문들을 생각해 냈고 그 답들에서 결론을 내리려 했다. 남편은 '사촌'에게도 이 중 몇 개를 털어놓고 싶었고 어떻게 하면 아내에게 망신을 주지 않고 그럴 수 있을지 막 저울질하고 있었다. 그때 라인스도르프 백작이 대화의 주도권을 다시 손에 넣었다. 그 혼자만이 자리에 앉아 있었고, 어려움이 점점 더 쌓여간 이후로 아무도 그의 내면에서 무슨 일이 일어났는지 살피지 못했다. 하지만 그의 투쟁 의지가 뭉쳐진 듯 보였는데, 그는 발렌슈타인 수염을 꼬며 천천히 그리고 단호하게 말했다. "무슨 일이 일어나야 해요!"

"각하께서는 결심을 하셨습니까?" 사람들이 물었다.

"내게는 아무것도 떠오르지 않았소." 그가 일축했다. "하지만 그래도 무슨 일이 일어나야 해요!" 그리고 자신의 의지가 실현되기 전에는 그 자리에서 꼼짝도 하지 않으려는 남자처럼 앉아 있었다.

거기서 어떤 힘이 발산되고 있었으므로 모두는 뭔가를 찾으려는 헛된 노력이 마치 저금통 안에서 잃어버려 아무리 흔들어도 구멍으로 나오지 않는 1페니히 동전처럼 내면에서 달그락거림을 느꼈다.

아른하임이 말했다. "아, 이런 사건들에 영향을 받아서는 안 됩니다!"

라인스도르프는 대답하지 않았다.

평행운동에 내용을 주었어야 할 제안들에 대한 이야기가 처음부터 끝까지 다시 한번 반복되었다.

이에 라인스도르프 백작은 매번 다른 위치에 있지만 항상 같은 길을 가는 추처럼 대답했다. "그건 교회에 대한 배려가 허락하지 않아요. 그건 무신론자들에 대한 배려가 허락하지 않아요. 건축가중앙회가 거기에 반대했어요. 재정부가 거기에 우려를 표명했어요!" 이런 식으로 끝없이 계속되었다.

이에 참여하지 않았던 울리히는 마치 거기서 말을 하고 있는 다섯 명이 몇 달 전부터 그의 감각을 에워싸고 있는 혼탁한 액체에서 막 결정화된 듯한 상태에 있었다. 그가 디오티마에게 비현실을 손아귀에 넣어야 한다, 또 언젠가 한 번은, 현실을 폐지해야 한다고 말했다는 것은 무슨 의미인가?! 지금 그녀는 거기에 앉아 있었고 이 문장들을 기억하고 있고 그에 대해 온갖 생각을 하고 있을 것이다. 어떻게 그가 그녀에게 책 속의 인물처럼 살아야 한다고 이야기하는 상황이 벌어졌을까? 그는 그녀가 오래전에 벌써 아른하임에게 이 이야기를 했을 것이라고 가정했다!

하지만 그는 또 자신은 모든 다른 인간들처럼 지금이 몇 시인지, 우산 가격이 얼마인지 안다고 가정했다! 그럼에도 불구하고 이 순간 그가 자신과 다른 사람들 사이에서 양쪽에 다 똑같은 거리를 두고 입장을 취했다면, 이는 어슴푸레한 의식부재 상태가 야기할 수 있는 그런 기적의 형식을 띠지는 않았고 이와 반대로 그는 자신의 삶으로 밀고 들어오는 그 밝음을 다시 느꼈는데, 그것은 이전에 벌써 보나데아와 함께 있을 때 인지했던 것이었다. 그는 — 그리 오래전도 아니었는데 — 가을에 투치 부부와 함께 경마장에 갔을 때의 일을 상기했다. 아주 수상쩍은 판돈 손실이라는 돌발 사태가 발생했고 평화롭던 관중의 무리가 순식간에 바다가 되어 광장으로 흘러넘쳤고 손에 닿는 모든 것을 파괴했을 뿐만 아니라 계산대까지 약탈했으며 결국 경찰이 개입해서야 다시 무해하고 평범한 오락에 참가하는 인간들의 집합으로 되돌아갔다. 이런 사건들에 직면하면, 비유에 대해, 삶이 취할 수도 있고 취하지 않을 수도 있는 모호한 경계형식들에 대해 생각한다는 것은 가소로웠다. 울리히는 삶은 내일에 대해 너무 많이 생각해서는 안 되는 ― 오늘날만으로 너무 힘드니까 ― 곤궁으로 가득 찬 조야한 상태라는 아직 손상되지 않은 이해를 내면에서 느꼈다. 인간세상은 부유하는 어떤 것이 아니며 사소한 불규칙에도 당장 완전히 붕괴할 염려가 있으므로 철두철미한 견고성을 요구한다는 것을 어떻게 간과할 수 있겠는가! 아니, 그 이상이다. 좋은 관찰자라면, 근심, 충동, 이념이 혼합된 이런 삶은 이념들을, 보다시피, 기껏해야 자기정당화를 위해 오용하거나 자극제로 사용하고 형상화와 연결을 통해 이것들에 영향을 미치고, 이것들이 여기서 그 자연스러운 움직임과 한계를 얻는다는 것을 어떻게 인정하지 않을 수 있겠는가! 포도에서 포도주를 압착할 테지만, 포도주로 가득 찬 연못보다, 향유할 수 없는 거친 땅과 간과할 수 없이 번쩍이는 목재 말뚝들이 있는 포도밭이 훨씬 더 아름답지 않은가! '한마디로, 창조는', 그는 생각했다. '이론을 위해 생기는 것이 아니라', 그는 '폭력으로부터'라고 말하려 했지만 기대하지 않았던 다른 단어 하나가 튀어나왔고 그의 생각은 이렇게 끝이 났다. '폭력과 사랑에서 생긴다. 그리고 이 둘 사이의 통상적 연결은 잘못된 것이다!'

이 순간 울리히에게 폭력과 사랑은 다시 완전히 평범한 개념은 아니었다. 그가 가진 악과 가혹함을 향한 모든 편향은 폭력이라는 이 단어 속에 들어 있었는데, 이것은 신앙심이 없고 객관적이며 깨어 있는 태도 하나하나의 결과였다. 하지만 가혹하고 냉정한 폭력성이 일정 정도 그의 직업적 편향으로도 흘러들어 갔으므로, 그가 수학자가 된 데는 잔인한 의도가 전혀 없지는 않았을 것이다. 이는 둥치 자체를 덮어 버리는 무성한 나뭇가지들처럼 서로 연결되어 있었다. 그리고 평범한 의미에서만 사랑을 말하지 않고 이 명칭에서, 육체의 원자에 이르기까지 사랑결핍과는 다른 상태를 동경한다면, 또는 아무 특성도 없는 것처럼 모든 특성을 갖고 있다고 느낀다면, 또는 늘 똑같은 일만 일어난다는 인상을 받는다면, 왜냐하면 삶은 — '여기'와 '지금'이라는 공상으로 터질 듯이 꽉 차 있지만 결국에는 아주 불특정한 상태, 아니 뚜렷이 비현실적인 상태다! — 현실을 이루는 몇십 개의 빵틀로 몰려들어가니까, 또는 우리가 도는 모든 원에서 한 조각이 빠져 있다는 인상을 받는다면, 우리가 세운 모든 체계 가운데 어떤 것도 쉼의 비밀을 갖고 있지 않다는 인상을 받는다면, 그러면 이는, 너무나 상이하게 보인다고 해도, 사방에서 둥치를 가려 버리는 나뭇가지들처럼 그렇게 서로 연결되어 있다.

이 두 나무 속에서 그의 삶은 따로 자랐다. 그는 삶이 언제 단단한 가지의 나무 기호 속으로 들어갔는지 말할 수 없었지만, 이 일은 일찍 일어났다. 그의 풋내 나는 나폴레옹적 계획들이 벌써 삶을 활동과 사명을 위한 과제로 보는 한 남자를 보여 주었으니까. 삶에 대한 이런 공격욕과 지배욕은 늘 분명히 알아볼 수 있었고, 기존 질서에 대한 거부 또는 새 질서를 향한 변화무쌍한 노력, 논리적 요구, 도덕적 요구 또는 심지어 그냥 신체 단련에 대한 요구로 나타났으리라. 그리고 울리히가 시간이 흐르면서 에세이주의, 가능성감각, 꼼꼼한 정확성에 반하여 '환상적 정확성'이라고 불렀던 모든 것, 역사를 발명해야 한다는 요구, 세계사 대신 이념사를 살아야 한다는 요구, 결코 완전히 실현될 수 없는 것을 손아귀에 넣어야 하고 결국 어쩌면 인간이 아닌 것처럼, 모든 비본질적인 것을 빼버린 그래서 그 나머지 것들이 마법처럼 병합되는 책 속의 인물처럼 그렇게 살아야 한다는 요구까지, 그의 사고가 받아들였지만 지나치게 첨예화됨으로써 현실 적대적인 이 모든 견해들은 오인할 수 없고 가차 없는 정열로 현실에 영향을 미치고자 했다는 공통점이 있었다.

더 그늘지고 더 꿈같았으므로 더 알아보기 어려웠던 것은 그의 삶을 묘사하는 다른 한 나무 속에 있는 연관성들이었다. 세상과의 어린애 같은 관계에 대한 본래의 기억, 신뢰와 헌신에 대한 기억이 그 토대일 것이다. 이는 평소에는 도덕이라는 빈약한 식물이 싹트는 화분만 채우는 것을 한번 넓은 대지로서 보았다는 막연한 생각 속에서 계속 살고 있었다. 유감스럽게도 약간 가소로웠던 소령 부인 이야기가 이것의 완전한 전개를 위한 유일한 시도였고 — 이는 그의 본질의 부드러운 그늘에서 생겨났다 — 동시에 더 이상 끝나지 않는 퇴각의 시작을 나타냈음은 의심의 여지가 없었다. 그 후 이 나무의 잎사귀와 가지들은 표면에서는 이리저리 자라났지만 나무 자체는 사라졌고 이 나무가 그래도 여전히 존재한다는 것은 그런 표시들에서만 알 수 있었다. 그의 본질의 이 비활동적 절반은, 활동적이고 바쁜 절반의 유용성은 잠정적일 뿐이라는 무의식적 확신 속에 가장 뚜렷이 각인되었을 것이며 이 확신은 그의 본질에 그림자처럼 드리워져 있었다. 자신이 감행한 모든 일에서 ─ 육체적 열정도 정신적 열정과 마찬가지로 그 중 하나로 이해해야 한다 ─ 결국 그는 결코 본래의 끝에 이르지 못하는 준비에 사로잡힌 사람처럼 여겨졌고 해가 감에 따라 그의 삶에서 삶에 대한 필연성의 감정은 램프에서 기름이 떨어지듯 사라졌다. 그의 발전은 분명 두 개의 노선으로 쪼개졌는데, 하나는 밝은 곳에 있었고 하나는 어두운 곳에 갇혀 있었으며 그를 에워싼 도덕적 정지상태는 오래전부터 어쩌면 필요 이상으로 그를 압박해 왔고, 다름 아니라 그가 이 두 노선을 결코 합칠 수 없었다는 데서 연유했다.

이제 울리히는 이 둘의 연결 불가능성이 최근에는 문학과 현실, 비유와 진리라는 긴장된 관계 속에서 나타났음을 상기하면서 이 모든 것이 그가 최근 너무나 부적절한 인물들과 나눈, 목적지 없는 길처럼 뒤얽힌 대화에서 떠오른 우연한 착상보다 훨씬 더 많은 의미가 있음을 단번에 알았다. 유사 이래로 비유와 명백함이라는 이 두 기본태도가 서로 구별되기 때문이다. 명백함은 깨어 있는 사고와 행위의 법칙이며, 희생자를 한 걸음 한 걸음 몰아세우는 협박범의 뇌 속에서처럼 논리학의 필연적 결론 속에서도 지배적이며, 상황이 분명하게 형상화되지 않으면 몰락으로 치달을 수도 있는 삶의 곤궁에서 생겨난다. 이에 반해 비유는 꿈속에서 지배적인, 표상들의 연결이고 미끄러지듯 나아가는 영혼의 논리인데, 예술과 종교의 예감 속에서 보이는 사물들의 유사성이 이 논리에 상응한다. 하지만 삶에 존재하는 평범한 편향과 거부감, 의견일치와 거부, 경탄, 굴복, 지도자, 모방, 그 반대현상들, 인간이 자신과 자연에 대해 취하는 이 다양한 관계들은 ─ 이들은 아직 완전히 객관적이지 않으며 아마 앞으로도 결코 그러지 못할 것이다 — 비유를 통해서가 아니고서는 파악되지 않는다. '드높은 인도주의'라 불리는 것은 비유와 진리라는 삶의 이 큰 두 절반을 그 전에 조심스럽게 나눔으로써 서로 용해시키려는 시도에 다름 아니라는 것은 의심의 여지가 없다. 하지만 비유에서 진리일 수 있는 모든 것을 거품이기만 한 것으로부터 분리하면 보통 약간의 진리만 얻어지고 비유의 전체 가치는 파괴된다. 따라서 이 분리는 정신적 발전에서는 피할 수 없는 것이었겠지만, 재료를 달여서 바짝 졸이는 것과 같은 작용을 했고 이 과정이 진행되는 동안 이 재료의 핵심적 힘과 정신은 수증기가 되어 날아가 버린다. 오늘날 때때로 우리는 도덕적 삶의 개념과 규칙들은 푹 삶은 비유들일 뿐이며 이 주위에는 인도주의라는 참을 수 없이 기름진 부엌 수증기가 뭉게뭉게 피어오른다는 인상을 떨쳐 버릴 수가 없다. 그리고 여기에 여담으로 덧붙이고 싶은 것은, 모든 것 위로 불분명하게 퍼져 있는 이 인상이 현시대가 비열함 숭배라고 솔직하게 명명해야 하는 그것을 초래했다는 것이다. 오늘날 사람들은 나약해서라기보다는, 삶을 능숙하게 다루는 남자는 거짓말을 할 수 있어야 한다는 확신에서 거짓말을 하기 때문이다. 결과 없는 긴 연설 후에는 폭력의 명백함이 구원 같은 작용을 하므로 사람들은 폭력적이다. 복종이 오래전부터 자기 확신으로는 더 이상 할 수 없는 모든 것을 하도록 허용하기 때문에 사람들은 그룹으로 뭉치고 이 그룹들의 적대감은 결코 멈추지 않는 상호 피의 복수를 인간들에게 선사하는 반면 사랑은 금방 잠들어 버린다. 이는 인간이 선한가, 악한가 하는 질문보다는 인간이 고지대와 저지대의 연결을 잃었다는 것과 더 관련이 있다. 그리고 이 붕괴의 또 다른 모순적 결과는 오늘날 정신불신에 주렁주렁 달려 있는 지나치게 많은 정신적 장신구다. 예를 들어, 세계관을 가령 정치처럼 이것에 거의 부합하지 않는 행위와 중매하는 것, 어떤 관점이든 곧장 하나의 입장으로 만들고 어떤 입장이든 곧장 하나의 관점으로 간주하려는 일반적인 고질병, 각기 다른 뉘앙스의 열성분자들이 자신들에게 할당된 인식을, 사방이 거울인 방에 있는 듯, 사방에서 반복하려는 욕구, 너무나 흔히 볼 수 있는 이 모든 현상들은 이것들이 되고 싶은 것, 즉 인도주의 추구가 아니라 인도주의 결락(缺落)이다. 이로써 전체적으로, 모든 인간관계에서 우선 그 안에 잘못 들어앉아 있는 영혼이 다시 완전히 제거되어야 한다는 인상이 생긴다. 그리고 이 생각을 하던 순간 울리히는 자신의 삶의 의미는, 어쨌든 의미가 있다면, 여기서는 인간성의 이 두 기본영역이 둘로 쪼개져 나타났고 서로 영향을 주고받으며 마주 서 있는 것일 수밖에 없다고 느꼈다. 오늘날 이런 인간이 태어난다는 것은 분명하지만 이들은 아직 혼자고 혼자서는 분열된 것을 다시 합칠 수가 없다. 그는 자신의 사고실험의 가치에 대해 어떤 착각도 하지 않았다. 이 실험들은 논리 정연함 없이는 결코 사고에 사고를 덧붙일 수 없었을 테지만 이 일은 사다리가 사다리 위에 걸쳐지듯 일어났고 그 꼭대기는 결국 자연스러운 삶에서 멀리 떨어진 높은 곳에서 흔들렸다. 그는 이에 깊은 거부감을 느꼈다.

그리고 아마 이런 이유에서 그가 갑자기 투치를 바라보는 일이 일어났을 것이다. 투치가 말했다. 마치 아침의 첫 소리에 귀가 열리기라도 하듯 울리히는 그가 말하는 소리를 들었다. "저는, 당신이 말씀하시듯, 인간적으로 그리고 예술적으로 위대한 업적들이 오늘날 존재하지 않는지 판단할 수 없습니다. 하지만 한 가지는 주장할 수 있습니다. 우리나라보다 외교가 더 어려운 곳은 어디에도 없습니다. 프랑스인의 외교는 '기념 해'에도 보복과 식민지 보유라는 생각에 따라 이루어질 것임을 어느 정도 예견할 수 있습니다. 영국인의 외교도 세계 판 위에서의 농부 체스에 따라 — 그들의 행보는 이렇게 불리지요 — 이루어질 것입니다. 마지막으로 독일인의 외교는, 그들이 늘 명백한 것은 아닌 방식으로, 태양이 비치는 그들의 자리라고 명명한 것에 따라 이루어질 것입니다. 하지만 우리의 유서 깊은 군주국은 아무 욕구가 없습니다. 따라서 우리가 그때까지 어떤 견해를 강요당할지 아무도 미리 알지 못합니다!" 투치는 제동을 걸고 경고하려는 듯 보였다. 그는 분명 아이러니의 의도 없이 말했다. 아이러니의 향기는 순진한 객관성에서만 풍겼는데, 그가 세속적 무(無) 욕구가 큰 위험이라는 확신을 객관성이라는 건조한 그릇에 담아 제공했기 때문이었다. 이에 울리히는 커피콩이라도 깨문 듯 원기가 솟음을 느꼈다. 그 사이 투치는 경고하려는 의도로 인해 한층 더 강경해졌고 이렇게 말을 맺었다. "오늘날 누가", 그가 물었다. "도대체 위대한 정치이념들을 감히 실현할 용기가 있습니까? 그 사람은 범죄자와 파산자의 자질을 갖고 있어야 할 겁니다! 이걸 원하시지는 않겠지요? 외교는 보존하기 위해 있습니다."

"보존은 전쟁을 초래합니다." 아른하임이 대답했다.

"그럴 수도 있습니다." 투치가 말했다. "아마 우리가 할 수 있는 유일한 일은 우리가 끌려들어 갈 순간을 유리하게 선택하는 것일 겁니다! 알렉산더 2세의 이야기를 기억하십니까? 그의 부친인 니콜라이는 폭군이었지만 자연사했습니다. 반대로 알렉산더는 관대한 지배자였고 곧장 자유주의적 개혁으로 통치를 시작했지요. 그 결과 러시아의 자유주의는 러시아의 급진주의가 되었고 알렉산더는 세 번에 걸친 암살시도가 실패한 끝에 네 번째에는 희생물이 되었습니다."

울리히는 디오티마를 바라보았다. 몸을 곧추세우고 주의 깊게, 진지하게, 풍만하게 그녀는 거기 앉아 있었고 남편의 말에 힘을 실었다. "맞습니다. 저는 우리의 노력들에서도 정신적 급진주의에 대해 그런 인상을 받았습니다. 손가락이라도 내밀면, 급진주의는 당장 손 전체를 원하지요."

투치는 미소를 지었다. 그는 아른하임에게 작은 승리를 거둔 듯 여겨졌다.

아른하임은 터진 꽃봉오리처럼 입술을 열고 호흡하면서 아무런 동요 없이 앉아 있었다. 폐쇄된 육신의 탑처럼 디오티마는 깊은 계곡 너머로 그를 건너다보았다.

장군은 뿔테안경을 닦았다.

울리히가 천천히 말했다. "그건 그저 삶의 의미를 되살리라는 소명을 받았다고 느끼는 모든 이들의 노력이 오늘날, 그들이 그냥 개인적 견해가 아니라 진리를 얻을 수도 있는 곳에서 사고하기를 경멸한다는 하나의 공통점을 가지고 있다는 데서 연유합니다. 대신 그들은 견해의 무궁무진함이 중요한 곳에서는 즉석 개념과 반쪽 진리에 꽉 매달리지요!"

아무도 이에 대답하지 않았다. 왜 누군가 대답해야 한단 말인가? 말한 것은 그냥 말일 뿐이다. 실제적인 것은 그들 여섯이 한방에 앉아 중요한 담화를 했다는 것이다. 이때 그들이 말했던 것 그리고 그들이 말하지 않았던 것, 심지어 감정, 예감, 가능성조차도 이 실제적임 안에, 이것과 동급은 아니었지만, 포함되어 있었다. 이것들은 가령 중요한 증명서에 막 서명한 사람 속 간과 위장의 어렴풋한 움직임인 듯 그렇게 그 안에 포함되어 있었다. 그리고 이 위계질서는 손상되어서는 안 된다. 이 안에 현실이 있으니까!

울리히의 옛 친구 슈툼은 이제 안경 닦기를 끝내고 안경을 썼으며 그를 바라보았다.

비록 울리히는 이 모든 사람들과 늘 놀이만 했다고 생각했지만 그들 사이에서 갑자기 아주 버림을 받은 듯한 느낌이 들었다. 그는 몇 주 전 또는 몇 달 전에도 이 순간과 비슷한 것을 느꼈음을 떠올렸다. 그것은 그가 처하게 된 화석화된 달 풍경에 반대하는 창조의 작은 날숨의 저항이었다. 그리고 그의 삶에서 결정적 순간들은 모두 놀람과 고독이라는 이 인상을 동반했던 듯 보였다. 하지만 그러면서 이번에 그를 성가시게 한 것은 두려움이었나? 그는 자신의 감정을 분명히 알 수 없었다. 그 감정은 대충 그가 아직 한 번도 삶에서 정말로 결정을 해본 적이 없으며 곧 그렇게 하게 될 것이라고 말했지만 그는 이를 적절한 단어들로 생각하지 못했고 그냥 불쾌감 속에서 느꼈다. 마치 그가 끼어 앉아 있는 이 사람들의 어떤 것이 그를 휩쓸어가기라도 한 것 같았고, 물론 그들은 그에게 전혀 상관이 없었지만 갑자기 그의 의지는 두 팔과 두 다리로 이에 저항했다!

그사이 들어선 침묵으로 인해 현실정치가의 의무를 상기하게 된 라인스도르프 백작은 이렇게 주의를 주었다. "자, 무슨 일이 일어나야 한다는 거지요? 우리 운동에 닥칠 위험을 피하기 위해 적어도 잠정적으로라도 뭔가 결정적인 것을 해야 해요!"

이때 울리히는 터무니없는 시도를 했다. "각하!", 그가 말했다. "평행운동에 단 하나의 과제가 있다면 그것은 정신의 총재고 조사를 시작하는 것입니다! 우리는 1918년이 최후심판일이라면, 옛 정신이 종결되고 보다 높은 정신이 시작되어야 한다면 필수불가결한 것, 대충 그것을 해야 합니다. 황제 폐하의 이름으로 정확성과 영혼의 세계사무국을 설립하십시오. 그 밖의 모든 과제는 그 전에는 해결 불가능하거나 사이비 과제일 뿐입니다!" 울리히는 그가 생각에 잠겼던 몇 분간 몰두했던 것 가운데 몇 가지를 덧붙였다.

이 말을 하는 동안 그에게는 모든 사람들의 눈이 동공에서 튀어나왔을 뿐 아니라 놀란 나머지 심지어 상체 전부가 의자에서 튀어나온 듯 보였다. 모두들 집주인에 이어 이제 그가 일화를 이야기하면서 흥을 돋우기를 기대했지만 농담은 나오지 않았고 그는 삐뚤어진 탑 같은 어른들 사이에 작은 아이처럼 앉아 있었고 그들은 그의 순진한 놀이를 약간 모욕감을 느끼며 관찰했다. 라인스도르프 백작만이 친절한 얼굴을 했다. "정말 옳은 말이에요." 그가 놀라면서 말했다. "하지만 우리는 그래도 암시를 넘어설 의무가 있어요. 참된 것이 나올 때까지 말이지요. 그리고 이미 말했듯이, 소유와 교양은 이 점에서 우리를 철저히 곤궁에 빠뜨렸어요!"

아른하임은 이 귀족 양반이 울리히의 농담에 넘어가지 않도록 해야 한다고 생각했다. "우리 친구는 특정한 이념에 쫓기고 있습니다." 그가 설명했다. "그는 올바른 삶의 합성 같은 것이 있다고 믿습니다. 합성고무나 합성질소를 생산하듯이. 하지만 인간의 정신은"— 그는 완벽하게 기사도적인 미소를 지으면서 울리히에게 말했다 —"유감스럽게도 자신의 삶의 형식을 실험실 안의 실험쥐처럼 사육할 수 없다는 제약이 있습니다. 두 쥐 가족을 먹여 살리기 위해서는 커다란 옥수수밭 하나면 충분합니다!" 그는 나머지 사람들에게 이 과감한 비교를 사과했지만 스스로는 이에 만족했는데, 이는 라인스도르프 백작에게 어울리는 농업적이고 토지귀족적인 것이었고 또 실천 책임을 가진 사고와 가지지 않은 사고의 차이를 생동감 있게 표현했기 때문이었다.

하지만 각하는 화를 내며 머리를 설레설레 흔들었다. "난 박사의 말을 아주 잘 이해해요. 예전에 인간들은 자신들이 태어난 상황으로 자라 들어갔고 이건 그들이 그들 자신에게로 가는 믿을 만한 방식이었지요. 하지만 오늘날 모든 것이 그 토대에서 벗어나 뒤죽박죽 섞이는 상황에서는 이른바 영혼의 생산에서도 전통적 수공업을 공장의 지성으로 대체해야 할 겁니다." 이는 이 높으신 양반이 가끔씩 뜻밖에 내뱉는 그런 주목할 만한 대답 가운데 하나였다. 이 말을 하기 전 그는 내내 그냥 어이없는 표정으로 울리히를 응시했으니까.

"하지만 박사가 말한 것은 모두 전적으로 실행 불가능합니다!" 아른하임이 강조하며 단정했다.

"왜 안 되지요!" 라인스도르프 백작은 짧게 호전적으로 말했다.

디오티마가 중재에 나섰다. "하지만 각하!", 그녀는 입 밖에 내고 싶지 않은 뭔가를 청하듯, 즉 이성을 찾으라고 청하듯 말했다. "우리는 제 사촌이 말하는 모든 것을 안 그래도 벌써 오래전부터 시도했습니다! 그가 말한 것과 오늘밤과 같은 이런 힘겨운 대회의들이 뭐가 다

르지요?" "그래요?" 짜증이 난 각하가 대답했다. "나는 곧장 생각했어
요, 이런 영리한 남자들에게서 아무것도 나오지 않을 거라고! 정신분
석과 상대성이론, 그리고 이름이 뭐든 이런 모든 것들은 정말이지 다
허영일 뿐입니다! 누구나 세상을 특별한 방식으로 이해하고 싶어 합
니다! 여러분들께 말씀드리건대, 박사는 아주 나무랄 데 없이 표현하
지는 못했을 테지만 근본적으로 아주 옳아요! 새로운 시대가 시작되
자마자 늘 뭔가 새로운 것이 행해지지만 거기서는 절대 영리한 것이
나오지 않아요!" 평행운동의 잘못된 진행이 야기한 날카로운 신경과
민이 폭발했다. 라인스도르프 백작은 이제 수염을 돌리는 대신 자신
도 모르게 엄지손가락 두 개를 짜증스럽게 서로 돌렸다. 아마 아른하
임에 대한 거부감도 폭발했을 것이다. 울리히가 영혼에 대해 이야기
하기 시작했을 때 라인스도르프 백작은 매우 놀랐지만 그 후 들었던
것은 마음에 쏙 들었기 때문이었다. '아른하임 같은 사람들이 이것에
대해 그토록 많은 말을 한다는 것은', 그는 생각했다. '속임수일 뿐이
야. 그건 필요 없어. 그런 목적이라면 이미 종교가 있으니까.' 하지만
아른하임도 입술까지 창백해졌다. 지금과 같은 어조를 라인스도르프
백작은 여태까지는 장군에게만 사용했었다. 그는 이런 걸 용인할 남
자가 아니었다! 하지만 각하가 울리히 편을 드는 그 단호함은 어쩔 수
없이 깊은 인상을 남겼고, 이제 울리히를 향한 그의 고통스런 느낌들
을 다시 일깨웠다. 울리히와 터놓고 이야기하고 싶었지만 결국 모두
가 보는 앞에서 충돌이 있을 때까지 그럴 계기를 찾지 못했다는 것이
그를 혼란스럽게 했다. 그리고 딱 이런 식으로, 그가 라인스도르프
백작에게 반론을 제기하지 않고 그냥 백작을 한옆으로 제쳐두고 평소

에는 볼 수 없는 격렬한 육체적 흥분을 역력히 드러내며 울리히에게 이렇게 말하는 일이 벌어졌다. "당신이 말한 모든 것을 당신 스스로 믿기나 하나요!" 그는 엄하게 그리고 정중한 배려는 싹 생략하고 물었다. "당신은 실행가능성을 믿나요? 당신은 정말로 우리가 그냥 '유사함의 법칙'에 따라 살 수 있다는 견해입니까? 그럼, 이제 각하께서 전적으로 당신 마음대로 하라고 한다면 무엇을 할 건가요?! 말해 보시죠, 이렇게 간청합니다!"

이 순간은 곤혹스러웠다. 특이하게도 디오티마는 며칠 전 신문에서 읽은 이야기 하나가 떠올랐다. 한 여자가 끔찍한 형벌을 선고받았는데, 수년 전부터 더 이상 부부생활을 '실행할' 수 없지만 이혼은 허용하지 않는 늙은 남편을 죽일 기회를 연인에게 제공했기 때문이었다. 이런 사건은 거의 의학적인 그 육체성 그리고 이와 반대되는 일정한 매력으로 그녀의 주의를 끌었다. 상황을 보면 모든 것은 너무나 잘 이해가 되었으므로, 스스로 일을 해결할 가능성이 제한적인 당사자 중 누군가가 아니라 그런 상황이 만들어 낸 반자연적인 전체가 유죄라고 느껴질 정도였다. 그녀는 왜 지금 하필 이 생각을 해야 했는지 이해할 수 없었다. 하지만 그녀는 또 울리히가 최근 그녀에게 '동요하는 것과 부유하는 것'에 대해 많은 말을 했음을 생각했고 그가 늘 곧장 이것을 파렴치함과 연결시킨 것에 화가 났다. 그리고 그녀 스스로 선택된 인간들의 영혼은 비본래적 상태에서 벗어날 수 있다고 이야기했다. 그리고 그 때문에 그녀는 사촌이 그녀만큼이나 불확실하고 어쩌면 그녀만큼이나 정열적일 거라는 생각이 들었다. 그리고 이 모든 것은 순간적으로 그녀의 머릿속에서 또는 라인스도르프 백작의 우정이 떠나 버린 자리인 그녀의 가슴 속에서 유죄판결을 받은 여자 이야기와 얽혔는데, 그녀가 열린 입술로 거기에 앉아 있고, 아른하임과 울리히가 계속하도록 놔둔다면, 아니 어쩌면 계속하도록 놔두지 않고 끼어든다면 그때야말로 정말로, 뭔가 끔찍한 일이 일어나리라는 감정이 드는 식이었다.

하지만 울리히는 아른하임이 공격하는 동안 투치 국장을 바라보고 있었다. 투치는 즐거운 호기심을 얼굴의 갈색 주름 사이에 간신히 숨기고 있었다. 이제, 보다시피, 그의 집에서 벌어지는 과장된 짓거리들이 그 고유의 대립들로 인해 박살나고 있다고 그는 생각했다. 그는 울리히에게도 공감하지 못했다. 이 인간이 말한 것은 그의 본성에 아주 반하는 것이었다. 한 남자의 가치는 의지나 직업에 있는 것이지 아무튼 감정과 사고에 있는 것이 아니라고 확신했고, 게다가 비유에 대해 그런 터무니없는 말을 하는 것은 심지어 무례하다고 생각했으니까. 아마 울리히는 이를 예감했을 것인데, 언젠가 투치에게 만약 삶으로부터 휴가의 해가 아무 성과 없이 지나가 버리면 자살하겠다고 선언한 것이 기억났기 때문이었다. 꼭 이런 말은 아니었지만 어쨌든 그는 곤혹스러울 정도로 분명히 말했고 이제 창피했다. 그리고 그는 결정이 임박했다는, 별로 근거가 없는 인상을 다시 받았다. 그는 이 순간 게르다 피셸을 생각했고 그녀가 그에게 와서 지난번 대화를 계속하리라는 위험을 알아차렸다. 그들이 말들의 극단적 한계에까지 도달했음이, 그는 이 말들로 장난쳤을 뿐이었지만, 갑자기 분명해졌고 거기서부터는 한 걸음만 더 내디딜 수 있었다. 그것은 이 소녀의 눈앞에 아른거리는 소망을 성의껏 들어주는 것, 자신을 정신적으로 무장해제하는 것, '두 번째 담장'을 넘는 것이었다. 하지만 그것은 미친 짓이었고 그는 게르다와 그 정도까지 나간다는 것은 늘 불가능하다고 그리고 다름 아니라 자신이 그녀 옆에서는 안전했기 때문에 그녀를 허락했다고 확신했다. 그는 냉정하고 짜증난 고양(高揚)이라는 독특한 상태였고 이런 상태로 아른하임의 흥분된 얼굴을 보았으며 이 자가 그를 '현실감각'을 소유하고 있지 않다고, ─"용서하십시오, 이런 극단적인 '이것 아니면 저것'은 너무 청소년 같은 것입니다."─ 여전히 비난하고 있는 것을 알아들었지만 이에 대답하고 싶은 욕구를 완전히 상실했다. 그는 시계를 보았고 진정시키는 미소를 지으며 너무 늦었다고, 대답하기에는 시간이 너무 늦었다고 말했다.

이로써 울리히는 처음으로 다른 사람들과의 연결점을 다시 찾았다. 투치 국장은 심지어 일어섰고 이 무례함을 추후 뭔가를 하며 대충 얼버무렸다. 라인스도르프 백작도 그사이 진정이 되었다. 울리히가 '프로이센인'에게 퇴짜를 놓을 수 있었다면 기뻤을 테지만 아무 일도 일어나지 않자 그래도 이것으로 만족했다. '누군가가 마음에 든다면, 그냥 마음에 드는 거야!' 그는 생각했다. '그런데 또 다른 누군가는 여전히 저렇게 영리하게 말을 할 수 있군!' 그리고 대담하지만 무의식적으로 아른하임과 그의 '전체의 비밀'에 접근하면서, 반면에 순간적으로 그다지 총명하지 않은 울리히의 얼굴표정을 관찰하면서 쾌활하게 덧붙였다. "거의 이렇게 말하고 싶군요. 친절하고 호감 가는 인간은 매우 어리석은 것은 아예 말할 수 없거나 행할 수 없다고!"

그들은 서둘러 떠났다. 장군은 뿔테안경을 군복 외투 안주머니에 밀어 넣으려 했으나 허사였으므로 바지의 권총주머니에 집어넣었다.

민간인이 사용하는 이 지혜의 도구를 위해 아직 적합한 자리를 찾지 못했기 때문이었다. "이건 무장한 이념평화입니다!" 그러면서 그는 전면적이고 서두르는 출발을 넌지시 암시하며 공범처럼 유쾌하게 투치에게 말했다.

라인스도르프 백작만이 도망가는 사람들을 다시 한번 양심적으로 붙잡았다. "자, 결국 우리가 어떤 합의를 했지요?" 그가 물었고, 아무도 대답을 하지 않자 이렇게 달래며 덧붙였다. "음, 결국에는 그걸 보게 될 겁니다!"

— 4권에서 계속

지은이 · 옮긴이 소개

지은이_로베르트 무질 (Robert Musil, 1880~1942)

로베르트 무질은 오스트리아의 클라겐푸르트에서 태어났고, 작가로서는 이례적으로 군사학교와 공과대학을 거쳐 철학으로 박사학위를 받았다. 슈투트가르트 공대 재학 중 집필한 자전적 소설 《생도 퇴얼레스의 혼란》(1906)이 성공을 거두어 작가의 길로 들어선다. 5년간의 제1차 세계대전 참전 후 1920년대 초 《특성 없는 남자》 집필을 시작한다. 1930년 제1권, 1932년 제2권이 출간되지만 이후 경제적 어려움, 건강 악화, 1938년 나치의 오스트리아 병합, 망명 등으로 인해 소설의 마무리 작업은 진척을 보지 못하고 결국 1942년 작가가 망명지 스위스 제네바에서 뇌졸중으로 급작스레 사망함으로써 이 대작은 미완성으로 남는다. 무질은 데뷔작과 대표작 외에 단편집 《합일》(1911), 《세 여인》(1924)과 드라마 《몽상가들》(1921), 《빈첸츠와 중요한 남자들의 여자 친구》(1924)를 발표했으며, 그 외 신문이나 잡지에 기고한 많은 글들 가운데 일부는 이후 《생전 유고》(1935)라는 제목의 책으로 출간되었다.

옮긴이_신지영

서울대 독어독문학과를 졸업하고 독일 쾰른대에서 로베르트 무질의 《특성 없는 남자》에 관한 논문으로 박사학위를 받았다. 덕성여대를 거쳐 현재 고려대 독어독문학과 교수로 재직하고 있다. 저서로는 Der 'bewußte Utopismus' im Mann ohne Eigenschaften von Robert Musil (Königshausen & Neumann 2008), 번역서로는 《생전유고/어리석음에 대하여》(로베르트 무질 지음, 워크룸프레스 2015)가 있다.